七兄弟

Seitsemän veljestä

Aleksis Kivi

[芬兰] 阿历克西斯·基维 著

倪晓京 译

中国国际广播出版社

"北欧文学译丛"
编委会

主 编

石琴娥(中国社会科学院外国文学研究所)

副主编

徐　昕(北京外国语大学欧洲语言文化学院)
张宇清(中国国际广播出版社有限公司)
田利平(中国国际广播出版社有限公司)

编　委

(以姓氏汉语拼音为序)

李　颖(北京外国语大学欧洲语言文化学院芬兰语专业)
王梦达(上海外国语大学德语系瑞典语专业)
王书慧(北京外国语大学欧洲语言文化学院冰岛语专业)
王宇辰(北京外国语大学欧洲语言文化学院丹麦语专业)
余韬洁(北京外国语大学欧洲语言文化学院挪威语专业)
赵　清(北京外国语大学欧洲语言文化学院瑞典语专业)
凭　林(知名学者)
张娟平(中国国际广播出版社有限公司)

绚丽多姿的"北极光"

——为"北欧文学译丛"作的序言

石琴娥

2017年的春天来得特别地早,刚进入3月没有几天,楼下院子里的白玉兰已经怒放,樱花树也已经含苞待放了。就在这样春光明媚、怡人的日子里,我收到中国国际广播出版社文史编辑部主任张娟平女士打来的电话,想让我来主编一套当代北欧五国的文学丛书,拟以长篇小说为主,兼选一些少量有代表性的短篇小说、诗歌等,篇目为50部左右。不久之后,中国国际广播出版社负责人和张娟平主任又郑重其事地来到寒舍,对我说,他们想做一套有规模、有品位的北欧文学丛书,希望能得到我的支持,帮助他们挑选书目、遴选译者,并担任该丛书的主编。

大家知道,随着电子阅读器和智能手机的普及,越来越多的人通过电子设备来阅读书籍。在目前的网络和数码时代,出现了网络文学、有声书和电子书,甚至还出现了人工智能创作的作品,纸质书籍受到极大冲击,出版纸质书籍遇到了很大困难。有的出版社也让我推荐过北欧作品,但大都是一本或两本而已,还有的出版社希望我推荐已经过版权期的作品,以此来节省一些成本。而中国国际广播出版社却希望出版以当代为主的作品,规模又如此之大,而且总编辑又亲临寒舍来说明他们的出版计划和缘由,我被他们的执着精神和认真态度所感动,更被他们追求精神品位的人文热情所感动。我佩服出版社的魄力和勇气。面对他们的热情和宝贵的执着精神，我怎能拒绝，当然应该义不容辞地和他们一起合作，高质量、高品位地出好这套丛书。

大家也许都注意到，在近二三十年世界各国现代化状况的各类排行榜上，无论是幸福指数，还是GDP或者是人均总收入，还是环境保护或者宜居程度，从受教育程度和质量、医疗保障到养老、失业等社会保障，还有从男女平等到无种族歧视，等等，北欧五国莫不居于世界最前列，或者轮流坐庄拿冠夺魁，或是统统包圆儿前三名，可以无须夸张地说，北欧五国在许多方面实际上超过了当今世界霸主美国，而居于当今世界发达国家最前列，成为世界现代化发展中的又一类模式。

大家一般喜欢把世界文学比作一座大花园，各个时期涌现出来的不同流派中的众多作家和作品犹如奇花异葩，争妍斗艳。北欧文学是这座大花园里的一部分，国际文学中，特别是西欧文学中的流派稍迟一些都会在北欧出现。北欧的大自然，由于地理位置、自然环境和气候条件，没有小桥流水般的婀娜多姿，而另有一种胜景情致，那就是挺拔参天、枝叶茂盛的大树，树木草地之间还有斑斓似锦的各色野花和大片鲜灵欲滴的浆果莓类。放眼望去，自有一股气魄粗犷、豪放、狂野、雄壮的美。北欧的文学大花园正如自然界的大花园一样，具有一股阳刚的气概、粗豪的风度。它的美在于刚直挺立、气势崴嵬。它并不以琴瑟和鸣般珠圆玉润和撩拨心弦的柔美乐声取胜，却是以黄钟大吕般雄浑洪亮而高亢激昂的震颤强音见长。前者婉转优雅、流畅明快，后者豪迈恢宏、气壮山河。如果说欧洲其余部分的文学是前者的话，那么北欧文学就是后者。正如鲁迅所说，北欧文学"刚健质朴"，它为欧洲文学大花园平添了苍劲挺拔的气魄。以笔者愚见，这就是北欧五国文学的出众特色，也是它们的长处所在。

　　文学反映社会现实。它对社会的发展其功虽不是急火猛药，其利却深广莫测。它对社会起着虽非立竿见影却又无处不在的潜移默化作用。那么，北欧各国的当代文学作品中是如何反映北欧当代社会的呢？它对北欧各国的现代化发展是不是起了推动促进作用了呢？也许我们能从这套丛书中看到一些端倪。

　　北欧五国除了丹麦，都有国土位于北极圈或接近北极圈。北极光是那里特有的景象。尤其到了冬天夜晚，常常能见到北极光在空中闪烁。最常见的是白色，当然有时也能见到五彩缤纷、绚丽多姿的北极光。北欧五国的文学流派众多，题材多样，写作手法奇异多姿，犹如缤纷绚丽的北极光在世界文坛上发光闪烁。

　　北欧包括5个国家：丹麦、芬兰、冰岛、挪威和瑞典。讲起当代的北欧文学，北欧文学史上一般是从丹麦文学评论家和文学史家勃朗兑斯（Georg Brandes，1842—1927）于1871年末在丹麦哥本哈根大学所作的《十九世纪文学主流》算起，被称为"现代突破"。从19世纪的1871年末到目前21世纪一二十年代的150年的时间里，一大批有才华的作家活跃在北欧文坛上。在群英荟萃之中，出现了几位旷世文豪，如挪威的"现代戏剧之父"亨利克·易卜生，瑞典文学巨匠——小说家、戏剧家斯特林堡和荣获诺贝尔文学奖的第一位女作家、新浪漫主义文学代表塞尔玛·拉格洛夫，丹麦1944年诺贝尔文学奖获得者约翰纳斯·威尔海姆·延森，芬兰批判现实主义作家尤哈尼·阿霍以及冰岛1955年诺贝尔文学奖获得者哈多尔·拉克斯内斯等。本系列以长篇小说为主，也有少量短篇和戏剧作品。就戏剧而言，在北欧剧作家中，挪威的亨利克·易卜生开创了融悲、喜剧于一体的"正剧"，被誉为"现代戏剧之父"，是莎士比亚去世三百年后最伟大的戏剧家。瑞典的奥古斯特·斯特林堡所开创的现代主义戏剧对世界戏剧产生了重大影响。戏剧是文学的一部分，所以我们在选编时也选了少量的戏剧作品。被选入本系列中的作家，有的是北欧当代文学的开创者，有的是北欧当代文学中各种流派的代表和领军人物，都是北欧当代文学中的重要作家，他们的作品经历了时间考验。

在北欧文坛中，拥有众多有成就有影响的工人作家是其一大特色。有的还获得了诺贝尔文学奖，成为世界级的大文豪。这些工人作家大多自身是农村雇工或工人，有过失业、饥饿或其他痛苦的经历，经过自学成为作家。他们用笔描写自己切身的悲惨遭遇，对地主、资产阶级的剥削和压榨写得既具体细腻又深刻生动。正是他们构成了北欧20世纪以来现实主义文学的主流。在这些工人作家中最突出的有丹麦的马丁·安德逊·尼克索和瑞典的伊瓦尔·洛-约翰松等。对这些在北欧文坛上占有重要地位的工人作家的作品，我们当然是不能忽略的，把他们的代表作选进了这套丛书之中。

除了以上这些久享盛誉的作家外，我们也选了新近崛起的、出生于1970和1980年代的作家，如出生于1980年的瑞典作家乔安娜·瑟戴尔和出生于1981年的挪威作家拉斯·彼得·斯维恩等。他们的作品在北欧受到很大欢迎，有的被拍成电影，有的被搬上舞台。这些作品，虽然没有经历过时间的考验，但却真实地反映了目前北欧的现状，值得收进本丛书之中。

从流派来看，我们既选了现实主义作品，也不忽略浪漫主义、超现实主义和意识流的作品，力求使读者对北欧当代文学有个较为全面的印象。从作家本人的情况看，我们既选了大家公认的声誉卓越的作家的作品，也选了个别有争议的作家的作品，如挪威作家克努特·汉姆生，他是现代挪威、北欧和世界文坛上最受争议的文学家。他从流浪打工开始，1920年成为诺贝尔文学奖得主，晚年沦为纳粹主义的应声虫和德国法西斯占领当局的支持者，从受人欢呼的云端跌入遭国人唾骂的泥潭，而他毕竟是现代主义文学和心理派小说的开创者和宗师，在20世纪现代文学中扮演了承上启下的转型角色。我们把他的"心理文学"代表作《神秘》收进本丛书。这部作品突破传统小说的诸多常规要素，着力于通过无目的、无意识的内心独白，以及运用思想流、意识流的手法来揭示个性心理活动，并探索一些更深层次的人生哲理。1978年诺贝尔文学奖得主、美国作家艾萨克·辛格说："在我们这个世纪里，整个现代文学都能够追溯到汉姆生，因为从任何意义上他都是现代文学之父……20世纪所有现代小说均源出汉姆生。"我们把这位有争议的作家的作品选入我们的丛书，一方面是对北欧和世界文学在我国的译介起到补苴罅漏的作用，另一方面也可进一步了解现代文学的来龙去脉，以资参考借鉴。

20世纪60年代中期，瑞典出现了一种新兴的文学——报道文学。相当一批作家到亚非拉国家进行实地调查，写出了一批真实反映这些地区状况的报道文学作品。这批从事报道文学的作家大都是50年代和60年代在瑞典文坛上有建树的人物。如瑞典作家扬·米尔达尔是这种新兴文学——报道文学的代表人物之一，他的《来自中国农村的报告》（1963）成为当时许多国家研究中国问题的必读参考材料，被译成十几种文字多次出版。他的这本书材料详尽、内容真实、记载细腻而风靡一时。还有福尔盖·伊萨克松通过访问和实地采访写出了报道中国 20 世纪 70 年代真实状况的作品。这些文字优美、内容详尽的作品为西方读者了解中国起了很好的桥梁作用。他们的作品是在我国改革开放之前来中国写的，今天再来阅读他们当时写的作品，从中也能领略到时代的变化、改革开放的伟大成就。

总之，我们选材的宗旨是：尽量把北欧各国文学史中在各个时期占有重要地位的作家的代表作收进本丛书。本丛书虽有 45 部之多，是我国至今出版北欧丛书规模最大的一部，但是同 150 年的时间长河和各时期各流派的代表作家与作品之多比起来，45 部作品远不能把所有重要作家的作品全部收入进来。

本丛书中的所有作品，除了极个别，基本都是直接从原文翻译，我们的目的是想让读者能够阅读到原汁原味的当代北欧文学。同英语、俄语、法语等大语种翻译比起来，我们直接从北欧语言翻译到中文的历史不长，译者亦不多，水平不高，经验也不足，译文中一定存在不少毛病和欠缺之处，望读者多多包涵，也请读者给我们提出宝贵的建议和意见，便于我们改进。

本丛书能够付梓问世，首先要感谢中国国际广播出版社执行董事张宇清先生和副总编田利平先生，田总编是在本丛书开始编译两年后参与进本丛书的领导工作的，他亲自召开全体编委会会议，使编委们拓宽思路，向更广泛的方向去取材选题。没有他们坚挺经典文化的执着精神和开拓进取的勇气，这部丛书是不可能跟读者见面的。我还要感谢本书所有的编委，是他们在成书过程中做了大量工作，从选材、物色译者到联系有关国家文化官员和机构，都付出了辛勤的劳动。不仅如此，他们还亲自翻译作品。没有他们的默默奉献和通力合作，这部丛书是难以完成的。在编选过程中，承蒙北欧五国对外文化委员会给予大力帮助和提供宝贵的意见，北欧五国驻华使馆的文化官员们也给予了热情关怀，谨向他们致以衷心的感谢。对编选工作中存在的疏漏和不足，还望读者们不吝指正。

2021 年 10 月
于北京潘家园寓所

石琴娥，1936年生于上海。中国社会科学院外国文学研究所北欧文学专家。曾任中国－北欧文学会副会长。长期在我国驻瑞典和冰岛使馆工作。曾是瑞典斯德哥尔摩大学、丹麦哥本哈根大学和挪威奥斯陆大学访问学者和教授。主编《北欧当代短篇小说》、冰岛《萨迦选集》等，为《中国大百科全书》及多种词典撰写北欧文学、历史、戏剧等词条。著有《北欧文学史》、《欧洲文学史》（北欧五国部分）、"九五"重大项目《20世纪外国文学史》（北欧五国部分）等。主要译著有《埃达》《萨迦》《尼尔斯骑鹅旅行记》《安徒生童话与故事全集》等。曾获瑞典作家基金奖、2001年和2003年国家图书奖提名奖、第五届（2001）和第六届（2003）全国优秀外国文学图书奖一等奖、安徒生国际大奖（2006）。荣获中国翻译家协会资深荣誉证书（2007）、丹麦国旗骑士勋章（2010）、瑞典皇家北极星勋章（2017）、翻译文化终身成就奖（2024）等。

译 序

宗教改革背景下诞生的芬兰语文字

语言的产生是人类进化的重要标志,文字的诞生则是一个民族走向文明进步的关键要素之一。芬兰语文字即书面语是世界上少有的由一个人独自创造并成功沿用至今的语言文字。

16世纪上半叶起,受马丁·路德1517年在德国发起的宗教改革运动影响,瑞典和芬兰逐渐脱离天主教接受新教。新教提倡用通俗的民族语言讲道,并把办学作为传教的手段之一。各国神职人员纷纷响应马丁·路德的号召,用本民族语言传播《圣经》。这促生了芬兰语文字的产生。1543年,芬兰图尔库大主教米卡尔·阿格里科拉(Mikael Agricola,1510—1557)参照拉丁语、德语和瑞典语的字母发音创造了芬兰语文字,编写了识字读本并着手将《圣经》翻译成芬兰语,从而使讲芬兰语的普通平民百姓皆可学习《圣经》。阿格里科拉创造了大约8500个芬兰语单词,其中有三分之二至今仍在使用。

当时的芬兰还处在瑞典王国统治之下,1809年俄瑞战争后,芬兰成为沙皇俄国享有自治权的大公国,但瑞典语仍然在芬兰拥有主要官方语言的地位,芬兰语被视作登不了大雅之堂的民间语言。在19世纪欧洲民族主义思潮的影响下,芬兰知识分子开始致力于寻找本民族文化起源和推动芬兰语文学创作。继1835年芬兰民族史诗《卡勒瓦拉》(*Kalevala*, 1835/1849) 问世后, 阿历克西斯·基维 (Aleksis Kivi, 1834—1872) 用本民族语言创作的首部长篇小说《七兄弟》(*Seitsemän veljestä*) 亦于1870年应运而生, 成为芬兰语文学正式诞生的标志之一, 为芬兰争取民族独立与解放的长期努力留下了浓墨重彩的一笔。

第一个用芬兰语创作的民族作家基维

阿历克西斯·基维, 本名阿历克西斯·斯滕瓦尔 (Alexis Stenvall), 是芬兰第一位用芬兰语创作的职业作家, 他的作品开创了芬兰语诗歌、散文、戏剧和小说的先河, 他被誉为芬兰语文学的奠基人。其最著名的作品包括长篇小说《七兄弟》和剧作《荒原上的鞋匠》(*Nummisuutarit*, 1864) 等。基维的作品对人们思考和探索芬兰民族的特性产生了深远的影响。基维与芬兰文字之父米卡尔·阿格里科拉和芬兰民族史诗《卡勒瓦拉》作者埃里亚斯·伦洛特 (Elias Lönnrot, 1802—1884) 同被视为芬兰民族文学的缔造者。

阿历克西斯·基维于1834年10月10日出生在芬兰南部努尔米耶尔维 (Nurmijärvi) 的一个贫苦裁缝家庭。基维在家中排行老四, 他有三个哥哥和一个早夭的妹妹。基维的童年是快乐的, 他的故乡成为伴随着作家一生的心灵景观。

基维12岁时独自一人赴赫尔辛基求学。虽然家境贫寒, 但父母希望才华初露的基维有受教育的机会, 特别是母亲希望他能成为一位牧师。基维最初寄宿在赫尔辛基一个富裕的裁缝家里, 他一边学习瑞典语, 一边饱览裁缝家中的藏书, 接触到了世界文学宝库包括莎士比亚和塞万提斯的许多经典作品，也对芬兰民族史诗《卡勒瓦拉》有了初步了解。

基维于1859年进入赫尔辛基大学学习，成为当时少有的平民出身考入大学的人。但他在大学并没有聚焦于自己的学业，而是将越来越多的时间花在读书和写作上。在朋友和热心于提升芬兰语地位的赞助者的支持下，他最终没有遵从母亲的意愿成为一位牧师，而是开启了自己颇有前途的作家生涯。

19世纪60年代是基维成果丰硕的创作时期。1860年，他取材于民族史诗《卡勒瓦拉》的剧作《库勒尔伏》（*Kullervo*）首次冠以他的笔名阿历克西斯·基维并赢得了芬兰文学协会首次颁发的大奖。1863年，基维应邀迁居至位于赫尔辛基西面斯乌迪奥（Siuntio）的范庸卡斯庄园（Fanjunkars）。正是在这里，基维创作了他的大部分作品，其中《荒原上的鞋匠》于1865年荣获芬兰新设立的国家文学奖大奖，该剧至今仍在芬兰各地剧院演出。1869年5月10日，基维的另一部话剧《莉阿》在新建的芬兰语大剧院首演，这一天也成为芬兰话剧的纪念日。

对于基维来说，大自然是他创作灵感的源泉，他经常在狩猎、捕鱼和远足时在大自然的怀抱中思考文学创作。与此相反，基维在与人相处时并非总是轻松自如。虽然基维也很想建立起自己的家庭，但最终却由于贫穷而未能如愿以偿。

1870年，基维耗时十年、两次重写的长篇小说《七兄弟》由芬兰文学协会在其小说期刊上分四次连载出版。书中描述的关于尤科拉农场一群倔强兄弟的故事，可以看作是芬兰人从原始猎人过渡到勤劳好学农民的一个寓言。基维的写作风格中融合了浓郁的芬兰乡土气息、独具特色的幽默和浪漫。

然而，在当时的芬兰，并不是每个人都喜欢以这样一种新的方式将芬兰人描绘成任性的森林居民。特别是当权威的芬兰语言与历史教授奥古斯特·阿尔奎斯特（August Ahlqvist，1826—1889，曾任赫尔辛基大学校长）强烈批评了这部作品及其对芬兰农民的现实描绘后，芬兰文学协会忌于反对意见，将这部作品搁置了三年，直到1873年小说才以合卷的形式最终出版，但这对作者本人来说已经为时过晚。

对小说近乎苛刻的恶意批评使得本来就贫病交迫的基维更加身心交瘁，面临身体上和精神上的崩溃。在他生命的最后几年里，他被送入赫尔辛基拉宾拉赫蒂精神病院接受治疗，后来又被其兄长接回杜苏拉的家中，最终于1872年除夕之夜因伤寒和脑疾发作而去世。他的最后遗言是："我活着。"

《七兄弟》和基维所有作品的价值和意义在作者辞世之后才被世人所认识。1922年，在基维逝世50周年之际，人们在芬兰首次就阿历克西斯·基维的毕生事业举行隆重的纪念活动。当年的除夕夜在芬兰国家大剧院举行了一场纪念基维的庆祝演出。1934年，人们在坦佩雷和努尔米耶尔维通过飘扬的旗帜来纪念基维诞辰一百周年。1939年，由著名雕塑家阿尔托宁（Wäinö Aaltonen，1894—1966）创作的基维青铜雕像在赫尔辛基火车站广场上国家大剧院前落成。1941年阿历克西斯·基维协会成立。自1950年以来，基维的诞辰10月10日一直作为全国升旗日纪念，1978年起同时作为"芬兰文学日"加以纪念。

小说《七兄弟》成为芬兰民族文学的奠基石

作为第一部用芬兰语创作和出版的长篇小说,《七兄弟》被誉为芬兰文学宝库中所有时代最伟大的小说,成为与芬兰民族史诗《卡勒瓦拉》齐名的最著名和最受人们珍爱的文学作品。在四分之三个世纪中,《七兄弟》在芬兰曾经是仅次于《圣经》的传播最广泛的一本书,今天则是被译为其他语言最多的一本小说,迄今已被翻译为近40种语言出版。

芬兰著名国务活动家和哲学家斯内尔曼(Johan Vilhelm Snellman,1806—1881)曾为提升芬兰语地位发挥关键作用,他在1873年为小说《七兄弟》合卷本所做的序言中指出,基维在芬兰语文学创作中无人可望其项背,小说《七兄弟》的主导思想是诠释教育和文明是人们通往自由、和平与幸福的必由之路。芬兰文学教授卡伊·拉伊蒂宁(Kai Laitinen,1924—2013)则在多年后评价称,小说《七兄弟》为"芬兰文学的伟大传统"奠定了基石。这一传统的特点是现实主义、幽默、尊重民众,以及作为朋友和对手对大自然的深入描绘。正如莎士比亚的作品之于英国、莫里哀之于法国、塞万提斯之于西班牙一样,这部小说中的许多名言已经融入人们的日常生活,其情节经常会被视作历史事件被人们追述,其中的人物以及他们的自强不息已经成为芬兰民族永恒的精神财富而代代相传。多少年来,无论是评论家还是研究者以及读者,无不对基维作品中所充满的火焰般的激情、极具创造力的风格和艺术上的认知,以及对乡野生活场景出神入化的描绘给予高度评价和广泛赞誉。

作为文学作品，小说既可以作为一个简单的冒险和幽默的故事来读，因为所有年龄段的芬兰人都感觉这部作品很具有吸引力和娱乐性，而对于非芬兰语的读者来说，这部作品则意味着更多，除了娱乐性，更是了解芬兰民族性格和塑造这一性格的国度的一把钥匙。虽然基维笔下的人物并不一定是人们理想中的人物，但在他们身上却体现了许多芬兰人的典型民族特性。在今天的芬兰人身上，也许已经很难再辨识出基维所描绘的大自然的孩子们的形象，但是芬兰的民族性格并未随着时间的流逝而改变，基维的《七兄弟》仍然体现了这个国家的典型特征。可以说所有决定七兄弟人生历程的性格特征——顽强、执着、忍耐、团结、独立、热爱自由——也决定了芬兰在今天这个时代的历史进程。

《七兄弟》在思想上、语言上和结构上的特点

首先，小说《七兄弟》是一部爱国主义作品。对基维来说，这部作品凝聚了他对他所生活的土地、对生活在这片土地上的人民以及对他的民族语言的三重热爱。基维对自己的祖国，特别是芬兰乡土的热爱渗透在整部小说中。他在最后一章中这样描述了埃罗对祖国的新的感受：

> 祖国对他来说已经不再是世界上一个泛泛的、模糊的地点，既不知道在哪里也不清楚是什么样子，现在他知道了芬兰人民居住在世界上哪个宝贵的角落，在那里的土地上安葬着祖先的遗骨，也知道了他们是怎样建设和捍卫着自己的国家。

其次，小说《七兄弟》也是一个励志故事。虽然基维一生坎坷，穷困潦倒，遭受过大多数原创艺术家的不幸命运，但在他的小说里却不乏幽默和乐观主义的描写，并最终以美德得到奖励的喜剧方式结尾。小说的最后几行是：

> 我的故事讲到这里就要结束了。我讲述了一个发生在芬兰荒野森林中七个兄弟的故事，那么关于他们在这个世界上的生活和业绩还有什么更多要讲述的呢？他们的一生平静地度过，在人生的正午时分达到高点，然后随着金色太阳几千次的升起落下，又平静地下降到傍晚的休憩之中。

作者用这段文字巧妙地结束了这部小说。

再次，在语言上，《七兄弟》第一次向世人展示了芬兰语在文学创作上的魅力。基维虽然也熟练掌握瑞典语，但他之所以选择用芬兰语来写作，就是要以文艺复兴时期的欧洲古典文学大家为榜样，致力于丰富和完善自己本民族的语言，证明芬兰语与瑞典语、德语一样，也是可胜任文学创作的语言载体。在《七兄弟》中，经常出现有韵律的诗歌体散文、借助史诗明喻突出动作的情节，以及欢快的艺术大师般的大段叙述，比如拉乌里在希登基维岩石上的生动的模拟布道，都显示了作者对芬兰语丰富表达能力的运用自如，以及他对借助其进行文学描述的热切期待。

《七兄弟》中还插入了许多故事、传说与寓言。七兄弟讲述的故事有的是古老的传说，有的是带有异国情调的浪漫故事，与他们所生活的现实世界是截然不同的。这些故事作为叙述的片段停留在情节中，给人一种浪漫的感觉。

另一些故事辛酸而忧郁，为的是加强情节的效果，比如小说中"苍白少女的故事"和"被囚禁的基督徒的故事"。虽然有时七兄弟会对这些故事发表评论，但在故事前后的行为更是一种有效的评论。作者很可能是从莎士比亚那里学到了允许语境作为评论的手法，成为使用这一技巧的大师。

由于基维时期所用的语言与当代芬兰语已经有一个半世纪的时差，许多词语和用法在现在的芬兰语中已不再使用，或者已经转义，因而读懂《七兄弟》原文对今天的芬兰读者来说也有一定难度，为此在芬兰还专门出版了《七兄弟》当代芬兰文的"译本"，以及一些带有专门导读和注解的版本。

最后，在结构上，《七兄弟》也独具特色，体现了作者在严格意义上对写作形式的本能感觉。正是由于这种本能，以及对整体框架结构进行平衡而作出的巨大努力，基维的小说结构中的每一个元素都可以最终追溯到过去。仔细研究《七兄弟》的文学结构，可以发现这不仅仅是一件叙事作品，它还可被视为一件有序的艺术作品，每个单词都像是交响乐中的音符，完美地融合在一起。透过外在的不规则，可以辨别出小说真正的形式，即其无形的特征及结构原则，每一个重要的事件都衍生于前一个类似的主题，形成了一个微缩的整体。七兄弟出逃到荒野及其在那里所发生的主要事件，从更宏观的角度看都源于基维在小说开篇所描述的七兄弟的童年，其他类似的相似之处不胜枚举。在叙述中所发生的任何转折，都无不是先有文字或语句上的铺垫，然后是更加明显的展示，所以每当有新的主题开始时，读者就已经为新的基调、节奏和情绪的变化做好了准备。

第五，如同在中国有《红楼梦》需要读五遍才有发言权的说法一样，在芬兰人们也认为《七兄弟》必须要多读几遍才能体会到其在文学上的价值，感悟到其表达的哲理与真谛。人们在芬兰往往谈论的不是是否读过这本书，而是他们读过它的次数。的确，有一些基维爱好者非常了解这部小说，并且能在任何时候背诵出他们最喜欢的章节，就像音乐爱好者能回忆起他们所喜欢的音乐作品中的章节一样。有人可能会说，促使他们重读小说乃至背诵下来，与其说是出于这本书的任何优点，不如说是他们自己想体验一下身处其中的乐趣。其实又有多少小说会在人们反复背诵之后还会继续让他们对它如此着迷呢？也如同中国的红学研究一样，在芬兰也有许多专门研究基维及其小说《七兄弟》的研究者，他们对基维及其作品的研究随着时间的流逝越来越深入。基维的伟大和超人之处经历了一个缓慢的发现过程，随着一代又一代专家和评论家接力研究他的作品，这一过程仍在继续。他在年代上距离我们越远，人们所看到的他的丰碑就越高，他不仅超越了同时代的人，也超越了许多在他之后的人们。

《七兄弟》：一部关于芬兰乡村生活的史诗

七兄弟在芬兰南部的农场里土生土长，当他们的父母相继去世后，他们对现代文明社会对他们提出的种种要求开始感到厌烦，尤其是在他们看来一种很荒谬的要求，即他们必须学会读书写字才能有资格娶妻成家。他们向邻家姑娘集体求婚遭到拒绝、与邻村青年打架斗殴、从教堂读书班逃学、对牧师和教堂执事出言不逊，最终面临被教会惩罚的威胁。他们决定放弃他们的农场，远离世人，到深山老林中去过所谓自由而快乐的生活。于是他们带着家里的老马、猎狗和猎枪进入荒野，并在猎物丰盛的森林里为自己建造了一座小屋。

在密林里的新家，迎接他们的有与棕熊和野狼之间的惊险较量和与40头被激怒的公牛对抗的可怕遭遇，这一切在基维笔下成为一幕接一幕的英雄历险场景，无论是严肃的和貌似严肃的，总是带有荷马史诗般的崇高。接下来的篇章同样不乏动人的情节、幽默和诗意：七兄弟在生存的压力下如何不得不辛苦劳作，如何依靠勇气和毅力通过烧荒和治理沼泽开创了一个全新的先锋农场，不仅还清了因为猎杀公牛带来的债务，也最终实现了自给自足。他们经历了一个漫长而痛苦的启蒙和教育过程，不仅通过了教会的读书识字考试，获得了牧师和执事对他们的宽恕，也赢得了社会对他们的认可与接受，重新回到了文明社会，娶妻生子，幸福生活，成为受人尊重的社会平等成员。

这是一个幽默而悲怆的故事，无论年轻人还是老年人都被其深深吸引：年轻人喜欢其对探险和荒野生活的生动描写，老年人则感悟其贯穿始终的对人性的深刻理解。七兄弟的行为和人物个性更被誉为鲜活的和永不褪色的文学遗产。冲动但通常都是在思考之前行动的尤哈尼、聪明却喜欢说教的阿波、四肢发达的托马斯、真诚但容易犯错误的西蒙尼、思维迟钝的迪莫、安静的拉乌里、尖刻的埃罗，他们的磨难与凯旋同最初被作者记载到纸面上的那天一样，在今天的读者面前仍然栩栩如生。

在本书翻译与出版过程中，我要衷心感谢各方的支持与协助，尤其要感谢芬兰阿历克西斯·基维协会，特别是协会主席卡塔雅麦基（Sakari Katajamäki）先生的热情鼓励与大力支持，他专门提供了由其主编但尚未出版的基维《七兄弟》批注版供译者参考使用。译者还通过参与阿历克西斯·基维协会组织的赴基维家乡努尔米耶尔维、杜苏拉及创作小说《七兄弟》的主要地点范庸卡斯庄园的参访活动，对作者生平及小说的创作背景有了更深入的了解。此外还要感谢芬兰文学交流协会（FILI）一如既往的宝贵支持，感谢北京外国语大学的李颖副教授和北欧文学译丛主编、编委同人及出版社编辑团队的大力支持与协助。最后也是最重要的，就是感谢我的家人在幕后默默的支持。

由于译者能力所限，译作中难免会有个别错情或谬误，敬请读者惠予指正。

倪晓京
2024 年 9 月于北京

译者简介

倪晓京，1959 年生于北京。1977 年考入北京外国语大学英语系。1979 年赴芬兰赫尔辛基大学留学，并获芬兰语硕士学位。1983 年起先后在中国外交部和中国驻芬兰、瑞典、希腊和土耳其使领馆工作，历任外交部欧洲司处长、中国驻芬兰和驻瑞典大使馆政务参赞、驻土耳其伊兹密尔总领馆副总领事等职务，并曾挂职云南省红河州委常委、副州长。多年从事芬兰语高级口笔译及培训工作。曾出版芬兰语译著《俄罗斯帝国的复苏》（2012）、《牧师的女儿》（2021）、《狼新娘》（2023）、《他们不知道做什么》（2024），并担任《我们和你们：中国和芬兰的故事》（2022）副主编。

目　录

第一章 / 001

第二章 / 028

第三章 / 053

第四章 / 085

第五章 / 112

第六章 / 140

第七章 / 180

第八章 / 212

第九章 / 239

第十章 / 267

第十一章 / 293

第十二章 / 317

第十三章 / 334

第十四章 / 370

第一章

尤科拉农场的主建筑,坐落在海曼[1]南部一座山岭的北坡上,距离图科拉村不远。它的周围是一片砂石地,但是再往下一点就是耕地了。在农场走向衰败之前,这里曾经是一片麦浪翻滚的景象。耕地的下面是被一条弯弯曲曲的沟渠拦腰截断的牧草地,草地四周长着三叶草。牧草地曾经给农场提供了大量牧草,但后来则成了村里奶牛放牧的草场。农场还拥有面积可观的森林、沼泽和荒地,那是农场最早的创建者在当初进行大规模土改时[2]通过巧妙的运作而纳入农场范围内的。当时尤科拉农场的主人把维护后人的利益看得比自己的眼前利益更为重要,接收了大量被野火烧毁的林地,用这种方式获得了比周边邻居多出七倍多的土地面积。而现在所有野火烧过的痕迹都已经不复存在,代之以茂密生长的森林。——这就是七兄弟的家,我下面要讲的就是关于这七位兄弟生活经历的故事。

七兄弟的名字从老大到老小分别是:尤哈尼、托马斯、阿波、西蒙尼、迪莫、拉乌里和埃罗,其中托马斯和阿波

---

[1] 海曼,芬兰南部传统地区。
[2] 这里指芬兰在18世纪中叶进行的土地分配改革,农村土地按照好地少分、差地多划的原则分配,形成各个统一的农场。至1808年时,芬兰南部的大部分土地基本分配完毕。

是双胞胎，迪莫和拉乌里也是双胞胎。尤哈尼是老大，今年25岁，而最小的埃罗所经历的春去秋来还不到18次。他们的身体都很结实强壮，除了埃罗依然长得比较矮小，其他人都是中等个头。他们中间个子最高的是阿波，但他的肩膀并不是最宽的。拥有最宽肩膀殊荣的当数托马斯，他正是由于自己的肩宽而远近闻名。他们所有人都有一个共同的特点，那就是他们的棕色皮肤和亚麻般的僵直头发，尤哈尼粗硬的头发则最为扎眼。

他们的父亲是一个极其热衷于狩猎的人，却在自己正当年时与一头狂怒的棕熊搏斗时突然遭遇不幸。当人们找到这头棕熊和这位猎人时，他们都已经双双死去，并排躺在地上的血泊中。猎人身受致命的伤，但那头野兽的脖子和侧肋也被刀子割开，胸口被猎枪子弹打穿。这位壮硕的男人一生中杀死的棕熊足有50头之多，就这样走到了自己生命的尽头。——由于他太沉湎于去森林中打猎而疏于打理自己的农场，家业便在群龙无首的情况渐渐败落下去。他的儿子们都不会耕种，因为他们从父亲那里继承了同样强烈的狩猎热忱。为了捕杀野鸟和野兔，他们制作了捕网、捕夹、陷阱和黑琴鸡舍①。他们就这样度过了童年，直到他们到了开始使用火枪和有胆量在森林中接近棕熊的年纪。

他们的母亲确实也曾试图通过训斥和管教来引导他们干些农活和勤奋劳作，但是他们的冥顽不化抵消了她全部的努力。她本身也是一个能干的女人，她的淳朴耿直以及略有些死板的秉性为众人所知。她的兄弟即孩子们的舅舅，也是一个老实巴交的男人，年轻时曾经作为一名勇敢的水

---

① 黑琴鸡舍，一种捕鸟的捕具，鸟飞进去后无法张开翅膀逃离。

手漂洋过海去过许多国家，到过不少城市，但是最后却双目失明成了一个盲人，在尤科拉农场里度过了生命中的那些黑暗日子。那时，他时常会根据自己手上的感觉，用刻刀削出家里必备的各种家什，如长勺、小勺、斧头柄和洗衣棒槌等。他还常给外甥们讲述关于芬兰和其他国家的见闻和一些稀奇古怪的故事，以及《圣经》中记载的那些奇人与奇事。兄弟们十分专注地听他讲述这些故事，并牢牢记在了心里。不过他们对于母亲的号令和斥责就不那么愿意听了，尽管因此少不了挨打，但仍然是充耳不闻，我行我素。兄弟们经常是在发现板子马上就要打到屁股上时，才会一溜儿烟地逃之夭夭。他们的执迷不悟给母亲和其他人造成了许多痛苦和麻烦，也往往使自己招惹的事情闹得越来越大。

  在这里给大家讲一件这些兄弟小时候发生的事。他们知道在家里的打谷坊下面有一个鸡窝，属于一个被称作"松林老妈"的妇人所有，因为她的小木屋就在尤科拉农场旁边的一片松林里。有一天兄弟们忽然一时兴起想吃烤鸡蛋了，他们决定要端掉这个鸡窝，然后躲到森林里去享用战利品。当时老小埃罗还在妈妈的脚下厮守，兄弟中的六个随即将这个决定付诸实施。他们将鸡窝里的东西一扫而光，一起跑进了森林。他们来到一片昏暗的云杉树林里，在一条汩汩流动的水沟边点起了一堆篝火，将鸡蛋用破布裹起来浸入水中，再放入烧得滋滋作响的炭火中烘烤。当美味最终烤熟时，他们便美美地吃了一顿，然后心满意足地朝着自己家的方向走去。当来到农场建筑所在的山坡上时，迎接他们的是一场暴风雨，原来是他们做的"好事"败露了。只见"松林老妈"气势汹汹地大声咆哮着，兄弟们的母亲则手里拿着噼啪作响的鞭子怒气冲冲地向他们奔过来。小伙子们当然不会吃这样的眼前亏，于是不顾自己的母亲怎么喊叫，头也不回地转身逃回密林深处去躲避风头了。

就这样过了一天又一天，还是没有逃走的兄弟们的一点点消息，这最终让他们的母亲感到十分不安，她的怒火很快就变成了担心和怜悯的眼泪。于是她决定出门去寻找自己的儿子们。她在森林里四处寻觅，但是在任何地方都没有看到儿子们的踪影。事情闹得越来越大，最后甚至连官府的人也被惊动了。有人报信给当地的围猎官[①]，后者立即向图科拉村及其周边地区发出了集结号令。在他的号召下，成群结队的人，无论男女老幼，都排成长长的队列在森林里四处搜寻。第一天，他们先在离得最近的区域搜索，但是没有得到预期的结果。第二天，他们开始搜索稍远一点的地方，当他们来到一块地势稍高一点的山坡上时，看到远方一片沼泽地的边缘上环绕升起了一团蓝色的烟雾。他们在确定了烟雾所在的具体方位后，便继续朝着那个方向前进。当他们最终抵达那个地点附近时，他们听到了一个声音在这样唱道：

> 我们往日也曾这样生活，
> 即使我们现在流落沟渠；
> 让我们燃起沟里的柴火，
> 畅饮用渠水酿制的啤酒。

[①] 围猎官指当地负责协助政府官员组织围捕野狼和扑灭林火的官员。

听到歌声，尤科拉农场的女主人不禁感到欣喜万分，因为她听出那是自己的大儿子尤哈尼的声音。从森林里不时传来有人玩烧火棍游戏①噼里啪啦的爆裂声，搜索的人们现在知道他们正在接近逃亡者的营地。带队的围猎官命令所有人都要悄悄地接近，在离他们营地还有一段距离时停止前进，把这些后生包围起来。

一切都如围猎官命令的那样。搜索队伍从四面八方走到距离这几个兄弟约50步远时便停了下来，将他们团团围住。这时他们看到了眼前的一幕：小伙子们在一块岩石下面用松柏枝叶搭起了一个小窝棚，尤哈尼躺在门口处的一片苔藓上面，仰望着天空的云彩在放声歌唱。在距离他一两丈②远的地方，升腾着一堆篝火，炭火中正在烘烤着西蒙尼用陷阱捕获到的一只黑琴鸡，这将成为他们的晚餐。阿波和迪莫脸上被熏得黑黑的——刚刚还在玩躲猫猫的他们，现在正在灼热的炭灰中烤着芜菁。拉乌里一言不发地坐在旁边一个小土坑边上，正在用泥巴捏着公鸡、公牛和马驹，在他旁边的一个长满苔藓的圆木截面上已经排好了一列正在烘干的小泥兽。托马斯在噼里啪啦地玩着烧火棍游戏：他向卡在地上的一块大石头上吐了一口满带泡沫的口水，然后将一块烧得通红的木炭放到上面，再用尽全力在木炭上压上另一块石头，只见一股浓烟从石头之间缠绕着升起，伴随着像猎枪射击的砰砰声响彻四周。

---

① 烧火棍游戏，指一种用石头投掷烧红的火炭发出噼里啪啦声音的游戏。
② 一两丈，即 2 至 3 庹，此处原文为芬兰文 syli，庹为芬兰旧时长度单位，即两臂向左右伸开的距离，约为 1.78 米，与中国传统长度单位庹相似。

尤哈尼："我们往日也曾这样生活，即使我们现在流落沟渠……"

可是最终我们还是在这里交上了霉运。它就好像一直在我们手边，你们这些水獭的崽子。

阿波： 当我们像兔子一样逃离家园时我就这样说过。我们这些可怜的疯子！只有法外之徒和吉卜赛人才会在苍天之下这样地蹒跚而行。

迪莫： 但这里也是上帝的天下。

阿波： 我们在这里与野狼和棕熊为伍。

托马斯： 上帝与我们同在。

尤哈尼： 说得对，托马斯！上帝和他的天使们与我们同在。啊！假如我们能够透过天国永福的灵魂与肉体去观察周边，我们就能清楚地看到在我们周围有一大群身上插着翅膀的天使正在保护着我们，而上帝本人也像一位白发苍苍的老人一样就坐在我们中间，犹如最慈祥的父亲一般。

西蒙尼： 可是我们可怜的母亲现在正在想什么呢？

托马斯： 一旦我们落入她的掌心，她会很乐于把我们打成肉酱的。

尤哈尼： 嘿，小子，我们又不是没有挨过打！

托马斯： 挨过，挨过！

尤哈尼： 被打得火星四溅！是的，这你当然知道。

阿波： 我们迟早要挨到。

西蒙尼： 这是自然的。因此我们最好还是自己去领受这顿打，早点摆脱这种闲得无聊的日子。

尤哈尼： 牛啊马啊是不会主动把自己送上屠宰台的，我的兄弟。

阿波：伙计，你在啰唆些什么呢？冬天很快就要到了，我们在出生时后背上并没有带着御寒的皮毛。

西蒙尼：闲话少说，快打道回府吧！我们就准备挨揍吧，也是我们自作自受，自作自受啊。

尤哈尼：省着点吧，兄弟们，我们还是先躲上几天再去挨打吧。我们还不知道再过两三天上帝会赐予我们什么样的救赎方法呢。我们在这里，就是在这里先继续打着滚，白天守在那堆松木桩篝火旁，晚上睡在小木棚里，就像小猪崽那样一个挨一个地并排躺在草秸上。——不过拉乌里你怎么说，你这个待在泥坑里的小子？什么？你是要让我们乖乖地去挨打吗？

拉乌里：让我们继续待在这里吧。

尤哈尼：这也是我估摸着的最佳方案。正是这样！——不过你捏好的家畜已经有不老少了吧？

托马斯：那小子捏的既有大牲口也有小家禽。

尤哈尼：这一大群家畜可真是绝了。你会成为真正的泥塑大师的。

托马斯：真是一个泥作坊。

尤哈尼：好棒的泥作坊。——你现在手头又要捏出个什么样的俄罗斯娃娃？

拉乌里：这只是那么一个小男孩。

尤哈尼：瞧这个小家伙啊！

托马斯：小家伙捏得就像个男子汉。

尤哈尼：小家伙捏得个个都像是熬制木焦油用的松树桩一样，而他就像是一个男子汉那样喂养着自己的孩子和牲畜。——不过兄弟们，兄弟们，大家快点上桌入席吧，我的肚子已经开始咕咕叫了。快撒点灰，撒点热灰到芜菁烤脱皮的那一面。——现在轮到谁去再弄些芜菁了？

西蒙尼： 这种脏活又得让我去干。

尤哈尼： 我们为了生存下去，有时不得不从别人那里稍微顺一点点东西。如果这也叫罪过，那么这至少在这个尘世的国家里算是最轻微的了。听我说，如果我死的时候在我的记录中没有记载其他的罪过，那么这只小乌鸦脚①也不会妨碍我过上更好一点的生活。我想我很快就会被剥夺进入天堂的婚姻殿堂的资格，但至少还会给我这个小伙子留一个看门的差事，那也是乐趣无穷的。——嗯，我们要相信这一点，让我们无忧无虑地有什么就用什么先填饱我们的肚子吧。

阿波： 不过我以为我们最好还是放弃库奥卡拉的芜菁地另外再找一块地吧。如果地里的东西一天比一天少，地的主人很快就会日夜不停地去那里守护了。

围猎官： 孩子们，你们大可不必再为这项计谋而烦忧了，不必了。哈哈，你们为何如此惊慌失措？看啊，大群的守护天使已经把你们围得水泄不通了。

围猎官的话着实把这六个兄弟吓了一跳，他们嗖的一下跳了起来，夺路四处而逃，但很快又惊恐地发现，他们的逃路全都被堵死了。这时围猎官又说道："小子们，你们已经落网了，逃学的小子们，你们已经被牢牢地套住了，看看你们让我们遛了多么大一圈，不让你们脱一层皮稍稍

---

① 小乌鸦脚在此指减号，旧时在芬兰教会为信徒安排的识字考试中分别用 X、Y 或减号来表示优、良和不及格成绩，并记录在教会的登记簿上，就像是乌鸦的脚印一般。如果未婚青年识字考试不及格，教会也不会为其证婚。

长点记性，就长上那么一点记性，你们就休想离开。过来吧，大妈，拿上您的桦树条，让他们妥妥地挨上几下子。如果您遇上有人还手，我这儿还可以给您再派些帮手。"接下来只听见库奥卡拉的密林中传出震耳的啪啪声，那是当妈的开始教训自己的儿子们，每人一顿，一个不落。老妈毫不留情地挥舞着枝条，而围猎官却称小伙子们只是轻轻地挨了一顿打。

当最后一项任务完成之后，人们就各自打道回府了，母亲也带着儿子们回去了。一路上她不停地训斥责骂着这些离家出走的孩子，一直到了家门口这场狂风暴雨也没有停息。老妈在把为儿子们准备的吃的放到儿童桌椅上时还在说个不停，威胁还要再抽打他们一顿。不过当她看到孩子们像饿狼一样扑向面包和青鱼时，不禁把脸转向另一侧，悄悄地将眼泪从自己粗糙的褐色脸庞上抹去。

小伙子们的逃亡之旅就这样结束了。这是他们孩提时代发生的一件事，我在讲述我下面的故事时先顺便提及。

这几个兄弟最喜爱的娱乐活动还有击木碟游戏[①]，他们长大成人之后仍然乐此不疲。他们把自己分成两组，相互之间激烈竞争，都想先将木碟击到指定的位置。只见他们喊声震天、奋力奔跑，相互推搡争夺，汗水哗哗地顺着他们的脸上流下来。木碟一路呼啸着向前弹跳，经常会从击碟棍上弹起撞到人的脸上，等到他们游戏结束时，总会有一两个人的额头像长了角一样，或者脸颊肿得像圆面包。他们的青少年时光就是这样度过的：夏天在森林里或者公路上玩击木碟游戏，冬天则待在家里守在热烘烘的火炉旁。

---

① 击木碟游戏，一种相互对抗用木棍将木碟击向对方团队的游戏。

七兄弟也注意到了时代在变迁。这期间发生的一些事情让他们比以前更加关注未来，也稍微改变了他们从前的生活方式。——他们的母亲去世了，他们中的一个现在要承担起农场主的角色，尽力维持着不让农场陷入彻底的败落。与此同时，他们还要缴纳王室的税赋，尽管相对于尤科拉农场所拥有的大片土地和森林而言，这些税赋尚不算很重。但即使是在已经破落的农场里，需要他们操心的事情仍然不少。而最令他们感到不安的是，教区里新来了一位牧师长，他在履行自己的职责时严厉得让人害怕。他对待那些偷懒不好好读书识字的人态度冷酷无情，不惜采取各种措施来对付他们，甚至包括使用教堂脚枷①来惩戒。对于尤科拉的小伙子们，他更是把自己的眼睛睁得大大的。他通过县法庭的陪审员②向他们下达了严厉的命令，要他们比以往更加麻溜地赶到教堂执事③处学习识字。——在一个夏末秋初的傍晚，七个兄弟坐在自家宽敞的堂屋里，一边琢磨着这些事情，一边进行了下面这场对话。

阿波：要我说，这样疯狂的生活不能再继续下去了，它的最终结果只能是家破人亡。兄弟们！如果我们期待着幸福与安宁，我们就要换一种活法。

尤哈尼：你说得很对，没人否认这一点。

---

① 教堂脚枷是旧时芬兰一种用两根长木梁做成的枷具，将被惩戒的人的双脚锁在两根木梁中间的圆孔中，放在教堂前面示众，很有侮辱性，1848 年被废除。
② 县法庭的陪审员，这里指县法庭从当地农场主中选出的陪审员。
③ 教堂执事，最早指教区负责敲钟的工作人员，其职责后来还包括教授教区信徒读书识字。

西蒙尼：上帝饶恕我们吧！我们迄今为止过的都是我行我素、放浪不羁的生活。

迪莫：我们活在当下，见识当今世界。如果我们收到了教会的邀请，就说明我们够格了。哈哈！

尤哈尼：我们过得太疯狂了，或者更正确地说，是生活得太肆无忌惮、任性妄为了，这一点没有人会否认。我们应该记住这样的格言："少年伴随着疯狂，老了要充满智慧。"

阿波：是我们该变得聪明一点的时候了，到了我们要把所有的想法与欲望都纳入理智的范围的时候了，我们首先要做的是有益有用的事，而不是自己感觉有滋有味的事。我们现在应当一刻都不要耽误，尽快把我们的农场整治得更加体面一点。

尤哈尼：说得太对了！我们首先要像屎壳郎一样把家畜的粪便清理干净，让尤科拉农场的角落从早到晚都响起切锄针叶树枝的声音，要让壮实的牲口也站到铺好的枝叶上排泄，把我们院子里牲畜圈里的肥堆得高高的，就像国王城堡金色的城墙一般。我们就这样做吧。下个星期一我们就开始干，从最基本的事情开始。

阿波：我们为什么不明天就开始干？

尤哈尼：还是下个星期一吧。把事情考虑得再周全一点也没有什么坏处。好吧，就这样说定了：下个星期一。

阿波：可是有件事我们马上就得落实。情况是这样：如果我们在农场管理上要有秩序和持久性，我们需要有一个领头人和农场主。我们知道，这项权利和职责被赋予了尤哈尼，因为他是长子，而且我们的母亲也是这样定的。

尤哈尼：是的，这项权利给予了我，我拥有这个权利与实力！

阿波：不过听我说，这项权利你要与大家商量着用，要为了大家共同的利益。

尤哈尼：我愿意尽全力试着这样做。不过你们可都要服从我，以免被惩戒挨鞭子！我会尽全力试着做的。

阿波：挨鞭子？

尤哈尼：如果需要的话，你明白吧？

托马斯：你同你的狗去说挨鞭子吧。

迪莫：你不能碰我的王室领地①，永远都不要。如果我的后背为了什么事而发痒，也只能由法律和法院的鞭挞来解决。

尤哈尼：你们为什么要抓住我一两句随便说的话不放？我们现在不是有了自己的幸福落脚点了吗？只要我们和睦相处，大家把犄角都搁置到一旁就不会有什么事。

埃罗：我们最好还是明确一下我们之间的关系。

阿波：并且要听取每一位的意见。

尤哈尼：拉乌里，你总是话不多，你是什么意见呢？

拉乌里：我来说点什么吧。我们还是搬到森林里去吧，把这个世界上的所有烦恼都丢到九霄云外去吧。

尤哈尼：你在说什么？

阿波：这个人又开始说胡话了。

尤哈尼：要我们搬到森林里去？这太疯狂了！

阿波：别在意他说的。——大伙听着，我是这样想的。尤哈尼，如果你想做的话，你有接手农场主人的优先权。

尤哈尼：我愿意这样做。

---

① 王室领地，这里指他的背部。

阿波： 我们其他人，只要我们还待在我们这个可爱的家园里，只要我们还是单身男人，我们就好好地在农场里干活，吃农场里的饭，穿农场里的衣。每个月的第一个星期一，除了播种和收获的时节，都是属于我们自己的日子，那时农场也要给我们饭吃。每年农场都给我们每一个人半桶大麦用于播种，每年我们都有权利组织一次集体烧荒开垦田地，其面积不小于可以播撒三桶种子的地方①。这就是我根据我们的家园和我们目前的单身状况提出的想法。我知道，我们兄弟中没有人愿意离开尤科拉农场宝贵的田产与森林，我们农场的面积也没有那么紧促，这块地方对于七个兄弟来讲还是相当宽松的。不过假如有人随着时间的流逝想要建造自己的房屋并组建家庭，但又不想根据法律和通过土地丈量师重新划分农场的话②，那么他会不会满足于以下的优惠条件？也就是他可以从农场继承一块土地，在上面建造一栋自己的住房并拥有周边的耕地。他还可以分到自己的一块牧草地，并有权在森林里再开垦出一块可用来饲养两匹马和四五头牛的青草地，他和他的孩子都不用上缴任何税赋和费用，只管好好地种地和享用收成，在自己的土地上不受打扰地生活。——这件事我就是这样琢磨的。你们大家怎么看？

尤哈尼： 你琢磨的还是挺在理的。让我们再掂量掂量那些事项。

拉乌里： 换一种做法会更在理。让我们搬到密林深处去吧，让我们把这个破烂不堪的尤科拉农场卖掉，或者租

---

① 一桶种子可播撒的面积大约为半公顷。
② 芬兰在18世纪开始大规模土改时，官方丈量分配土地的费用对于小型农场而言过高，受到各方批评。

给拉雅波勒迪的制革匠。他跟我们提出过想要做这笔交易，但要求把农场租给他至少十年。让我们就按我说的那样，带着我们的马匹、狗儿和猎枪搬到险峻的印比瓦拉山脚下去住。让我们在那里找一块赏心悦目的向阳空地，为自己建造一座充满快乐的木房子，在那里我们可以到大森林里去打猎，平平安安地生活，远离尘世的喧嚣和那些总是在发脾气的人。——这就是这些年来我日日夜夜思前想后所想到的。

尤哈尼：小子，你的脑子是不是中了魔鬼的邪了？

埃罗：如果不是魔鬼，就是森林里的妖女。

拉乌里：我是这样想的，也会这样去做。我们只有在那里才会生活得像主人一样，可以自由自在地去打鸟，捉松鼠，捕兔子，猎狐狸、狼、獾和毛熊。

尤哈尼：好嘛！就让我们的挪亚方舟把从老鼠到马鹿的所有动物都拉上。

埃罗：给你一个忠告：对盐和面包说再见吧，就像蚊子和拉毕的女巫那样去茹毛饮血吧。我们是不是还要像长毛山妖那样在印比瓦拉山的洞穴里生吃狐狸和狼？

拉乌里：我们可以从狐狸和狼的身上获取毛皮，用毛皮换钱，再用钱来买盐和面包。

埃罗：用毛皮我们可以做衣服，而血淋淋、冒着热气的肉则会成为我们唯一的食品，森林里的猴子和狒狒不需要盐和面包。

拉乌里：我既然这样想，总有一天也会这样去做的。

迪莫：让我们再从头好好思考一下这件事。我们为什么不可以在森林里也吃上盐和面包呢？为什么呢？埃罗就喜欢嘲弄别人，总是挡着我们的路，在我们烧荒的时候他就像一个大木桩一样碍事。谁又会禁止住在森林里的人时不时地走近村庄，当他们有需要的时候？还是说到时候你会用木头砸我的头，埃罗？

埃罗：不会的，我的兄弟，而是会说"你如果带浆果来，我就会给你盐巴"。——你们搬走吧，伙计们，搬走吧，我不会阻止你们的，而是会用车把你们送走，把你们好好地送上路。

尤哈尼：可是森林的主人会很快把他们从那里送回来的，这我可以担保。

拉乌里：我知道，"下次再来的时候家里的门槛会更高"，不过你不要认为我一旦离开了还会再回来敲你的门。——等到五朔节①的时候我就会搬走。

迪莫：没准儿我会跟你一起走。

拉乌里：我不反对，也不强求，你自己心里认为怎样最好就怎样做吧。——我要在这个五朔节就搬到印比瓦拉山里的空地上去。在我温暖的小木屋建成之前，我要先去那里住在我们爷爷的烧炭小屋里。只有在那里，每当我干完一天的活时，我才能安安静静地在小屋里休息，听着密林中棕熊的吼声和松比奥沼泽里黑琴鸡的鸣叫声。

迪莫：我跟你一起走，拉乌里，就这么说定了，拉乌里。

托马斯：如果在这里还是过不上好日子，我也随你们一起走。

尤哈尼：托马斯！你也要搬走吗？

---

① 五朔节是芬兰传统民间节日，每年5月1日举行，用以祭祀树神、祈求丰收及迎接春天。在现代这一节日已经与五一劳动节和芬兰大学生节相融合。

托马斯： 假如日子过得不好的话。

拉乌里： 即便是尤科拉农场很快迎来甜面包的日子，我也要在五朔节搬走。

迪莫： 你和我，我们俩，我们要像春天的鸿雁那样，伴随着大气和风声一起离开这里迁到松比奥沼泽去！

尤哈尼： 哎呀！不过假如我要承认事实的话，那么拉乌里的筹划中隐藏着一个秘密的诱惑，那就是森林的吸引力。我的天啊！我好像看到了在那森林后面一望无际的美好风光。

阿波： 你们这些疯子，你们都在想什么呢？——要搬到森林里去！为什么呢？我们不是有农场和房子吗？我们头顶着一片金贵的屋顶！

尤哈尼： 确实，我们还有一个只要还有一口吃的就会被我们牢牢抓住、咬紧不放的农场。可是你们知道，假如事与愿违，厄运将我们的一切都翻了个底儿朝天，那么森林就成了我们的后院，而且很快我就不得不将目光转向那里，因为我们的囊中已经所剩无几了。——是的，我们现在通过辛勤劳动正在奋力维持着这个农场。现在让我们再看看相关事项，这也正是我们现在要解决的。——按照我这个榆木脑袋瓜的理解，阿波已经大体考虑清楚了这些事。只要我们每一个人都能够本着协商一致的精神，那么一切就都会变好。但是如果我们谁要想寻衅吵架，也总会为挺起脖颈发横找到理由的。

西蒙尼： 只要那个老亚当[①]还在我们身上到处瘙痒作祟，我们就不可能找不到这样的理由。

---

① 这里指《圣经》中所述上帝最早造出的人类亚当及其留给后代的原罪。

迪莫：我一直把老亚当想象成一个老态龙钟、表情严肃的老爷爷，戴着一顶毡帽，身着黑色长大衣和过膝的裤子，红色的背心一直延伸到肚脐下面。他就是那样一个驾驭着两头公牛、沉浸在自己思绪中的老人。

西蒙尼：老亚当是指罪孽的根源，即原罪。

迪莫：我知道他是原罪的标志和象征，是地狱里头上长角的魔鬼，但就像我说的那样，正是那样一个老家伙驾驭着一对公牛在我前面行进着。对此我也没有办法。

尤哈尼：这个有关宗教的事情先放一放，让我们继续说正题吧。阿波，让我们想想怎么对待我们的那两个佃户——沃汉卡尔玛和凯库里？

阿波：我们不能忘记，正是那两块地的持有者当初在原始贫瘠的密林中开出了这两块地，我们不能把他们从自己的地里赶走——这肯定是不对的——只要他们仍然有能力管好自己的那几块地，同时法律还规定了他们可以从农场获得一些养老的保障。这件事就是这样。——现在让我们再看看另外一件事，这件事在我看来还真有点迫在眉睫。因为这将是我们最重要的一步棋，要么会提前让我们两鬓发白，要么会为我们的生活带来阳光并最终会让我们的日子披上金光灿烂的晚霞。尤哈尼，这件事现在首先与你有关。你要注意听我说的话：没有女主人的农场主就是一个四肢不全的跛子，一个农场要是没有女主人走在通往仓房的小道上……

迪莫：就像是狼窝里没有母狼，或者说靴子只有一只，确实会一瘸一拐的，就像阿波所说的那样。

阿波：一个农场要是没有女主人走在通往仓房的小道上，就好比是阴郁多云的日子，在家中长桌的尽头笼罩着秋日傍晚的忧郁。而一个好的女主人则像是农场里灿烂的阳光，照亮和温暖着一切。——看啊，她会是早上第一个起床的人，和好面团，把丈夫的早餐端上桌子，为男人们备好带到森林里去的干粮，然后她会手提着单耳木桶赶到牛圈，为家里养的花奶牛挤奶。接着她会着手去烤面包，不时地揉按着面团，然后再坐到桌子旁边，手里拿着一块面包在后边的凳子上摇啊摇，接着她又像一阵风似的向炉灶里添加柴火，火红的炉顶冒出火苗和烟雾。当面团开始鼓胀起来，她才最终有时间歇息一会儿，她一边在怀里奶着孩子，一边就着炸小青鱼吃着一块面包，再从双耳木杯里喝上一口酸奶。但是她也没有忘记照料一下在房子外面台阶上的忠实守护者，更不会忘掉正在灶台上一边喝水一边盯着她看的睡眼惺忪的喵星族。——现在她又开始前后忙得团团转，烘着烤着，在盆里又和了一团面醒着，做成面包团，再去烘烤，汗水从她的额头上哗哗地往下淌。接下来当太阳西斜的时候，她烤的面包早已用木杆一一穿好挂上了房梁，新鲜面包的香气向下阵阵飘来。这时候家里的男人们从森林里回来了，冒着热气的晚饭早已摆在餐桌上等着他们了。可是女主人现在又在哪里呢？她又到院子里去给家里的歪犄角奶牛挤奶去了，漂着泡沫的新鲜牛奶随着奶桶的摇晃发出欢快的声音。——她就这样前后忙得团团转，摇着晃着，一直到其他人在沉睡的梦乡里鼾声大作时，她才躺到自己的床上休息。但是这还不是她工作和家务的全部。夜里，她还不知疲倦地几乎是每小时都要起身去哄一哄在摇篮中哭泣的家中老小。——兄弟们，这就是最理想的女主人的样子。

尤哈尼： 说得好，阿波，我听明白你话中的意思了。也就是说你要说服我赶紧结婚。是的，我懂了。你是说，要想持家好，老婆少不了。这可是千真万确！不过你不用担心。我想你的愿望很快就会实现的。嗯，嗯，是的！我向大家坦白了吧，我已经全心全意地看上了一位姑娘，我希望能够与她喜结良缘，除非先前的迹象欺骗了我。——是的，兄弟们，我们将面临不一样的日子和不一样的事情，我将要承担起的一家之主的责任让我很是担心。一家之主肩上的担子是如此沉重，等到最后审判日时需要算的总账也更多。你们要记住，你们现在所有的人都要由我来负责。

托马斯： 由你来负责？凭什么？

尤哈尼： 我是你们的一家之主，我的手将会因你们犯下的罪孽而流血。

托马斯： 我要自己对自己的灵魂与肉体负责。

迪莫： 我也是自己对自己负责，哼！

阿波： 尤哈尼大哥，请注意你说的那些话会引起兄弟们不和的。

尤哈尼： 我并没有什么恶意，更不想伤害谁，可是你们就像是炎热夏日的焦油一样粘在个别没有意义的词句上纠缠不休，尽管你们完全了解我心里是怎么想的。我很生气！

阿波： 这事先不提了，你如果愿意，现在可以告诉我们，那位让你心动的姑娘是谁？

尤哈尼： 这我愿意大大方方地说出来。那位我深爱的姑娘就是"松林老妈"家的宛拉。

阿波： 噢。

尤哈尼： 你说什么？

阿波： 我只是说了声噢。

托马斯：这可是有点让人心烦的事。

西蒙尼：宛拉。哇哦！还是让天父知晓一切吧。

阿波：唔，原来是宛拉。

尤哈尼：你们都在嘟囔些什么？啊！不过我好像预感到了什么，上帝之子保佑我们！你们在说什么？你们想说什么就都说出来吧！

阿波：听我说：这么多年来这姑娘一直让我魂牵梦萦。

西蒙尼：如果她就是上帝为我所赐，我有什么理由不开心？

埃罗：没有理由。她为你所赐，我来接手。

尤哈尼：托马斯，你怎么说？

托马斯：这事有点棘手。我也坦白，这姑娘让我很有好感。

尤哈尼：哇哦，是这样啊。好！迪莫呢？

迪莫：我也要做出同样的坦白。

尤哈尼：上帝之子啊！埃罗呢？

埃罗：我也诚实地做出同样的坦白，同样的坦白。

尤哈尼：好的，太好了！哈哈！——还有迪莫，迪莫！

迪莫：这姑娘对我来说是至爱，这一点我要坦白。当然有一次她把我抽打得很厉害，抓住我的脖子使劲摇晃了一阵，这顿揍让我至今难忘，嘿嘿！

尤哈尼：安静，安静！现在的问题是你是否爱她。

迪莫：是的，是的，我会爱她的，会很爱，假如说她反过来也爱我的话。

尤哈尼：好的，好的！你也要挡着我的路吗？

迪莫：这我绝不会，绝不会，假若你真的能够控制住自己的想法，管住自己的舌头。不过我也很喜欢那个姑娘，也想尽全力尝试着把她娶过来当老婆。

尤哈尼：好吧，好吧！不过拉乌里你怎么说？

拉乌里：那姑娘同我有什么相干？

尤哈尼：你站在哪一边？

拉乌里：我不参与这件事，无论这一边还是那一边。

尤哈尼：这还是乱成了一锅粥。

拉乌里：我是不会把我的勺子伸到锅里去的。

尤哈尼：好吧，所有人，除了拉乌里。小伙子们，小伙子们，尤科拉的兄弟们，我的大家族！现在让我们动手吧，大地与天空都会因此而颤抖！现在，我亲爱的兄弟们，让我们拿起刀子、斧头或者柴火棍，以一当十或者以十对一，就像七头公牛那样！出手吧！木棍是我的武器，我会抄起那根硬树瘤，假如谁的头上开了花，那可是他自找的。——抄上你们的柴火棍吧，小伙子们，站出来吧，如果你们还有点男子汉的劲头的话。

埃罗：我拿着家伙站出来了，虽然我比其他人要矮一点。

尤哈尼：你这个小矮矬子！可是我又在你的脸上看到了那种神秘兮兮的讥讽与嘲弄的表情，看起来就好像你把这一切都看作一个玩笑似的。不过我会教训你的。

埃罗：你没有什么可以操心的，只要我的柴火棍管用就行。

尤哈尼：我一会儿就来教训你。小伙子们，拿上你们的柴火棍，快拿上你们的柴火棍！

迪莫：我站好了，也拿好了我的柴火棍，如果有必要的话。我不想恨谁，也不愿和谁吵架，除非是不得已。

尤哈尼：你的柴火棍呢，托马斯！

托马斯：带着你的柴火棍见鬼去吧，你这蠢头！

尤哈尼：你个浑球！

西蒙尼：太可怕了，你们吵得就像是异教徒和土耳其人一样，我不玩了，我把我的婚姻大事交给上帝来定。

拉乌里：我也退出。

尤哈尼：你们都退到一旁去，抬脚都退到一旁去！——抄起你的柴火棍，阿波，让尤科拉家的墙上发出头颅被撞裂的回响。来吧，魔鬼！

阿波：可怜的人子。尤哈尼，我现在看着你的形象感到很恐怖，我看到你的眼睛在旋转，你的头发就像干草卷一样直直地竖立着。

尤哈尼：就让头发竖着吧，让它竖着吧，它就是我尤西①普普通通的原装头发。

埃罗：我很想揉一揉它。

尤哈尼：你个小烁子！你最好老老实实地待在那犄角旮旯里。快走开！我会饶恕你的。

埃罗：快把你那可怕的下巴及时挪到角落里。我会饶恕它的，它现在已经像是个要饭的那样在抖来抖去了。

尤哈尼：快来看看这个柴火棍是怎样颤抖的，来吧。

阿波：尤哈尼！

埃罗：来打呀！我想从这里会得到风雨回报的，也许会下一场真正的像劈柴一样大的冰雹呢。朝这儿打！

尤哈尼：好啊。

阿波：你不要打，尤哈尼！

尤哈尼：你给我站到粪堆那儿去，要么你就拿根柴火棍

---

① 尤西是尤哈尼的简称。

白卫，我本来就要敲扁你的头。快拿起你的柴火棍！

阿波： 你的理智到哪里去了？

尤哈尼： 全在这根树瘤里了，看啊，它现在发话了。

阿波： 小心，兄弟，小心，等着让我手里也抄起个家伙。——哇哦，我现在手里拿着根圆柴火棍站在这里。不过你们这群尤科拉农场的基督教兄弟先让我说两句话，然后我们再像疯狂的狼那样厮打。——你们注意到了吧：沉浸在狂怒中的男人就像是嗜血的野兽一样，他不再是人，他看不到什么是正义和合理，他在盛怒之下更不要说能处理好有关爱情的事了。不过假如我们现在还是想要理智地对待这件会让兄弟反目的事，那么我想情况是这样的：那姑娘不会爱上我们所有的人，如果她中意我们中间的哪一个，愿意与他牵手攀过人生充满荆棘的山峰，她只能去爱这一个人。我觉得最好的办法是，我们所有人一起到她那里去，郑重地向她提出我们的求婚，诚心诚意地问她是否愿意把她的爱心交给我们中间的哪一位。如果姑娘同意，那么我们中间的那位有幸摘得桂冠的人要感谢自己的好运气，但是其他人都要乖乖地认命。这次没有如愿以偿的，要咽下自己的烦恼，寄希望于也能在什么时候遇上自己的另一半。如果我们大家都这样做了，我们就是像男子汉和真正的兄弟那样。那时我们父母的在天之灵会从天国辉煌的大门走出来，站在亮闪闪的云端俯视着我们，大声向我们呼喊："是吗，尤哈尼？！是吗，托马斯和阿波？！是吗，西蒙尼、迪莫和拉乌里？！正是如此，我的小埃罗！你们不愧为我们的好儿子！"

尤哈尼： 伙计，我的天啊，你说起话来就像天使一般，你差一点就把我说哭了。

西蒙尼：我们感谢你，阿波。

尤哈尼：谢谢啦。我把我的柴火棍扔到那边去了。

迪莫：我的也扔过去了。我们的争吵结束了，就像我从一开始就希望的那样。

西蒙尼：阿波在我们的面前竖起了一面镜子，为此我们要感谢他。

埃罗：让我们向他致谢，一起好好唱一曲《西蒙尼感恩诗》①。

西蒙尼：嘲弄，嘲弄，又来挖苦人了！

迪莫：埃罗，别拿上帝的话和《西蒙尼感恩诗》来开玩笑。

阿波：唉，这么年轻就不愿忏悔！

西蒙尼：这么年轻就不愿忏悔！埃罗，埃罗！是的，我现在其他什么都不说了，只能为你长长叹一口气。

尤哈尼：埃罗，我估摸我们总有一天要用父亲的手来好好发落你一两次，因为母亲对你的教养太温柔了。

西蒙尼：当他的心里还保留着年轻人的柔性与顺从时，我们应该教会他遵守规矩，不过我们要用爱怜的手而不是满腔愤怒地这样做。在怒火中教训人只会把魔鬼放进，而不是赶走。

埃罗：是吗，看啊，这是一只真正充满爱的手。

西蒙尼：你这个亵渎神灵的家伙，竟然敢打我！

埃罗：照着脸上打，还没怎么用力，胆就吓破了。

尤哈尼：到我这儿来，我的孩子。迪莫，去把那边角落里的棍子拿过来。

---

① 这里指《圣经》中的《西蒙尼感恩诗》。

西蒙尼： 是吗，尤哈尼？把他好好按在你的怀里，我来把他的裤子扒下来。

埃罗： 见鬼，你们不能这样！

尤哈尼： 你挣扎也没用，你这个小瘦猴。

西蒙尼： 别放走他。

尤哈尼： 呀哈，这样一个小刺头。不过你跑不掉，跑不掉。

埃罗： 你们来打呀，你们这些鬼东西，我会在屋子的角落里放把火。我可真的会去点火升烟哦，点火升烟！

尤哈尼： 好大的脾气！你还要在屋子的角落里放火？哈，好大的脾气！

西蒙尼： 上帝保佑他的脾气！

尤哈尼： 把棍子拿来，迪莫！

迪莫： 我找不到棍子。

尤哈尼： 你这个瞎了眼的，你难道没看到棍子就在那角落里吗？

迪莫： 是这个吗？桦木的？

尤哈尼： 都一样，快把它拿过来。

西蒙尼： 打呀，不过要打得正当合理，别太使劲了。

尤哈尼： 我当然知道。

拉乌里： 听我说，一下都不要打！

托马斯： 别碰那孩子！

尤哈尼： 他尾巴上欠点揍。

拉乌里： 你现在不要碰他一根指头。

托马斯： 放开那孩子！马上！

迪莫： 这一次还是原谅他吧，这个埃罗小子。

西蒙尼： 原谅，原谅，就是要让荆棘和杂草长得超过麦子。

拉乌里：你不要碰他。

阿波：让我们原谅他吧，那将会成为我们堆在他头上的炭火。

尤哈尼：走吧，算你运气好。

西蒙尼：祈祷上帝再给你一副新的心脏、大脑和舌头。

迪莫：我可要去睡觉了。

阿波：让我们再议一件事。

迪莫：我要去睡了。埃罗，你来跟我一起去睡觉，忘掉这个世界上的蚂蚁巢穴，那种在雨中散发着水汽、冒着烟的可怜的蚁穴。来呀，埃罗！

尤哈尼：你想要议的是哪件事？

阿波：上帝宽恕我们！现在的情况是，我们连字母表中的第一个字母A都不认识，而识字是作为一个基督徒必须要履行的责任。按照法律即《教会法》[①]可以强迫我们这样做。而你们也知道，如果我们不乖乖地学会读书识字，等待我们的会是什么，国王的机器将会用牙齿把我们撕碎，等待我们的将会是木脚枷。兄弟们，那黑色的木脚枷就像是头黑色公猪一样张着它那可怕的血盆大口，狰狞地躺在教堂的前厅里。我们的牧师长正是用这地狱般的枷具威胁着我们，如果他看不到我们每天都在刻苦练习，他可能会将他的威胁付诸实施，这一点是肯定的。

尤哈尼：我不可能学会读书识字。

阿波：事在人为，以前也一直如此。

托马斯：这会让人大汗淋漓的。

---

① 芬兰当时在瑞典统治之下，按照瑞典1686年制定的《教会法》，基督教信徒有学会读书识字的义务。

尤哈尼： 会让人气喘吁吁的。我的脑袋瓜子太硬了!

阿波： 坚强的意志能撼动天地。让我们行动起来,从海曼林纳[①]给大伙买好识字读本,按照牧师长的命令去参加教会执事的读书班。我们要在王室的权杖落下来之前这样做。

尤哈尼： 我担心我们不得不这样做。上帝宽恕我们! 不过我们还是明天再议这件事吧,现在大家都去歇息吧。

---

① 海曼林纳,芬兰中南部城市。

第二章

这是九月的一个静谧的清晨,露水在草地上反射着晨曦,雾气萦绕在金黄色的小树林上,慢慢向空中散去。七兄弟在早晨起床时情绪就很糟糕,谁都不说一句话,大家洗了把脸,梳了梳头,穿上了礼拜日的衣服。他们决定今天去参加教堂执事的那个读书班。

他们现在围坐在尤科拉农场长长的松木桌子上吃着早餐,眼前放着可口的棕色豌豆①,但他们的状态并不是很好,从他们紧锁着的眉毛可以看出他们心中的烦恼:一想到马上就要去上学了,他们不免感到惴惴不安。他们吃完了早饭并没有急着去赶路,而是仍留在座位上休息了一会儿。他们一言不发地坐在那里,有的情绪低落地盯着地板,有的则看着红色封皮的识字读本,翻弄着它厚厚的页面。尤哈尼坐在堂屋向南的窗户旁边,眼睛望着外面布满石头的小山和茂密的松树林,透过那里可以隐约看到"松林老妈"家那破旧的茅屋和带着红框的门。

尤哈尼: 宛拉正走在那边的小路上,她的动作好轻盈。

---

① 棕色豌豆是芬兰至19世纪末种植的主要农作物之一,果实较小,呈棕灰色。

阿波： 那边的母女昨天就应该去她们的亲戚迪卡拉那里收获芜菁和采摘浆果了，她们要在那里一直待到深秋呢。

尤哈尼： 要待到深秋？我会感到很不放心。也许她们会去那里，不过迪卡拉今年雇了一个长工，是一个挺英俊的小伙子，很会惹人开心，在那里会带走我们所有人的希望。我们最好马上去做那件重要的事，去提出那个问题，那是所有问题中最关键的问题。让我们一起去问问那个姑娘，她是否愿意屈尊敞开她的心房。

托马斯： 我也认为这样做最好。

迪莫： 我也是。

尤哈尼： 是的，是的！伙计们，我们现在只能大家一起都去上门求婚。是的，是的！上帝保佑我们！没有别的办法了，我们去求婚，求婚！我们现在穿着最好的衣服，洗漱完毕，头发整洁，我们的整体形象就像基督徒一样：干干净净，犹如重生。——我会变得很不安。——不过我们一起去宛拉那儿吧！现在的时机正合适。

埃罗： 希望今天也是一个吉祥的日子。

尤哈尼： 谁的吉祥日子，谁的？啊哈！你在想什么呢，小伙子？

埃罗： 比如说是我们大家的。

尤哈尼： 也就是说，她会成为我们所有人的老婆。

埃罗： 但愿如此。

尤哈尼： 少来！

西蒙尼： 以上帝的名义，这怎么可能？

埃罗： 在上帝面前没有什么是不可能的。让我们大家意见一致，一起去相信，一起去希望，一起去爱。

尤哈尼： 别说了，埃罗！我们现在去求婚，同时去上学，背上我们的干粮袋①。

阿波：不过为了稳妥行事，到了小屋那里我们中间要有一个人负责牵头说话。

尤哈尼：这一点很重要。不过你好像正是专门为此而生的。你有很好的天赋：你说的话总能在人们的心里燃起火花，留下印象。真的！你天生就是一个牧师。

阿波：我知道什么？我们为什么要谈天赋？天赋在这里的森林里都消失在无知的迷雾中了，就像潺潺的溪水流入沙子一样化为乌有。

尤哈尼：我们太不走运了，所以你未能去上学。

阿波：我们家里又哪有钱送我去上学？我们要记住：在把孩子送上教堂的布道坛之前，在我们的家和学校中间还挂着一个钱袋子。——让我们还是说正事吧，求婚的事。就如你们所愿，我可以出面作为大家共同的代言人，努力像一个智者那样去说话。

尤哈尼：让我们行动起来吧。——天啊！我们除了全力以赴干这件事，别无他途。我们可以把干粮袋留在"松林老妈"小木屋的门外，拉乌里与此事不相干，他可以看着袋子别让猪给拱了。我们现在就出发吧！我们可以手里拿着识字读本走进新娘子的家，这会让我们有一种仪式感。

埃罗：如果我们能把印有公鸡的那一面②也亮到前面就更有仪式感了。

尤哈尼：你又来了？公鸡让我想起了那个昨天夜里把我气坏了的噩梦。

西蒙尼：快说说，也许会给我们一些有益的警示。

---

① 一种可以从中间打开、挎在肩上的长干粮袋。

② 芬兰教会1847年的识字读本最后一页上印有公鸡图案。

尤哈尼： 我梦见在那边炉灶上面有一个鸡窝，里面有七只鸡蛋。

西蒙尼： 尤科拉家的七个儿子！

尤哈尼： 不过其中有一个鸡蛋还小得可怜。

西蒙尼： 那是埃罗！

尤哈尼： 公鸡死了！

西蒙尼： 那是我们的父亲！

尤哈尼： 母鸡也死了！

西蒙尼： 那是我们的母亲！

尤哈尼： 接着就是世界上所有的小老鼠、大耗子和白鼬都冲着鸡窝来了。——这些动物都意味着什么？

西蒙尼： 我们的罪欲和世间的诱惑。

尤哈尼： 或许是这样。——白鼬、大耗子和小老鼠都来了，围着鸡蛋绕来转去，敲敲碰碰地很快就把鸡蛋搞破了，这时从那只小鸡蛋中散发出一股很苦的味道。

西蒙尼： 你听好了，埃罗。

尤哈尼： 鸡蛋都被打破了，这时我听到从炉灶上面传来一个可怕的声音，就像是许多急流汇集到一起的声音在向我喊道："都打碎了，这可是大罪过！"那个声音就这样喊着，我们最终将那一摊乱糟糟的东西都收集到一起，放到炉灶上煮熟了。我们最后做了一个人们所说的蛋糊糊，也就是蛋羹，我们吃得十分开心，并送给了邻居们一点点。

埃罗： 是个好梦。

尤哈尼： 苦涩的梦，苦涩的梦：你在梦里臭得一塌糊涂。我这个关于你的梦真是太凄惨了，小子。

埃罗： 可是我做的关于你的梦可都是非常甜美的梦，我梦到作为对你的刻苦努力和聪明才智的奖励，识字读本上的公鸡给你下了老多的糖果和方糖。你老高兴了，嘴巴吧唧吧唧地吃着，还分给了我一些。

尤哈尼：噢，我还给了你一些。你这个梦做得不错。

埃罗："给予怎会有错？"

尤哈尼：从不会有错，如果我也给你几棍子就更不会了。

埃罗：为什么就几棍子？

尤哈尼：闭嘴，小犊子！

托马斯：让我们一石两鸟，现在就出发吧。

阿波：每个人都带上自己的干粮袋和识字读本。

于是七兄弟出发向邻居的女儿求婚去了。他们一个跟着一个、蹑手蹑脚地越过储存土豆的沙土坑，爬上石头山坡，最后来到了"松林老妈"的小屋外面。

尤哈尼：我们到了，把干粮袋留在这里吧。拉乌里，你要尽力尽责地坐在这里守着，直到我们从新娘子的家里出来。

拉乌里：你们会在里面待很久吗？

尤哈尼：这要看办好我们的事需要多久了。——有谁带了戒指？

埃罗：你不需要戒指。

尤哈尼：有谁兜里有戒指？

迪莫：我没有，据我所知，其他人也没有。而这正应了那句话：年轻人的兜里应当总是有枚亮光闪闪的戒指。

尤哈尼：唉，见鬼！我们现在都愣愣地站在这里。昨天那个老毛子商贩伊萨基还去了我们那里，我本可以从他那里买到戒指和围巾的，可是我这个猪头竟没有想到这一点。

阿波： 那些小玩意儿我们回头还可以再去买。我们最好还是先确定一下我们中间是否有人会被选中以及由谁去完成这项开心的采购任务。

尤哈尼： 谁会来开门呢？会是宛拉吗？

迪莫： 当然是那个长着巫婆下巴的老太婆。

尤哈尼： 宛拉的纺车就像夏日傍晚的屎壳郎那样在那里欢快地转个不停，预示着晴朗的天气。我们快进去吧！我的识字读本呢？

阿波： 在我手里呢，大哥。拜上帝所赐，你现在已经有点晕头转向了。

尤哈尼： 不必惊慌，我的兄弟。不过看看我的脸是不是沾上烟灰了？

埃罗： 没有的事，你就像刚下出来的鸡蛋那样干净温暖。

尤哈尼： 我们快进去吧！

埃罗： 轻一点！我年龄最小，我来给你们开门，我最后一个进去。你们请进。

六兄弟走进"松林老妈"的低矮小屋，尤哈尼走在最前面，眼睛瞪得滚圆，头发就像豪猪的颈鬃那样竖立着，其他人则忠顺地稳步跟在他的后面。他们就这样走了进去，埃罗在他们的身后把门关上，自己则留在门外，坐在草地上，嘴唇上露出一丝狡黠的微笑。

前来求婚的五兄弟一起站在了"松林老妈"的房子里。"松林老妈"是一个腿脚灵活、精力充沛的女人，她以养鸡和采摘浆果为生。每年的夏天和秋天，她和女儿宛拉一起在收割完庄稼的田里和长着草莓和越橘的坡埂上忙忙碌碌，洒下了不少汗水。宛拉被公认为是一个美丽的少女。她长着一头棕红色的秀发，看起来聪明伶俐，能说会道，或许话还有点多。她的身材不高，肩膀浑圆，人们都夸她身体结实。这就是兄弟们在松林保护下的爱情鸟的模样。

不一会儿，小木屋的门又叭的一声打开了，尤哈尼面带愠色走了出来，生气地对其他还留在屋里的人说："伙计们，都出来吧！"其他的人最后也都满脸恼怒地离开了小屋，朝着教堂村走去。当他们走到距离小屋差不多有50步远的地方时，尤哈尼从地上捡起一块拳头大小的石头，气冲冲地扔向小屋的门。小木屋震了一下，"松林老妈"在里面发出一声尖叫，她打开屋门，一边叫骂着，一边向逃走的兄弟们挥舞着拳头。七兄弟手里拿着识字读本，肩上背着干粮袋，前后排成一列闷头走上通往教堂的路，相互之间一句话也不说。他们在气头上向前赶着路，沙土在他们脚下飞扬，布袋在肩上荡来荡去，他们也没有注意到脚下的路究竟引向何方。他们就这样默不作声地走了很久，直到最后埃罗开口说话。

埃罗：事情进行得怎样？

尤哈尼：哈哈！你问事情进行得怎样？你这个小喜鹊，你这个乌鸦仔，你咋没有和我们一起进屋？你不敢，你的确没有这个胆量。你这么个小乌鸦仔有什么用？宛拉会把你罩在她的衣服下面。啧，啧，看我做了多少个关于你的梦。我记得在前一天夜里又梦见了你一次。好奇怪！你在松林里坐在宛拉身边，两人正在亲热，我悄悄地向你们靠近。可是当你们发现了我之后，你猜当时宛拉是怎么做的？她顽皮地一下子把你藏到了她的裙摆下面。"你裙子里藏着什么？"我问道。"不过是一只小乌鸦仔。"姑娘傻傻地答道。嘻，嘻，嘻！其实这并不是梦，狗都不相信！而是我这个叫尤哈尼的家伙从自己的脑子里生编出来的。哈哈！我这个人并没有像人们想象的那样笨。

埃罗：我们相互做着有关彼此的梦，这太神奇了。我是这样梦见你的：你和宛拉也是站在那边的松树林中，温情地相互拥抱着，眼睛紧紧地望着云端。你们在祈求苍天能给予你们某种信号，就好像能证明你们的爱情一般。苍天在倾听，森林在倾听，大地和鸟儿也在倾听，你们在一片静寂中等待着这一切成真。最后飞来了一只老乌鸦，叫着穿过静静的天空，正好在飞越你们上空的时候看了一眼下面，然后又将视线转向其他的方向，分开后腿将白色的什么东西释放了下来，啪的一声正好落在了你们这对男女的额头上，并溅得满脸都是。——你千万不要介意，因为这真的是我做的梦，没有一句是我自己编的。

尤哈尼：看我把你这个天杀的……

尤哈尼凶神恶煞般地冲向埃罗，埃罗急忙从怒气冲冲的大哥面前逃开。他连蹦带跳地离开道路，像兔子一样窜向收割后休耕的草地，尤哈尼则像一头发疯的狗熊一样在后面紧追不舍。他们身上的干粮袋晃来晃去，干燥的硬土层在他们脚下发出爆裂的声音；其他兄弟大声呼喊着，劝说这一对冤家冷静下来，赶紧和好。埃罗急忙又跑回到路上，其他人赶紧冲上前去帮助他逃脱尤哈尼的可怕魔掌，这时尤哈尼已经快追到自己最小弟弟的脚后跟上了。

托马斯：尤哈尼，快大度地停下来吧。
尤哈尼：我要让他尝尝我拳头的味道！

托马斯：大度点吧，我的孩子。

尤哈尼：混账！

阿波：他会以德报德的。

尤哈尼：他的舌头会得到诅咒的，这一天也会得到诅咒的！我们的求婚被宛拉拒绝了，有上帝做证！头上长着钩角的群魔面对伟大崇高的军队！我的眼睛现在连一庹远都看不到了，天地一片昏暗，因为我的心已经变得灰冷。混账！

西蒙尼：伙计，你不要再诅咒了！

尤哈尼：我要把这个世界诅咒得天翻地覆，诅咒得就像一部破烂的雪橇撞到了大树那样四分五裂！

西蒙尼：你打算怎么办？

尤哈尼：怎么办？假如这本识字读本上面不是记着上帝的话，这不是上帝自己的书的话，那么我会把它撕成碎片，当场在这里把它撕成碎片！不过我可以这样做：我把我的干粮袋甩到山坡上变成渣子！你们想看看吗？

西蒙尼：看在上帝的分上千万别这样对待上帝的赐予。你们不要忘记拜依缪女佣的故事①。

尤哈尼：我的心在受煎熬！

西蒙尼："逆境中忍耐，天堂的甘露"②。

尤哈尼：我才不在乎天降甘露呢，我又没有得到"松林老妈"家的宛拉。我的兄弟们和我的伟大家族啊！假如你们知道，你们就会明白，我已经有几乎十年的光景一直在傻傻地打着这个小姐的主意。可是现在我的希望落空了，

---

① 拜依缪女佣的故事指当地流传的一个教化故事，即一个爱好虚荣的女佣为了保护自己的鞋子踩到面包上，为此受到了惩罚。

② 基督教赞美诗中的词句。

就像一阵风吹过那样灰飞烟灭了。

迪莫：我们在清晨时求婚被拒绝了。

尤哈尼：我们谁都没有幸免！

迪莫：她对谁都没有宽恕，甚至对我们兄弟中最小的那一个。我们都被拒绝了。

尤哈尼：都被拒绝了，都被拒绝了！不过这样最好，这要比你们中间的哪一个获得她的青睐更好。见鬼，我可是会痛扁那个玩弄花招的家伙的，我会这样做的。

托马斯：我们没有任何可能。当阿波代表我们一起求婚时，那个女孩脸上做出的嘲弄鬼脸就表明了这一点。

尤哈尼：那个小妞真是欠揍，竟然玩了我们一把！小心点，你个小犊子。——阿波已经尽了全力，这一点不容否定，不过在这件事上即使是巧舌如簧也没有用啊。

迪莫：不过假如我们穿着黑呢子大衣出现在那个姑娘面前，并有一块怀表就像烧荒地里的芜菁那样从背心的兜里鼓出来，再配上一串叮当作响的钥匙链，牙齿间衔着镶银的烟斗吞云吐雾，假如是那样，狗娘养的！我们的事情就连鸡带蛋都有了。

尤哈尼：女人和喜鹊对闪闪发亮的东西都有同样疯狂的追求。——可是阿波你怎么沉默得就像是冰封的湖面一样。

阿波：我们的声音在暴风雨中听不到回声。换句话说，你胸中犹如暴风骤雨般的情绪现在已经平息了吗？

尤哈尼：我的心中血流成河，仍然在汹涌不止，还会很久很久。不过你有什么话尽管说。

阿波：我其实有两件事要说，所以你现在听好了。把你的心捧在手里，对着它的耳朵悄悄地用理智的语言这样说：

宛拉不在意你，因为她不爱你，而她不爱你，你就不要因此而恼怒；因为爱情的火焰是由上天而不是由凡人的念头点燃的。要饭的女孩爱上了国王，公爵夫人狂热地迷上了掏烟囱的小伙子。爱情的神灵就这样飞来飞去，你不会知道最终会来自何方。

迪莫：爱情的风想吹到哪里就刮向哪里，你会听到它的嗡嗡声，但是你不知道它从哪里来，又到哪里去。这是我以前经常听到邻居的奶奶这样说的。但是我想，她当时指的是上帝的爱。

阿波：尤哈尼，对你的心你还要这样说：脚不要乱蹬！宛拉拒绝了你，她做的是对的；没有在爱情上经过艰苦的努力就想进入婚姻的殿堂，是注定不会成功的，这只会让事情变得更加曲折复杂，并通常来讲会成为一种对你永恒的折磨，我们现在经常看到和听到的还有比这更糟糕的。所以，弟兄们，就让宛拉得到她命中所注定的，而我们也会这样做。

迪莫：无论恶魔如何号叫，我最终总会拥有那个用我的肋骨做成的女孩。另外我还知道一件事：男人的心脏位于左边，而女人的心房则在她胸的右侧。

尤哈尼：不过我的心并没有安静地守在那里，而是像异教徒一样躁动和狂跳不已。——啊，你这个傻姑娘，你这个吉卜赛女巫，你为什么要拒绝我这个农场主，一个真正沃土农场的儿子，一个家中的长子？

阿波：这没有什么好奇怪的。我们农场的情况已经糟得不能再糟了，而这位小姐希望能成为一家条件要好得多的农场的女主人，虽然我认为她这是徒劳的。我听说索尔瓦里家的那个浑蛋尤西也在向她献媚讨好。

尤哈尼：那个下巴长刺的尤西！如果他现在落在我的手里，看我怎样修理他。他欺骗了这姑娘，让她永远蒙羞！

阿波：是的，是的，这个世界既疯狂又诡诈。宛拉的身材没得说的，尤西则是诡计多端。索尔瓦里是一个不错的农场，它很有吸引力，而尤科拉农场却成了领取救济的人的栖身地，处于非常凄惨的状态。再看看我们自己，这所农场的七个继承者，则处在更加贫穷的状态，至少在世人的眼里是这样。人们会记得我们年轻时过的懒惰和通常是冒冒失失的生活，似乎也不再期待着我们能做出什么像样的事情。而且我还知道，即使是花上十年的时间来洗清我们自己，并在各个方面都有体面的表现，也很难让我们在本地人的眼中恢复全部的尊严。恶名的污渍一旦牢牢地黏到了一个人身上，要想摆脱掉它是如此的艰难。但是，与其永远陷在我们不幸的遭遇中不能自拔，不如最终奋起一搏。因此，让我们全力以赴地努力改变自己，让我们自己变得更好！

尤哈尼：我们现在正走在取得进步的路上，但这次不幸的求婚之旅让我的心受到了重重的一击，它在今后几天甚至几周内都会很难受，它受到了伤害。

阿波：受到了伤害，确实如此，但是我知道，时间会让人慢慢忘掉伤痛。——在那边的路上好像有什么事正在发生。

迪莫：那是图科拉的小伙子们的快乐队伍。

阿波：他们正在醉醺醺地欢度悠闲的星期一[①]，这帮混混。

迪莫：他们也非常希望我们能加入他们的行列。

---

① 这里指复活节后的星期一，亦为休息日，当时的年轻人通常会在这一天欢聚庆祝，大量饮酒。

尤哈尼： 诱惑来了。

迪莫： 他们是如此开心。

尤哈尼： 可是我们呢？我们面临的将是什么呢？是一千个犄角头！等待着我们这些受苦受难的人的是把头发揪得冒火的狂欢①。

埃罗： 这是多么大的差别：是在教堂执事的门房角落里死记硬背识字读本，还是蹦着唱着和欢乐的伙伴们一起度过快乐的悠闲星期一。

尤哈尼： 这差别可大了去了，就像一口深井②与天堂之间的差别那样大。弟兄们，我们要何去何从？

埃罗： 让我们踏入天堂吧。

阿波： 我们去井里吧，去井里！我们要尽情享受生命之水。我们要深入学问、技能与智慧的宝藏之地去体验。

托马斯： 我们去教堂执事那里，去执事那里吧！

尤哈尼： 那就让我们相扶而行吧！

埃罗： 大家听听阿佩里·基萨拉演奏的黑管吧。

尤哈尼： 太棒了！

迪莫： 听起来就像是天使长吹的长号。

尤哈尼： 天上的天兵天将正在操练和行进，尘土四处飞扬。真是太棒了！

迪莫： 他们非常希望我们加入他们的行列。

尤哈尼： 显而易见。诱惑正在走近我们，确实越来越近了。

正当七兄弟这样相互说着话时，那群图科拉的小伙子

---

① 这里指如果在教会举办的识字考试中成绩不好，会被教堂执事揪着头发惩戒。

② 这里指地狱。

走近了他们，但是却不是像尤科拉的兄弟们所期待的那样客客气气和满怀善意。他们喝得有些醉了，现在很乐意和七兄弟调侃取笑一番，于是便在兄弟们面前唱起了一首他们即兴编出的歌，并给它起名为《七个人的力量》。就这样，他们伴随着阿佩里·基萨拉的黑管声，一边走近这些要去参加读书班的人，一边唱道：

> 让大家的脖子都发出尖叫，
> 因为我们想要唱一曲颂歌
> 赞美那七个人的力量。
>
> 犹如北斗七星的星辰，
> 尤科拉的小伙子们，
> 徒有结实身体的懒汉。
>
> 尤哈尼一咆哮，客厅便摇晃；
> 他是家里的成年儿子，
> 严厉的"尤西小子"。
>
> 托马斯站如橡树，
> 他为亚伯拉罕传教，
> 是尤科拉伟大的所罗门。
>
> 西蒙尼，长着飘逸的胡须，
> 抱怨着"那可怜的、
> 撒旦般的、凄惨的罪人"。

西蒙尼在煮着豌豆，
迪莫向锅里扔进一块油脂，
并向煮沸的汤中吐着口水。

拉乌里小伙在森林里忙碌着，
观察着生长奇特的树木，
像獾一样在荒野里翻来拱去。

最后是小尾巴，
小埃罗，溜滑的捣蛋鬼，
尤科拉出言不逊的杂种。

就是这帮兄弟，
壮实得如同公牛，
拥有七个人的力量。

七兄弟咬紧牙关，默默地听着这首歌。然而，寻衅者的嘲笑并没有就此打住，冷嘲热讽的话仍如同雨点般不断打来，尤其是听到关于识字读本上的公鸡图案以及公鸡下蛋的调侃，兄弟们的胆囊开始膨胀，他们的目光变得尖锐，眼睛开始聚焦，就像从黑暗树林中树桩下探出头来望向光亮的水貂的眼睛一样。恰在这时，从图科拉那边跑过来一个家伙，在经过尤哈尼身边时，突然从他手里一把夺走识字读本，然后拼命地想逃走，但是愤怒的尤哈尼从后面抓住了他。接着其他弟兄也以火一般的速度冲向他们的嘲弄者，一场群殴开始了。起初，他们彼此啪啪地扇着对方的嘴巴，但是接着他们开始盲目地、气喘吁吁地用手撕扯、抓挠着对方，并挥舞着拳头互相攻击对方的咽喉。图科拉人激烈地反击着，但尤科拉人报之以更加狂野的暴打，七兄弟的拳头像铁锤一样重重地落在对方的头上。他们在干燥的道路上扭打在一起，一团团尘土卷向天空，沙子和石砾在周边的树丛里沙沙作响。就这样，这场喧闹的群殴持续了一段时间，兄弟们几乎取得了胜利，他们高声叫喊道："你们这些见鬼的要不要祈求怜悯？"云层中传来回声："怜悯！"但是，图科拉人还在继续顽抗，直到他们最后都无力地瘫倒在地上。他们躺在那里，外套被撕破，脸被打肿了，贪婪地将新鲜空气大口吸入他们滚烫、冒着热气的肺腑。七兄弟作为胜利者站在旁边，但是从他们的情形来看，他们似乎也已经打够了，对现在能够喘一口气感到很开心。尤其是埃罗，在刚刚的混战中被打得不轻，他由于身材矮小，会让对手占去不少优势。他在打斗中经常会像一只小獾狗一样在其他雄性的脚下打滚，只有在其他兄弟的及时帮助下，才不至于被打得头破血流。他现在头发乱成一团，坐在一条沟渠边上使劲喘着气，正在积蓄新的力量。

尤哈尼： 我的识字读本！

就在其他人已经停止了打斗的时候，只见尤哈尼带着他的俘虏走了过来，他拽着他的衣领，中间还不时地掐着他的喉咙。尤科拉这位长兄现在的样子看起来十分可怕，令人心生恐惧。愤怒的烈火从他的看起来有点小的眼睛里喷发出来，他的眼睛因愤怒而显得血红，在他的眼眶里狂野地转个不停；苦涩的汗水从他的脸颊上流下来，他像一匹战马那样在呼呼地大口喘着气。

尤哈尼：快把我的识字读本拿过来，把我的ABC书拿过来，马上！否则我就把你掐得五脏六腑都飞出来。看在上帝的分上，快把我的红皮识字读本拿来，你这个浑蛋！快，不然我要让你再尝尝这个，尝尝这个！

图科拉人：别打我！

尤哈尼：我的ABC书！

图科拉人：我把它扔到了那边的树丛里了。

尤哈尼：用你的手，用你那小手乖乖地把它交到我的手掌里，你这个浑球。你以为像你这样就能去跳舞吗，你这个浑蛋？你这个中了邪的家伙，还不赶紧把那本红色封皮的识字读本交还到我的手上？

图科拉人：你还在掐着我的喉咙，我的喉咙！

尤哈尼：我的ABC书！上帝保佑我们！我的ABC书！

图科拉人：书在这里，你这个可怕的人。

尤哈尼：给这本书一个小小的吻[①]。是的，认认真真地亲一下。

图科拉人：什么？要让我吻书？

尤哈尼：好好亲吻一下。你这样做是为了上帝，我的兄弟。如果你觉得你的背在发痒，你的生命对你很宝贵，那就赶快这样做吧，否则现在你的热血就会哭着喊着要向我报仇，就像从前虔诚的阿佩利的血[②]曾经做过的那样。因为你看到我的脸已经因为愤怒变得像桑拿精灵那样黑乎乎的。因此，你要吻一下我的识字读本。让我为你也为我们俩祈祷！——就这样。

图科拉人：你现在满意了吗？

[①] 芬兰旧时民间习惯，掉到地上的面包要亲一下。
[②] 阿佩利的血指《圣经》中的故事。

尤哈尼： 非常满意。你现在走吧，去感谢你的上帝，让你通过了这一关。如果你在你的肩膀和脑袋之间发现了像台钳夹齿夹过的痕迹，特别是如果你明天仍然感觉到那里像得了猪瘟一样僵硬的话，你不必为此感到过于惊讶。所以，现在走吧。不过我还有一个问题，一个疑问，我的伙计，我们刚才竖着耳朵听的那首歌是谁写的？

图科拉人： 这我可不知道。

尤哈尼： 你给我说出来！

图科拉人： 我真的不知道。

尤哈尼： 好吧，好吧，我总会搞清楚的。但请代我向阿佩里·基萨拉问好，并告诉他，当我下次见到他时，我会让他的喉咙发出比他刚才吹奏的黑管更响亮的声音。你赶紧走吧，因为我的存在并不会让你感到愉悦——你也不要为复仇而生闷气。给我小心点，别让我再生出个什么想法从后面重新逮住你，额外再送给你点什么。

托马斯： 放过他吧，可怜的人。

尤哈尼： 他已经得到他应得的了，我保证。不过，让我们赶紧离开这段可怕的、被践踏得千疮百孔的道路。我们现在不应再在这里停留：因为在公路上打架，从法律角度看是一件很严重的事，很可能会让大家惹上大事。

阿波： 那我们就赶紧跑吧！——不过刚才那一架还真够给劲的，如果没有西蒙尼相助，我很有可能就被揍扁了，是他把我身上的那堆人给摆平了。

西蒙尼： 可是我们为什么要碰他们？人性都是软弱的，人们会无法克制自己的愤怒和罪恶的力量。唉，当我看到托马斯的拳头是如何把人打翻的时候，我在想：我们现在离杀人已经不远了。

托马斯：也许我出手出得太随意了，不过我也有为更小的事情出手的时候。——让我们抓紧时间赶路吧，天色已经不早了。

他们匆匆忙忙地继续走着，但是愤怒和遗憾并没有从他们的脸上消退，而是一直在刺痛着他们的心——他们还在想着图科拉的那些人对他们进行冷嘲热讽的那支曲子。尤哈尼默默地走在最前面，怒气冲冲地迈着大步，不时地吐着口水，使劲儿甩着头。然而最后他还是把头转向其他兄弟，开口说起了话。

尤哈尼：这首歌是哪个该死的家伙写的？

埃罗：阿佩里·基萨拉。

阿波：我也是这样猜想的，因为他是一个暴躁易怒且喜欢嘲笑别人的人。不过，他确实也写过一首恶毒的讽刺诗来嘲弄我们那位可怜的牧师助理老头——上帝保佑他——他碰巧在一次《圣经》考试时喝了点酒。

迪莫：但是如果我有三分之一升的烈酒，并且在尼古拉家的阿纳尼亚耳边说上几句话，我们可能很快就会听到一首长长的歌，歌中将说明这个阿佩里是怎样的一个人。他是一个大流氓加大无赖，他手里拿着他的黑管走村串户，和女仆们生孩子，靠着自己的老母亲生活。这个人是一个十足的骗子。

尤哈尼：如果那首被称为《七个人的力量》的无聊歌曲确实出自他的脑壳，那么看吧，下次当我见到他时，即使是在教堂的山坡上，我也会把他的头皮从他的脖颈一直剥到他的眼皮处，让我先把话搁在这儿。——但我们是不是可以借助法律的力量来打击这个家伙？

阿波：如果没有确实可信的证人，法律是不会惩处任何人的。

尤哈尼：那么就让他在法庭上发誓自己是无罪的吧，我想他会在把自己的灵魂抛入黑暗的深渊之前好好思量一下。但是，如果那可悲的把戏真是他搞的，那么——好吧，晚安，我的邻居，在我看来他也可以安息了。

阿波：但我认为在类似这样的事情上，法律是不会让一个受到指控的人去发誓的。

尤哈尼：那么就让他尝尝我的拳头的味道吧，我想，他会从我的拳头里尝到与法律和正义同样健康而苦涩的味道。

西蒙尼：但是，让我们暂时先把这首歌和我们在路上野兽般的斗殴抛在一边吧。——那边有一个浸透了松脂的树墩，有一次我在放牛时饥肠辘辘，曾经靠在那里做了一个很神奇的梦。我就好像到了天堂一般，坐在柔软而有弹性的沙发上，面前摆着一桌热气腾腾、十分丰盛的食物。这些食物油水很大，如此美味，十分诱人。我又吃又喝，天使般的男童们就像对待一个伟人那样服侍着我。一切都是无比的美丽和庄严：在不远处的金色大厅里，天使的合唱声萦绕回荡，我听到他们在唱那首新的、伟大的赞美诗。这就是我做的梦，从此我的胸中就燃起了这样的火花，它将永远不会熄灭！

尤哈尼：那个会朗读《圣经》的牧羊老头，那个来自特尔瓦科斯基的长着红眼睛、山羊胡的托马斯，当时你与他一起结伴放牛，就是他把你变得这么神经兮兮的吧？这就是你那火花。

西蒙尼：好吧，好吧，就让我们在最后的审判日那天再见吧!

托马斯： 在那里有一棵云杉树，我们的父亲有一次曾经在那里猎到过一只成年猞猁，那也是他打到的最后一只猞猁。

迪莫： 是啊，在那之后，他就再也没有拖着他那沉重的脚步回过家，而是手脚冰凉地被人抬出了森林。

尤哈尼： 他是一个勇猛粗壮的人，但对他的儿子们来说，他却像岩石一样坚硬和牢靠。然而，他很少踏进尤科拉自家的院子，他住在森林里，家里的老鼠都开始称王称霸了。

阿波： 虽然他也许是因为太痴迷打猎而经常顾不上家，但他还是一个好父亲，并像一个有尊严的男人那样走了。愿他安息！

迪莫： 我们的母亲比他还要强两倍。

尤哈尼： 虽然她不识字，却是一个很棒的女主人和一个虔诚的人。

西蒙尼： 她每天早晚都跪着祈祷。

尤哈尼： 她正是这样做的。她是一个了不起的母亲和女主人！我永远记得她在地里踩着犁头耕地时的样子，就像是一个有着巨人身躯的母亲那样。

埃罗： 她是一位优秀的母亲，而我们却没有做听话的孩子，为什么我们没有像七只熊那样在地里辛勤劳作呢？假如我们那样做了的话，尤科拉现在就会是另外一个样子。不过当时我又能懂得什么，我一个穿着衬衫的可怜虫？

尤哈尼： 你快闭嘴吧！我还记得你在可怜的母亲面前那些令人讨厌无理取闹的行为。不过她总是宠着你，就像父亲和母亲通常对他们最小的孩子那样，但长子的皮肉却不断地处在挨打状态，这其中的原因我当然最清楚。在我那个时候，见鬼，我可是曾经像一条狗一样被痛扁，但我真的希望，愿上帝保佑，这一切都是为了我好。

西蒙尼：被教训一下确实是有益的，特别是如果能祝福一下鞭子，以主的名义惩戒。

埃罗：尤其是如果你还能温暖一下鞭子的话。

西蒙尼：我可不听你这不怀好意的俏皮话，你这个瞎子，你这个没有受到过什么惩戒的孩子。

迪莫："好孩子会自我约束"，我希望看到这样的情况发生。

西蒙尼：这里是松尼麦基的十字路口，死人的鬼魂曾经追着基卡拉的那个搞恶作剧的玻璃匠人一直到这里。他在夜里路过教堂时，这个不信上帝的人嘴里曾经发出了一些大不敬的咒语。让这个故事成为对你们的告诫，从而能让你们避免犯下诅咒之罪。

尤哈尼：我们现在站在松尼麦基的山脊上，教堂清晰可见，那里还看得到教堂执事的红房子，就像一个着了火的魔鬼巢穴！哼！那里就好像整个地狱的霸主，有着令人恐惧的智慧和可怕的荣耀。我感到我的四肢现在已经麻木了，我的脚被无情地钉在了地上。唉！在这恶魔就要侵入的时刻，我应该怎么做，作为你们可怜的长兄，我应该怎么做？

埃罗：既然你是我们的长兄，那就在我们面前树立个好榜样，从通往地狱的道路上回头吧。我已经准备好追随你了。

托马斯：安静，埃罗！现在一步都不要后退。

尤哈尼：唉，你们这些头上长角的家伙！在我看来，教堂执事的门就是死亡之门。

阿波：可正是在那里，我们才能学会如何享有尊严和荣誉。

尤哈尼：火一般的荣誉，火一般的荣誉！可怜的我们！在那里，我看到了教堂执事的全部辉煌和牧师官邸令人生畏的奢华，而我的本性却在拼命反击——愿上帝保佑我们！——我完全无法接受。对此你怎么说，迪莫？

迪莫：你的本性在强烈反击。

阿波：这我相信，但是我们在这里并不会总是伴随着玫瑰和鲜花起舞。

尤哈尼：玫瑰和鲜花？我们曾与玫瑰和鲜花共舞过吗？

阿波：我们将要在这里吞下许多苦涩的浆果，我的伙计。

尤哈尼：苦涩的浆果？难道我们已经吞下的苦涩浆果还不够多吗？啊，可怜的阿波！我们已经在各种各样的汤锅里被煎熬，我们的头发也曾经在各种各样的风雨中飘摇。这一切都是为了什么？我们的成功之路在哪里？这个世界就是一个大垃圾场，什么都不会改变。让教堂执事和牧师们见鬼去吧，让识字考试和那些书本连同地方官[①]和他们的文书都统统见鬼去吧！让世界上所有让人厌恶的东西都见鬼去吧！我提到了书，但我指的并不是《圣经》、赞美诗、教义问答和识字读本，也不是指《荒野中的叫声》[②]——我指的绝不是这些书。可是我为什么要降生在这样一个世界里呢？

---

① 地方官，芬兰文 nimismies，旧时指王室派到教区的行政官员，负责管理王室农场及有关税收和司法起诉等事务。
② 《荒野中的叫声》是旧时教会描写地狱之恐怖的一本书。

西蒙尼： 不要诅咒你自己的岁月，你在世俗世界里的日子。

尤哈尼： 我为什么会降生在这个世界里？为什么？

迪莫： 我出生在这里，成为一个可怜的、疲于奔命的人。为什么在此之前我没有像一只豁嘴的小兔子那样在那边的小云杉树下睁开我的眼睛呢？

尤哈尼： 或者我就像那只松鼠，在松树枝丫上竖着尾巴探头探脑？松果是它无忧的面包，云杉树上的树须则成为它用苔藓搭成的小窝里温暖的被子。

迪莫： 而且它不需要读书。

尤哈尼： 它不必去读书！

阿波： 每个人都被赋予了自己的角色，正所谓"各人有各自的佩刀"。在这里抱怨和忧虑是没有用的，我们需要的是工作和行动。我的兄弟们，我们只管向前走，向前走！

托马斯： 让我们向前进，朝着教堂执事的方向，即使是越过大海汹涌的海峡也无妨！

尤哈尼： 你怎么想的，埃罗小子？

埃罗： 我想我要去找执事上学。

尤哈尼： 哼！那我们走吧，迈开大步走吧。啊，上帝之子们！唱支歌吧，我的迪莫兄弟，唱支歌吧！

迪莫： 我要唱一首关于苔藓屋里的小松鼠的歌。

尤哈尼： 好的，好的！

迪莫：

可爱的小松鼠
躺在它的苔藓屋里；
无论是灰海豹的利齿

还是猎人的陷阱,
任何时候都无法企及那里。

它从高高的小屋
俯瞰着周边世界,
见证了下面无数的战争;
挂在树枝上的和平彩旗
在它的头顶上飘扬。

多么幸福的生活
在摇曳的城堡摇篮里!
小松鼠摇啊摇
在云杉母亲慈爱的怀抱里:
美卓拉①的坎泰莱琴在奏响!
摇摆的小尾巴在那里打着盹
紧挨着那扇小小的窗户,
鸟儿在天空下唱着歌
将小松鼠在傍晚时分
送入甜蜜的梦乡。

---

① 美卓拉指芬兰民间诗歌中动物们居住的森林家园。

第三章

两天过去了。在教堂执事住所的公共房间里，七兄弟围坐在桌子旁边，磕磕巴巴地一会儿跟着执事，一会儿按照他8岁女儿的口授念着识字读本。就这样，他们手捧着打开的识字读本认真地埋头苦读着，额头上汗水如注。不过桌子后面的长凳上只看到尤科拉的五个小伙子，尤哈尼和迪莫又在哪里呢？原来他们就站在房门旁边的那个罚站角落里，他们的头发刚刚被执事那有力的大手揪成了一团，还蓬松地高高地戳在那里。

七兄弟学习识字的进展十分缓慢，他们的老师令人生畏的严厉训斥不仅没有加快他们的进度，反而使他们学习的愿望和意念变得越来越消极气馁。尤哈尼和迪莫认得的字母不会比A更多，其他人掌握的知识比他们要多出好几个字母。但是，埃罗兄弟与其他人相比是一个惊人的例外，他已经放下了识字读本，开始十分熟练地练习拼写了。

傍晚将至，但七兄弟一整天都还没有吃上一口饭。原因是执事扣下了他们所带的干粮，试图用饥饿的折磨来激发他们识字的渴望。因此，在饥饿难耐的煎熬下，尤哈尼站在角落里，甩着头发蓬松的脑袋，嘴里不停地吐着唾沫，用他气鼓鼓的牛眼愤怒地瞪着老师。不过迪莫却不管这世界上发生了什么，站在他的身旁打着瞌睡。——最后，执事还是停了下来并说道："现在让我们暂停一下，你们这些榆木脑袋，你们先去吃点东西，要像羊圈里反刍的山羊那样咔咔地吃。不过你们这些长着树瘤脑袋的公牛，你们要记住，吃完这顿饭后，在你们把这些字母都装进你们的脑袋之前，你们的嘴唇将不会再碰到任何面包屑了。我会给你们一个小时的吃饭时间，但是你们不能跨出这个大门一步。我认为把你们在这个屋子里一直关到晚上对你们是有好处的，是非常有益的。现在都张开你们的嘴巴吧，因为你们马上就能拿到你们的干粮袋了。"他这样一边说着，一边走了出去，让女佣把干粮给这些兄弟送了过来，但把门依然关得紧紧的。

迪莫：我的干粮袋子在哪里？

拉乌里：你的在那里，这个是我的。我现在连小石子都能吃掉。

尤哈尼：我们现在什么食物都不要吃！

拉乌里：什么？我们现在不吃饭吗？

尤哈尼：什么都不要吃！

拉乌里：那你得先用你的手把海峡给合上。

尤哈尼：让干粮袋安安静静地待在那里。

阿波：你这是什么意思？

尤哈尼：我们要给执事找点麻烦。我们现在先不要吃东西，要一直等到明天早上起来再吃。伙计们，我的热血在沸腾，我的脑袋像凯图拉的风车那样在旋转。我们要搞事，要以牙还牙！

阿波：对这样的搞事，我们那位老头会畅怀大笑。

尤哈尼：让他笑吧！我不吃。——埃罗已经可以拼读识字读本了,好啊,好啊。——我不吃。

托马斯: 我也不在这里吃,我要到松尼麦基那边的荒地上吃。我要坐到那里的石楠花垫子上。

尤哈尼: 正确!我们要马上到那里去折腾。

埃罗: 我赞成这个主意,伙计们。

阿波: 这又是什么疯疯癫癫的想法?

尤哈尼: 我们要摆脱禁锢!

阿波: 好,明白!

尤哈尼: 嗨,朝着松尼麦基的松树林!

埃罗: 正是这样!好,明白。

尤哈尼: 回答得像个男子汉。

阿波: 西蒙尼,你可要尽力哟。

西蒙尼: 干脆点,兄弟们!但是我要说,我们不会成为读书人,所以让我们就此告别所有我们现在正在做的事情吧。当然,我们的生活要做到无可指摘和干干净净,因为我们只要有信仰,即使不会读书识字也可以像基督徒那样生活。

阿波: 你这个鬼东西只知道把东西推倒,而不知道扶起来。

尤哈尼: 西蒙尼用的是正义与公平的语言。让我们离开这里吧,伙计们。依我的本性,我已经无法再忍受下去了。

托马斯: 当我看到尤哈尼受折磨的样子时,我的心都要碎了。走吧,伙计们!

尤哈尼: 事情就这样定了。但是请不要为我难过,托马斯,因为复仇的主动权掌握在我的手中。毕竟是我受到了虐待,就像虾饵那样被撕裂了,确实如此!而且我口袋里还有不少头发卷,是执事揪下来的我的头发卷。但假如这些头发卷没有哪天塞到了执事的嘴巴里，那就是因为我还要用这些东西造出某种机器和物件。执事长着脖子，是的，他也有脖子。不过我现在不要再弄出更多声响了。

埃罗：我也许知道另一个更好的办法。让我们用你留在口袋里的头发卷为执事编织出一条精美的钓鱼线，作为感谢他好好授课的礼物。可是为什么我要怂恿人们作恶呢？我知道，而且我们大家都一致同意，学会遵守规矩会带来不可言喻的好处，正如我们在路上曾经兄弟般地谈论的那样。

尤哈尼：埃罗已经学会拼写了，他果真是个好孩子。

埃罗：这么大岁数才开始练习拼写，真是有点丢人啊。

尤哈尼：你这么大岁数？那我们其他人呢？

西蒙尼：他是在有意刺激我们。

尤哈尼：是的，你又想要蜇人了，你这个麦田里的大蓟，你这个尤科拉基督教兄弟面团里的苦酸渣子，你这头浑身长刺的猪，刺头猪，你这个蛤蟆！

西蒙尼：小点声，别让执事听到，小点声！

尤哈尼：大家都同心同德地一起走出这个牢房！现在哪个敢叫板的将会挨板子。

托马斯：大家一起逃走，所有人！

阿波：迪莫，我意志坚定的兄弟，你说呢？

迪莫："桦树皮做不了外衣，上了年纪当不了牧师"，所以"把哨子塞进口袋走人"，而且大家要步调一致。我想我可以用一句话来概括我要说的："斧头的刃要两面都磨才快。"

阿波：拉乌里，你要怎么办？

拉乌里：我要从这里去松尼麦基。

阿波：唉！就连死人也会从坟墓中叫出声来：你们这些倔头，你们这些疯子！

尤哈尼：那也无济于事了，快走吧，孩子！你一起走吗？否则——上帝啊！——火苗就要呼呼地蹿起来了，你一起走吗？

阿波：我一起走。不过我还有一句话要说。

托马斯：在这里再说一千句话也无济于事了。

尤哈尼：纵然是每一句话都带着一千把剑。

埃罗：而每把剑又都有一千个利刃。

尤哈尼：一千把劈向烈焰的利刃。即便如此，也无济于事了。让我们逃离马斯特朗德监狱①，逃离西伯利亚流放地，远离可怕的荒原，就像从加农炮口射出的七发炮弹！我们这里既有炮弹又有加农炮，装填好炮弹的加农炮，炮筒越来越热，现在已经变得通红，马上就要爆炸了。哦，我亲爱的兄弟们和亲人们，我们是同母所生！你们看到他是如何用食指卷着我额头上的头发，接着用他的整个手掌一把抓住，啊，就是这样，然后使劲摇晃，摇得牙齿都开始打战。哼！

托马斯：我看到了，我的脸颊都气得鼓鼓的。

埃罗：我听到了尤哈尼的牙齿在打战，看到了托马斯的颧骨高高隆起，把我给吓坏了，但是当我想到强调纪律总是有好处的，我还是要为此代你们感谢上帝。

尤哈尼：我亲爱的兄弟，千万不要将点火绳捅进加农炮的点火孔里，也就是说我这两只耳朵里，不要那样做。

托马斯：埃罗，你为什么要招惹他？

---

① 马斯特朗德监狱是19世纪时位于瑞典哥德堡附近的一所城堡监狱。

尤哈尼：埃罗真不愧是执事的宠儿。嗯，那也很好，真的很好。可是我又做错了什么，为什么执事要这样虐待我？我的脑袋这么硬也是罪过吗？我要不了多久就要哭了。

迪莫：而我又做了什么，我的头发要被惨惨地揪成这样？是因为我有上帝以他的智慧赐予我的头脑吗？

拉乌里：我的头发也被揪出了三个卷。

尤哈尼：我们大家都有这里的美好回忆。——把门打开！

阿波：要注意，我们被关在栅栏后面。

迪莫：门被顶门杠顶着，很牢的顶门杠。

尤哈尼：它会像秸秆那样折断。不过话说回来，那边不是有一扇窗户嘛。用我的袋子一挥，我们就会听到赏心悦目的稀里哗啦声。

阿波：你大概已经彻底昏了头了。

尤哈尼：已经被弄昏了两天了，弄昏了两天了，我的哥们儿！

西蒙尼：我们还是别把窗户砸坏了，让我们和执事好好谈谈吧。

尤哈尼：你去地狱里和魔鬼谈去吧！——我要把窗户砸成碎片，一起逃出牢狱！"全营出动！"营长怒吼道。

托马斯：埃罗，把门闩扣上！

埃罗：正是如此，把城堡的大门关紧，部队要从城堡的后门出去了。——门闩扣好了。

阿波：我可警告你们！

尤哈尼：木已成舟，覆水难收。看这里！

阿波：你这个可怕的、公开不敬神的人！

西蒙尼：是吗？事情就这样做了！只听见窗户一阵稀里

哗啦!

尤哈尼: 只要尤西的袋子一甩, 窗户就会稀里哗啦, 天空则会电闪雷鸣! 那是懒惰的亚科的一击[①]。

西蒙尼: 我们这些不幸的人!

尤哈尼: 路打开了, 你要一起走吗?

西蒙尼: 我跟着你, 我亲爱的兄弟!

尤哈尼: 阿波, 路打开了, 你要一起走吗?

阿波: 为什么要挥舞着拳头, 你这个疯子? 我跟着你, 我跟着! 一旦我们的雪橇上有人中了邪, 我还能有别的什么办法呢?

尤哈尼: 浑球!

托马斯: 把所有干粮袋都背上, 从窗户出去! 前厅的地板在咚咚地响。

尤哈尼: 那是执事吗? 我要关照关照他。

托马斯: 过来!

尤哈尼: 那是执事。我要稍稍关照他一下。

托马斯: 回来! 听我的。

尤哈尼: 你现在不要挡着我的路。我爱你, 我的托马斯兄弟。

托马斯: 我不会让你做出可怕的事情。现在跟我一起跳出窗外, 其他人已经在那边的地里狂奔了。来啊!

尤哈尼: 别管我! 你有什么可以害怕的? 我只是客气地把他抱在我的怀里, 撩起他外套长长的下摆, 用我的手掌拍打拍打他, 就用这只手掌去做。松开我, 我亲爱的兄弟, 否则我的心会像科尔基的风笛一样裂开。松开! 你看见我

[①] 这里误将17世纪的军事指挥官亚科当成了造成芬兰维堡城堡大爆炸的指挥官。

的头已经热气腾腾，马上就要开锅了。

托马斯：除非你现在听我的，否则我们将成为永远的敌人。你可要听好了。

尤哈尼：那我们走吧。但是如果我不是发自内心地爱你，我是不会同意这样做的。

他们不再说话，跳出窗户，跑到山坡上，飞快地穿过教堂执事的土豆地。小石子在田垄上嘎嘎作响，土块高高地飞向空中，很快他们就和其他人一起消失在一片茂密的杨树林中。这时执事带着一身可怕的怒气冲进了屋子，手里挥舞着一根粗大的藤杖。他用尖厉刺耳的声音向这些逃走的人大声喊叫，但却是徒劳的。兄弟们连蹦带跳地从杨树林里出来，跑过一条布满石头和岩石的开阔地带，从那儿穿过一片狭窄的刺柏林，再越过奈乌拉涅米牧师农场宽敞的、芦苇丛生的牧草地，最后穿过一片平坦的、发出扑扑响声的收割后的田地，站在了松尼麦基荒芜的山坡下一条沙土路上。他们沿着布满了鹅卵石的斜坡往上走去，来到了这片荒山的山脊上，他们决定要在一片松树林下面的石楠地上为自己搭建一个营地。很快，他们生起的篝火冒出的浓烟便升到了树梢上。

七兄弟搭营的位置地势很高。从那里向山后望去可以看到牧师官邸的斜面屋顶，而山顶上则是教堂执事的红房子和一个很大的教堂村，在一片云杉林的边上就是教区的石头教堂，既庄重又美观。还可以看到一个布满了小岛的湖泊，从东北方向吹来的微风在湖面上掀起阵阵潋滟，湖水在晴朗的天空下舒缓而轻柔地荡漾着。风儿吹拂在湖面上，又从草地和森林上面以及松尼麦基的松树林上轻轻掠过。七兄弟现在就在这片松树林下休息，在篝火上烤着芜菁。

尤哈尼： 现在让我们享用一顿国王般的盛宴。

迪莫： 一顿真正的绅士用的正餐。

尤哈尼： 从袋子里把牛肉拿出来，从炭灰里把烤芜菁取出来，它们在那里已经烤熟了。

> 风儿吹过，树梢弯弯，
> 爱人的声音在远处回荡……

我们蠢得跟牛似的，坐在执事屋里的长凳上，手里攥着识字读本，一坐就坐了两天。

埃罗： 不过站在门边的角落里，那感觉可是不一样的。

尤哈尼： 好的，我的小埃罗，你这个聪明的小埃罗，你个六英寸高的小埃罗，你这个小矬子。——说我站在执事门边的角落里！我要好好教训教训你。

阿波： 嘘，小点声，你们这些异教徒！

托马斯： 安静地坐会儿，尤哈尼，不要管他说的什么。

尤哈尼： 你吃饭的时候要把帽子摘下来，你个土坷垃。

托马斯： 把帽子摘下来，我也会说。

尤哈尼： 噢，是吗？你必须服从我，说别的都没用。

西蒙尼： 你总是爱唠叨，除了唠叨没有别的。愿上帝啥时候也能启蒙你的灵魂和思想！

尤哈尼： 这小子总是到处惹祸。

埃罗： 我总是被你咒骂，"那个矬子和小拇指，那个小不点埃罗"。不过正是因为如此我才这么顽强。

尤哈尼：你是一条愤怒的恶狗，正如在那首《七个人的力量》歌中听到的那样。

埃罗：我会牙齿锋利地反咬一口的。

尤哈尼：你心里装的都是苦涩。

阿波：请允许我也说两句。埃罗说了一些我认为还是有点道理的话。看啊，他不时地与周边分享的那份苦涩，也许很多都是我们自己酿制的。当然，让我们不要忘记：我们都是出自一个造物主的。

迪莫：确实如此。假如我有"两个鼻子，一个像鞋楦头，另一个像半块面包"，那么这同其他人又有什么关系呢？这都长在我自己身上。不过让我们把鼻子、嘴巴、创造者和创造物都扔进篝火的灰烬中。来啊，尤哈尼，给你一个又软又熟的芜菁。一口咬住，不要理会那个小混混的话。他还年轻，不懂事。——吃吧，我的兄弟。

尤哈尼：我在吃。

迪莫：我们现在就像是在参加一场婚礼一样，在这座高高的山岭上，到处都是回声。

尤哈尼：就像在天堂的婚礼上。我们刚刚还在那下边的地狱中被残酷地虐待。

迪莫：在这个世界上，"我们有时落入深渊，有时升入云天"。

尤哈尼：正是如此。你说呢，阿波兄弟？

阿波：我尽了我的全力，但是无济于事。然而现在我又生气了，把我们生命之舟的命运交由船尾的舵手来掌握。我就坐在这里。

尤哈尼：我们坐在这里，而整个世界都拜倒在我们脚下。看那边，执事的房子像一只红色公鸡那样浑身通红，而那边的上帝宫殿①的塔楼则耸入云霄。

阿波： 正是在那座宫殿的下面，我们有一天会坐在那个黑色的耻辱木②上，脖子弯着，就像篱笆上站着的七只乌鸦仔一样，听到人们对着我们指指点点地说：尤科拉的那些懒惰的兄弟就坐在那里。

尤哈尼： 说什么尤科拉的孩子们像乌鸦仔那样弯着脖子坐在黑色的耻辱木上，听着人们用手指点着说：尤科拉懒惰的兄弟们就坐在那里，这一天是不会到来的。在我走上绞刑架之前，或者在我去海依诺拉兵营挥舞着步枪走到世界尽头之前，这一天是不会到来的。"我有什么可担心的？我这个小淘气鬼"③，现在，兄弟们，饭我们已经吃好了，我们要唱起歌来，我们要让荒原在歌声中颤抖。

西蒙尼： 让我们为自己祝福，睡觉吧。

尤哈尼： 我们先来唱"我有什么可担心的"，清清你的嗓子，迪莫。

迪莫： 我已经准备好了。

尤哈尼： 埃罗小子？我们应该又是朋友了吧？

埃罗： 朋友加兄弟。

尤哈尼： 一切都挺好，调好你的嗓子。

埃罗： 我的嗓子已经调到最佳状态了。

尤哈尼： 好的！现在要让其他人听听松林是如何发出吼声的。——现在，孩子们！

　　我有什么可担心的？我这个小淘气鬼，

---

① 这里指教堂。
② 这里指教堂的木脚枷。
③ 这句话是《海依诺拉营进行曲》中的一句歌词。

我有着犹如北极丘陵山峰的胸膛。
啦啦，啦啦，啦啦啦！

在海依诺拉小伙子们的雄壮队伍中
我这个姑娘们的嘲弄对象就要离开了。
啦啦，啦啦，啦啦啦！

我不怕主教，也不怕牧师。
我马上就要身着英雄的军装。
啦啦，啦啦，啦啦啦！

跑起来吧，卢斯科，让轮子转起来。
快奔过去享用皇帝的面包干。
啦啦，啦啦，啦啦啦！

我有什么可担心的？我这个小淘气鬼，
我有着犹如北极丘陵山峰的胸膛。
啦啦，啦啦，啦啦啦！

尤哈尼：正是如此！敢情我们在这里过得蛮好。
西蒙尼：小点声，小点声！你们喧嚣起来就像是有整整一个军团的精灵在闹腾。——安静，安静！有人正在朝着我们这边走过来。
尤哈尼：有人在走过来？你仔细瞧瞧，是不是看到一群吉卜赛人，你看到的是"拉雅麦基军团"。

正在走近的是在这一带流浪旅行的一家人，他们来自拉雅麦基牧草地上的一个小木屋,这就是人们把他们称为"拉雅麦基军团"的缘故。这一家领头的男主人就是那个众人皆知的米科,一个戴着黑色毡帽的瘦小灵活的男人。他在旅途中一路上销售木焦油,并娴熟地挥舞着他那骟家畜的锋利刀子。他还会演奏小提琴,经常在舞会上和乡里互助帮工活动后的聚会中吱扭吱扭地拉着他那黑红相间的欢乐玩意儿,喝酒润喉时也总是来者不拒。——他的婆娘卡伊莎拔得一手好火罐,却是一副鼻烟脸,待人严苛。她路过的地方几乎所有人家的桑拿房都会成为她为当地婆娘们升烟拔火罐的地方。只见卡伊莎的小刀一抖,嘴巴发出吧唧的声音,阴霾的脸上大汗淋漓,不过装礼物的袋子也会鼓得满满的。——他们还带着一群孩子,跟着他们一路上走村串户。其中两个孩子已经可以独自走路了,他们一路上跟着父母的脚步前前后后欢快地蹦着跳着,三个小一点的则坐在父母的马车里。卡伊莎总是在前面牵着缰绳,而米科则拄着拐杖在后面推着。拉雅麦基一行所经过的地方都会发生很大的骚动,也不知是哪一个多事的人为这一家人编了一篇长长的讽刺诗,并冠以军团的名字。这帮喧闹的人群,现在正沿着松尼麦基下面的荒坡地朝着教堂村的方向走去,而此时七兄弟也正在像公羊一样快乐地在荒坡地的山脊上自由自在地漫步。

尤哈尼: 嗨!你们好,你们就是先前人们提到的"拉雅麦基军团"吧?你们好!

迪莫: "你们好吗?"[①]瑞典人会说。

---

① 原文此处为瑞典文。

埃罗："你们好！"① 老毛子则这样说。

卡伊莎： 你们站在上面的人，你们想要做什么？

埃罗： 想要婆娘过来把她那大大的羊角罐吸到这个尤哈尼兄弟棕褐色的大腿和屁股上。

尤哈尼： 老婆子划刀拔罐，老头子拉琴演奏，这样才珠联璧合。

米科： 我要给你们点颜色看看，你们这些尤科拉的游荡小子！

埃罗： 老家伙不想演奏。好吧，我们来唱一首震耳欲聋的进行曲吧。

尤哈尼： 当"拉雅麦基军团"从我们身旁走过时，送给他们一首响亮的进行曲。好吧，迪莫和埃罗小子们！

> 我们走在荒郊野外，
> 上山下山，
> 骟马拔罐，
> 销售焦油。
>
> 鼻烟脸卡伊莎牵着马车，
> 自得其乐，
> 米科嚼着烟草，
> 在后面挂着拐棍推车。

尤哈尼： 正是如此！这真是一首有趣的歌谣。

卡伊莎： 你们要知道，你们这些家伙，我们一路走来可

---

① 原文此处为俄文。

都是堂堂正正的，而你们，你们却像盗贼和贪婪的野兽一样在人们的树林里溜来溜去。我，我给人们拔火罐，我成就健康；他，米科骟阉家畜，他造就了肥硕的公猪、健壮的公牛和漂亮的阉马，为王中之王提供座驾；你们要知道这些，你们这些见鬼的家伙。

尤哈尼：孩儿们，在这段布道之后再来首诗歌！迪莫和埃罗，活泼的孩子们！同时唱啊！

> 卡伊莎的嘴唇在吧唧着，
> 小刀子啪啪地响个不停；
> 克里特的婆娘牙关紧咬，
> 在卡伊莎的手里挣脱个不停。

> 但是在院子的另一边：
> 是什么在叫？嗨！
> 是母猪、公猪在说教，
> 小猪崽在合唱。

> 为什么母猪在哼哼？
> 为什么小猪在尖嚎？
> 看啊：在猪圈的门下，
> 米科的刀子闪闪发光。

尤哈尼：这真是首欢快的歌，大概没有人会否认这一点。米科你说呢？

米科：快给我闭上你那装面包的袋子①，你知道米科大

---

① 这里指嘴巴。

师本人在此，他刚刚在一张干净的床单上骟了省长大人的公马，一滴血都没有流。正是由于他这一身绝技，他才获得了官方执照，即使是罗马皇帝本人也不会否认的。我就是这样的米科。

埃罗：哦，你这个骟马米科可比你的女巫婆娘强好几倍！

卡伊莎：你们小心点，可别让我像那个传说中的老头那样把你们也像那些尊贵的婚宴嘉宾一样变成狼群。

尤哈尼：此时此地，我还是原先那个穿着自己的裤子站着的尤科拉的尤西，所以我希望，在上帝的帮助下，从今以后我仍能继续这样站立着。可怜的老太婆，你的巫术也不会强到哪里去，你前年向我们预测了世界末日，害得多少婆娘徒劳地为她们以前的愚蠢行为请求她们的老公原谅。

卡伊莎：那你听听我现在的预测。

埃罗：你就预测一下，你希望我们能享受温暖的桑拿浴，而你会亲自在我们的脖颈上拔火罐。

尤哈尼：这可是一个疯狂的预测和愿望。当然，当我回家的时候，我会把桑拿烧热并很舒心地洗个热水澡，但是我压根儿就不想把我后背上的亚当燕尾服①搞破。

卡伊莎：你给我听着，你好好地听着！你的桑拿屋会着火，你的木房子也会着火，在凄惨的状况下你会独自一人流落到森林里、沼泽地里，为你挨冷受冻的身体寻找庇护之地。啊！你还要与他人和森林中的野兽浴血搏斗，你会像一只垂死的野兔那样大口喘气，把你那受到诅咒的头歪倒在灌木丛中。你们把这个听好了，并牢牢地记住。

尤哈尼：你快给我下地狱吧……

---

① 根据《圣经》，亚当在伊甸园里赤身裸体，此处用燕尾服谐称其皮肤。

托马斯：快给我闭嘴，快闭嘴！

西蒙尼：你这个不信上帝的野蛮人！

尤哈尼：你要下到那烧得通红的地狱里去！你快去教堂执事那里，把那永远治不好的猪瘟诅咒到他的喉咙里去。

埃罗：要让他唱起歌来就像米科手下长着獠牙的老公猪。

尤哈尼：是的！还有那个牧师长，那个外表光鲜、虚伪、富得流油的肥头大耳的牧师长……我们要给他送点什么？你说吧，埃罗。

埃罗：但愿他在《圣经》读颂考试会上也遇上和奥卢海关官员同样的事：愿他袋子里装满了猫馅饼。

尤哈尼：是的！巴尔塔摩的鱼肉馅饼，你看，里面的馅是一只猫，一只毛茸茸的猫。

埃罗：让他在接下来的礼拜日做一次惩罚性的布道，他会如此愤怒和疯狂，以至于他会一把撕开自己那肥硕的肚子，只听啪的一下肚皮就迸裂开来。

尤哈尼：是的！然后就让他见鬼去吧，让魔鬼通常对牧师做的那样，抓住他的脖颈把他抛起来。

埃罗：让这个强势而富有的牧师长成为有钱人的伙伴吧。

尤哈尼：这些就是我们要请求你客客气气地向执事和牧师长转达的问候。如果你做到了所有这一切，那么你就可以把我变成狼，就像你所威胁的那样。

埃罗：把他变成一只贪婪的狼，可以一下子就吞下整个"拉雅麦基军团"。

尤哈尼：是的！还要附赠一袋拔火罐用的牛角。

埃罗：再加上一袋焦油作为甜食。

尤哈尼： 没错，你这个棒槌小子！

卡伊莎： 太好了！牧师长和执事会得到你们的问候的，这笔账还会再找你们算的，你们这些遭诅咒的家伙！扔给他们一块石头作为纪念，米科，把他们的头骨砸开。

米科： 这儿正好有一块白色的石英石，遵命了。——接着，你们这些天杀的山羊！——出发了，卡伊莎！我们现在走吧。

尤哈尼： 那个中了邪的东西！竟朝我甩了块石头，差一点打中我的额头。

埃罗： 让我们把石头回敬过去吧。

尤哈尼： 把它扔回去，把那个老家伙的帽子砸下来。

托马斯： 别扔了，孩子，如果你还想保全你的头发。

阿波： 看啊，笨蛋，那边还有孩子。

尤哈尼： 把石头收好吧。他们已经开拔了，整个荒野都发出了低沉的颤动。

西蒙尼： 唉，你们这些心怀不轨的人啊，你们这些卡尔梅克人①和长着狗鼻子的人！即使是相安无事的旅人现在也无法在路上有尊严地与我们擦肩而过了。唉，你们这些强盗！

尤哈尼： 我吗？我连他们的一根头发都不会弄折。可是你看，有一个男人正处在十足的狂热之中，他强壮的躯体内浑身上下都充满了可怕的冲动，所以——是的，这点你明白。这个伙计已经在牢狱中蹲了两天两夜了。不过我已经向教堂执事送了一份非常丰厚的问候，以减轻我的愤怒。

---

① 卡尔梅克人指居住在伏尔加河下游里海西北沿岸最早来自西蒙古地区的民族，曾在俄国与瑞典战争中作为俄军一部分占领芬兰，亦指传说中长着人身狗头的巨型怪物。

阿波：送给牧师长的问候更疯狂。我想我们以后会对那些问候感到后悔不已的。

尤哈尼："我有什么可担心的？我这个小淘气鬼"，生活，年轻小伙子的生活就像这余音回荡、隆隆作响的荒野。在那边的东北方向，绵延着印比瓦拉山的陡峭山脉，而在那边的西北方向，教堂村的湖面在闪闪发光，远方的其他湖泊也在那边的天际线上，仿佛是在永恒的远方依稀可见。我的眼睛可以看到科利斯汀的三个湖泊。

> 我不由自主，我不由自主，
> 我一定要去湖边；
> 我的宝贝很生气，
> 气喘吁吁得像条蛇。

我们的执事老头经常是手里攥着钓鱼竿坐在那个湖的水面上。啊！假如他一动不动地坐在那里，假如我是一阵狂风，一阵来自东南方向的狂野飓风，那我就知道自己应该向哪里呼呼地刮了，而要不了多久，执事的独木舟就会底儿朝天地在水里翻腾了。

西蒙尼：多么罪恶的愿望！

尤哈尼：我会那样做的，我会把独木舟吹翻，让湖水成为煮沸的粥。

迪莫：要让他整个人变成烤狼排。

尤哈尼：我会把他推进猎狼的陷阱，而我自己则会欢快地在陷阱边缘走来走去。

阿波：有一只不怀好意的狐狸，把一只可怜的熊骗到了一个陷阱里，然后哈哈大笑，绕着陷阱转来转去，还不停地说着嘲讽的话。狐狸从那里又骑到一只猞猁的背上，让猞猁把自己带到附近一棵高大的云杉树上。狐狸开始高兴地唱起歌，并将风儿从四面八方召唤到一起，命令风儿弹奏用云杉做的坎泰莱琴为它的歌声伴奏。很快，东风、西风和南风都到了，云杉树发出轰轰的回声。一股强大的北风也呼啸而来，刮过长满树须漆黑一片的密林，隆隆作响。这时那棵云杉在轰隆声中颤抖着弯下了腰，最终从中间断裂坠入深坑，并将树梢上的狐狸甩了下去，正好落入坑里熊的怀抱中。

迪莫： 我的天啊！那接下来呢？

尤哈尼： 接下来你可以猜到发生了什么。熊一把牢牢抓住狐狸的皮，把狐狸摇得牙齿格格作响，就像那个好心的执事对我做的那样。——但是我明白了阿波的意思。他是想提醒我，如果给别人挖了坑，自己也有可能会掉进去。但即使是这样，我也宁愿让执事掉进为狼挖的陷阱成为猎物。

迪莫： 看着执事掉进陷阱，从我的内心讲也不会反对。但是我不会因此在一个发霉的屋子里折磨那个老家伙太久，两个小时吧，也就两个小时。让我们就此打住。愿执事平安地活着吧，可不要坠入我内心充满愤恨的深渊。但是有一件事我不大明白，你们怎么能相信这样一个关于狐狸和熊的童话。唉，你们这些家伙！我想狐狸连闲话大概都不会说，更不用说能把天下的风都召唤来了。你们竟然相信这个童话，但我断定这是一个彻头彻尾的谎言。

尤哈尼： 大家都知道，迪莫的脑袋并不是这个世界上最灵光的。

迪莫： 虽然不是，但就像你或者任何其他的男人或女人一样，我扛着这个脑袋堂堂正正地走在这个世界上。

阿波： 迪莫没弄明白这个比喻。

尤哈尼： 首先，那个可怜的小子现在还没搞明白。但是让我看看我能否向你解释一下其中的原委。狐狸和熊的故事可能源于那个所有自然界的物体甚至连树木似乎都会说话的年代，正如旧约中所说的那样。我也曾经听我们已故的盲人舅舅这样说过。

阿波： 你现在也没弄懂童话故事和它的含义。

迪莫： 但是，尽管如此，"锅不要埋怨壶，彼此的底一样黑"。

尤哈尼： 你是想要卖弄一下自己的聪明吗，哥们儿？但请相信我，感谢上帝，我不像你那么蠢，迪莫小子。

迪莫： 你当然不是，不过我看不出这有什么问题。

埃罗： 迪莫，你要像以前的那个税吏那样：你只管捶打自己的胸膛，让我们看看你们中哪一个能够做得更好并凯旋[①]。

尤哈尼： 哎哟！难道小埃罗也受到刺激了吗？难道你自己就是那个税吏？

埃罗： 这真的让领头的税吏甜甜地受到了刺激，就是那个小个子的撒该乌斯[②]。

尤哈尼： 我才不在乎你的什么撒该乌斯或甜蜜乌斯什么的，我要让自己睡个好觉。我现在要背朝着你们，要像躺在雪地下面的蚂蚁巢穴里那样睡个好觉。——但愿上帝保佑我们！我们毕竟已经在一个可怕的地方落脚了。

阿波： 为什么这样说呢？

尤哈尼： 那边有一块奇怪的、令人毛骨悚然的石头，它总是对教堂的钟声做出一种非常悲切的回响。再看看那些

---

① 源自《圣经》中的故事。
② 撒该乌斯是《圣经》中的人物。

从那里一直死死盯着我们的眼睛。我真的吓坏了。看在上帝的分上，我们赶紧离开这里吧！

托马斯： 让我们安安静静地坐在这里。

尤哈尼： 但是这片森林的主人可是又臭又硬。

阿波： 他只是针对那些不停地诅咒他或者对他表现出不敬的人。因此，你自己要当心。不过关于岩石上的那些石画的故事是很久以前的故事了。

拉乌里： 你愿意跟我们讲讲这个故事吗？

阿波： 但是首先你们要仔细观察一下那块石头。你们会在石头上看到四个金光闪闪的反光点。这是一对恋人可爱的眼睛，一个漂亮姑娘和一个英俊青年的可爱的眼睛。你们还会看到他们的模样也刻印在了石头上。用眼睛看着他们，眼睛稍微留一点缝，就可以看到他们坐在那儿，极其甜蜜地拥抱在一起。但是再往下面一点，在两个年轻人的脚下，却蜷缩着躺着一个身体被剑刺穿的老人。

迪莫： 果真如你所说。

拉乌里： 我想我也在那里看到了类似的什么东西。不过你赶紧说下去。

于是阿波给他们讲述了下面的这个故事。

这儿附近曾经有一座漂亮的城堡，城堡主人是一个有钱有势的男人。他有一个继女，母亲不在了，但这个继女却长得像清晨一样甜美。有一个少年爱上了这位少女，但是少年和少女都因此被可怕的城堡主人怀恨在心，因为在他的心里永远找不到爱的位置。他的继女也很爱那个伟岸的少年。他们经常在这片有回声的荒原上相遇，而他们相聚的地方就是在这个岩石的脚下。她的继父发现了这两个年轻人的秘密相会，他在少女的耳边立下了一个可怕的誓言。"我的女儿，"他说，"你要确保我不会在森林的夜晚中碰到你们俩相拥。你要知道我的剑那时就会很快赐予你们与血腥的死亡相结合。我承诺我会这样做并郑重地在此发誓。"他发了誓，少女听到他的誓言吓坏了。不过，她并没有忘记她的心上人，她对他的爱反而更强烈了。

那是一个平静的夏夜。少女的心头产生了一种预感，那个少年正在荒原上等待着自己的心上人。最后，她估摸城堡的所有人都已经坠入了梦乡，便披着自己那条宽松精致的披巾，踏上了她的寻爱之旅。她仿佛影子一般，很快就消失在了森林深处，只见一条蓝色的披巾似曾在沾满露水的林中飘过。但是城堡里并不是所有人都睡着了，城堡的主人独自站在窗前，眼睛紧盯着少女，看着她在夜色中如幽灵般离去。这时他将自己的长剑挎在腰上，提着一杆标枪快步走了出去，也尾随着少女消失在了密林之中。嗜血的野兽紧追在含情脉脉的羔羊之后。

少女气喘吁吁地赶到了荒地，在那片灰色的岩石脚下见到了自己心爱的人。他们站在那里，彼此深情地拥抱着，在这个幸福的时刻低声倾诉着爱的语言。在这里，他们不再站在地球的表面上，他们的灵魂仿佛是在天堂里长满鲜花的草地上漫游。——一眨眼的工夫，只见那可怕的城堡主人突然冲上前来，将他锋利的标枪刺入了少女的左肋，枪尖从那个少年的右肋刺出，城堡主人用死亡将他们连在了一起。这对恋人倚靠在石头上，他们的鲜血汇在一起流淌在荒原上，染红了石楠花的叶面。在那里，他们被钢铁的纽带相连，相依着坐在石椅上，虽然沉默不语，却始终温情地拥抱在一起。他们的眼睛像四颗金光闪闪的星星一样放射出奇妙的光芒，照耀在城堡至高无上的主人身上，他震惊地注视着这一幅在死亡吞噬中的奇妙而平静的景象。突然之间，一阵暴风雨袭来，天空中雷声大作，但在那电闪雷鸣的蓝光之中，这对少男少女的眼中却闪耀着幸福美满的光芒，如同四盏明烛在天庭圣洁的空中熠熠发光。这就是当苍天的愤怒降临在他的头顶和四周时，凶手眼中所看到的情形。面对这对年轻恋人渐渐失去神采的眼睛和他们像急流一样涌出的鲜血的有力拷问，面对苍天电闪雷鸣般的谴责，他的灵魂被深深地触动了，第一次被触动了，他的心中带着冰冷而黑暗的悔恨，死死地盯着这对垂死的恋人奇妙的眼睛，那四只眼睛一直在微笑着注视着他。他的内心因为恐惧而颤抖，天空中雷电交加，宇宙在轰鸣，愤怒的神灵从四面八方向他袭来，一阵无限的狂怒攫取了他的灵魂。

他再次把目光投向那两个年轻人：但是从那里他看到的仍然是那两对行将熄灭却依然在熠熠发光的眼睛，带着微笑回望着他。这时他将双臂交叉，用仿佛是凝固了的目光开始凝视着东方，他在阴沉的夜里就这样悄无声息地站了很久。最后，他突然挺起胸膛深吸一口气，发出一声长长的咆哮，声音之长之响令人恐惧，隆隆地在那一带回荡。接着他又静静地在那里站了一会儿，仔细地听了很久，直到他喊叫的回声消失在密林最远处的角落里。当这一切发生之后，他再一次凝视着东方，发出可怕的喊叫声，然后仔细地听着回声由近到远、从一座山峰传到另一座山峰，久久地低声回荡着。直到那来自远方颤抖着的回声终于消失了，雷声也停止了，那对年轻人发光的眼睛也熄灭了。只有瓢泼大雨还在林间抽泣不已。突然间，城堡主人如梦初醒，一把将剑拔出剑鞘，刺穿了自己的胸膛，倒在了那对年轻人的脚下。天空再次电闪雷鸣，轰鸣咆哮，但很快一切又恢复了寂静。

清晨，人们在荒原上的一块灰色岩石脚下发现了三个死者。他们的尸体被抬走，并排葬入同一座墓穴。但是后来他们的形象仍可以在岩石上看到，可以看到两个年轻人互相拥抱在一起，他们膝下跪着一个表情冷峻、留着胡须的男子。岩石侧面四颗奇妙的饰钉，就像四颗金光闪闪的星星，在黑夜和白天都熠熠发光，令人想起恋人那两双正在慢慢暗淡下去的眼睛。正如故事中所说，一个长长的霹雳燃烧着在岩石上面刻下了这些图像。正如故事中所描绘的那样，少年与少女幸福地坐在高处，而那个男人则匍匐在地，那是城堡的前任主人在酷热的天气中接受惩罚。当教堂塔楼上钟声响起，他便会竖起耳朵仔细倾听着从岩石反射回来的回声，可那回声仍然充满着悲伤。当然，有朝一日当从岩石上反射回来美妙而悦耳的声音时，那就是那个男人获得宽恕与救赎的时刻到来了，但彼时尘世间的各种声音也近在咫尺。这就是为什么每当钟声响起时，人们总是会焦躁不安地倾听着从岩石传来的回声。钟声在呼唤着那个男人得到宽恕的日子降临，但同时也令人生畏地提醒着人们世界审判日到来的时刻。

这就是阿波在松尼麦基的荒野上给他的兄弟们讲的故事。

迪莫：要让那个家伙一直大汗淋漓，直到审判日的那一天！呵呵！

西蒙尼：你这个傻瓜，你要小心审判日的号角现在就会吹响。

埃罗： 只要地球上还有异教徒存在，就丝毫不用为了世界的末日而担惊受怕。上帝保佑！这里就有七个疯狂的异教徒，身处强大的基督教世界的包围中。但这并不一定就是什么坏事，因为其中还是有好的一面的，我们可是成了世界的栋梁啊。①

尤哈尼： 你会成为世界的栋梁？你才有六英寸高。

西蒙尼： 颤抖吧，埃罗，当你现在正在嘲笑的那个日子降临时，你就像魔鬼一样颤抖吧。

迪莫： 他是不会那样做的，这一点我可以保证。噢嗬！最后的审判日到来时将会天地轰鸣，山崩地裂。已经有过两次这样的巨变了，第三次还没有到来，那时那个伟大的幸福迹象将会发生，整个世界将会像干桦树皮那样化为灰烬。如果这种毁灭发生在夏季，牛会在田野上哞哞直叫，猪则在小道上歇斯底里地尖叫。如果这一切发生在冬季，那么牛会在牛棚里乱吼乱叫，而可怜的猪也会在圈里的干草上尖叫不已。那时候一切都会乱成一团，孩子们。噢嗬！已经有过两次巨变了，第三次还没有到来，就像我们双目失明的舅舅说的那样。

西蒙尼： 是的，是的，让我们记住这一天。

尤哈尼： 快闭嘴吧，兄弟们。上帝保佑我们！你们在这里把人家的心思搅得不得安宁。让我们快睡吧，快睡吧！

他们就这样你一句我一句地闲聊着，直到最后他们的交谈陷入了一片静寂。随着阵阵睡意袭来，他们一个接一个地坠入了梦乡。他们中最后一个还醒着的是西蒙尼，他

---

① 见《圣经·新约全书》马太福音 24：14 中所述，只有当世界上所有的异教徒都听到了福音后，最后的审判才会到来。

倚靠在一棵松树粗壮的根茎上，坐在那里认真地思考着世界的末日时光和最终审判的大日子。他湿润的眼睛泛出红色的、温和的光芒，他粗糙的脸颊上的褐色红晕从远处都可以看到。最后他也睡着了。就这样，他们在篝火边做着甜蜜的梦，火又燃烧了一会儿，但也逐渐暗淡下去并最终熄灭了。

  天色渐渐暗了下来，由暮色变成了夜色。天气温和并略感闷热，在东北方向的天空中不时地闪过一道闪电，一场雷暴天气正在那里升腾而成。只见一道闪电就像老鹰俯冲一般劈向教堂村，从它嘴里喷出的火舌瞬间点燃了牧师家院子里的打谷仓，里面堆满了干麦秸，很快就熊熊燃烧了起来。教堂的钟声开始响起，村子里人头攒动，男男女女都从四面八方奔向大火燃烧的地方，可惜已经无济于事了。打谷仓火势凶猛，将天空映成了一片血红色。风向现在又开始转向松尼麦基，那里正是七个兄弟酣睡的地方，荒野在他们的鼾声中沙沙作响。突然一声可怕的巨响把他们从梦中惊醒，他们感到一种以往从未有过的恐惧。他们还在昏昏欲睡的脑袋被午夜时分突然在他们荒凉的四周肆虐的大自然吓得不轻，这不禁让他们立即联想到了那个令人生畏的描述世界末日的故事。而这夜里的亮光，正是那雷暴云层的闪电与教堂村里凶猛的烈焰交织在一起的可怕场景。——现在又是一道闪电一闪而过，接着是一声震耳欲聋的轰鸣声，瞬间把七个兄弟都震醒了。随着一声尖厉的叫声，他们一下子从地上蹦了起来，头发就像沙沙作响的芦苇那样直愣愣地竖着，眼睛瞪得圆圆的，互相对视着眨巴了几下。

西蒙尼： 审判日到了！

尤哈尼： 我们这是在哪里？在哪里？

西蒙尼： 要赶紧逃吗？

尤哈尼： 苍天啊，快救救我们吧！

阿波： 太恐怖了，太恐怖了！

托马斯： 真是太可怕了。

迪莫： 上帝保佑我们这些可怜的孩子吧！

西蒙尼： 甚至连丧钟都已经敲响了！

尤哈尼： 连石头都在咔嚓咔嚓地飞舞！哎哟喂！

西蒙尼： "天堂的钟声在敲响！"

尤哈尼： "而我浑身瘫软无力！"①

西蒙尼： 难道这就开始了？

尤哈尼： 仁慈与普爱的主啊，保佑我们吧！

阿波： 啊，太可怕了！

尤哈尼： 托马斯，托马斯，快抓住我上衣的后摆！哎哟喂！

西蒙尼： 哎哟喂！现在出发，出发了！

尤哈尼： 托马斯，上帝啊，我的信教兄弟！

托马斯： 我在这儿呢，你要我做什么？

尤哈尼： 祈祷吧！

托马斯： 好的，我这就祈祷。

尤哈尼： 祈祷吧，迪莫，如果你会的话！

迪莫： 我想试试。

尤哈尼： 那就快点！

迪莫： 啊，主啊，伟大的主啊。啊，伯利恒，仁爱的

---

① "天堂的钟声在敲响""而我浑身瘫软无力"是源于祈祷文中的两句话。

主座!

尤哈尼： 拉乌里也说点什么吧?

拉乌里： 如此可怜兮兮的我可不知道说些什么。

尤哈尼： 凄惨啊，无尽的凄惨啊！但我还是认为，这还不是尽头。

西蒙尼： 啊，如果还能够给我们再宽限一天时间！

尤哈尼： 或者是一个星期，宝贵的一个星期！——不过我们怎样看这个可怕的火光和混乱不堪的钟声呢?

阿波： 各位好汉，好像是村里着火了。

尤哈尼： 正是如此，阿波，敲响了报警的钟声。

埃罗： 牧师院子里的打谷仓烧着了。

尤哈尼： 宁可让一千个打谷仓都烧掉，只要能保住这个长满了蛆虫的世界和我们这七个有罪的孩子。上帝保佑！我的全身都被冷汗浸透了。

迪莫： 怪不得我的裤子也一直抖个不停。

尤哈尼： 不寻常的时刻！

西蒙尼： 这是上帝在惩罚我们的罪孽。

尤哈尼： 千真万确！我们为什么要唱那首关于"拉雅麦基军团"的恶搞歌曲呢?

西蒙尼： 你们毫无廉耻地嘲笑米科和卡伊莎！

尤哈尼： 你还说呢！愿上帝保佑他们！上帝保佑我们所有的人，所有的，也包括那个执事！

西蒙尼： 这个祈祷正合天意。

尤哈尼： 让我们赶紧离开这个可怕的地方吧。火势就像地狱里的炼狱之火正在从那边向我们这个方向席卷而来，而那边岩石侧面的那些眼睛也在凄切地望着我们。你们知道吗，正是阿波讲的关于那些反光石头的故事让我们的后脊梁阵阵发冷。我们还是快点溜吧，谁都不要把自己的干粮袋和识字读本落下了。走吧，兄弟们！让我们朝着橡树林进军，去找屈斯蒂，上帝保佑我们找到屈斯蒂的地方，然后明天从那里回家，假如我们明天还活着的话。现在出发！

拉乌里：可是大雨很快就会浇到我们头上，我们会像老鼠那样浑身湿透。

尤哈尼：湿就湿吧，湿就湿吧！我们会得到宽恕的。现在出发！

他们奔跑着离开，一个紧紧地跟在另一个后面，很快就来到了一条沙土路上，然后朝着塔米斯托家房子的方向走去。他们伴随着天空中四处肆虐的闪烁火光和噼啪作响的燃烧声刚走了一会儿，瓢泼大雨就开始落在他们身上。于是他们三步并作两步开始奔跑，一直跑到一棵被称作"库洛迈基的云杉树"下。这棵树因其长得高大和枝叶茂密而远近闻名，正好矗立在公路旁边，成为许多路人避雨的地方。七兄弟坐在这棵云杉的脚下，任凭狂风暴雨在巨大的云杉树四周肆虐。随着天气慢慢放晴，他们又继续赶路。大自然平静了下来，风停了，云散了，月亮缓缓地升上了树梢。七个兄弟现在已经不慌不忙、无忧无虑地走在了泥泞的道路上。

托马斯：我常常在想，雷是从哪里来的，什么是雷呢？那种霹雳和轰隆隆的声音。

阿波：这就是我们的盲人舅舅所说的，天上发生了暴乱，那是当干燥的细沙被风吹到空中并沉淀到厚厚的云块之间时。

托马斯： 怎么会这样？

尤哈尼： 不过在孩子的头脑里会有各种各样的想象。我在还是个可怜的小不点儿时又是怎样想象着打雷呢？你看，我想是上帝在驾驭着马车在天堂的街道上呼啸而过，车轮的铁箍在与石板路的碰撞中产生了火星。哈哈哈！小孩子有小孩子的想法。

迪莫： 可是我呢？我也差不多有着类似的想法，我这么个大拇哥一般大小的小混混，曾经身上只穿着一件破烂的衬衫，在雷声中轻手轻脚、慢腾腾地走在小道上。我想，这是上帝在他的领地里发威，怒吼着用他那公牛般的鞭子抽甩出非常饱满的鞭笞，打在健壮的骟马肥硕的大腿上闪闪发光，就像我们在擦洗骟马时所看到的马的肥硕后臀在闪光那样。嗯，这些都是我的想法。

西蒙尼： 我小时候就常想，现在仍然在想：天空的闪电和雷鸣是上帝在宣告对地上有罪之人的愤怒，因为人们的罪孽深重，就像海里的沙子那样数也数不清。

尤哈尼： 确实，我们在这里也都身负罪孽，这一点也许不必否认，不过即使在这里，罪孽也是被用盐和胡椒好好地煮过了。我的孩子们，别忘了我们的求学之路以及我们在其中所经历的一切。执事可是像只鹰一样揪着我们，把我们教训个够。我仍然还能感觉到他的手，不得不咬紧牙关，我的孩子。

夜路渐渐走完，塔米斯托的房子也越来越近，七兄弟迈着坚定的步伐走了进去，屈斯蒂为他们收拾出完美的铺位。这个屈斯蒂，一个像圆木一样敦实的人，是这户人家的独生子，但却从来不想接过农场主人的权力，而总是想自由自在地做自己想做的事。他也曾经有一次像中了邪似的走村串户，到处布道呐喊。据说，他进入这种状态是由于他在信仰问题上的一些思索。当他最终从中恢复过来后，他在其他方面又同以前一样了，只是从此再也没有笑过。而这其中的神奇之处则是，从此之后他将以前几乎不认识的尤科拉兄弟作为自己最亲密的朋友。七兄弟现在投奔到这个人的家里，以便找到一个可以过夜的栖身之地。

第四章

第二天，这些尤科拉家的人一个跟着一个，再次走进了自己的家。但是他们的形象十分丑陋：衣服破烂不堪，脸上布满瘀青和伤口。走在最前面的尤哈尼的左眼被打得几乎睁不开了，阿波的嘴唇肿得很厉害，迪莫的额头像鼓起了一个尖角，西蒙尼则一瘸一拐地跟在其他人后面。他们所有人的脑袋都挨过一顿痛打，现在要么是用空着的干粮袋裹着，要么是用衣服上的碎布敷在伤口上。他们在这样的状态下从这次的求学之旅回来了，他们的狗——基力和基斯基高兴地吠叫着跑着迎接他们，但七个兄弟已经没有力气用爱抚来回应他们忠诚的卫士了。

到底是谁竟敢如此粗暴地对待他们？有谁能把尤科拉家身强力壮的兄弟们打成这样？原来这是图科拉的人施行的报复行为。他们得到了尤科拉人要留宿塔米斯托家的消息后，聚集了20来个人，事先埋伏在道路两侧的灌木丛中等待着仇人。他们手持武器躲在那里，一边打着瞌睡，一边等待着。最后，当这些求学的人走近时，这伙伏兵以烈焰一般的速度从道路两旁同时扑向他们，紧接着就是一场恐怖的棍棒乱打，七兄弟被打得头破血流。但是图科拉人也并没有在这场打斗中毫发无损，他们中的许多人被七兄弟的拳头打得找不到北。其中有两个人神志不清地被抬回家：贡宁卡拉家的埃诺基和基萨拉家的阿佩里。阿佩里的脑袋从脖子一直肿到了前额，滚烫得就像是锡壶的壶底。这项粗暴的清理工作是尤哈尼大手的杰作。

最终，兄弟们还是坐到了自家宽敞的堂屋里，但都已经是筋疲力尽了。

尤哈尼：现在轮到谁来烧桑拿了？
迪莫：轮到我了。
尤哈尼：那就赶紧烧吧，让炉子热起来。
迪莫：我会尽全力的。
尤哈尼：把桑拿烧得好一点，因为我们的伤口需要好好蒸蒸，确实如此！而你，埃罗，去劳乌迪奥那里去换1脱比[①]烈酒，我可以用我们林子里最好的圆木作为回报。1脱比烈酒！
西蒙尼：这也许有点儿太多了。
尤哈尼：对七个男人来说，这点酒连涂一层油都不够。上帝知道，我们这里伤口多得就像天上的星星，而我的这只眼睛则一直在跳，疼得厉害，但更疼的是我体内的胆囊和心脏。不过一切都还好，一切都好！尤科拉的尤西还没有死掉。

傍晚来临了，这是九月份的一个令人沮丧的夜晚，埃罗从劳乌迪奥那里取来了酒，迪莫过来说桑拿已经准备好了，七兄弟烦躁的心情也变得舒缓了一些。他们先去洗了个澡，迪莫向桑拿炉子上泼了点水，炉子里烧得发黑的石

---

① 脱比，芬兰文 tuoppi，旧时容量单位，1脱比约为1.3升。

头嗞嗞地响着,热腾腾的蒸汽像云彩一样弥漫在桑拿房里。大家此时都在用力地挥舞着扎成一束的柔软的桦树枝叶,清洗和抚慰着身上的伤口,桑拿房里抽打桦树枝叶的唰唰声一直传到了很远。

尤哈尼: 现在我们的伤口被好好地蒸了一下。桑拿的蒸汽在这里可是治愈肉体与心灵创伤最好的良药。只是眼睛仍然还感到那么刺痛!好吧,痛一痛呀疼一疼,我要让你的脖子领受更热的蒸汽。怎么样,阿波,你的嘴巴怎么样了?

阿波: 在慢慢舒缓了。

尤哈尼: 好好拍打和鼓捣它,就像老毛子对待他们的老马那样,这样它就会变得松软了。不过再向炉子上泼点水,迪莫,因为今天晚上你的任务就是伺候我们。——没错,我的孩子!可劲地泼吧。这可真够热的,真够热的!就是这样,我淘气的兄弟!

拉乌里: 手指头感到有点烫。

尤哈尼: 让手指头也搭上顺风车。

阿波: 先缓一下泼水,伙计,否则我们大家都不得不离开这里。

埃罗: 我们还是要感谢他,我们差一点就被烤煳了。

尤哈尼: 差不多了,迪莫。不要再浇水了。见鬼,别再浇了!——你可以坐到下面一点,西蒙尼?

西蒙尼: 我可以坐到下面一点,我这个可怜的孩子。哦,假如你们知道这是为什么!

尤哈尼: 说出来吧。

西蒙尼: 伙计,别忘了地狱里的炼狱,赶紧昼夜不停地祈祷吧。

尤哈尼： 你真是疯了！你的身体希望得到什么，就让它得到吧，因为蒸汽越热，它的治疗效果和力度就越好。这你懂的。

西蒙尼： 炉子脚下的这桶热水是谁的？

尤哈尼： 那是我的，就像铁匠说起自己的店铺那样。你不要碰它。

西蒙尼： 我就从里面舀一点点。

尤哈尼： 你可别那样，我的亲兄弟，不然就不好了。你怎么不自己热一桶呢？

托马斯： 你们在那里闹什么呢？你从我的桶里舀一点，西蒙尼。

迪莫： 或者从我的，就在那边的板子下面。

尤哈尼： 那么也可以从我的桶里取一点，但至少要留下一半。

拉乌里： 埃罗！你着什么魔了，你小心不要让我把你从这板子上扔下去。

阿波： 你们两个在那边的角落里搞什么花样和圈套呢？

尤哈尼： 那里到底发生了什么？啊？

拉乌里： 他从那里往我背上吹气。

阿波： 文明点，埃罗！

尤哈尼： 呵呵，挑事儿的人。

西蒙尼： 埃罗，埃罗，难道如此热腾腾的蒸汽还不够让你想起地狱之火嘛。别忘了海莫拉家的尤浩，别忘了海莫拉家的尤浩！

尤哈尼： 他可是在自己的病床上看到了他曾经获救的炼狱，正因为如此，如同别人对他说的那样，他总是会在桑拿房里最上面的那一排木板上想起地狱。——不过现在从那边角落里照进来的是阳光吗？

拉乌里： 是灿烂的阳光。

尤哈尼： 啊，完了！桑拿房马上就要唱出绝唱了。因此我作为农场主的第一个任务应该是建一个新的桑拿房。

阿波： 这里确实需要一个新的。

尤哈尼： 新的，新的，这一点毫无争议。没有桑拿房的农场是不行的，既无法洗浴，也不利于女主人和雇工的婆娘生孩子。是的，热气腾腾的桑拿房、大呼小叫的厅房、打鸣的公鸡和喵喵叫的猫，这些都是经营得好的农场的标志。是的，接手我们农场的人，可有不少要做的事和可干的活呢。——我们需要再来点蒸汽，迪莫。

迪莫： 这就来了。

西蒙尼： 不过我们可不要忘了今天是星期六的晚上。

尤哈尼： 让我们小心不要让我们的皮肤像以前的女仆那样很快被挂到房梁上①。那是一个多么可怕的事件！

西蒙尼： 那个姑娘从来没时间和其他人一起去洗桑拿，都是当别人都躺下睡了后她才去那里磨磨蹭蹭地待一会儿。那是一个星期六的晚上，她比平常在那里耽搁的时间更长。人们后来过去找她，可是大家都找到了她什么呢？只有房梁上挂着的一副人皮。这张人皮还真像是大师的手法剥下的，她的头发、眼睛、耳朵、嘴巴甚至连指甲都保留了下来。

尤哈尼： 就让这件事对我们……哎哟，哎哟，我的后背

---

① 根据芬兰民间传说，在礼拜日的前夜即星期六晚上洗桑拿不能去得太晚，否则会因为破坏圣日的安宁而受到惩罚，会被魔鬼剥皮。

让这个蒸汽蒸得好疼啊！就好像打新年以来就没有尝过桦树枝抽打的滋味似的。

拉乌里： 可是又是谁剥了她的皮？

迪莫： 谁？你还要问。除了那个家伙还有谁……

尤哈尼： 大魔头。

迪莫： 是的，就是它，就是那个像一只尖叫的野鹿那样在四周跑来跑去的家伙。——多么可怕的事情！

尤哈尼： 迪莫小子，去把我的衬衫从房梁上拿下来交到我手里。

迪莫： 是这个吗？

尤哈尼： 嗨！他现在要把埃罗的破布匀点给我。你可真行！——是那边中间的那件。

迪莫： 是这个吧？

尤哈尼： 那才是男人的衣服。谢了。——那真是个可怕的事件，如果再回到刚才那件事，我也会那样说。不过让这件事提醒一下我们，"除夕的庆典最辉煌"。——现在让我们把自己洗得干干净净，就好像我们刚刚离开接生婆麻利的双手那样，然后让我们把衬衫夹在胳膊下，让我们肿胀发炎的身体从脖颈吸进一些清凉新鲜的空气。——但我认为我那只宝贝眼睛要稍微恢复恢复。

西蒙尼： 可是我这条腿还不听使唤，疼得就好像在沸腾的滚锅里一样。我要拿它怎么办，可怜的我啊？

埃罗： 等我们进到房间里后，乖乖地躺在地板上，为涂在你脚上的油膏祈祷，然后感谢今天保护了你的创世主，"让你的脚没有被石头弄伤"，正如我们在领取圣餐时所做的祈祷中念到的那样。

西蒙尼： 我听不见你说的，我听不见你说的是什么。

埃罗：然后也要为涂在你的耳朵上的油膏祈祷。但是你快点走吧，否则你会留在这里成为恶魔的猎物。

西蒙尼：我的耳朵从你那个方向什么都听不到，以一种灵异的方式堵上了。你要明白，伙计！

埃罗：快走吧，否则你的皮肤很快也会挂在房梁上，而且是以一种非常肉身的方式。

他们光着身子，浑身冒着热气从桑拿房走进堂屋。他们的身体就像是被太阳晒成了褐色的桦树皮。走进了门后，他们先坐下休息了一会儿，落一落汗，然后再慢慢地穿上衣服。尤哈尼现在开始为所有受伤的兄弟熬制愈伤油。他把一个无柄的旧金属铸锅放在火上，将1脱比烈酒倒了进去，然后在酒中加入了2考特尔①火药、1考特尔硝酸粉和等量的盐。等到熬煮了大概一个小时，他把里面的药膏取出来，让它慢慢冷却，于是黑色糊状的药膏便制作好了。他们用这种药膏涂抹伤口，尤其是头上的伤口，然后在上面涂上新熬制的棕黄色木焦油。这时他们的牙齿会紧紧地咬合在一起，脸色变得阴沉可怕。因为如此的猛药会刺激他们的伤口。这时西蒙尼摆好了晚餐桌，将七个中间有孔的面包、一块干牛腱子肉和用一个有盖木盆装的煮芜菁放在桌子上。不过今天晚上的饭菜他们吃得并不是太香，他们很快就离开了餐桌，脱掉衣服，各自躺到了自己的床上。

夜深了，四处寂静无声。突然间，尤科拉农场周围的天空被映亮了，农场的桑拿房着火了。因为迪莫把用灰石砌的炉子烧得太热，四周的墙壁开始焖烧冒烟，最后变

---

① 芬兰文为 kortteli，旧时容量单位，1 考特尔约为 0.327 升，等于 1/4 脱比。

成了燃烧的明火。就这样,整个桑拿房被静悄悄地烧成了灰烬,却没有任何人发现这一切。天亮时,尤科拉的桑拿房只剩下几处还在焖烧的余烬和火红的烤炉废墟。最终到了中午时分,七个兄弟也醒了,他们起床之后比前一天晚上感到清醒多了,穿好了衣服开始吃早午餐,胃口现在也感到不错。他们一言不发地吃了很长时间,但最终还是谈起了在塔米斯托和图科拉之间的路上发生的那起尖锐冲突。

尤哈尼:我们着实挨了一顿痛打,不过当时他们是像强盗一样拿着长杆和棍棒冲向我们。可是,唉!如果我们手里也有武器,眼里时刻提防着危险,那么今天我们就会在图科拉村里锯棺材板,掘墓人也就有活干了。不过我把该给的那份也给了基萨拉的阿佩里了。

托马斯:一道雪白没有头发的印子从他的额头一直延伸到了脖子,就像秋日天空中的银河一样。

尤哈尼:你看见了吗?

托马斯:我看到了。

尤哈尼:他得到他应有的了。可是其他人,其他人呢,我主耶稣!

埃罗:我们终将找他们报仇雪恨。

尤哈尼:让我们所有人齐心协力,把我们的意志变为无与伦比的复仇。

阿波:我们为什么要制造永恒的毁灭?让我们诉诸法律和正义,而不是用我们自己的双手去报复。

尤哈尼:当我逮到第一个图科拉的人,我会把他连皮带毛一起吃掉,这就是法律和正义。

西蒙尼： 我可怜的兄弟！你到底还想不想成为天国的继承人了？

尤哈尼： 如果我见不到图赫卡拉家的马蒂的血和肉酱，我还关心天堂干吗？

西蒙尼： 你太可怕，你太可怕了！我要哭了。

尤哈尼： 你不要为我哭泣，你是在徒劳地伤悲。哼！我要做些香肠去了。

托马斯： 我有朝一日也要为这种暴行报仇雪恨，我保证并发誓。只有狼才会这样对人施暴的。

尤哈尼： 多么野蛮的狼。我也要发出同样的誓言。

阿波： 报复最终只会又回落到我们自己的脖子上，但法律的审判会惩罚他们并奖励我们。

尤哈尼： 但是诉诸法律，并不会让他们也经历我们背上的这些伤口所带来的痛苦。

阿波： 但是他们的金钱和名誉将会遭受更大的损失。

西蒙尼： 让我们忘掉以牙还牙的复仇而诉诸法律吧。这就是我的愿望，尽管我很讨厌地方法院①里的嘈杂与喧闹。

尤哈尼： 如果走到那一步，即使像咱这样的人也不会在那种地方被吓住了。当我们第一次站在崇高的法院的桌子前面，虽然心脏会跳得有点快，但是一个真正的男人很快就会恢复常态。我还记得当时我在为科伊乌拉可怜的卡伊莎做证时的情形，她正在为自己的孩子寻求救助，我记得当时的法庭官员喊道："来自图科拉村的尤哈尼·尤哈尼之子·尤科拉！"

迪莫： "还有他的弟弟迪莫特乌斯！"我当时也在那里，

---

① 旧时芬兰地方法院会每年三次在某些待定的农场庄园里开庭。

卡伊莎就这样一下子为自己的孩子找到了爸爸。我也是证人，尤哈尼。

尤哈尼：是的，是的。在法院的前厅、台阶和院子里到处都挤满了人。在前厅里我坐下来与塔米斯托的屈斯蒂一起讨论咱这个男人在法律面前应该说什么以及怎样说。我很认真地同他说着话，像他通常那样揉捏着，这时法庭官员也就是围猎官高声喊道，那时许多人都把眼睛睁得很大，耳朵也都竖了起来："来自图科拉村的尤哈尼·尤哈尼之子·尤科拉！"

迪莫："还有他的弟弟迪莫特乌斯！"真够劲的！卡伊莎为她的孩子找到了父亲。

尤哈尼：是的，她找到了。

迪莫：尽管并没有让我们去宣誓。

尤哈尼：没有，确实如此，不过我们朴实真诚的话产生了很大的影响。

迪莫：而且我们的名字也已经随着法庭记录和请愿书一路呈送到沙皇那里，嘿嘿！

尤哈尼：正是如此。——法庭官员这样喊道，即便如此，咱这小伙子的心房里还真是有过一小会儿颤动，但很快就习惯了，并像圣徒约翰本人那样从嘴里发出坚定不移的真理的声音，无视整个法庭里众人的哄笑和窃窃私语。

迪莫：在地方法院里事情就是这样被揉来捏去，还是会有不少人下套子或者使绊子，但最后一切进展顺利。

尤哈尼：确实如此，正义和真理终究会赢得胜利，即使经过许多曲折和努力。

迪莫：正是如此，需要许多计谋和周旋，假如哪个显然是无赖的律师颠倒黑白、混淆视听，非要将黑焦油说成是白乳酪。——但一次能做好的事情，为什么要做两次呢？为什么上帝不能在法庭上将公正的审判建立在更加坚实、更为牢固的基础之上呢？为什么非要有证人、艰难的取证调查和法律学者的圈套呢？

在我看来，伸张正义和寻求真相最直接的途径，就是当事情看起来模糊不清时就不应该加以考虑。整个地方法院在法官的带领下走到院子里，由法院专员即围猎官吹奏起被称作地方法院号角的巨大桦木号角。他吹奏了几遍，然后将它高高举起，呈送到至高无上的主的面前。于是天门打开了，正义的天使出现在所有人面前，大声问道："法院专员想要什么？"然而法院专员用高亢的声音反问道："被起诉的这个人是无辜的还是有罪的？"这时光芒四射的天使会给出答案，没有人会质疑天使的权力，于是根据天使的结论，这个人要么在上帝的见证下被释放，要么被严厉地惩戒。所以我想，这样一来，一切就都会符合法律和秩序的要求了。

尤哈尼：为什么会有这么多人在发号施令和明争暗斗呢？看看这件事我是怎么想的。如果我是造物主，我会这样安排：让被指控的人用宣誓来证实他的话，一个神圣的誓言，如果他的誓言是对的，就让他作为一个自由人重新回到家中，但如果他更愿意从嘴里说出一个谎言，那么就让那爬满蛆虫的大地在他的脚下裂开，把他吞噬进地狱。这是了解真相最直接的方式。

阿波：这种方法可能行得通，但也许最好的办法仍然是由智慧的主所亲自制定的那样。

尤哈尼：那是最好的办法。我们现在坐在这里，体无完肤，伤痕累累，眼睛半吊着，就像三月的公猫一样。这能让人舒心吗？见鬼！这个世界是太阳底下能找到的最疯狂的地方了。

西蒙尼：主啊，这就是他所安排的，因为他想考验一下人子在信仰上的力量。

尤哈尼：信仰的力量。他考验和测试我们，但是通过他的考验之后，灵魂则会像蚊子一样飞进那永恒的炼狱，即使像我这样一个有罪的人，也不愿被送到那里去。

托马斯：今生今世就是一场艰难的游戏。人们的希望十分渺茫，因为在60万人中只有像约书亚和迦勒①这样的极少数人才会被选中。

尤哈尼：说得对！那么此生此世又是什么呢？就是通往地狱的过道。

西蒙尼：尤哈尼，尤哈尼，管住你的脑袋和舌头！

尤哈尼：当我的情绪非常糟糕时，我会说，地狱已经准备好了。在这里，我是一个受苦受难的灵魂，而图科拉的小子们则都是手里拿着草叉的恶魔。人们对待我们都像是恶毒的鬼魂。

阿波：让我们稍微扪心自问一下。人们的愤怒也许在很大程度上是我们自己酿就的，并且一直未得到释放。我们不要忘记，我们是如何在他们的芜菁地和豌豆地里打闹嬉戏的，我们又是如何在去钓鱼时将他们河岸上的干草弄得乱七八糟，以及我们又是如何时不时地跑去射杀他们围猎中的熊。我们还不顾法律的威慑和良心的谴责干了许多其他类似的鬼把戏。

西蒙尼：我们确实已经触怒了天地。每当我躺下来回忆

---

① 约书亚和迦勒见《圣经·旧约全书》中关于犹太人的祖先摩西向迦南地即今天的以色列和巴勒斯坦地区派出探查情况的两人。

起我们年少时的恶作剧时,我的良心就像是一把烧红了的利剑刺痛着我那可怜的胸膛。我仿佛听到了一种奇怪的声音,就像是来自远方的雨滴声在叹息,又像是一个阴沉沉的声音在我耳边低语:"上帝与人都在叹息,为了尤科拉的七个儿子。"兄弟们,毁灭正在威胁着我们,除非我们与其他人之间的关系得到改善,否则幸运之星是不会光顾我们的。那么,我们为什么不去请求他们原谅,并保证从现在开始要以一种不同的方式生活呢?

埃罗: 如果让我这样做,我会哭的。西蒙尼,西蒙尼!"缺了我一个也没什么"……是的,也没什么。"不过你还是走你的路吧。"

西蒙尼: 嗯,嗯,等到最后那一天时我们终会再见。

迪莫: 我会回过头去道歉吗?我才不相信呢。

托马斯: 只要乌鸦还是黑色的就不会。

埃罗: "当我们到了审判日那天时",那种事就会发生了。那时乌鸦将会是白如雪,就像快乐男孩和可爱的老奶奶赞美诗中所唱的那样。就我而言,我愿意等到我们开始祈祷之前的最后一刻。

尤哈尼: 相信我,西蒙尼,首先,如果我们在这里总是不停地审视我们的灵魂、无休止地想地狱之火以及大大小小的魔鬼是没用的。这样的想法要么使一个人的头脑陷入混乱,要么等于在他的脖子上套上了一根绳索。——我们以前那些头脑发热的行为应被视作少不更事的愚蠢行为,并不是严格意义上的罪过。其次,我相信并已经形成了这样一种信念,即我们在这里必须时不时地闭上双眼,假装看不到自己所看到的,不知道自己所知道的。所以如果一个人想要完好无损地摆脱生活的困境,就必须这样做。别那样傻呆呆地瞪着我，在这里完全不需要瞪人。——我指的是那些对上帝而言较轻的罪过，而不是那些针对我的邻居而做的事。邻居和家人都是自尊心很强和容易受到伤害的人，他们和我一样需要得到对自己而言最好的东西，而上帝是一个具有恒久眼光和宽容怜悯的人，如果我们真诚祈祷，最终总是会得到宽恕的。是的，是的，我的意思是说：将我们自己做过的事和干过的小把戏与上帝的话语和诫命进行比较并不是在任何时候和任何地方都能奏效的，最好是取中间立场。我是说，我们必须尽全力避免犯下任何大的罪过，并祈求我们的眼睛能明辨是非，但有些较小的罪过，即对上帝而言较小的罪过，并不总是要让自己的良心为之感到不安，而是要站在两者之间，取中间立场。

西蒙尼：伟大的上帝啊！这就是魔鬼在人们耳边嘀咕的那些话。

迪莫：就像是奥里奶奶为喝上一杯酒而对麦盖莱的女主人讲的那些昏头昏脑的故事一样。

阿波：尤哈尼说的那几句话，让我听得既惊讶又气愤。兄弟，难道这就是上帝的诫命所教导我们的吗？难道这就是我们的母亲所教育我们的吗？绝不是！在上帝面前，一个人就相当于一千个人，而一千个人就像是一个人。那么你信口开河说的什么较小的罪过、什么取中间立场等等，难道是要想鼓动我们侍候两个主人吗？你说说看，尤哈尼，什么是罪过？

尤哈尼：什么是真理？你难道是尤科拉的所罗门、大学问家和来自萨沃的帕沃老头①？"什么是罪过？"哎哟！"什

---

① 来自萨沃的帕沃老头，指出生在拉毕拉赫蒂的农场主帕沃·洛查莱宁，他 19 世纪 30 年代成为芬兰宗教觉醒运动的领袖。

么是罪过？"多么睿智的问题，睿智得了不得了。"真是有头脑啊，我们的小子"，确实如此。是啊，谁还需要再说什么吗？"什么是罪过？"啊哈！什么是真理？我会问你。

托马斯： 你还在生拉硬扯些什么啊，小子？你要知道你所宣扬的理论可是邪教的学说。

尤哈尼： 让我给你们讲一个让我坚守我的信仰的活生生的例子。大家还记得我们教堂村里从前的那个皮匠吧。他这个人忽然对自己的灵魂、所犯下的罪过和世界上的钱财产生了一些奇怪的想法，并开始对自己迄今的生活方式做出了很大的改变。于是，他突然不再在礼拜日和节假日接收或让人取走所做的皮匠活了，尽管对农民来说，能够过来一趟办成两件事十分重要。他的朋友警告他也没有用，因为他们发现他的活越来越少，而他的邻居同行接的活却越来越多。对此，这个疯子总是回答说："上帝一定会保佑我双手所做的工作，即使比以前少了，而那个自以为现在从我嘴里夺走了一块面包的人，他最终将不得不从满头大汗中收获诅咒，因为他没有遵守主的安息日。"他就是这样在周末假日里一边说着，一边手里拿着赞美诗四处走动，眼睛瞪得圆圆的，头发就像爆炸式的那样竖着。可是这个男人最后怎么样了？我们马上就知道了。很快，那根最重的树杖就到了他的手里，即乞讨的木棍，还有那长长的官道。现在，他从一个村庄走到另一个村庄，但凡有可能就把自己的盘子倾斜一下以收取施舍。有一次我在卡纳麦基山岗上的路边遇见了他，他坐在一个雪橇的边上，这个可怜的人已经醉成了一摊烂泥。我问道："你怎么样了，皮匠？""还能怎样，就这样了。"他一边回答，一边目光呆滞地又慢慢地看了我一眼。于是我又问道："师傅现在怎么样了？"——"我尽量像这样活着。"他又说了一遍，接着继续赶路，把雪橇推在面前，嘟囔着一些不着调的歌词。那就是他的结局。而另一个皮匠呢？他可是发了大财，死的时候是一个既富有又快乐的人。

阿波：狭隘的信仰和精神上的骄傲毁掉了皮匠，而所有与他类似的人也将如此。多么美妙的例子啊，不过你的信念是错误的学说和信仰。

西蒙尼：假冒的先知和世界末日。

迪莫：他想要引诱我们去相信土耳其人的信仰。但是你不会吓到我，因为我在信仰上坚定不移，就像斧头上的斧眼那样牢靠。

尤哈尼：托马斯，把桌子那头的那一半面包递给我。——"假冒的先知"。我不会引诱任何人去犯罪或者做坏事，我自己也不会去偷鞋匠的锥子或者裁缝的针眼。但我的心在阵阵发痛，因为我的意图总是被歪曲到最坏的程度，说成漆黑一片，尽管棕黑色就已经足够了。

阿波：你说得很清楚，你把这件事一条一条、一段一段地考虑得很周全，我好像并没有理解错。

迪莫：我用我的脑袋打赌，他想让我们去相信土耳其人的信仰。

西蒙尼：上帝宽恕他吧！

尤哈尼：你给我住嘴，马上！你要为我向上帝祈祷，你要想像一个眼神不好的牧师那样教训我，那可是行不通的。因为我有足够的理智，即使我并没有像我们的阿波那样拥有纯粹的才华。

阿波：上帝保佑！我还不够聪明。

尤哈尼：纯粹的才华，纯粹的才华！你给我把你吃面包的那个地方关好,否则你的嘴巴会因此再吃上几拳的,并且会比昨天更重。这就是我说的。我现在不吃了,因为我的肚子已经填满了。

迪莫:我敢担保我们每个人都已经撑得像吸完血的牛虻了。

埃罗:但是为什么我看不到桑拿房呢?

尤哈尼:像你这样又矮又矬的人能看到什么?——不过——桑拿房已经下地狱了!

埃罗:不对,是随着烈焰战车升入了天堂。

尤哈尼:它烧没了吗?

埃罗:这我怎么知道,我又和它有什么关系?这可是尤科拉农场主人的桑拿房,而不是我的。

尤哈尼:如果我没记错的话,昨天晚上你埃罗的身子也在桑拿里蒸过了。是的,是的,所有的错都要由农场主一个人来扛,我就是这么想的。不过让我们去看看。我的帽子呢?兄弟们,让我们去看看吧。我知道我们的桑拿房已经烧成灰烬了。

于是兄弟们出去看看桑拿房烧成什么样了。那里剩下的只有烧得黑乎乎的炉灶和还在冒着烟的瓦砾堆。兄弟们看着那被烧毁的一切,心中不免感到阵阵烦躁,最终又折返到了农场的客厅。尤哈尼是最后一个进来的,他手里拿着两个铁制的合页,恼怒地把它们扔在桌子上。

尤哈尼:是的,尤科拉的农场现在没有桑拿房了。

埃罗:"没有桑拿房的农场不是好农场",这是尤哈尼说的。

尤哈尼： 是迪莫把那个可爱的炉灶烧得太热了，那些被烟雾熏得漆黑的可怜的椽子和墙壁都化成了灰烬。我们每一个人都曾在这座桑拿房四壁的保护下初见世界的光明。要我说，是迪莫把桑拿炉烧得太猛了。

迪莫： 我可是按照你的吩咐，按照你的吩咐去做的，这一点你很清楚。

尤哈尼： 你听从个鬼吩咐啊，我们现在都成了没有桑拿房的男人，这可真让人烦心，盖房子并不能挣来面包。

阿波： 这是一件烦心事，不过那桑拿房已经很破旧了，墙角里都是窟窿，你自己昨天还决定要尽快修建一个新的。

尤哈尼： 桑拿房确实已经很破旧了，圆木都已经糟到了木芯里，但它仍然可以在那里再挺上个一两年。农场目前没有建造桑拿房的实力，而耕地则是我们的当务之急。

托马斯： 耕地也会被你放弃的，就像我们去年夏天的牧草地一样，我们甚至连镰刀都没挥动一下就让地里长势茂盛的牧草全枯萎了。这可是你自己的意愿。每当我提醒你应该割草时，你都会回答说："我们不是还没有离开吗？草还在飞长，你都能听到它唰唰生长的声音。"

尤哈尼： 这已经是过去的事了，如果你老是念叨这些，事情也不会变得更好。在即将到来的夏天，牧草地的草会长得更加茂盛。——可是在那块田里正在向着我们农场走过来的那个人是谁？

托马斯： 那是陪审团的麦凯莱，这个男人要来做什么？

尤哈尼： 现在魔盒被打开了。他是以王室的名义而来，是因为与图科拉人的那场该死的混战。

阿波： 在第二场混战中法律站在我们这边，而前面的那场我们还要看看。请允许我去跟他把事情说说清楚。

尤哈尼：但是我这个兄弟中的老大也有发言权，因为这关系到我们的共同利益。

阿波：不过你可要注意不要把我们自己都说得钻进了圈套，假如我们不得不绕着点的话。

尤哈尼：是的，这我知道。

麦凯莱走了进来，他是一位聪明而善良的陪审团成员。然而，他要来推动的事情与兄弟们所猜想的有所不同。

麦凯莱：你们好！

兄弟们：你好！

麦凯莱：我看到了什么令人恐怖的东西？伙计们，你们都好吗？看你们浑身伤痕累累，青一块紫一块，头上还结着痂！唉，你们这些可怜的人！

尤哈尼："是的，狗在舔伤口"，不过狼群也应该看看自己的样子。这就是你现在站在我们房子里的原因吗？

麦凯莱：我对此又能知道多少？不过你们兄弟之间怎么能如此残忍地对待彼此？你们应该为此感到羞愧！

尤哈尼：您搞错了，麦凯莱。我们兄弟都像天使一样对待彼此，我们身上的这些伤痕都是邻居们的杰作。

麦凯莱：那么都是谁干的呢？

尤哈尼：好邻居啊。不过请问你到我们这儿来是有何贵干啊？

麦凯莱：我有一个非常严肃的理由。孩子们，孩子们！现在毁灭的日子就在你们面前。

尤哈尼：那是一个什么日子？

麦凯莱：一个耻辱的日子。

尤哈尼： 什么时候？

麦凯莱： 我收到牧师长的严厉指令，要我下个礼拜日带你们去教堂。

尤哈尼： 他在教堂里要我们做什么？

麦凯莱： 要把你们锁在木脚枷上，坦白地说。

尤哈尼： 什么理由呢？

麦凯莱： 他有很多理由。——你们这些无法无天的疯子！你们打碎了教堂执事的窗户，像狼一样从他身边逃跑了！

尤哈尼： 是教堂执事像野狼一样殴打我们。

麦凯莱： 不过牧师长又对你们做了什么？

尤哈尼： 像跳蚤一样不痛不痒的。

麦凯莱： 而你们却通过那个咧着嘴、不知廉耻的可怜的卡伊莎嘲笑和侮辱他。你们通过可怕的"拉雅麦基军团"把最不齿的、极为恶毒的问候话带给了我们教会尊贵的领头人和牧羊人，这是何等狂妄啊！

尤哈尼： "是的，这是真的，但是你要证明给我看"，卡基宁的雅科这样说过，这可不是我说的。

麦凯莱： 可是现在，你们要知道我们的牧师长将要对你们处以最严厉的处罚。他现在对你们而言是一个铁面无情的人。

阿波： 坐下来说，麦凯莱，以便让我们更广泛、更深入地讨论一下这件事。——你看看我们这个地方：牧师长会根据那个拉雅麦基的谎言就把我们锁到木脚枷上吗？绝不会的！需要从法律上证明这件事是真的，即我们所说的话以及我们以何种方式损害了他的名誉。

尤哈尼： "首先要调查清楚事实，然后才能处罚当事人"，这一点是明确的。

麦凯莱： 但是还有第二个问题，关于读书识字那件事，这可是《教会法》赋予他的权力，这项权力他很可能会在盛怒之下对你们行使。

尤哈尼： 在识字读书的事情上，我们有上帝的规定和法律站在我们这边，它会阻止这种尝试。看啊，上帝在我们还在母亲子宫里时就赐予了我们这样的死硬脑壳，以至于识字读书对我们来说是一件不可能完成的事情。这我们有什么办法呢，麦凯莱？生命的天赋如此不均衡地落在了我们的头上。

麦凯莱： 你们的硬脑壳是你们自己空想出来的。勤奋和平日的练习终会战胜一切。——你们的父亲就是识字读书的最好榜样。

阿波： 可是虽然我们的母亲一个大字也不识，但她仍然是一个真正的基督徒。

尤哈尼： 并且以十分敬畏上帝的态度抚养和管教她的儿子们。上帝保佑她老人家！

麦凯莱： 她难道没有试图借助他人的本事来帮助你们吗？

尤哈尼： 她确实尽全力了，她也试图通过"松林老妈"曼尼斯托的那个老太婆这样做。可是那个恼怒的老太婆突然之间开始追打我们，她家的厅堂在我们眼里变成了妖魔可怕的巢穴，我们最后连她家的门都没有进，虽然她们像烈火一般抽打我们。

麦凯莱： 那时你们还不大懂事，但是现在你们作为男人已经站稳了脚跟，一个理智、健康的男人可以实现自己的意愿，因此，你们要向牧师长和整个世界展示你们男子汉的气概与能力。——你，阿波，拥有如此聪颖的头脑，不乏对各种事物的认识，并用你准确的记忆力记录下了所见所闻的一切，我很惊讶你还没有去做点其他事情。

阿波：我知道的并不多，当然，我确实知道一些这样或者那样的事情。毕竟，我们已故的失明舅舅曾经给我们讲过很多事情，告诉过我们关于《圣经》、他的海上航行和世界各地的故事，那时我们总是十分虔诚地听他讲这些事。

尤哈尼：当老人和我们谈论摩西、以色列的子民、《列王纪》中的事件和《启示录》中的神迹时，我们像兔子一样竖着耳朵听。"他们翅膀的声音就像车轮的声音，因为他们正在奔向战争。"上帝啊！我们知道很多奇迹和事情，我们并不是人们所想象的那种狂野的异教徒。

麦凯莱：但你们必须从识字读本开始学习，只有这样才能成为基督教会的真正成员。

阿波：麦凯莱，在那边的桌子上你可以看到我们从海曼林纳买来的七本识字读本，这一点充分证明了我们正在努力去学习识字。让我们的牧师长对我们表现出更多的耐心吧，我认为我们的这件事会孕育、产生出某种结果。

尤哈尼：让他表现出耐心，我愿意回报他以双倍的税赋，并且保证他的碗里一直少不了当季鲜嫩的野鸟肉。

麦凯莱：我想，祈祷和漂亮的承诺在这里都无济于事，因为我仍然记得他对你们深恶痛绝的态度。

尤哈尼：那么他到底想要从我们这里得到什么呢？而你又想要什么呢？好吧！如果终究还要鲜血四溅的话，就带上70人过来吧。

麦凯莱：还是请你们告诉我，你们究竟打算怎样去做，怎样好好学习识字读本和教义问答，这是我们牧师长最重要的命令。

尤哈尼：在我们这儿的家里接受"松林老妈"或者她的女儿宛拉的面授。她们都是知书达礼的女士。

麦凯莱：我可以向牧师长转告你们的愿望。但是为了你们自己内心的安宁，你们应当去请求他原谅你们对他的不齿行为。

尤哈尼：我们会考虑这一点的。

麦凯莱：你们要按照我说的去做，你们要知道，如果牧师长在你们身上没有发现真诚、勤奋的本性，那么你们总会有一个礼拜日会被锁在教堂石墙下的脚枷上。这就是我要对你们说的。再见！

尤哈尼：再见，再见！

托马斯：你是想一心一意地同他谈"松林老妈"和她女儿的事？你几乎是全心全意地差一点答应了要去牧师长面前下跪求饶？

尤哈尼：我并没有想要全心全意这样做的意思，也不意味着真的要这样做。为了争取时间，咱就这样唠叨了几句。让"松林老妈"或者是宛拉来这里带着我们读书识字！就连图科拉的猪都会对此大笑不已。你们可听到了，我们肯定会面临上木脚枷和耻辱架的威胁。这可比火烤还要狠上一千倍！难道一个人就不能按照自己的意愿，守着自己的地方平静地生活吗？而他并没有妨碍任何人，也没有侵犯任何人的权利啊。谁又能否认这一点呢？不过让我再说一遍：牧师和官员连同他们的书籍和礼仪，都是人类灵魂堕落的化身。——哦，见鬼的黑猪！这该死的一天！所以我们现在要面对倒霉运的捉弄、遭受人们劈头盖脸的嘲讽，我都准备好要去撞墙了。哦，见鬼的黑牛！宛拉拒绝了我们的求婚，人们为我们编写了恶毒的讽刺歌谣，执事像恶魔一样虐待我们，图科拉村的小子们像对待荒野上的土坷垃那样群殴我们，我们被揍得就像是圣诞节的猪[①]一样，仿佛是一群身着奇装异服的独眼圣诞精灵一样到处走来走去，头上伤痕累累。除此之外，我们家里现在连穷人唯一的奢侈也失去了，没有了桑拿火炉咆哮着的蒸汽。我们以前可爱的桑拿房还在那里冒着焖烧的黑烟和蒸汽。然后就剩下了那个最坏的恶魔。哼！教堂门廊下那十孔的木脚枷正在那里对着我们做着鬼脸。刺眼的火焰！如果像这样的一连串把戏都不能让男人把剃刀放在喉咙上，那还有什么？哦，你这头上长角的公牛！

埃罗：你现在记错了一点，那个木脚枷上没有十个孔。

尤哈尼：那是多少？

埃罗：北斗星一共有几颗星？尤科拉家又有几个青年？

尤哈尼：我们有七个男儿。也就是说七个孔对应七个儿子。好吧，这就更疯狂了。七个孔！总有更疯狂的事。世上的人们和艰难的命运是如何密谋反对我们的。七个孔，犹如磨盘的眼！多么悲催的倒霉命运！就让他们将所有的愤怒之箭都射向我们吧，因为我们饱受折磨的心会像火星四射的淬火钢铁那样更加坚强。就让毒蛇的毒液从四面八方都喷向我们吧，任凭纯粹的胆汁从天空倾泻到我们身上，而我们则会双眼紧闭，咬紧牙关，像野牛一般咆哮，一头冲将过去。如果我们最终被王权的力量锁在木脚枷上，我会非常高兴地坐在那具刑枷上面。

---

① 旧时人们在圣诞节前夜都待在家里过节，这时上门的不速之客被称作圣诞节的小猪，有可能会被打走。

阿波： 为什么会很高兴？

尤哈尼： 你不明白，我的兄弟，愤怒之下审判的力量有多强烈。复仇的想法会让咱忘掉所有耻辱，而羞辱我们正是他们的目的。我的思绪啊，就让我们的那位绅士牧师长为此而受伤吧，对于我愤怒的情绪，它品尝起来就像蜂蜜一样香甜。而我不会像从前被称作卡勒亚剑子手的那个人那样使用刀或枪，我不会的，我会像狼、猞猁那样用爪子和牙齿攻击他的喉咙。我会把他撕成碎片，一千张碎片，只有这样我才能真正品尝到复仇的滋味。即使我拥有十条命，每条命都被关在带钉刺的桶里十年，我也会这样做。与复仇的滋味比起来这都算不了什么。

阿波： 你彻底搅动了你本性中所有的一切。可怜的兄弟，在你如同烈焰般燃烧的心里浇上一点能让你冷静并保持耐心的凉水吧，让这水穿过草地潺潺流过，发出轻轻的叹息吧。

西蒙尼： 看你的外形黑不溜秋的，你的两眼通红，痛得在不停地转动。你要怜悯你自己啊。

托马斯： 当然，如果让我们坐在耻辱座上，我们肯定会报复的，但在这一切发生之前，让我们的心先保持平静。我们还没有失去希望。

尤哈尼： 在这个世界上还有一个角落，在那里，平静的一天仍然在等待着我们。印比瓦拉山麓旁的伊尔维斯湖是我们驶离风暴的港口。我已经决定了。

拉乌里： 我去年就已经这样做了。

埃罗： 我会跟着你们去印比瓦拉山哪怕最深的洞穴里去，正如人们所说，那里有一位戴着由一百张羊皮缝制的头盔的上了年纪的山里人在制作焦油。

托马斯： 那就是我们所有人离开这里要去的地方。

尤哈尼： 那就是我们要迁移过去并建立起一个新世界的地方。

阿波： 难道我们在那里就不会处在当权者的掌控之下吗？

尤哈尼： 森林会保护它的孩子们。只有在那里，我们才能站稳脚跟，我们在那里可以像眯着眼睛的鼹鼠一样一直深深地挖到地球的核心。如果他们还愿意跑到那里去骚扰我们这些小伙子，那么他们必须先搞清楚进入熊窝里去打扰七只熊会是什么下场。——现在让制革匠以书面的形式确认和我们之间的交易，让我们的农场先由别人支配十年。

西蒙尼： 我也想有一个自己的祥和小屋。兄弟们，就让我们在森林中间为自己建造一个崭新的家园，一个新的心脏。

尤哈尼： 大家要一致同意！

阿波： 你怎么决定，迪莫？

迪莫： "别人在哪里，我就在哪里"，谚语这样说。

阿波： 你们搬走，而让我留在这里，成为尤科拉院子里的一棵孤独的松树？啊！我生命的所有根茎和枝叶都牢牢地缠绕在与你们相同的圈子里。就这么定了吧，让我们祝愿这次旅行一切顺利。我跟着你们。

尤哈尼： 说得透彻！现在所有人都一起到制革匠那里去，签一个合法的契约。大家要一致同意！

于是他们一起去与制革匠签了一个契约，将农场租赁给他十年，并以书面形式确定了以下诸项条款，即同意由制革匠拥有并耕种这座农场十年，前三年没有任何租金，但在此之后他每年要缴给七兄弟7桶[①]黑麦，并在租赁期结束前建造一个新的桑拿房。七兄弟可以在尤科拉的森林中到处自由狩猎，随意猎杀法律允许猎杀的动物。在农场所属区域的北部，即印比瓦拉地区，七兄弟有权按照自己的意愿生活，无论是在田地上还是在森林里。制革匠将在万圣节那一天接管农场，但是如果七兄弟愿意，他们仍然可以在他们出生的家中度过即将到来的冬天。这些就是所签契约中的主要条款。

十一月到了，制革匠带着他的东西来到了尤科拉农场的院子，按照政府规定的期限接管了农场。而七兄弟为了躲避牧师长和他的随从，在这个冬天里的绝大部分时间里都生活在森林里，滑着雪到处打猎，在印比瓦拉牧草地上一个烧炭工住的木棚子里过夜。他们真正意义上的搬迁并没有借助马匹和其他必要的交通工具来完成。这要等到来年夏天再实现。然而，他们已经在为自己未来要修建的木房子而筹划：他们砍伐了圆木等到春天时晾干，将打地基用的石料从陡峭的山岗上滚到了下面布满树桩的荒地上。

冬天就这样过去了。在那段时间里七兄弟没有再收到过牧师长的任何命令或提醒。牧师长是在等待呢还是想让他们听天由命？

---

① 桶是旧时芬兰衡量粮食体积用的单位，在19世纪下半叶时1桶约为165公升。

第五章

春天来了,冰雪消融。微风拂过,大地开始变绿,桦树的枝叶也日渐繁茂。

七兄弟现在正行进在从尤科拉到印比瓦拉的搬迁旅途上。他们走在一条长着齐膝深野草、布满石子的林间小路上,肩上挎着猎枪,背负着装有子弹的桦树皮背包。尤哈尼走在最前面,尤科拉农场的两条脾气暴躁的大狗基力和基斯基伴随在他的两旁。在他们身后,迪莫牵着七兄弟的独眼老马瓦尔科,拉着一辆装满干草的马车。跟在后面的其他兄弟肩头扛着猎枪,背上背着桦树皮背包,走到路况最糟糕的地方帮一把瓦尔科。埃罗走在最后面,他怀里抱着尤科拉农场勇敢的公鸡,兄弟们不想丢下这只公鸡,而是带着它作为在印比瓦拉荒野中报晓打鸣的使者。在马车上可以看到一个箱子、捕狼和狐狸的铁夹子、一口大锅(锅里有两个橡木碗、一只大勺、七只小勺和其他烹饪用的家什)。一个装满豌豆的粗麻袋盖在锅上,而在所有这些东西最上面的是尤科拉的那只老猫,在一个小袋子里扭来扭去地喵喵叫着。——七兄弟就这样离开了他们从前的家,沿着崎岖不平、布满石子的林间小路,情绪低落、默默无语地行走着。天空晴朗,风轻树静,日轮西斜,马上就要下山了。

尤哈尼： 在人生波涛汹涌的大海上，人只是一个水手。我们现在也正在驶离我们可爱的出生地，我们驾驭着我们的四轮车船，穿过容易让人迷失方向的森林，驶向陡峭的印比瓦拉岛。唉！

迪莫： 我差不多就要泪流满面了，我这只青蛙。

尤哈尼： 对此我不会感到惊讶，我在这忧伤的时刻会将心比心。但在这个世界上，忧伤并没有用，让我们男人的心永远像白鹊石那样坚硬。人类的孩子只是作为一个过客出生在这里，他在这里并没有永久的住所。

迪莫： 他在这里滞留了一会儿，被甩来甩去，直到最后不省人事，像一只老鼠一样瘫倒在墙根。

尤哈尼： 说得对，充满智慧！

西蒙尼： 如果仅仅是这样还好，但是那还刚刚是开始。

尤哈尼： 接着就是要与我们算总账的时候了，你是想说这个。确实如此！

迪莫： 然后就可以毫无羞愧地说："我在这里，我在这里，我的主，算总账吧。"

西蒙尼： 一个人一定要时刻不忘初心，但是到了那时，他已经是铁石心肠了。

尤哈尼： 铁石心肠，铁石心肠，这一点无人否认。上帝保佑，在这片天空之下，我们大家都是那样。但是，只要我们真的可以在这里安定下来，为自己找到一个温暖安全的小屋，我们从此就会竭尽全力像虔诚的男人那样生活。兄弟们，让我们立下一个严格的盟约，在我们的这间陋室里抛弃掉所有的恶习、仇恨、纠纷和迫害。远离仇恨、迫害和傲慢。

埃罗： 还有装腔作势摆阔气。

尤哈尼： 是的！

埃罗： 还有华丽、罪恶的服饰。

尤哈尼： 是的！

埃罗： 还有那些教堂的轻型马车和所有教堂的奢华服饰。

尤哈尼： 什么？你在说什么呢？

西蒙尼： 他又在信口开河了。

尤哈尼： 我注意到了。小心点别让我抓住你的脖子，如果那种愚蠢的谈话令我感到不安的话，但我不是那种人，我真的不是。你是怎样拿着那只公鸡的？你个牛犊子！那个可怜的东西为什么咯咯地叫个不停？

埃罗： 我刚刚修理了一下它耷拉着的翅膀。

尤哈尼： 好的，我稍后也会修理修理你的。你要注意不要让我抓住你的脖子。你们要知道，这只公鸡可是我们全郡①范围内表现得最尽职的公鸡，始终准时可靠。它每天第一次打鸣是凌晨两点的时候，第二次是凌晨四点的时候，这是起床的最佳时间。那只公鸡给我们的心灵带来了很多乐趣。——然后就是那只趴在货物上面的猫！你这个马蒂小子！你就在那里晃来晃去，从袋子里往外看着，发出凄惨的喵喵叫声。"哦，你个可怜的家伙，一双旧袜子！"你已经没有多少天可以在这里踱来踱去的了。你的眼睛已经变得很黯淡，你的叫声已经变得十分沙哑。但也许当你再次咬住肥硕林鼠的脖子后仍然会振作起来。但愿如此。但是你们俩，基力和基斯基，是我最珍惜怜悯的。你们和我们一样也是在尤科拉出生和长大的，就像我们的亲兄弟一

---

① 郡，芬兰文 kihlakunta，旧时作为管辖税收和初级法院的地方行政区划单位。

样一起长大。啊，你看着我的眼睛是多么炽热！是的，基力，是的，我的基斯基小子，是的！你还那么开心地摇着尾巴呢！好吧，你还不知道我们现在就要离开我们可爱的家园了。哦，你们这些坏东西！我忍不住要哭了，忍不住了。

迪莫： 看看你刚才是怎么劝大家的。要保持内心强大，保持内心强大。

尤哈尼： 我实在难以、难以舍弃自己的可爱家园。

托马斯： 这一天会给我们留下深刻的印象，但是在印比瓦拉我们很快就会有另一个家了，那里也许很快就会成为同样深受我们喜爱的家。

尤哈尼： 你说什么呢，我的兄弟？在这个世界上或者天堂里没有任何地方比我们出生和长大的地方更可爱，我们从小就嘴巴上沾满了酸奶在这里嬉戏玩耍。

阿波： 告别的时刻确实让我们人人心碎，就连家里的灌木丛对兔子来说也是很珍贵的。

尤哈尼： 兔子妈妈以前是怎么说的？当它发现自己又有了小崽，就让它的小兔子离它远点，好给后来的小崽腾地方。

迪莫： "上路吧，我的孩子，我的小家伙，要永远记住我说的话：哪里有小棍，哪里就有夹子，哪里有袋子，哪里就有陷阱。"

尤哈尼： 这就是它对小兔子说的话，于是小兔子跳着跑开了。只见它悄悄地沿着草地和荒野的边缘不肯走远，两只眼睛好奇地看着，裂开的兔唇真诚地笑着。它就这样在伤感的暮色伴随下走出了家门。

埃罗： 这是兔子尤西。

尤哈尼：随它去吧。——于是兔子离开了家,我们也要离开了。再见了,我的家园!我要吻别你的台阶,你的肥堆。

阿波：是的,我的兄弟。不过还是让我们尝试着驱散心中的阴霾。很快我们就会有很多棘手的事情和工作要做,很快圆木就会砰砰架起,斧头嚓嚓作响,在印比瓦拉高耸的森林中横空竖立起一座伟岸的大木房子。看啊,我们正在条件恶劣的密林中伴随着云杉的呼啸声前行。

于是他们一路说着话,穿过阴森森的密林。渐渐地,地势开始升高,他们脚下的道路蜿蜒向上,通往被称为泰里麦基的一片森林高地。路边随处可见长满苔藓的岩石峭壁,外形看起来像巨大的坟墓,四周环绕着根茎发达的低矮松树呼呼作响。崎岖的山路使马车和老瓦尔科的肩胛骨颤抖得很厉害,在个别地方它的一只眼睛甚至无法辨认道路的走向。这条路从山脊上穿过,因为深不见底的泥沼遍布在山的两侧。七兄弟尽了最大努力来减轻独眼老马的负担。最后,他们终于来到了山脊上,于是便让瓦尔科在原地凉快一会儿,他们自己则俯视着脚下辽阔的世界。他们的眼睛眺望着远处的村庄、草地、田野、蓝色的湖泊,以及在西面森林边缘的教堂的高塔。在南面一座圆顶小山的缓坡上,尤科拉农场像失去的乐园一样隐约可见。七兄弟的眼眶里再次充满了汹涌的泪水。最后,他们将目光转向北方,在那里他们看到了高高矗立的印比瓦拉山陡峭的山麓、漆黑的洞穴和两侧长满苔藓胡须、饱经风霜的云杉。在山脚下,他们看到了一片迷人的布满树根的空旷草地,那是他们未来的栖身之地。草地下面是一片森林,那里将会为他们提供大量的木材来建造他们的房子。看到了这一切,看到了松树之间清澈的伊尔维斯湖和映照在山岭西北方向陡峭崖壁上正在西斜的落日余晖,他们的眼中闪起温柔的希望之光,他们的胸膛再次挺起。

从那里,他们继续前行。距离他们的新家越来越近,他们行进的速度也越来越快。山势渐渐平缓,他们来到了荒原上一片成排的松树林,看到石楠花、莎草茎和在枯草覆盖下沙沙作响的大地。他们来到一条从维埃托拉农场通向教堂的人工修建的砂石路,他们穿过这条路,继续沿着原先的林间小路走向荒原的高处。

阿波: 这里是一片荒原,按照老人们的说法,这里曾经是毒蛇聚集议事的地方。那边坐着它们的国王作为审判者,那是一条一般难见其真容的严厉的白蛇,它的头上戴着一顶价值连城的王冠。但是,正如故事中所叙述的那样,这顶王冠被一个勇敢的骑手偷走了。

于是当他们沿着沼泽地的坡脊向下走向荒凉的松比奥沼泽地时,阿波给他们讲了下面这个故事。

一位骑手骑着马来到荒原上,看到了这位头上戴着金光闪闪王冠的蛇王。他骑着马迎面冲来,用剑尖取下了蛇王头上的王冠,又回身策马如旋风一般地掠去了它的珠宝。愤怒的毒蛇毫不迟疑,立即狂奔而上,去追击那个狂妄的强盗。它们把自己蜷缩成一团,向他发出嘶嘶的叫声,接着就听见一千个咔咔的声音在骑手身后滚滚而来,就像公路上男孩子们玩耍时扔的圆盘一样。它们很快就追上了骑手，紧紧地缠绕在马的腿上，跳到马的肚子上，骑手的处境非常危险。在惊慌之中，他甚至把自己的帽子扔向毒蛇作为诱饵，它们当场将帽子撕成碎片，并在狂怒中把帽子吞掉。但是这并没有给他争取到多少时间，很快毒蛇又追上了他，一路上扬起高高的沙尘。英雄更加猛烈地踢着他那气喘吁吁的坐骑，鲜血像溪流一样从勇敢的骏马已经千疮百孔的侧肋涌出，嘶嘶作响的泡沫从马嘴中喷出。骑手逃进了一片树林，但树林并没有阻止他的敌人追过来。他迎面遇上一条湍流，他拉起马头冲进急流，骏马带着他迅速渡过了急流。毒蛇也来到了急流前，随着一千声噼里啪啦的响声它们跳进了漩涡的中心，并以狂风暴雨般的速度游了过去：白色的泡沫冲天而起。那个骑手策马向前，仍然被成群疯狂的毒蛇追赶。他看见远处有一片烧荒地在燃烧，便策马奔向火堆的方向，身上裹着被急流浸湿的长袍，冲进了火海，但毒蛇也立即毫不犹豫地跟着他冲了过去。我们的英雄就像身披金袍直上云霄那样，再次用马刺夹击坐骑的侧肋，又一次向前疾驰，最后奔跑的骏马终于倒下，永远告别了生命的火焰。但是那个英雄却摆脱了烈火和凶猛的敌人，矗立在自由的空中。这把火烧掉了无数个毒蛇群。英雄站在那里，脸上洋溢着胜利的喜悦，手里拿着一件神奇的宝物。

阿波：这就是发生在这个泰里麦基荒原上的一个关于白蛇王冠的故事。

尤哈尼：这真是一个伟大的故事，一个更加伟大的主人公，他从蛇王的头上夺走了王冠，并经过激战最终将其赢为己有。这真是一个了不起的人！

迪莫：这里很少有人看到那条蛇，但正如老人们所说，看到那条蛇的人会变得非常聪明。

尤哈尼：人们还说，谁在春天布谷鸟第一声啼叫之前逮住这个蛇王，并把它煮熟吃掉，他就能听懂乌鸦的话，并从此之后就会知道自己未来将会发生什么。

埃罗：人们也这样说，谁在春天布谷鸟第一声啼叫之前逮住这个蛇王，他就能听懂乌鸦的话，知道自己之前曾经发生了什么。

尤哈尼：哟，我的伙计，你这话说得多么愚蠢！难道每个人不吃蛇肉就不知道以前发生的事了吗？原来埃罗现在才表明他的智商到底怎样，真是十足的呆脑壳。"知道自己之前曾经发生了什么"，这样的想法是出自人脑吗？哦，你真是个可怜虫！

阿波：打住，尤哈。他要么是出于愚蠢而这样说，要么是他又在调侃打诨。但无论是哪种情况，他都在向我们抛出一个重要的想法。让我们试着研究一下他的句子，我想我们可以从中汲取一些智慧。从某种角度来看，知道发生了什么是大智慧。如果你认真思考一下过去播下的种子中哪些带来了有益的结果，哪些带来了不利的结果，并据此来安排你的生活、工作和活动，那么你就是一个聪明人。我们要是能早点睁开眼睛，我想我们现在就不会流浪到这里了。

尤哈尼：我们在这里就像是苍天之下的一群狼崽，但是木已成舟了。

托马斯：我们在尤科拉失去的东西，我们要在印比瓦拉的荒原上赢回来。——所有的兄弟们都过来啊，每个人都用力抓牢车上装载的东西，帮助我们的瓦尔科走出这片沼泽地。大伙快过来啊！车轮马上就要陷入泥泞的地面1拃①了。

　　他们就这样一边说着话一边从荒地里走了出来。他们穿过马蒂·塞乌纳拉家宽阔的草地，从那里再经过一片茂密的灌木丛，现在来到了松比奥沼泽地的边缘。这片沼泽地看起来阴森森的，表面上可以看到一些泥泞的洞眼，长满腐烂的苔藓，成为蔓越莓的温床。四周零零散散地不时可见正在枯萎的低矮白桦树，在晚风中忧郁地点着头。中间的那片沼泽地面积最小，地面也比其他地方更为结实和坚硬，上面生长着一些低矮的、枝叶上布满苔藓的松树和深绿色、散发出浓郁味道的越橘丛。一条崎岖的小路穿过这片湿地通向沼泽地的另一边，那里又是一片密林。七兄弟沿着这条小路穿过沼泽地。他们中的一个在瓦尔科旁边牵着缰绳，其他人则推着马车。最后，他们历经艰辛终于走到了沼泽地边缘，沿着密林中长满树根的小路再次踏上了干燥的地面。他们走了不到500步远，一片布满树桩的开阔地展现在他们眼前，这就是他们要到的地方，位于一座洞穴山的脚下。

　　七兄弟的祖父是一位勤劳可敬的老人，曾经在这里烧过荒、种过，并修建起许多规模不小的木炭窑。他在这座山周围砍伐和烧掉了许多枯树荒草，用犁耙开出了大片黑黝黝的耕地，最后也终于将自己的谷仓装满了丰收的果实。位于荒草地边上的一处废墟遗址就是当年他的林间谷仓所在的地方，他从那里将打好的粮食运回家，将麦秸和

---

① 拃是旧时长度单位，即伸开的手掌从食指到大拇指之间的距离，1拃约为21厘米。

谷壳留着冬天撒到冰雪的路面上。距离谷仓不远的地方，在草地和森林的交界处，还可以看到一个巨大的黑色的木炭坑底，他曾经在那里用烧荒地上的劈柴伴随着噼里啪啦的声音烧制出许多木炭。就这样，这位曾经的尤科拉农场能干的主人，在无数个烈日下辛勤劳作，额头上擦去多少个珍珠般的汗珠。夜里，他在一个草皮顶的棚子里过夜，以守护自己的木炭窑。这同一个草棚现在将成为七兄弟的临时住所。

这一片带着树桩的荒草地十分开阔，但人们一眼却望不到它的边缘，因为在东、南、西三个方向上都有森林挡住了视线，北面则是一座高山。但是如果你登上这座稀稀疏疏长着云杉的山脊，你的目光就会在所有方向上都延伸到远方。在山的南侧，也就是在你的脚下，你首先会看到前面提到过的陡峭倾斜的荒草地，远处是黑黝黝的密林，它的后面就是松比奥沼泽地，淡蓝色的泰里麦基山在远方的地平线上隆起。山势在山脚下逐渐平缓，在它的缓坡上以前也曾开垦过烧荒地，现在生长着一片茂密的新生桦树林。在树下没有长草的小径上，黑琴鸡在跳跃，榛鸡和山鹑在忧郁地低声鸣叫。在东面，可以看到平坦的荒原和松林。在西面，则可以看到表面坑坑洼洼长满苔藓的岩石地面，被苔藓覆盖的山脊上到处都是低矮但粗大、茂密的松树。在松树后面，闪耀着蕴藏着富饶鱼虾资源的伊尔维斯湖明亮的湖面，距离荒草地仅有千步之遥。但是假如你要想向更远的地方望去，你也几乎再看不到其他东西了，荒原的海洋悄然笼罩在所有方向上。当然，你还可以在东北方向隐隐约约地看到维埃托拉农场的轮廓，在西北方向的天际线上看到远处依稀可见的教堂的灰色钟楼。这就是被尤科拉人选定作为栖身之地的地方及其周边地区。

但是今天晚上，七兄弟首先要在烧炭人的小窝棚里安顿下来。他们将马具从疲惫不堪的瓦尔科身上卸下，让它带着铃铛去牧场吃草，随后他们用树桩和树枝在荒草地上升起一堆快乐的篝火。西蒙尼在火上为大家烤制小青鱼、芜菁和牛肉，做一顿集体晚餐，其他人则围着马车卸下货物，把每一件工具、每一个用品都运送到它们所属的位置上。当这一切都完成后，食物也准备好了，他们便坐在傍晚的荒草地上开始进餐，这时太阳已经落山了。

西蒙尼：这是我们在这个新家的第一顿饭，愿它为我们今后在这里的所有食物都带来好运和上帝的祝福。

尤哈尼：祝大家好运，愿红运成为在这里陪伴在我们左右的唯一同伴，在我们所从事的所有劳作和工作中。

阿波：我想说一个重要的想法。

尤哈尼：好吧，有话快讲。

阿波：我想说，一个身体不能没有头。

尤哈尼：那会像一只无头的鸡一样在墙壁上乱撞。

迪莫：即使它不是无头的，当它中了邪的时候，它也会四处乱飞，到处乱窜。这就是"松林老妈"家的鸡经常做的事情，那个老太婆说这是女巫的箭在空中飞翔。

尤哈尼：把你的话说完，阿波兄弟。

阿波：这是我脑子里的一个想法——如果我们想要在这里做些事并做好，那么我们中的一个人应该永远都是排在第一的那个人，他是我们讨论问题时的主持人，发生争议时的调解者。一句话，为了有个秩序和先后顺序，要有一个人说话最管用。

尤哈尼：我是这里年纪最大的。

阿波：你是尤科拉家族的长子，愿你也有同样的权利。

尤哈尼：我是排行老大的儿子，我也知道应该如何要求你们服从，只要你们愿意服从。

阿波：这体现了正义与公平。不过让我们还是在涉及所有人的问题上听取每个人的意见。

尤哈尼：我特别想倾听你的建议，我会洗耳恭听的。但我可是排在第一的。

阿波：确实如此！但是对那些冥顽不化、不可救药地反对你的人，该如何处罚呢？

尤哈尼：我会把他关到山中的洞穴里，并会扛上一堆20磅①左右重的石头堆到洞口封住。我会视情况和情节轻重并根据需要让他在那里待上一两天。是的，是的，就让他在那里吮吸自己的指甲，想一想怎样才能实现和解。

拉乌里：我不赞成这样的决定。

托马斯：我也不同意。

迪莫：我难道是一只住在山上发霉洞穴里长着条纹脸的獾吗？这一条不要。

尤哈尼：你要开始反抗了。

托马斯：那段关于惩罚的条款不行，不行。

迪莫："这事不成"，谚语这样说。我不是山林野猪，我不是獾。

尤哈尼：因此，你要始终表现得彬彬有礼、规规矩矩，以免因我的愤怒而受到惩罚。

迪莫：但我不是獾，也不是狼。嗨，嗨！我既不是熊，

---

① 磅，原文为芬兰文 leiviskä，旧时重量单位，20磅相当于8.5公斤。

也不是老鼠！所以你还是知点廉耻吧。"你要知廉耻"，雅科拉的尤迪这样说，嘿嘿。

阿波：可以让我说上两句吗？

尤哈尼：请便。你想说点什么？

阿波：我也不喜欢你想用在我们之间的那个关于惩罚的条款，我认为将它用在我们兄弟身上有点太过分了，很有些背叛的意思。

尤哈尼：你说你不喜欢？你不喜欢？你真的不喜欢吗？那就讲一段更睿智的吧，因为我从来就弄不明白什么是对什么是错。

阿波：我可没有这样说。

尤哈尼：告诉我一段你中意的新条款，你这个尤科拉无所不知的智者。

阿波：我可离智者差得远了。但是这个……

尤哈尼：这个条款，条款！

阿波：这可是……

尤哈尼：来一条，来一条！你来一条睿智的话！

阿波：你疯了？你像裤裆里着了火那样乱喊乱叫。你为什么像谷仓里的猫头鹰那样尖叫和不停地摇头呢？

尤哈尼：来一条！我大声地疾呼。那个既新又旧的睿智的条款！你快说吧，我静静地听着，就像蚊子听着青蛙的叫声。

阿波：这就是我对这件事的看法——凡是藐视忠告和警告的人，总会搞一些恶作剧，在我们中间播下不和的种子，我们要让他离开我们的联盟，让他远走他乡。

托马斯：要让这成为规矩。

拉乌里：我同意这一点。

迪莫： 我也是。

西蒙尼： 我们都赞同这一点。

尤哈尼： 嗯！就这样决定吧。大家要记住：从今以后谁要是撒野不听话，他就是在犯傻，要在他屁股上踹上一脚让他走人。——明天我们要做什么工作，你们这些阴郁寡语的家伙？好吧，我来教你们。

阿波： 虽然感到有点难过，但这不会让我们今晚平静而透彻的头脑变得浑浊。

尤哈尼： 等到天亮时我们要做什么？

阿波： 当然，首先要做的是着手盖一个木房子。

尤哈尼： 是的。明天一早，我们中的四个人每个人手里都拿着一把小斧头站到四个角落，这四个人是我、托马斯、西蒙尼和阿波，其他人则把圆木削平并传送上来给我们。当木房子和小谷仓建好后，我们很快就可以出去打猎捕鱼以解决吃饭问题。你们都要记好了！

于是，他们最终吃完晚饭，来到烧炭小棚休息。夜幕降临了，这是五月里一个多云但平静的夜晚。密林里可以听到雕鸮嘶哑的声音，野鸭子在伊尔维斯湖上嘎嘎地叫个不停，从远处还不时地可以听到棕熊的吼叫声。大自然笼罩在一片寂静之中。可是长着纤细翅膀的睡梦天使并不想去烧炭小屋里跟七个兄弟打招呼。兄弟们都一言不发地躺在床上，翻来覆去地睡不着，思索着这个世界的忙忙碌碌和生活的变迁。

阿波： 我想还没有人把眼睛闭上。

尤哈尼： 迪莫已经甜蜜地坠入梦乡了，但我们其他人还都像热锅上的香肠一样扭来扭去。为什么我们还这么精神呢？

阿波：这些天来，我们的人生道路发生了急剧的变化。

尤哈尼：我的心为此感到不安，非常不安。

西蒙尼：阴霾是我内心里的状态。我是什么？一个败家子。

尤哈尼：嗯！一只迷失在密林中的羔羊。

西蒙尼：我们就是这样抛弃了我们的邻居和基督徒亲人的。

托马斯：既来之则安之，我们要在这里一直待到森林里能打到新鲜的野味。

阿波：如果我们始终以理性的态度行事，一切都会顺利的。

西蒙尼：雕鸮在密林中鸣叫，而它的叫声从来都不是好兆头。据老人们说，它的叫声预示着火灾、打斗和谋杀。

托马斯：在森林里鸣叫是它的本能，没有任何意义。

埃罗：这里是一个村落，印比瓦拉的泥炭草皮屋顶房子。

西蒙尼：现在那个预言家换了个地方，开始在那山脊上叫唤。正如有一个故事中所说的，"苍白的印比"在祈祷他的罪孽能得到宽恕。无论冬天还是夏天，他都在彻夜祈祷。

尤哈尼：这座山正是因此而得名，印比瓦拉。我小时候曾经听过这个故事，但是故事的内容基本上已经从我的脑海中全部消失了。阿波兄弟，你在这里再给我们讲讲这个故事，正好也可以打发一下我们夜晚的无聊。

阿波：迪莫已经在像个男人那样打呼噜了，愿他睡个好觉。我来给你们讲讲这个故事。

于是阿波给他的兄弟们讲了下面这个关于苍白女孩的故事：

很久以前，有个可怕的妖魔就住在这座山里的一个洞穴里，他给人们带来了恐惧和杀戮。他对生活有两个欲望和奢求：一是到处寻找宝藏并保存在洞穴深处，二是得到他十分渴望喝到的人血。由于他只能在离大山九步之遥的地方施展他的能力与暴行，所以他必须在一路上巧施诡计以达到目的。他可以把自己变成任何他想要变的东西，人们在路上看到他，有时是一个英俊的青年，有时是一个可爱的少女，目的是喝到他所渴求的男人或者女人的血。许多人被他魔鬼般的美丽外表所征服，许多人在妖魔可怕的洞穴中丧生，这个怪物引诱了太多不幸的受害者。

那是一个温柔的夏夜。在绿茵般的草地上，坐着一个少年，怀里拥着自己心爱的姑娘。少女犹如一朵闪亮的玫瑰，依偎在他的胸前。这是他们告别前的拥抱，因为少年将要远行，与自己的心上人分开一段时间。——"我的爱人"，年轻人说道，"我现在就要离开你了，但是我保证在我再次见到你之前不会有超过一百个太阳升起和落下。"——少女说："太阳在下山时对它的世界投下的最后一瞥，远不及我在我的爱人就要离开我时向他投出的道别一瞥那样深情；当太阳升起时，太阳映照在天空的光辉远没有我的眼睛发出的光芒那样美丽，因为我迫不及待地想要再次见到你。我的灵魂能在灿烂的白昼与日同长，是因为我对你的思念；在我昏暗的梦境世界里，我也与你同行。"——这就是少女所说的话。于是年轻人说："你说得真好，但是你为什么要预言我的灵魂要遭遇厄运？我的爱人，现在让我们在苍天之下，彼此发誓永远忠诚对方。"于是他们在上帝和苍天面前立下神圣的誓言，森林和山岭都屏息聆听着他们的话。终于，当东方破晓时，他们最后一次拥抱并彼此分开。年轻人匆匆上了路，少女则独自在森林的昏暗中徘徊了很长一段时间，思念着她英俊的心上人。

当少女在茂密的松林中这样漫步时，她会在路上遇到怎样的神灵呢？她看到了一个青春少年，气质高贵如王子，可爱如同这个金色的清晨。他帽子上插的羽毛就像一团火焰光芒四射。他的肩上披着一件长袍，如天空般湛蓝，上面点缀着熠熠闪亮的星星。他的上衣洁白如雪，腰上系着一条紫红色的腰带。他望着少女，眼光中洋溢着炽热的爱意，他用荡漾着幸福的声音对少女说："不要害怕我，亲爱的姑娘，我是你的朋友，如果能让我把你抱在怀里，我会给你带来无尽的幸福。我是一个强壮的男人，拥有数不尽的财富与宝石，我可以买下这个世界上的一切。做我的爱人吧，我要带你去一座漂亮的城堡，让你坐在我旁边的华丽宝座上。"他的声音如此迷人，少女惊愕地站在那里。她想起自己刚刚发过的誓言，转过身刚要离去，但身体却不由自主地被引向那个男人，一股奇怪的感觉攫住了她的心。她转向那个男人，用手捂住脸颊，就像在烈日下一样，她转身再次想要离开，但眼睛又看到了那个奇妙的幽灵。一股浓浓的柔情迎面而来，少女一下子扑进了英俊的王子怀里。于是，王子带着已是人事不省躺在他胳膊上的猎物匆匆离去。越过陡峭的山丘，穿过深深的山谷，他们不停地向前，周围的森林变得越来越昏暗。少女的心怦怦直跳，痛苦的汗水沿着她的额头流了下来，因为她最终在鬼魂眼中迷人的火焰中看到了某种可怕的兽性般的东西。她环顾四周，阴郁的云杉迅速掠过，抱着她的少年在飞快地奔跑着。她凝视着少年的脸庞，浑身不由得打了个寒战，但心中却涌起一股奇异的迷恋感觉。

他们继续向前穿过森林，最终看到了一座高山和它黑幽幽的洞穴。而现在，就在他们距离高山只有几步之遥的时候，一件可怕的事情发生了。身穿王室盛装的男人突然变成了一个可怕的妖魔：他的头上长着角，脖子上的鬃毛沙沙作响，可怜的少女现在痛苦地感觉到他尖锐的指甲戳在她的胸口上。不幸的少女发出痛苦的尖叫，用力挣扎着，但这一切都是徒劳的。妖魔恶毒地大叫一声，将少女拖入一个最深的山洞，将她的血一直吸干到最后一滴。但是这时奇迹发生了：少女的灵魂并没有离开她的身躯，而是继续毫无血色、如同白雪般惨白地留在她的身上，如同来自冥国的悲哀的死亡幽灵。妖魔吃惊地发现了这一点，他使尽浑身力气用爪子和牙齿扑向手中的猎物，但却无论如何也无法杀死她。最终，妖魔决定让她在睡梦中永远陪在自己身边。但她又会怎样服侍自己，会给妖魔带来什么样的好处呢？于是妖魔命令少女负责保护和清洁自己的宝物，每天要把宝物不间断地摆放在他的面前，因为他十分欣赏自己的宝物，百看不厌。

就这样，面色惨白、毫无血色的少女在山里被囚禁多年。到了晚上，人们会看到她站在山脊上默默地祈祷。是谁给了她这种自由？是上天的力量？——每天晚上，无论是风暴、大雨还是严寒，她都站在山顶上，祈求宽恕她的罪过。脸上没有血色，雪白的她如同一幅画，一动不动、静静地站着，双手放在身前，头低垂在胸前。这个可怜的人一次也不敢抬头望向天空，但是她的眼睛却一刻不停地仔细盯着远处树林边缘的教堂钟楼。因为肯定有一个声音悄悄在她的耳边低语给予她希望；即使是遥远的一颗火星，仿佛是来自万里之外，也会给她带来一丝希望。于是她夜晚在山上度过，从她的口中从未听到过怨言。她祈祷时胸膛不会挺起，也不会因为叹息而沉陷。就这样，阴沉的夜晚过去了，但是当清晨到来的时候，无情的妖魔会再次把她拖回他的洞穴。

一百个太阳还没有来得及把大地照亮，少女所钟爱的年轻人就已经满怀欣喜地结束旅行回家了。但是他可爱的姑娘并没有跑过来迎接他。他询问自己心爱的人现在在哪里，却没有从任何人那里得到任何消息。他夜以继日、不知疲倦地四处寻找她，但总是无功而返。少女像清晨的露水那样消失得无影无踪。后来，他抛却了所有的希望，忘记了所有的生活乐趣，依旧伴随着时光像一个无声的影子出现在这里。终于有一次，当灿烂的太阳升起的时候，死亡的夜晚熄灭了他眼中的光芒。

但是苍白的少女却在山中度过了她漫长的岁月：在妖魔的洞穴里度日如年，在残暴的恶魔眼皮底下永无休止地擦拭和清理宝物，在山脊上度过夜晚。脸上没有血色，雪白的少女站在那里就像一幅画，一动不动，一言不发，双手放在身前，头一直垂到胸前。她不敢抬头望向天空，但目光一刻不停地盯着远处森林边缘的教堂钟楼。她口中没有怨言，祈祷的胸膛不会隆起，也不会因为叹息而沉陷。

这是一个明亮的夏日夜晚。少女再次站到了山脊上，回想着她在痛苦的囚禁中度过的日日夜夜。自从她与心上人分手之后，时间已经过去一百年了。当她想到过去的岁月之久，不禁感到十分恐慌，神志恍惚，冷汗顺着她的额头一直流到青苔丛生的地上。这时她第一次鼓起勇气抬头望向天空。过了一会儿，她发现有一道神奇的光像流星一样从遥远的天空向她飞来。这道光线越是靠近她，它的形状就变得越发奇特。最终，她发现它并不是流星，而是一个光彩照人的青年，他的手中握着一把闪闪发光的宝剑。在他的面庞上闪现出一种奇特的熟悉感，少女的心开始狂跳起来，她现在认出了自己的新郎。可是为什么他的手中提着一把剑？少女对此疑惑不解，于是便小声地说道："难道是要用这把剑最终结束我的痛苦吗？这是我的胸膛，年轻的英雄，如果你能够做到，就用你闪亮的钢剑刺向这里吧，请赐予我渴望已久的死亡。"

她就这样在山上说着，但是年轻人带给她的并不是死亡，而是生活甜蜜的甘露，就像芬芳的晨风，微笑着环绕着苍白的少女盘旋。年轻人温柔地凝视着她，将她拥入怀中，亲吻着她。没过多久，这个早已没有血色的苍白少女便感觉到血液的涓涓细流就像一股甜蜜的溪水在她的血管里流动，她的脸庞像清晨的彩霞那样泛起红光，明亮的前额在喜悦中闪耀。少女把自己卷曲的头发从青年的手臂中伸展出来，仰望着明亮的天空，将心中郁积多年的痛楚一倾而泄。她的卷发在静谧的微风中优雅地摇曳，少年的手指轻轻地抚摸着她的卷发。救赎的时刻和复活的早晨多么美好。鸟儿在险峻山岭两旁的云杉树上鸣叫，一道灿烂的阳光从东北方向冉冉升起。这一天的清晨如同那天两位少年在青青的草地上久久告别的早晨一样。

这时凶狠的妖魔将恼怒的鬃毛高高扬起，爬上山去要将苍白的少女带回他的洞穴。不过当他刚刚要向少女举起魔爪，青年的剑就闪电般地刺穿了他的胸膛，他的黑血泼洒在山上。苍白少女扭过头去避开这一景象，把额头紧紧地贴在爱人的胸膛上，这时妖魔发出一声痛苦的尖叫，长出一口气，倒在了山坡上。就这样，世界从可怕的怪物手中被拯救出来。在明亮的银色云朵怀抱中，少年和少女飞上了云霄。新娘躺在新郎的怀抱里，额头抵着他的胸膛，幸福地微笑着。他们飞快地滑过空中，把森林、山岭和深谷都远远地留在了身后。最后，一切都像蓝色的烟雾一样从他们眼中消失了。

这就是阿波在印比瓦拉山坡上的那个不眠之夜在烧炭小屋里给他的兄弟们讲的故事。

尤哈尼：我们的故事要结束了，迪莫也醒了。

迪莫：你们为什么不安安静静地躺着，伙计们？

尤哈尼：我们正在讲故事呢。——嗯，这就是从前一个关于姑娘和妖怪的故事。

西蒙尼：可是据说那个可怕的妖魔仍然还在。在森林里干活的人见过他，他只有一只眼睛，在漆黑的夜里像烧红的煤球一样闪闪发光。

尤哈尼：几年前库奥卡拉的老头曾经遇上过一件什么事，他现在已经在上帝那里安息了。有一年春天，当他在这片草地的篝火旁伴随着松鸡的叫声消磨着午夜时光时，他在那边的山脚下看到了同样耀眼的光亮，并听到一个声音在不断地问："我要出手吗？我要出手吗？"那个声音就这样问了有千百遍，直到那个饱经风霜、心不再为琐事而烦恼的老者终于被激怒了，只听到他厉声喝道："出手吧，过来取吧！"

迪莫：但他那时已不再需要什么了。

尤哈尼：是的，说说看，迪莫，后来怎么样了？

迪莫：过了一会儿，一副面目狰狞的骷髅来到老头的篝火边，它噼里啪啦地如同长着十双手掌似的将火扑灭，直到最后一颗火星。可是老头却抓起手中的猎枪，一转眼就消失在了山麓的视野之外了，尽管正如尤哈尼所说的那样，他的确是一个饱经风霜、心不再为琐事而烦恼的老者。

西蒙尼：所以我们现在搬到了这里，来到了妖怪和恶魔的都市。

阿波：我们搬到了这里，我们将在这里无所畏惧地生活。地精妖怪，如果他还活着，早已完全失去魔力了，这在他对待库奥卡拉老者的做法中就已经表现出来了。他在狂怒之中，似乎只是把火扑灭，而且还是在得到那个老者的同意之后才去把火扑灭。他的能力早已被神圣少年的宝剑永远地削弱了。

尤哈尼：但是我不得不对那个黑暗洞穴中的女孩感到怜悯，她被迫与那个长着硬茬鬃毛的妖怪待在一起。

西蒙尼：她为什么没有抵制住诱惑？

尤哈尼：哦，孩子，可别这么说！假如在某个繁华和睦的山谷，迎面走来一位国王的公主，像玫瑰和花儿一样美丽，身着丝绸，披着披肩，浑身散发出阵阵香气，衣服上的装饰像孔雀一样闪着金光，假如有这样一个贱人走到你的面前，想要抱你亲你，你这可怜的心怎么能抵挡住？我在问你呢，西蒙尼。

西蒙尼：我会为信仰的力量而祈祷。

尤哈尼：哼！

迪莫：我是不会让她拥抱我的，更不会让她亲我的嘴。我会说，鬼东西，离我远点，否则我会从那片树林里抄一根木棍来揍你，明天你的背上就会比瓢虫的翅膀还要花哨。我会毫不留情地这样做的。那样肯定会奏效。

尤哈尼：哦，我的小兄弟！我想，如果你多去看看周围的世界，比如你去过图尔库，你就不会这样说了。我去过一次那里，当时我从维埃托拉农场把牛赶到那里。我在那里十分惊讶地看到了各种奢华与奇观，看得我眼花缭乱。天啊，看看那里的道路！多么喧闹的城市，多么嘈杂的生活！马车在路上轰隆隆地到处疾驰，无论是这里还是那里，马车上坐着蓄着胡子的小丑，坐着像瓷娃娃一般的姑娘，远远地可以闻到她们身上昂贵油脂的浓烈气味。快看那边！上帝保佑！一个全身披着金色羽毛的非常有趣的小姐或者女士还是什么，正从那边迈着轻快的步伐走过来。快看她的脖子！皮肤白得如同鲜牛奶一般，脸颊红得好像在发烧，眼睛就像两团火焰在燃烧。她的对面走来一个蹩脚的绅士，头上戴着高顶礼帽，身着闪闪发亮的黑色燕尾服，还在从……真是个鬼东西！——从安放在左眼睛上的一块闪光的方形玻璃后面偷看。但是现在……好吧，你们这几个臭皮匠！——现在他们彼此在问候示意，那个女的把嘴巴噘得像个草莓，柔声细气地就像白天屋顶上的燕子一样，那个十分做作的男的则在她的面前将燕尾服下摆向后一甩，一边举起帽子，同时用脚在石板地上咔嗒一声，几乎要蹭出火花。哦，你们这些多嘴的鹦鹉！我在想，我一个熊孩子，站在街角，肩上扛着一捆新剥的牛皮，嘴巴张着，看着他们这场调情游戏。

托马斯：绅士们都是傻瓜。

迪莫：他们就像乳臭未干的小孩那样幼稚。再看他们吃饭的样子，胸口塞块破布，而且——该死的！——当他们离开餐桌的时候甚至都不把勺子舔干净。这是我亲眼所见，我真的是惊呆了。

西蒙尼： 但如果要是去欺压和剥削农民，他们可都很在行啊。

尤哈尼： 确实，在绅士的世界里，有很多女里女气的可笑东西，我上次在图尔库时就发现了这一点。但是，当这样一个满身油脂香气、轻纱婀娜的荡妇阿谀逢迎地向我们走来，难怪人子的心会颤动不已。唔，唔，孩子们！世界上的各种欲望太吸引人了，我在去图尔库的旅途中注意到了。让我再重复一遍，我的心为那座山上的姑娘而感到忧伤。现在已经到了她应该从那座地狱中被解救出来并和她的朋友一起航行到祥和港湾的时候了，愿上帝最终也会帮助我们到达那里。让我们怀着这样的期待，安静地进入梦乡吧。当然关于这座山还有另一个很有意义的故事，但是让我们暂时留着先不讲。现在让我们试着睡觉吧。——不过西蒙尼，你还是去用灰烬把炭火盖上保留好吧，以免明天早上我又要叮里咣啷地带着火镰、手里拿着点火的干草出门了，而是可以马上能像一只红冠啄木鸟那样去砍圆木了。去吧。

西蒙尼去执行尤哈尼的命令了，但是很快他又回来了，只见他的头发直愣愣地竖着，眼睛向上翻着。他紧绷着脸说，在外面马车旁边有一只奇怪的、像火一般燃烧的眼睛。听到他这样说，屋里其他的人也都惊呆了，他们一边祈祷上帝保佑他们的灵魂与身体，一边一起跑出烧炭小屋，头发炸立着就像是白桦树上的鸟巢。他们一动不动地就像沉默的雕像那样站在那里，眼睛盯着西蒙尼手指的方向。他们的眼睛一眨不眨地看着马车后面的那个奇怪的反光,它几乎消失不见了,但很快又闪耀起来。他们也许会把它当作他们的白色老马瓦尔科的那只独眼,但是从那里并没有看到任何白色的反光,相反仍然是漆黑一片,也听不到任何铃铛的声音。兄弟们这么想着,一动也不敢动,但最后还是托马斯用有点严肃的声音说了句什么。

托马斯: 你想要干什么?

尤哈尼: 看在上帝的分上,别这么粗鲁地跟他说话。——是他!兄弟们,我们现在该怎么办?是他!我们要对他说些什么?

阿波: 我真的不知道。

迪莫: 现在来一段赞美诗会有好处。

尤哈尼: 难道我们中间的任何人现在都想不起来一句祈祷文吗?要读书啊,亲爱的兄弟们,奉主的名义背诵一段你们所记得的任何东西,任何现在突然涌现在你们脑海里的东西,不需要知道任何章节或段落,不必与《圣经》里的话一字不差。亲爱的弟兄们,即使是有关在家里洗礼时的内容也行。

迪莫: 我或许还记得赞美诗中的一两句,但现在它们却可怕地卡在了我的脑袋里。

西蒙尼: 魔鬼不会让你开口说话,就像对我一样。

迪莫: 他是不会允许我们开口的。

尤哈尼: 这太糟糕了!

阿波: 真可怕!

迪莫: 真的是很可怕。

尤哈尼: 我们该怎么办?

托马斯：我认为最好的办法是对他采取坚定的态度。让我们问问他是谁，他想要什么。

尤哈尼：让我来问问他。你是谁？你是谁？你是谁啊？你想从我们这里得到什么？——一个字也没有回复。

拉乌里：我们去取点炭火。

尤哈尼：除非你说出你的名字、家族和有什么事，否则我们会拿上炭火让你变成烤肉。

拉乌里：不然，我可要拿着炭火冲过去了。

尤哈尼：如果你有种的话。

托马斯：我们都欠主一条命。

尤哈尼：是的，我们都欠上帝一死！大家手里都拿上炭火，孩子们！

他们很快便站成一排，手中拿着通红的炭火作为武器。尤哈尼站在最前面，一双眼睛瞪得圆圆的就像猫头鹰一样，直盯着马车后面的那只眼睛。那只眼睛对望着他，发出耀眼的光芒。兄弟们手里拿着火光闪闪的武器站在夜间的草地上，猫头鹰在山上的云杉树上啼叫，阴森森的密林在下面发出沉闷的轰鸣，乌云遮盖了天空。

尤哈尼：当我一说：现在，孩子们！然后就把手中的炭火一齐扔到魔鬼的脖子上。

西蒙尼：不过还是让我们先试试驱魔。

尤哈尼：想得周到！先试试驱魔。但我要对他说些什么呢？悄悄地告诉我，西蒙尼，因为此刻我感到自己很笨。但是如果你对着我耳朵说点什么，我会把它狠狠地抛到他的脸上，整个森林都会发出回声。

西蒙尼： 你听好我是怎样说的。——我们站在这里。

尤哈尼： 我们站在这里！

西蒙尼： 犹如有信仰的英雄，手中持着炽热的宝剑。

尤哈尼： 犹如有信仰的英雄，手中持着炽热的宝剑！

西蒙尼： 你快滚吧。

尤哈尼： 去下地狱吧！

西蒙尼： 我们是受过洗礼的基督徒，是上帝的战士。

尤哈尼： 我们是受过洗礼的基督徒，是上帝的战士，是基督的精兵。

西蒙尼： 尽管我们还不会阅读。

尤哈尼： 尽管我们还不会阅读。

西蒙尼： 但我们仍然相信。

尤哈尼： 但我们仍然相信并坚信不疑。

西蒙尼： 现在快走吧。

尤哈尼： 现在快走吧！

西蒙尼： 公鸡就快打鸣了。

尤哈尼： 公鸡就快打鸣了！

西蒙尼： 上帝的光芒呼之欲出。

尤哈尼： 上帝我主的光芒呼之欲出！

西蒙尼： 但他好像并不在意。

尤哈尼： 但他好像并不在意……是的，即使我用天使的语言对他尖叫，他也不在乎。弟兄们，愿主保佑我们！现在好像没有其他办法了——现在，孩子们！

随即他们一齐把火棍投向那鬼魂，只见那东西像箭一般地飞快逃走，它的四肢发出震耳的响声，炭火在它的背上火星四溅，在黑夜中久久地闪着光。于是它躲过了一场火热的拼杀,一直跑到草地的边缘后,才终于敢停了下来,它发出一声响鼻,接着又是一声响鼻。原来兄弟们见到的鬼魂,其实是他们的那匹独眼马,它之前跌进了沼泽地的黑色泥坑中,暂时褪去了身上的白色,它可能在泥坑中挣扎了很长一段时间才爬到一块干地上。在它扑腾的过程中,它把铃铛从自己的脖子上弄掉了,这在后来将兄弟们引入了歧途。这就是黑夜中他们在马车后面看到的那只发光的眼睛,就像许多动物的眼睛在黑暗中发光一样。——但是还是过了一会儿,兄弟们才敢小心翼翼地接近他们的白马,终于发现了自己的误会。他们表情严肃地离开这里回到了自己的小屋,并终于在黎明时分坠入了沉睡的梦乡。

第六章

兄弟们的木屋终于建好了。这栋房子的长度为9米，宽度为5.3米；一头朝东，一头向西。从屋子东头的门进来，右手边是一个大桑拿炉灶①，左手边是一个马槽，专门为瓦尔科过冬时用。跨过门槛向前，几乎走到了屋子的中间，你会站在一片用松树和云杉树枝铺就的地面上，再往前就是用厚实的宽木板搭建的地板，上面是宽敞的木板阁楼。兄弟们的木房子将既作为居室也作为桑拿房使用。距离他们新房子大约20步远处是他们的谷仓，是用一些小一点的圆杉木建成的。

兄弟们现在有了一个很不错的既可以遮风避雨又可以防范风暴和霜冻的地方，还有一个存放食物的仓储空间。从此他们就可以全身心地投入狩猎和各种捕捞活动中去了。到了那时，无论是松鸡、黑琴鸡、榛鸡、野兔、松鼠还是刁悍的獾以及伊尔维斯湖里的野鸭和鱼都将面临末日。基力和基斯基凶猛的叫声和兄弟们的枪声将会震颤群山和一望无际的云杉林。那时候兄弟们的子弹也会时不时地干倒毛发蓬松的狗熊，虽然现在还不是猎熊的合适时机。

秋天来了，夜里有了霜降，蚂蚱、蜥蜴和青蛙要么死

---

① 桑拿炉灶，简陋木屋里的无烟囱炉灶。

了要么逃到了地下深处，这时正好是用亮闪闪的夹子捕捉狐狸的时候。兄弟们是从他们的父亲那里学到了这门技能的。许多脚快的狐狸都为了换取一点好吃的而牺牲了自己上等的皮子。——大家知道，兔子会在森林中的道路上踩踏柔软的雪地。在这些道路上，兄弟们常常会安放数百个用黄铜丝做的圈套来捕捉雪白的兔子。他们还在草地东边的一条长满灌木的沟渠里搭建了一个很巧妙的、带有向里倾斜围栏的捕狼圈。除此之外，他们还在离住处不远正对着干涸沼泽地的地方挖了一个非常深的、专门用来捕狼的陷阱，鲜肉的味道会引诱许多饥饿的野狼进入坚固的围栏。然后，当兄弟们注意到他们的猎物已经被困住，他们便会在漆黑的秋夜里围着狼圈敲打出各种声响。这时兄弟中的一个会站在栅栏旁边，手里拿着枪，伺机用子弹击中这些毛茸茸的野兽。另一个兄弟则站在他身边，手里拿着用木焦油点的火把。在四面八方松油火把的照耀下，他们中的哪一个还会帮助基力和基斯基将那些面目狰狞的野兽赶出了灌木丛。男人的喝叫声、狗的狂吠声和啪啪的枪声交织在一起，巨大的响声在森林中和印比瓦拉山多孔的峭壁间不断回荡。他们就这样忙着打狼，雪地被染红了，越来越红，红色的雪溅向四面八方，直到最后所有的猎物都倒在了血泊中。在此之后，给猎物剥皮又成了兄弟们的工作和任务，但是这项任务对他们来说却充满了乐趣。——有时在草地西面的边缘地带也会有一两只野狼在慌乱之中掉进陷阱。

有一次是在清晨，当其他人还在睡觉的时候，迪莫出去查看布好的陷阱，当他看到凹陷了一半的陷阱盖时心中充满了希望。他走到陷阱边上，眼睛欣喜地看到了一个灰色的东西躺在陷阱深处,他看到的是一只狼,它的嘴巴紧贴着地面,一动不动地躺着,斜着眼睛看着他。——迪莫在想,他现在应该怎么办呢?他想要凭一己之力杀死这只狼,并在肩上扛着毛茸茸的家伙走进屋去,从而让其他人大喜过望。他开始付诸行动,从木屋的墙边取了一把梯子,小心翼翼地把它放进坑里,自己则提着一个沉重的木棍,轻轻走下梯子,打算用木棍把这头野兽的脑袋砸碎。可是过了很长一段时间,当他咬着牙,笨拙着想用木棍打中狼的脑袋时,却每次都打空。狼的脑袋狡猾地一会儿向右、一会儿向左躲开木棍。最后他把棍子扔在狼的身上,一下子也想不出别的什么主意,只能爬上来跑回木屋报告发生了什么。

没过多久,兄弟们便带着长杆、绳索和套索出发去捕获猎物,但是当他们来到陷阱的时候却发现坑里面已经空空如也。原来那只狼已经顺着迪莫留在坑里的梯子灵巧地爬了上来,感谢自己的运气而逃之夭夭了。兄弟们在现场发现了猎物已经逃脱,他们咬牙切齿地咒骂着,用他们冷酷的目光寻找着迪莫,但是迪莫已经不在人群当中,他早已逃到森林的边缘,迅速躲到了茂密松林的庇护之下。他明白,继续留下来讨论这件事并不是一个好主意。其他人在他身后喊叫着,挥舞着拳头,发誓如果他还敢打开木屋的门,一定要让他从头到脚体无完肤。他们一边威胁着,一边愤怒地离开了陷阱,重新回到他们的木屋。离家出走的迪莫流落在森林里,兄弟们很快便开始后悔他们对待他的做法,意识到之所以发生这样的事是因为迪莫缺乏常识,并非出于恶意。于是在傍晚到来之前尤哈尼就登上了印比瓦拉的山脊,从那里向四面八方大声呼喊着迪莫的名字,并保证和发誓他不用担心回到家里。他就这样大声呼喊着,过了一会儿迪莫便弓着腰、翻着白眼回来了。他一言不发地脱下衣服,躺到床上,很快就打起了呼噜,进入了沉睡的梦乡。

这个时节也是猎熊的最佳时机。兄弟们操起长矛,将闪闪发光的子弹装入猎枪,然后出发去唤醒在白雪皑皑的云杉树下黑暗洞穴里沉睡的荒原王子。他们在棕熊愤怒地冲出自己的安乐窝时用手中的武器袭击这些长着厚厚皮毛的家伙。那时在他们之间通常会爆发一场激烈的搏斗,双方各有损伤,地上的雪花四处飘散,被鲜血染得通红。他们就这样一直打到那张粗糙的嘴脸最终安静地躺下。兄弟们满心欢喜地抬着猎物回到家中,将用酒、盐、火药和火石粉炮制而成的药膏敷在伤口上。他们会用这种药膏来涂抹伤口,并在上面再抹上一层黄褐色的木焦油。

这就是他们在森林里和山野中获取生计的方式,他们的仓库里放满了各种各样的猎物:鸟类、野兔、獾和熊。他们同时也很好地照顾着他们忠实的老马瓦尔科过冬的需求。在沼泽地的边缘可以看到一个很大的草料堆,他们用镰刀收割好饲料草后,用耙子将地里耙干净,备下的草料足够瓦尔科一个冬天的需要。他们也没有忘记为自己在木屋里取暖过冬准备足够的木柴。他们在靠近谷仓的地方存放了一大堆劈柴,此外还有炼制木焦油后剩下的木炭像鹿角一样堆在木屋的墙壁边上,从地面一直堆到了屋檐。——有了如此充足的储备,他们就可以安心地面对冬日的严寒了。

平安夜到了。天气温和平静,灰色的云彩遮住了天空,新降的白雪覆盖了群山和山谷。森林里传来了一阵轻轻的沙沙声，黑琴鸡在一簇簇的白桦树上进食，一群连雀在泛红的花楸树上欢叫，而松林中忙碌不停的喜鹊则在为它的新窝运送着枝条。无论是小茅屋还是豪华的农场都沉浸在一片欢乐与祥和之中，兄弟们在印比瓦拉新建的木屋里也充满了节庆的气氛。从房子外面，人们可以看到在屋子地上铺着瓦尔科专门为了圣诞节从维埃托拉农场拉来的一车麦秸。兄弟们在这里也忘不了以往在圣诞节干草上嬉戏的沙沙声，那是他们童年时最美好的回忆。

人们还可以听到水浇到桑拿炉火热的炉石上发出的刺啦声和柔软的桦树枝抽打在身上的唰唰声。兄弟们现在好好洗了一个圣诞桑拿。当从桑拿炉上升起的灼热的水蒸气终于过去了，他们便从木板上下来，穿上衣服，坐到墙边取代长凳的圆木上休息。他们在那里坐着，喘着气，落落汗。燃烧着的松明将屋子照得通亮。瓦尔科在马槽里嚼着燕麦，因为人们没有忘记让它也一起过圣诞节。公鸡站在栖木上打着瞌睡和呵欠，基力和基斯基把下巴搁在爪子上，伏在炉灶旁边，而尤科拉从前那只浅灰色的老猫则趴在尤哈尼的膝盖上发出咕噜咕噜的声音。

迪莫和西蒙尼终于要开始准备晚餐了。其他人将麦秸捆抬到屋子里，解开秸捆，在地板上铺上了大约15厘米厚的麦秸，但在阁楼上铺得更厚，因为他们通常是在那里度过他们的夜晚。——晚餐终于准备好了：七个中间带孔的面包、两大橡木盘子里盛着热气腾腾的熊肉端上了桌，此外还有一桶啤酒。啤酒是他们自己酿造的，他们还清楚地记得他们的母亲制作这种饮料的过程。但他们酿造出的啤酒比普通农家的啤酒酒劲更大。它在桶里煮沸时呈现黑红色，你如果喝下一壶这样的啤酒，头就会感到发晕。——

此时他们都已经坐在了桌子旁，享用着肉和面包及桶里带着泡沫的啤酒。

阿波：我们面前可是堆满了食物。

尤哈尼：孩子们，让我们尽情地吃喝玩乐吧，因为我们现在过圣诞节了，大家都过圣诞节，动物和人都一样。倒酒啊，我的迪莫兄弟，把啤酒倒在瓦尔科马槽里的那堆燕麦上。——是啊！至少倒1脱比。——今天晚上就不要抠门了，每个人都会得到自己的那份，马、狗和猫都有份，就像尤科拉的快乐兄弟们一样。公鸡就好好休息吧，明天再领它的那份。这是给你们的，基力和基斯基，一大块熊腿肉。还有给你的，可怜的猫咪。但先把一只爪子伸出来，你这个小亮眼！——没错！然后再是两只爪子！看看我们家猫的本事，说起来我也有点名师的意思了。它已经可以同时用两只爪子拍打，然后它就像个表情严肃的老头那样坐在那里，将它的两只前爪伸到我的手中。就像这样！

阿波：天啊，你真能捉弄它！

托马斯：一个人在他的晚年也需要学习点什么。

尤哈尼：我花了很长时间才教会它。但是直到它能用两只爪子感谢它的老师之前，我是不会放过它的。它现在做得像个男人，师傅也没有白教一场。——这才是猫呢！快看它啊！嘴里吃了块熊肉。接下来是基斯基和基力。是啊，是啊！"打主人也不要打他的狗。"对的！但我还想补充一点：你可以揍尤科拉的尤西，而不是他的猫。

埃罗：把那个啤酒桶递过来，尤哈尼。

尤哈尼：都应该管够。喝吧，哥们儿，这是上帝创造的。喝吧，因为现在是圣诞节，我们仓库里不缺值钱的东西。我们到这里来是为了什么呢？如果整个世界都在大火中化为灰烬，除了印比瓦拉及其周围地区，我们还会在乎什么呢？在这里，我们过得很好，自由自在，不必躲避和在意别人的怒吼与咒骂。我们搬到这里来真好。森林永远是我们的牧草地、我们的田地、我们的磨坊和我们的小窝。

迪莫： 还有我们储存肉的地方。

尤哈尼： 正是这样！我们在这里真好！拉乌里，谢谢你想出的这个让我们远离世界喧闹的好主意。我们在这里享有自由与和平。我还要问一句：就算世间万物全都被金色的火焰烧光，只要尤科拉家房子的基础和七个儿子都平安无恙，我们又有什么好担心的？

迪莫： 如果有一场野火席卷了整个世界，尤科拉家房子的基础连同它的七个儿子也都会化为灰烬。

尤哈尼： 这一点我很清楚。可是听我说，一个人可以随心所欲地想象，他可以将自己视作创造了整个世界的主人或是一只乱抓乱挠的小爬虫。他可以将上帝、魔鬼、天使和整个人类都视作已经死亡，将地球上、海洋里和空气中的生物都视作已经死亡，将地球、地狱和天堂视为在火中燃烧的一团乱麻，取而代之的将会是黑暗，那里没有公鸡会扬起脖子呼唤上帝的光。一个人的思想可以像这样驰骋：谁又能撒网来捕捉到它们呢？

迪莫： 谁能明白这个世界的结构？绝不会是一个像公羊一样愚蠢无知的人子。但最好是顺其自然，任时光流逝，就像是一棵松树或是别的树那样。我们只是在这里生活。

尤哈尼： 我们在这里过得怎样？我们还缺少什么东西？

迪莫： "除了上帝的恩典，除了鸟的酪乳。"谷仓里堆满了食物，我们的木屋很温暖。我们正在麦秸上玩耍。

尤哈尼： 在这里，我们像牛犊子一样欢快地在麦秸草料上打滚玩闹。我们随时想洗澡就洗澡，想吃饭就吃饭。——我们已经酒足饭饱了，我们现在要做的就是感谢我们有饭吃并且打扫一下桌子。

西蒙尼： 稍等一下，让我先读一段感谢上帝赐食的祈祷文，再唱一段赞美诗。

尤哈尼： 这次就先省着吧。你为什么不在吃饭之前就这样做呢？——小埃罗，你最小，再从桶里倒点啤酒来。

西蒙尼： 难道你不允许我们在平安夜唱赞美诗吗？

尤哈尼： 亲爱的兄弟，我们当不了好歌手。让我们在自己的心里歌唱和朗读，这就是对上帝最好的祈祷。——那边又上来了一桶啤酒，就像居略河的急流一样上下翻腾，充满了泡沫。谢了，我的孩子！让我们一起再来一杯！托马斯兄弟，用这杯酒来润润你的顺口溜，就像从前那样。

托马斯： 我不会占用太多的时间。

尤哈尼： 男人就是这样干杯的。这样的狂饮会让我们的喉咙变得如同执事领唱时那样顺畅。

> 我们往日也曾这样生活，
> 即使我们现在流落沟渠；
> 让我们燃起沟里的柴火，
> 畅饮用渠水酿制的啤酒。

确实如此。不过我们现在喝的是大麦制作的棕色液体，我们的柴火是木块与焦油桩，我们的身下是柔软的草垫，国王和大公甚至可以在上面摔跤。——告诉你吧，托马斯，阿波兄弟曾经宣称说你比我尤哈更强壮也更顽强，但我并不愿相信这一点。我们为什么不在这里比试一下？让我们试试谁更有力气！

西蒙尼： 我们都站着别动！让我们怜悯一下那些闪亮的麦秸，等到明天再说。

尤哈尼： 现在正是找乐子最好的时候，"庆典的高潮在前夜"，麦秸总有一天要成为饲料。——托马斯，你怎么说？

托马斯： 让我们试试吧。

尤哈尼： 抱腰摔！

托马斯： 就这么定了！

尤哈尼： 开始上吧，来吧！

阿波： 慢点，哥们儿！让托马斯也牢牢抓住你的裤腰带。

尤哈尼： 让他抓，让他抓！

埃罗： 尤哈，你为什么像上了屠宰台的公牛那样翻着白眼和咬着牙齿？哦，我的兄弟！不过你可要注意不要让自己丢脸。

阿波： 一切就绪。谁先开始？

尤哈尼： 就让托马斯先来。

托马斯： 让当大哥的先来。

尤哈尼： 那你可要站稳。

托马斯： 我尽量。

尤哈尼： 你站好了吗，你站好了吗？

托马斯： 我尽量。

阿波： 上啊，孩子们！对，就这样！你们要像有信仰的英雄那样战斗。尤哈要像以色列本人那样进攻和摔跤，"托马斯要像橡树那样站立"。

埃罗： "就像亚伯拉罕在传道。"不过快看尤哈的嘴巴，真让人不寒而栗。啊！我现在真想在他的牙齿之间塞一根钢棒——咔嚓！它马上就会成为两截。真吓到我了，吓到我了！

阿波：这真是一场男人之间的比赛。木地板在我们的脚底起伏。

埃罗：木地板就像风琴的踏板一样，托马斯的靴子蹚着地上的干草就像锋利的铁犁一样。

阿波：他们倒是没有敷衍了事地彼此应付。天哪！如果他们是在那座山上摔跤，他们的靴子会在岩石上碰出火花。

埃罗：会有多少火星飞进森林，让那里燃起欢乐的野火。——但托马斯一直站立在那里。

托马斯：你摔够了吗？

尤哈尼：你来摔吧。

托马斯：我会尽力。可是现在当心啊，地板将旋转。

埃罗：记住，记住，尤哈！——

阿波：这是一个背摔。

埃罗：如同"恶魔的棍棒"袭来，如同"天火之锤"的一击。

迪莫：尤哈尼就像一袋麦芽一样被放倒在那里。

埃罗：天啊，"尤西小子"！

迪莫：他小时候就这样称呼自己。

阿波：但是，你必须知道怎样摔人，托马斯，你要记住，人的身体并不是铁打的，而是由肉和骨头构成的。

迪莫：是的，即使他穿着裤子。

托马斯：我摔坏你了吗？

尤哈尼：你只管顾好你自己。

托马斯：快起来。

尤哈尼： 我会站起来，拿根棍子来向你展示男子汉的气概。在那样的比赛中才能衡量人的力量。

托马斯： 埃罗，去把那个在角落里的棍子拿过来。——给你，尤哈尼。

尤哈尼： 我在这里了。现在，把脚掌对着脚掌，用两手握紧棍子！

阿波： 当我说"开始"的时候，你们就开始拉，但是不要猛拽。把棍子放在脚尖上面，对准脚尖的位置，向任何一边偏1寸①都不行。——现在开始，孩子们！

迪莫： 尤哈被拉起来摔了下去。

阿波： 现在向他表示怜悯也无济于事了。

尤哈尼： 你快去倒啤酒去，迪莫。

迪莫： 你有点瘸了，兄弟。

尤哈尼： 去倒啤酒去，你这个天杀的小犊子！你听到了吗？还是说你想要挨巴掌？

托马斯： 我弄伤你的腿了吗？

尤哈尼： 这不用你操心！看好你自己的蹄子。如果我的靴子后跟松掉了，这能是我的原因吗？靴子后跟在摔跤中就像一块萝卜那样松掉了。不过你还是看看你自己。看起来你在摔跤和手拉棍子比赛中都赢了，但应该再来比试一下干仗。

阿波： 现在的比赛不包括打架。

尤哈尼： 当然包括，如果我们想要的话。

托马斯： 我不想要。

尤哈尼： 你不敢。

---

① 寸，旧时长度单位，俄罗斯统治时期1寸为2.54厘米，现在1寸为2.97厘米。

阿波： 摔跤只是摔着玩的。

西蒙尼： 据我所知，摔跤是摔着玩的，但也经常最终会打起来并导致谋杀。

尤哈尼： 就算托马斯赢了，但是这里没有其他人能打败尤哈尼。我发誓会向这里的所有人证明这一点。——我们来一回合，阿波！你的腰带合身吗？合身吗？

阿波： 你真是既野蛮又不讲道理。快收收脾气。我们要摔跤就应该好好地摔。

尤哈尼： 地狱之火在诅咒！

阿波： 我说你收收脾气吧。——好吧，现在来摔我吧。

埃罗： 尤哈像个小男孩一样在跳波尔斯卡舞①，即使是一瘸一拐的。

尤哈尼： 阿波兄弟，你现在怎么说？

阿波： 我躺在了你的下面。

尤哈尼： 现在轮到你了，西蒙尼。

西蒙尼： 给我一千块钱我也不会破坏今天这样一个神圣日子。

尤哈尼： 我们会给予圣诞节应有的尊重！只要我们的想法是快乐的，我们的心是纯洁的，举行一点无害的摔跤活动是不会亵渎这一天的。就来试试吧，西蒙尼！

西蒙尼： 你为什么总是招惹我？

尤哈尼： 就试一次！

西蒙尼： 你这个恶魔！

阿波： 放过他吧，尤哈尼，放过他吧！

尤哈尼： 我们值得试一下。好啊，让我来抓一次领子！

---

① 波尔斯卡舞，一种波兰民间舞蹈，19世纪初很流行。

西蒙尼： 去下地狱吧，你这该死的鬼魂！就算你赢了。

托马斯： 当我亲眼见到我才会相信。我不认为西蒙尼的肌腱全是小牛肉。

尤哈尼： 所以让他来试试。只有这样，我们才知道他身上是只有小牛肉还是黑黝黝肌腱发达的熊肉。

阿波： 让他站在原地吧，再叫一个小伙子出来，最好站成一排。迪莫兄弟，你永远是个勇敢的人！

尤哈尼： 你是否也想要试试？

阿波： 勇敢地上吧，迪莫！你可不是一个怯懦的男孩。

托马斯： 他可从来不会那样，而总是生气勃勃，就像在自己家里一样。我忘不了在我们与图科拉那伙人混战时他表现的那手绝技。起初，在他没注意的时候头上挨了重重的一击，但尽管如此，他还是稳稳地转过身来，从那人手下夺过棍子，反过手来回击对方的头骨——棍子啪的一声打断了，那人像个空袋子一样倒在地上。这就是尤科拉的迪莫所做的，而且我知道他仍然拥有那种男人的抗击力。

迪莫： 来吧，小子。

尤哈尼： 这正是我想要的。但是让我也把你的侧肋抓牢了。我现在抓好了。

阿波： 让迪莫先来。

尤哈尼： 让他先来，我正好喘口气。

迪莫： 先中我一招！

尤哈尼： 没门，我的孩子！

托马斯： 刚才那一下还是挺有劲的，迪莫，你这个勇敢的迪莫！但是你还能做得更好吗？

尤哈尼： 要想摔倒我可没那么容易。

托马斯： 迪莫，还能做得更好吗？

迪莫：应该能。——这个怎么样？

尤哈尼："要想撂倒我没有那么容易，"许韦麦基的乞丐说。

阿波：再来一次，迪莫。

托马斯：你还能做得更好吗？

迪莫：应该能。——这个呢？

尤哈尼："要想撂倒我没有那么容易，"许韦麦基的乞丐说。

托马斯：但是你感觉到被猛地拽了一下。

埃罗：没什么威胁，只感觉到尤哈尼的声音稍微颤抖了那么一丁点儿。

尤哈尼：我仍然站得很直。

托马斯：再来一次，迪莫。

迪莫：再试试，再试试。

尤哈尼："哎，稍等一下"[①]，我的裤子要掉了！

迪莫：看我这一下。

尤哈尼：我的裤子要掉了！你没听见吗？

迪莫：哦，看招，我的兄弟！

阿波：尤哈尼又被撂倒在地上亲吻地板了吗？

埃罗：他像头公牛一样在喘气。但是"他有时间喘口气"是件好事。

迪莫：这小子像湿透了的套靴一样躺在我的身下。

托马斯：他的裤子捉弄了他。

阿波：真相就是这样，尤哈尼的裤子在同自己的主人作对，并开始成为迪莫的盟友。

---

① 此处用的是瑞典文。

埃罗：事情就是这样。所以所有人都把裤子脱掉，再摔一次。

西蒙尼：你给我闭嘴，你这个饶舌的家伙！不然我会掌你的嘴。难道你还没有玩够这个地狱般的游戏吗？

埃罗：好吧，让它变成天堂的游戏吧。把裤子和衬衫都脱掉，你们就像两个天使一样在天堂的原野上摔跤。

托马斯：你为什么坐在他的脖子上，迪莫？

迪莫：如果我现在手里有个棍子，我会把他的屁股打爆。

阿波：为什么要这样？这是摔跤，又不是打架。

埃罗：迪莫你生气了吗？

迪莫：一点儿也不，一点儿也不，但我会说，如果我现在有一根棍子或者是圆头棒子，我会把他的屁股打得稀巴烂。

托马斯：把他扶起来。

迪莫：起来吧，上帝的产物。

尤哈尼：我起来了，而且我要让你知道，等我把裤子系好后，将轮到你躺到下面去了，而且你不会像刚才的我。刚才可怜的我是因为不小心绊了一下，让你手快抓住了机会并加以利用，你这个无赖，搞小动作！

阿波：消消气！我知道他在摔你之前并没有注意到你的裤子掉了。他这样做是因为他正摔在兴头上，可怜的孩子。

尤哈尼：他知道，这个小牛犊子。你们现在都像踩在我脖子上的乌鸦。还说他不知道，我刚才不是像划界员那样大声喊着"稍等一下，我的裤子掉了"？可是他却毫不在意，而是像猫一样乱挠乱咬。见鬼！我会教你以后怎么利用别人掉裤子的机会搞事儿，我会教你的。

迪莫： 那是我摔得正在兴头上一时冲动所致，可怜的孩子。

尤哈尼： 我会教你的，你等我把裤子提起来，再像箍桶一样把腰带系上。

迪莫： 我才不在乎这场摔跤比赛呢，但一旦我赢了，我就是赢了，没有什么可抱怨的。裤子同这事有什么关系？在摔跤比赛中，是男人在摔跤，而不是什么裤子和绑腿或其他长袜子在摔跤。

尤哈尼： 你用手再抓住我的衣领，前胸对着前胸！鬼东西！

迪莫： 我要不要和他一起去干那么幼稚的事？

埃罗： 还问什么呢？去吧，上帝的产物，能去就去吧。

西蒙尼： 别去，要我说。

埃罗： 如果你心里害怕和浑身颤抖，就不要去。

尤哈尼： 恐惧和颤抖现在都无济于事，他必须参加一场新的比赛，而且是在这个上帝赐予的时刻。

埃罗： 饶恕他吧，尤哈尼，饶恕他吧！

迪莫： 为什么？埃罗，为什么？那就再摔一个回合吧，一个或两个。来吧！

尤哈尼： 来呀，孩子！

托马斯： 漂漂亮亮地，尤哈！

阿波： 漂漂亮亮地！两只饥饿的鹰就是这样打架的。

西蒙尼： 干啊，彻彻底底地干一架！

阿波： 理智一点，尤哈尼！

西蒙尼： 天啊，你们这些恐怖的家伙，你们这些恐怖的家伙！

埃罗： 可别把你的兄弟摔残了！

西蒙尼：啊哈，啊哈！埃罗也会被吓着。你得到了你想钓到的鱼。

托马斯：尤哈尼！

西蒙尼：你们在毁坏这间屋子，你们这些野兽和魔鬼！

尤哈尼：好吧，孩子，俄罗斯人这样说！你为什么躺在那里，眼睛看着天花板？

迪莫：你现在赢了我，不过随着时间的流逝，你会变老变弱，而我则会长大并变得更加强壮。

尤哈尼：在某一个时候，连这个世界都会消融走到尽头，更不用说一个可怜的有罪之人了。时间会赶上我们所有的人，我的兄弟。不过现在站起来喝一口啤酒，承认你的力气同我的相比还是差那么一丁点儿①。

迪莫：这大家都看见了。我刚才蒙头蒙脑地躺在下面，而你就像一头毛蓬蓬的熊一样压在我身上。

尤哈尼："喝上一大口，我的酒友，从这个大海碗里！"——所以论力气我在尤科拉这帮人中排第二。拉乌里和埃罗虽然还没有经过比试，但他们知道他们会在比试中听到蜜蜂的声音②。西蒙尼自己承认不如我。但是我敢说，尤科拉的兄弟中没有一个人是孬种。就让50个图科拉的人来这里吧，拳头对拳头。我可以背负相当于五桶的重量，托马斯还可以更多一点。五桶啊，如果有人帮我把这些桶码在我的背上。

托马斯：但我希望看到拉乌里和埃罗也好好比试一下摔跤。

阿波：那可真值得一看。他们一个严肃而平静，就像冬

---

① 原文此处为芬兰旧时重量单位洛弟 luoti，约等于 13.28 克。
② 这里指晕倒在地。

天的窝棚，另一个则像个小矮人，但又像火苗那样活泼而敏锐。你们朝着风的方向，要像一只鼬鼠与长耳大野兔那样一决高下。我把你比作兔子不是说你胆小，拉乌里，我没有理由那样做，也不是因为你的动作像兔子，因为拉乌里走起路来就像铁匠科里打造的锄头人一样，他的腿和锄头动起来就好像他肚子里有一个发条装置似的——而是因为在我看来，这场比赛就像是一场鼬鼠与超级大野兔之间的较量。

尤哈尼： 摔一个抓领子的，孩子们，抓领子或者抓腰带的！

拉乌里： 与埃罗摔跤有什么意义呢？你永远无法真正抓住他的，他会像只猫一样从你的胯下钻过，用爪子在你的腹股沟又抓又挠的，让你几乎喘不过气来。去年秋天我们在阿劳尼杜摔跤时他就是这么做的。谁输谁赢，"甚至伊瓦里也搞不明白"。我怎么能再同他摔跤呢？

埃罗： 我与你相比真的一点也不强。你爱信不信。

拉乌里： 我相信，因为我知道你比我弱。

尤哈尼： 让我们通过诚实的摔跤证明这一点。

拉乌里： 我为什么还要再同他混在一起？

西蒙尼： 让我们上床睡觉吧，你们这些野蛮人。

尤哈尼： 普通的夜晚有很多，但圣诞夜每年只有一次，所以让我们现在好好地庆祝。好好地庆祝，圣诞之夜。好好地庆祝，全以色列！今天晚上，就在这一刻，巴比伦城发生了一个伟大的奇迹。让我们庆祝吧！——我们玩点什么游戏呢？我们来玩吃圣诞烤肉还是玩围猪或者打鞋匠[①]？

西蒙尼： 怎么这样！我们还要像天真的孩子那样在这里

[①] 围猪、打鞋匠均为芬兰旧时民间游戏。

蹦来蹦去吗？离我远点！

尤哈尼：年轻单身汉的生活就是跳舞，对不对，迪莫？

迪莫：嘻嘻嘻！

尤哈尼：难道不是这样吗？

迪莫：是的，确实是这样的。

埃罗：你说得太对了，"亲爱的尤西"。

尤哈尼：就像狐狸对兔子说的那样。完全正确！这就是我们要过的生活，我们时不时地找点乐子，有时甚至还稍微向后倒踢一下脚后跟。我们来跳一个俄罗斯舞，这正是我的拿手好戏。看啊！

阿波：是我们的啤酒让你昏了头吗？

尤哈尼：你把三壶啤酒倒进嘴里，你难道就不会发现你那上半身有什么不同吗？——但是唱歌吧，埃罗，因为尤西小伙要跳舞了。唱吧！

埃罗：你想要什么样的歌？

尤哈尼：什么都行，只要响亮有节奏的就行。唱吧，孩子，放开来唱，要能把屋顶掀起来的！唱吧，你这个小牛犊子，唱歌为我的舞蹈伴奏，我会像公羊那样跳跃，一直蹦到天花板那么高。唱啊！

埃罗：我来试试吧。

> 大家兴高采烈，
> 我们要过圣诞节了；
> 酒缸已经装满，
> 双耳杯和酒桶在摇晃，
> 酒缸满了，酒缸满了，
> 双耳杯和酒桶在摇晃！

在安雅贝尔多市场上
　　我们喝着啤酒和烈酒，
　　以一头黑牛的价格，
　　我们置办了那些订婚彩礼，
　　置办了，置办了；
　　以一头黑牛的价格
　　我们置办了那些订婚彩礼。
　　尤西，叫花子，尤科拉的尤西！

阿波： 闭嘴，埃罗，别惹他生气了。

尤哈尼： 接着唱吧，我不生气。接着唱吧，没有音乐我就跳不了舞。

埃罗：

　　尤西，叫花子，尤科拉的尤西！
　　尤西，雅西，一脸干粉，
　　把猪饲料扬到四处……

迪莫： 嘻嘻嘻！天啊，看你唱得有多么疯狂啊。

尤哈尼： 接着唱，接着唱。我不生气。

埃罗： "尤西，雅西，一脸干粉，"我要一边唱一边打着响指。

　　把猪饲料扬到四处，
　　为猪圈加温保暖！

　　尤西，叫花子，尤科拉的尤西！

伊达去了海滩，
在沙子上写下
心上人的名字，
心上人的名字。

当我听到心上人的声音时，
当我第一次见到她时，
我就仿佛在六翼天使的陪伴下，
置身于天堂的欢乐之中。
我就仿佛在六翼天使的陪伴下，
置身于天堂的欢乐之中。

尤西，叫花子，尤科拉的尤西！

你还记得吗，玛娅，
我们在吃草莓的时候
玩着欢乐的游戏？
啦啦啦！
草莓吃光了，
我们玩着快乐的游戏。
啦啦啦！

尤西，叫花子，尤科拉的尤西！

休要，你这个可怜的阿托
休要训斥我们的尤西；
你知道

尤西拥有力量。
尤西被关在牢里，
像只被拴住的山羊；
我们每一个人都是
坐在同一条船上。

啦啦啦！

维鲁克塞拉的维特卡农场
和维乌瓦拉的毕斯巴农场，
许围诺亚的松尼农场
还有叙尔维纳的亚里农场！

啦啦啦啦啦！

许围诺亚的松尼农场
还有叙尔维纳的亚里农场！

啦啦啦啦啦！

天啊，我这个野孩子，
我为什么要这样做！
我家里有房子，
却被拴在这里，
我家里有房子，
却被拴在这里。

尤哈尼： 就是这样！就是这样！这里的锁链拴不住我。继续唱吧！

埃罗：

> 尤西，叫花子，尤科拉的尤西！
> 尤西，雅西，一脸干粉，
> 把猪饲料扬到四处，
> 为猪圈加温保暖！
> 尤西，叫花子，尤科拉的尤西！

这还不够吗？

尤哈尼： 再来一首！我们跳一个卡勒亚-马蒂的婚礼曲。再来一首！再来一首！——卡勒亚-马蒂的婚礼曲！

西蒙尼： 就连公鸡都已经被这种不敬的行径和响声而吓得啼叫。

尤哈尼： 闭嘴，公鸡，别在那里咯咯地叫！

托马斯： 这些已经够了，尤哈尼。

阿波： 那种土耳其舞会要了你的命。

尤哈尼： 这是老毛子的舞，对不对，埃罗？

埃罗： 这是尤西的舞。

尤哈尼： 就这样吧，接着再来上几十次尤西舞的跳跃动作。

西蒙尼： 你这个疯子！

迪莫： 看他那样子哦，看他那样子哦！嘻嘻嘻！你中了魔了！

尤哈尼： 让开！否则我会像哥萨克骑兵踩踏市场上的醉汉那样把你碾成碎末。嘻嘻！

阿波：他背后的皮带松了。它往上弹起来了，弹起来了，又落下去了，轮流敲打着他的后背和屁股。我的天啊！

尤哈尼：啦啦啦，啦啦啦！那才是扬起灰尘的舞步。嘿嘿！——这是我平生第二次跳舞。第一次是在卡勒亚-马蒂的婚礼上，女的只有三个老娘们儿，而男的却有一大帮。但是，当马蒂给了我们几杯很厉害的咖啡烈酒后，我们几个爷们儿除了使劲儿跺着脚下的地板不用再做别的了，任凭有罪的大地在我们的脚下呻吟。可怜的老娘们儿庆幸她们躲过了这些踩踏，因为我们会把她们跺成碎片。哦，不管怎样，你这个浑蛋！——不过现在让我们脱掉衣服，一直脱得只剩下衬衫，然后都躺到床铺上去。不过我们不会马上闭上眼睛睡觉，而是在充满泡沫的啤酒桶的陪伴下，在松明的光亮中，在温暖的床铺上，相互讲述着快乐的童话和故事。

他们脱了衣服，又在酒桶里灌满啤酒，然后一起爬上了床铺。他们穿着长衫，忍受着闷热，坐在草席上。他们不停地将冒着泡沫的啤酒桶从一个人手上传给另一个人，圆木墙的缝隙中闪烁着松明金色的火焰。这时在尤哈尼的脑子里忽然闪现出一个主意，他脱口而出，其结果最后却委实不幸。

尤哈尼：我们在这里就像是在柴火上烤猪肉香肠一样烤着自己，桑拿炉子炽热的石头给我们带来了温暖。埃罗，向火炉里浇上一罐啤酒，以便让我们了解一下大麦汁蒸汽浴是什么样的味道。

托马斯：这是一个多么疯狂的主意。

尤哈尼：一个伟大的主意。快浇吧。

埃罗：我得听我老板的。

尤哈尼：向炉子上倒几罐啤酒！

托马斯：一滴都不要倒！如果我从炉子那里听到哪怕是最轻微的刺啦声，那么这么做的人就不会有好运。

阿波：我们不要浪费宝贵的啤酒。

迪莫：我们没有钱享受啤酒蒸汽浴的生活，一点也没有，一点也没有。

尤哈尼：能品尝一下会很开心。

托马斯：我绝不同意这样做。

尤哈尼：品尝一下会很有意思。——刚刚在摔跤比赛中获胜几乎让托马斯的尾巴翘上了天，现在他认为他可以随心所欲地在这个房间里发号施令了。但是请记住，那种苦涩的胆汁，当它完全膨胀之后，将会在搏斗中给予它的所有者以七个人的力量。这有多好啊，因此我是绝对不会看你的眼色的。

西蒙尼：全是摔跤弄的，全是摔跤惹的祸！

尤哈尼：埃罗，放心倒吧，有事我来负责，我会罩着你的。

埃罗：这可是头的命令，我必须服从，否则，我会在圣诞夜被扫地出门。

接着，埃罗咬着牙，从嘴里发出狡黠的呻吟，毫不拖延地执行了尤哈尼的命令，很快就听到炉子上溅起了水花，接着是一阵很响的刺啦声。托马斯这时气势汹汹地冲了上来，像只鹰一样朝着埃罗扑去，而尤哈尼也赶紧去保护自己最小的弟弟。于是一场混战开始了，在此期间一块燃烧的松明被从床铺上方甩到了地板上，而兄弟们却没有注意到。燃烧的松明很快就把地板上的麦秸引燃，并如同水面上的潋滟迅速均匀地向四面扩散，明火的面积在地板上越燃越大。只见火势越来越大，也越来越高，很快就开始烧着床铺上的木板，这时房间里的人们才突然意识到他们脚下面临的危险。但为时已晚，他们除了自己的性命和木屋里家畜的性命已经抢不出其他任何东西了。熊熊的火焰向四处蔓延，室内一片惊慌和混乱。他们全都奔向门口，当门一打开，无论是男人还是狗、猫和公鸡都伴随着可怕的尖叫声几乎同时跑了出来，看起来好像是木屋从自己冒着浓烟的嘴里吐出来抛到雪地上似的。他们现在都站在那里，争相不停地咳嗽着。拉乌里是最后一个跑出来的，手里牵着瓦尔科的缰绳，否则这匹老马很可能会成为火灾的牺牲品。凶猛的火势先是从窗户上的小格里冒出来，最后从门和屋顶上喷泻而出。印比瓦拉的结实木屋燃起的烈焰就这样映红了天空。而木屋的主人们却站在白雪皑皑的大地上，失去了赖以御寒的住所，他们在这里的第一个庇护所——烧炭工棚，也已经被大火夷为平地，唯有自建的仓房还兀自竖立在那里，但其外墙已稀疏如鹊巢。七兄弟在里面活动了一下身体，现在身上唯一可以遮风御寒的就剩下一件粗亚麻布的短衬衫了。他们甚至连头上一顶遮风的帽子、脚上一双御寒的桦树皮鞋子都没能从大火中抢出。房间里从前的东西只剩下几杆猎枪和桦树皮背包，还是因为他们在去洗桑拿之前带到仓房里才幸免被烧毁。——兄弟们现在站在雪地里，背对着还在燃烧的火，时不时地抬起右脚或者左脚烤火取暖。他们的脚被雪浸和火烤后变得通红，就像鹅的脚蹼一样。

他们享用着木屋留给他们最后的用途,即篝火的温暖,他们的篝火燃烧得十分壮美。木屋火光冲天,映照着四周的天空,山脊上长满胡须的云杉笑得如同朝霞一样灿烂甜美。又浓又黑的烟柱从焦油木柴堆中滚滚升起,冲上云霄,在苍穹之下缠绕成一团。这荒野的草地及其周边在火光的映照下显得很亮,如同在冬夜最黑暗的时候笼罩着的微红的日光。鸟儿们对这种奇怪的现象惊奇不已,它们站在白雪皑皑的树枝上注视着这一切,见证了印比瓦拉修建得如此牢固的房子变成了木炭和灰烬的过程。兄弟们因为愤怒和悲伤而抓挠着自己的头发,背对着火堆站成一圈,用脚掌一步步地倒退着向着温暖的火堆走去。渐渐地,火光越来越暗,最终塌陷成一堆灰烬,数不清的噼啪作响的火花弥漫在夜空中。兄弟们惊恐地发现,天空开始放晴,风向开始从南转向北。天气正在从温和转变为霜冻。

阿波: 我们从火中获救,却要成为冻死鬼了。看啊,天空在变晴,已经开始吹起寒冷的北风了。兄弟们,我们面临的危险很可怕。

尤哈尼: 诅咒与死亡!这是谁造成的?

托马斯: 谁!你还要问吗,你这个火种!如果我现在应做点什么的话,我就应该把你扔进火堆里烤熟。

尤哈尼: 一个托马斯干不了这件事,永远也干不了。但是就让那个造成这个地狱之夜的人受到诅咒吧!

托马斯: 他在诅咒自己。

尤哈尼: 要让那个人受到诅咒,就是那个叫托马斯·尤科拉的人。

托马斯: 你再说一遍。

尤哈尼：尤哈尼之子托马斯·尤科拉是造成这一切的罪魁祸首。

阿波：托马斯！

西蒙尼：尤哈尼！

拉乌里：都安静！

迪莫：你们现在不能再打架了，你们不能再打了，你们这些犟脾气。你们现在赶紧冷静下来，我们要像兄弟那样抱团取暖。

西蒙尼：你们这些野蛮人！

阿波：不要再生气和争吵了，因为我们现在正面临着最悲惨的死亡威胁。

托马斯：这怪谁，怪谁呢？

尤哈尼：我是清白的。

托马斯：清白的！这么大的火！我非得生吃了你！

阿波：冷静点，冷静点！

西蒙尼：看在上帝的分上，都冷静点！

阿波：无辜还是有罪，先别急着下结论，因为快点跑出来是我们得救的唯一办法。我们的房子已经化为灰烬，我们几乎赤身裸体地站在雪地里。我们为什么还要为了这些鸡毛蒜皮的事情纠缠不休？不过，我们把枪支和弹药留在了那个仓房里真是好运气，因为我们现在正需要武器。我听见有狼嚎声在泰里麦基山间回荡。

托马斯：那我们现在该怎么办？

阿波：除了赶紧往尤科拉赶，我不知道还有其他什么办法，逃命要紧。我们至少可以有两个人骑着瓦尔科，其他人跟在他们后面。就这样做吧：大家轮流跑，轮流骑马。有了马，我们可以避免一路都在雪地上走，而且有了上帝的保佑，也许我们还有救。

尤哈尼： 不过在我们能站在尤科拉的堂屋里烤火之前，我们的脚大概早就变成烂萝卜了。

西蒙尼： 然而，这可能是我们唯一的希望。所以让我们抓紧点。风刮得越来越刺骨了，天际越来越亮了！让我们快点跑吧！

埃罗： 我们的死期到了！

尤哈尼： 那可是尤科拉家的七个儿子！

西蒙尼： 我们的处境让人绝望，但是上帝的力量更强大。让我们赶紧跑吧！

托马斯： 快从谷仓里把猎枪和弹药取出来吧！

尤哈尼： 多么可怕的夜晚！我们在这里经受着严寒的威胁，从那边又会受到饥饿、嚎叫的狼群的威胁。

迪莫： 瓦尔科和我们自己都处于危险之中。

尤哈尼： 我们人类面临的危险更大。一个光着身子的男人，据我所知可是冬天野狼的一道非常可口的肉排。

迪莫： 我也听说过，人和猪的味道是一样的，大家知道，猪可是大尾巴狼冬天最喜欢的美味。我们面前的道路十分凶险，我想谁都不会否认这一点。

尤哈尼： 我们该怎么办？

阿波： 我们要在霜冻和刺骨的寒风将我们的血液冻住之前像女巫的箭一样穿过黑夜。我们要越过鬼哭狼嚎的泰里麦基奔向尤科拉！我们有对付狼的武器，但没有对付大胡子冰冻国王的武器。

托马斯： 这里是猎枪和弹药。现在让我们每一个人都背上一支猎枪和一匣弹药，两个人先骑马，其他人跟在后面。现在让我们赶紧跑起来吧，赶紧跑吧，为了我们不朽的灵魂！

尤哈尼：北面的天空越来越亮了，群星在闪耀！嗨，哈！让我们快点跑吧！

阿波：明天我们再过来取火灾后留下来的东西和工具，明天我们也会来接走猫和公鸡。今天晚上它们还可以待在仍温热着的灰烬旁边，但是我们今天就把我们忠实的伙伴基力和基斯基一起带走吧。——它们现在在哪里？

托马斯：哪里都看不到它们。——安静！让我们听听它们在哪里吧。

埃罗：它们早已经跑得远远的了。我可以听到它们从山后面发出的叫声。

托马斯：它们在抓捕猞猁，也许这只猞猁曾经从我们小屋附近经过，它的味道让狗记住了。但是随它们去吧，我们现在必须先忘掉它们，赶快踏上艰难的旅程。

尤哈尼：但愿如此！因为生与死就像是两只狗熊在房间里厮打一样。

阿波：现在大家全力以赴！

尤哈尼：我们要把灵魂和身体的所有力量都用到极致！

托马斯：要记住我们正面临着最悲惨的死亡威胁。

尤哈尼：黑色的死亡正从两个方面威胁着我们。嗨，哈！现在我的嘴巴快要冻住了，肠子要掉到地上了，除非咱能马上站在篝火旁滑溜的麦秸上。这三种可能中的一个将在一个小时之内发生。不过我们在这里胡闹都无济于事，一点也没用，只有咬紧牙关，才能劈开几十公里厚的冰山。

西蒙尼：让我们以上帝的名义并在上帝的帮助下去努力吧。

尤哈尼：在上帝的帮助下努力。一个靠自己的力量生下来的人在这里能做什么？我们至少要有一个安全的容身之处。

埃罗：让我们一刻也不要耽搁了，马上走吧！

尤哈尼：而且要无所畏惧！现在出发吧！

托马斯：大家都已经准备好了。埃罗和西蒙尼先骑上马，向着尤科拉的方向进发，我们这些在雪地里徒步行进的人别忘了要始终紧跟在马蹄的后面。

于是他们就这样出发了：身上除了一件破烂的衬衫，什么都没穿，每个人都背着自己的行李，将猎枪扛在肩上或拿在手里。就这样，他们在夜色笼罩下踏上了一条寒冷的旅程，以逃避从北面波赫尤拉沼泽地向他们扑来的霜冻，虽然这种寒冷并不是带着最狰狞的面目而来，毕竟当时的天气还不是这一带最恶劣的：天空露出大半个脸，飘浮的云彩不时地将其遮住，北风在相对温和地吹着。兄弟们对寒冷的天气并不生疏，他们的皮肤也因历经刺骨的霜冻而变得更加坚硬。尽管以前他们作为顽皮的男孩，经常光着脚在雪地里一玩就是几个小时，但是这次从印比瓦拉到尤科拉的路途却不比以往，令他们心中感到格外恐惧。他们匆忙地向前赶着路，走在前面的埃罗和西蒙尼骑在瓦尔科的背上，其他人则跟在后面不停地跑着，踩着密林中的积雪，雪花散落了一路。在印比瓦拉的草地上，在仍然炽热的桑拿炉旁，他们的猫和公鸡还留在那里，情绪低落地凝视着火堆。

兄弟们朝着村庄疾驰而去，他们很快就将松比奥沼泽地甩在了身后，离泰里麦基山越来越近，从那里不时地可以听到狼群可怕的嚎叫声。在沼泽地与雅科·塞乌纳拉家之间的荒原上,他们交换了一下骑马的人:埃罗和西蒙尼从马背上下来,换上了另外两个兄弟骑行。他们未做太多的耽搁,继续他们的旅程:沿着荒原的山脊,急匆匆地穿过通往维埃托拉的大路,走进一片宽阔、嗡嗡作响的松树林。最终,他们走进了怪石嶙峋的泰里麦基山,狼群的嚎叫突然停止了。他们很快就站在了山脊上,让马儿喘口气。骑马的人再次轮换,很快又有两个人上马取代了他们的位置。他们仍然站在积雪的岩石上,北风在呼啸,天空再次放亮,从北斗七星勺柄的指向,他们知道时间已经过了午夜。

稍事休息后,他们又沿着平缓的山路飞奔而下,走完这一段里程后,他们便进入了一片黑暗的云杉树林,大自然就像幽灵一样躲在他们四周的每一个角落。惨白的月光洒向大地,猫头鹰凄声叫着,密林深处似乎到处都是形状奇怪的鬼魂,看起来就像是巨大的棕熊一样。其实这些都是倒下的云杉树的根茎,上面长满了青苔,高高地伸向天空。只见这些棕熊的影子一动不动,就像是被冻僵的幽灵一样,盯着从它们身边飞快跑过的举止奇怪的一行人,七兄弟也毫不畏缩地看着这些熊的影像。但是很快在他们与棕熊的影子之间,在他们周围高耸的云杉林中出现了一些令人恐惧的动静。这是那些饥饿的狼群在追随着七兄弟的脚步,并且距离他们越来越近了。狼群时而在前,时而在后,在道路上蹿来蹿去。在道路两旁的云杉林的间隙处,也不时地看到它们一掠而过。它们带着嗜血的本性,气势汹汹地紧随在夜间从印比瓦拉逃难的七兄弟身后,可以听得见云杉根部的干树枝在狼群脚下发出噼里啪啦的断裂声。瓦尔科浑身在颤抖,声音嘶哑地奔跑着。坐在前面驾驭着马匹的人似乎很难控制住它奔跑的速度。那些森林野兽的胆子也变得越来越大,它们喘着粗气,嗜血如命,常常近距离地从七兄弟身边跑过。为了起到一定的威慑作用,兄弟们的猎枪会不时地响起,有时向右边,有时向左边。然而,枪声也并没有把这些野兽驱离得太远。

他们来到了基尔贾瓦平谷,这是一片被野火烧过的荒原,到处都矗立着已经枯死的松树干,已成为老鹰和秃鹫的栖息地。在这里,狼群的焦躁变得更加令人恐惧,兄弟们面临着更大的危险。这时托马斯和迪莫正骑在马背上,后面跑步跟随的其他人突然停了下来,几乎同时转身向追赶他们的狼群猛烈射击,狼群被吓了一跳,马上同他们拉开了距离。他们又开始向前奔去。但是没过多久,一群潜行到附近的狼再次发出窸窸窣窣的脚步声,危险似乎又迫在眉睫了。这时托马斯停下了马,大声说道:"每一个弹匣打空了的人,要马上就地装弹!我们要像烈火和狂风一样冲锋!"他一边喊着,一边跨身下马,同时命令迪莫牢牢地控制住瓦尔科。现在兄弟们站起身来装好子弹,他们已经不再感觉到冷了,脚上不冷,身体的任何部位都不冷了。野兽们站在距离他们五十步远的地方,用贪婪的眼睛死死地盯着他们,情绪昂奋地摇动着尾巴。——天空的穹顶从云层中露了出来,一轮明月俯视着荒原。

托马斯: 大家的猎枪都上膛了吗?

阿波: 都上膛了。你这样问是什么意思?

尤哈尼: 让我们再来一遍齐射!

托马斯: 如果我们的生命对你来说很珍贵的话,就不要这样做。我们总要保证任何时候都有一杆枪是上了膛的,你们要记得这一点。拉乌里，你的手最稳，眼睛瞄得也最准，你站到我身边来。

拉乌里：我站在这儿了。你想要我做什么？

托马斯：饥饿的狼连自己的亲兄弟都会吃掉。如果我们现在能用这个计谋算计一下饿狼，那也许能救我们的命。——让我们试试吧。拉乌里，我们瞄准左边的第一头狼，我们俩同时开火，但你们其他人要节省弹药。拉乌里，你现在要像鹰眼一样瞄准那头狼，当我说"开火"时就开火。

拉乌里：我已经准备好了。

托马斯：开火。

两人在眨眼之间同时开枪，狼群四散夺路而逃。然而，其中一只却留在了荒原上，它试图爬着追上其他的狼，但却徒劳无功。小伙子们再次全力向前赶路：六个兄弟徒步奔跑，迪莫独自一人骑着马走在最前面。这样过了一小会儿，狼群就不再四散逃跑，它们转过身来，将目光再次凶狠地朝着夜行人群的方向望去。它们又汇合成一群向前奔跑，雪花唰唰地四散纷飞，基尔贾瓦宽阔的荒原在它们的脚下颤抖。它们以烈火之势迅速冲到了还在血泊中爬行的同伴身旁，从它的身边冲了过去，但诱人的血腥味飘进了它们的鼻孔，它们很快又转过身来，在受伤的那只头狼周围打着转：它们的尾巴甩动着，雪花在飞扬，它们的眼中闪烁着欲望和贪婪的火光。然后，它们面目狰狞地一起扑向受伤的同伴。荒原上传来一阵恐怖的骚动和混乱，就好像擎天柱倒下了一般。狼血在托马斯和拉乌里的精准射击下喷洒到了四处，昔日的朋友把密林的同类撕扯成了碎片。

大地在颤抖，白雪变成了一摊巨大的雪泥。夜晚的荒原不久又恢复了寂静，只听得到低沉的嘶吼声和骨头的碰撞声，狼群在满脸血腥、目光残忍地撕咬和分享着受害者。

　　这时兄弟们已经在远离可怕敌人的地方继续前行了。狼群在基尔贾瓦相互残杀的声音传到他们的耳中十分悦耳，这对他们来说犹如是得到了救赎的美妙消息。他们走进了库蒂拉的开阔草地，他们要走的小路沿着草地边缘蜿蜒前行穿过一片狭窄的地带。为了争取时间，他们现在决定直接穿过这片草地。他们向着一排栅栏一齐冲过去，栅栏被推倒，瓦尔科驮着两个兄弟跨过倒下的栅栏，在两兄弟的鞭策下沿着平滑的草地向前奔跑。跟在后面的兄弟们很快就追了上来，又轮到他们在前面踏雪了。穿过草地，有一条冬季的道路通往教堂村，路上有三匹马拉着三辆雪橇正在疾驰。旅行者看到七兄弟从北面向他们逼近，无论是马匹和行人都被吓得不轻。在月光下，他们看到七个衣不蔽体的人肩扛着猎枪正在策马疾驰，还以为是来自印比瓦拉洞穴愤怒的妖精正在向他们冲来。草地上发生了一阵剧烈的骚动。旅行者的马匹四处乱跑，一会儿冲到这里，一会儿冲向那里，男人们有的在呼喊，有的在祈祷，还有的在大声咒骂，混乱的声音在空中回响。但是兄弟们根本没有时间理会他们的疯狂，而是像中了邪似的径直穿过库蒂拉草地向尤科拉奔去，雪在他们面前像一道烟雾那样分开。他们又遇到了草地另一侧的栅栏，他们一拥而上，栅栏"哗啦"一声也倒了，他们很快又走在了山路上。

　　但是这个夜晚对他们来说既可怕又恐怖。他们拼命地跑，跑得上气不接下气，睁得圆圆的眼睛里充满了惊恐，一直在盯着从前尤科拉家的方向。他们话不多说，依然向前冲去，脚下的雪地迅速向后退去。最后，他们终于抵达了波赫扬佩尔托的高地，在山坡上苍白的月光下他们看到了尤科拉的房子，他们的嘴里几乎同时发出了"尤科拉，尤科拉"的呼喊。他们从那里跑下山去，像插上翅膀的精灵一般跳着跑过奥雅牧草地，然后又跑上山坡，站到了房子被闩上的大门前。他们没有时间敲门等着获准进去，而是拼尽全力冲向前去，随着"砰"的一声，门廊结实的大门被撞开了。他们吼叫着，扑通扑通地从门廊跑进了屋内，然后像一阵风一样又从门口跑到屋里火炉边上的炭火边，在那里感受久违的温暖。但是在蒙蒙睡梦中的制革匠一家人却被他们吓了一大跳，还以为是有强盗闯进来要袭击他们。

制革匠：是哪个怪物在圣诞夜闯进了尊贵绅士的房间？快说，我的枪已经伸出来了！

托马斯：快把枪收好，伙计。

阿波：不要开枪打自家人。

尤哈尼：上帝保佑，我们是从印比瓦拉来。

迪莫：从前尤科拉的七个儿子！

西蒙尼：愿上帝怜悯我们！就在这个可怕的时刻，七个灵魂将走向永恒。愿上帝怜悯我们！

尤哈尼：大火烧毁了我们在森林里的那个很棒的木屋，也烧掉了我们所有的东西。我们像野兔一样逃回这里，身上可怜得除了一件短短的破衬衫再无其他遮身蔽体的衣物了。这真是一次可怕的旅程。

制革匠家的女主人：上帝拯救你们！

制革匠：天啊，你们这些可怜的人！

尤哈尼：是的，难道我们就应该是这样吗？！我们像喜鹊一样坐在这里，呼求上帝的怜悯。啊！我快要哭出来了。

女主人：可怜的孩子们！老头子，快去把火调好。

埃罗：哦，不幸的夜晚，哦，不幸的我们！

阿波：哦，恐怖的夜晚，天啊！

西蒙尼：天啊！

尤哈尼：别哭，埃罗，别哭，西蒙尼，别哭，阿波！别哭，别哭，我的兄弟埃罗。我们现在安全了。不过这可真是一场土耳其式的旅行。

女主人：哦，可怜的人子，哦！

尤哈尼：尊贵的女主人，您的哭声和哀伤让我的泪水再次流下。啊！但请您不要哭泣了，大妈，不要哭泣了！毕竟，我们已经摆脱了野兽和严寒的魔掌，来到了基督教亲人温暖的家中。为此要感谢上帝。

托马斯：我们的境况十分凄惨，非常凄惨。不过快给我们升起一个旺盛的明火，同时在地板上放几袋麦秸作为我们的卧榻，然后将瓦尔科送到前面的马厩并在马的前面放上一些干草。

阿波：请原谅我们，我们以法律的名义，为了自身性命，如此坚定地恳求您的帮助和保护。为了我们的性命，为了我们的性命！

尤哈尼：仁慈的天使啊！我的生命就守在我的嘴边，我现在是命悬一线，命悬一线了。——如果家里头还有肉和啤酒，就把它们拿出来吧。——那只是一场游戏，向桑拿炉上泼水，这是我们所记得的。——为了我们宝贵的性命和灵魂，请把肉和温好的啤酒送上来吧。

制革匠：亲爱的朋友们，让我先把房间的灯点亮，我们会尽己所能去安排。——你们真是不幸！身上只穿着衬衫。

尤哈尼： 头上没有帽子，脚上没有鞋子。看看我们红得像野鹅的腿啊，看啊。

制革匠： 这真是让人毛骨悚然。快过来看看，老婆子。

迪莫： 也来看看我的小腿。

尤哈尼： 你的腿同我的比起来算什么？看这里！看啊，孩子，就像被蒸煮过的肉一样。

迪莫： 还有我这里！

尤哈尼： 你的腿同我这里比起来算什么？

迪莫： 我的吗？你那什么都不是。快来看看啊。这还是人的皮肉吗？

制革匠： 老婆子，快过去看看。

女主人： 天啊，上天行行好吧！

尤哈尼： 是啊，这是不是有点太过分了？——托马斯的眼眶也湿润了。别哭，托马斯。——所以我说：这是不是太过分了？

迪莫： 我们这些小犊子就是这样被耍来耍去。

女主人： 他们现在的脸色有些泛红了，开始容光焕发了，脸色红了，容光焕发了！仁慈的上帝啊！

迪莫： 就像熔炉里的铁水，真的像铁水。哈哈！

女主人： 好红好红啊！上帝保佑！

尤哈尼： 正如《圣经》中所说，它们就像"熔化的黄铜"一样。愿主帮助我们这些可怜的人！

女主人： 唉，你们这些孩子！

拉乌里： 快去按照我们的请求兑现你们的承诺。

阿波： 我们求求你了，快一点吧！我们自己也可以升火，这边的角落里有劈柴，有很多劈柴，还有桦树皮。

尤哈尼： 于是在我们的老家尤科拉，在那些熟悉的、被烟熏得黑黑的橡木下，我们又坐了下来，要一直待到五月初。今年冬天，我们从前的木屋仍然要作为我们落脚的地方。

托马斯：还要过了夏天。

尤哈尼：过了夏天，我们要在印比瓦拉草原再建一个房子，要比第一个更加壮观。

托马斯：当积雪消融后，密林里和山峦间将会再次回响起斧头的砍伐声，那时尤科拉兄弟将不再需要向他人乞求避风遮雨的地方了。

尤哈尼：说得好。托马斯，让我们忘掉那件烧掉了我们木屋应受到诅咒的事吧，让我们在自己的脑海中好好规划一下将要再次建起的新木屋。

托马斯：我要告诉你，当我们一踏上这次令人恐惧的旅程时，所有的痛苦就已经从我的心坎上消散了。我要告诉你，当你一路上一直跟在我身后，就像一匹快要被淹死的种马一样在我的脖子后面喘气，我感觉就像是有刀子在割痛我的心。

尤哈尼：正是因为如此，我们都要庆幸这样的旅程结束了，我们再次站在温暖的木屋中了。——他们给我们送来了食物和饮料，还有两大捆闪闪发亮的麦秸。亲爱的兄弟们，让我们感谢上帝！

于是，兄弟们在桦树劈柴点起的炉火旁，快乐地沐浴着炉火带来的浓浓暖意。他们在那里站了一会儿，然后七个人排成一排，一起走到餐桌前，享用着制革匠仁慈的女主人为他们准备的肉、面包、香肠和热啤酒。男主人亲自去照料瓦尔科，把它带到马厩，在它面前的地上铺满了干草。狗儿们最后也沿着男人们的足迹，从黑暗的旅途中气喘吁吁地跟到了这里，眼睛里闪烁着喜悦的光芒。兄弟们非常高兴地迎接着它们，爱怜地喂给它们食物，以各种方式抚慰着它们。

由于兄弟们早已疲惫不堪，他们纷纷躺倒在麦秸床铺上，很快便忘却了生活中的挣扎，坠入了温柔的梦乡。他们甜蜜地躺了很长时间，仍然被火红的炉火所温暖，直到木柴烧成了木炭和灰烬。接着女主人将风门关上，一股奇妙的暖风从炉灶流进了房间。女主人回到自己的床上，房间里又恢复了原先的寂静。外面，雪花正沿着栅栏上下飞舞，星空下北风在凛冽地刮着，苍白的月光微笑着俯视着大地。

第七章

早春时节,在鹤到来之前,兄弟们就把尤科拉抛在了身后,再次跑到印比瓦拉的荒草地上,开始全力为自己建造一座新的木房。很快,坚实的圆木就在地基四角的基石上安装好,上面再一层接一层地码放好圆木。在那段时间里,连续很多天从黎明到黄昏都可以听到斧头的砍伐声和木槌沉重的敲击声。尤哈尼、阿波、托马斯和西蒙尼各自坐在一个角落里,其他人则喊着号子将一根根圆木沿着垫木推上去。他们满头大汗,但怀着愉悦的心情干着活,房子逐渐搭建起来,周围弥漫着清新的松油味。又过了几天,兄弟们不再动用斧头了,而只是在酣睡中打着呼噜,从一个晚上到另一个晚上,一直到了第三天早上。

在村里的庄稼变黄之前,印比瓦拉的荒草地上就建好了一栋崭新的木房子,坐落的位置就在同一个地方,与前一栋房子的样子和大小相同,但更加坚实地矗立着。现在,兄弟们拥有了自己牢固的木房子,便再次全力投入狩猎。他们备齐了去伊尔维斯湖打猎和捕鱼的装备,拿着武器和捕猎的家什出发了,狗儿们眼里闪着火光跟随着他们。他们不知疲倦地搜索着被森林覆盖的山峦、沼泽和土地,驾船驶过明亮的伊尔维斯湖面,为自己搜集用于解决当前燃眉之急和安度即将到来的严冬的食物。这时许多居住在阿赫托拉和塔皮奥的生灵①都变成了兄弟们今后的盘中餐。

现在我想给大家讲一个关于老火绒马蒂的故事,他是兄弟们在这一带森林里唯一的朋友。——从前在一座长着茂密杂生桦树的小山上,有一个名叫火绒马蒂的老人,他独自住在距离印比瓦拉山几千步远的一个小茅屋里。他所制作的火绒是海曼地区最松软的,他制作的桦树皮鞋则非常坚固,这项生计保证了他每日所需要的面包。当他年轻的时候,他曾作为一个忠诚的马夫陪伴着前任教区牧师长在波赫仰玛地区旅行,一度曾被派遣到与拉普兰②交界的地区。第二年夏天,火绒马蒂留在了那里,在波赫仰玛一望无际的荒原上猎杀熊、狼獾和鹤。关于这些旅行他讲的故事很多,而且他的记忆力无比准确。他曾经听到或看到的事情他都不会忘记。他的眼睛的观察力也很准确,他曾穿越过令人眼花缭乱的森林,却从未迷过路。他坚信只要是他去过一次的地方,无论有多远他都能记住其所在的方向,甚至不会有一丝一毫的误差。他会用自己的拇指指着某一个方向,任何对此质疑的企图都是徒劳的,因为他对自己的看法坚信不疑。例如,如果有人问他:"沃卡蒂在哪里?"他会用拇指朝着天空的边际方向指去并立即回答说:"在那边,顺着我的拇指看去,如果你朝那个方向射击你就会打中。库萨莫的教堂就在那个拐弯处,从那里再像公鸡一样向右跳一小步的地方就会通向沃卡蒂。"同样,如果你问他:"波拉斯萨尔米的战场在哪里?"他也会毫不犹豫地用拇指朝着天空的边际指去并回答:"在那儿,你顺着我的

---

① 这里指水中和森林里的世界,源自芬兰民族史诗《卡勒瓦拉》传说中主水和森林的神阿赫蒂和塔皮奥。
② 拉普兰是芬兰北部北极圈以内地区。

拇指看去，如果你开枪就会击中。"老头子就是这么准，而且他也准确地知道自己住地周围方圆几十公里范围内森林的情况。他纵横交织穿插着走遍了这一带，有时是寻找制作火绒的真菌，有时是寻找制鞋用的桦树皮，有时则是检查自己布下的陷阱和套索。就在他这样四处走动时，他有时也会造访印比瓦拉的木房子并来问候兄弟们。这成为兄弟们的快乐时光：他们听着老人讲故事，嘴巴张着，耳朵像蝙蝠翅膀一样竖着。——有一次在八月份的一个晚上，他再次坐到了兄弟们的中间，讲起他在北方森林中旅行的情形。

尤哈尼：是这样啊，那后来呢？

火绒马蒂：嗯，后来怎么样了？我们径直来到一块空旷的地方，那是一片起伏的沼泽地，然后滑雪越过一个沟渠。我们发现了许多还温热着的鹤窝，射杀了许多尖叫着的鹤，我们的袋子里装满了鹤蛋和羽毛，把一大捆捕杀的鹤背到了肩膀上。然后我们一起喝酒。——从那里我们又回到了沼泽地，脖子上挂着狗和鹤，在摇摇晃晃、上下起伏、沙沙作响的沼泽地里前行。不时地会有人脖子上悬挂着一只汪汪直叫的狗差一点陷入沼泽深处爬不上来。接着我们来到了回声不绝的山丘上，来到了一块坚实的硬土地上，我们浑身湿漉漉的，就像快淹死的老鼠一样。我们在那里搭建了过夜的营地，生了一堆火，把浸湿了的上衣脱了下来。接下来我们除了将裤子和衬衫像剥鳗鱼皮一样剥下来别无他法。我们的衣服很快就在树枝上冒起了热气，鹤蛋在灰泥里嘶嘶作响，而我们自己则在篝火的烘烤中惬意地就像夜猫子一样赤身裸体地扭转着身体。然后我们喝了一会儿酒。——接下来又发生了什么呢？五月的夜晚是怎样度过的？狗总是用它们湿润的鼻孔在四周嗅来嗅去，眼睛盯着树梢。最后我们也抬起目光往上看，你猜我们在上面看到了什么？

尤哈尼： 你快说啊。大概是一只眯着眼睛的小熊吧。

迪莫： 我猜想也许是幽灵和鬼怪。

火绒马蒂： 既不是你说的也不是他说的，而是一只黑黝黝的狼獾坐在一棵长满苔藓胡须松树的干树杈上。海斯卡宁开了一枪，但没有打中；小尤西也开了一枪，但也没有击中。我最终也放了一枪，但几乎同样运气不佳。狼獾颤动了一下，发出一声凶残的低吼声，但仍然稳稳地呆坐在树枝上没有动窝。接着海斯卡宁喊道："女巫的巫术，女巫的巫术！"他从口袋里掏出一颗死牙，咬了几下，拿出一颗子弹吐了几口，然后把子弹装进枪膛。接着他将手在空中挥了挥，恐吓似的转动着眼珠子，口中一边说着"浑蛋"和其他两三个奇怪而可怕的字眼儿，一边开了枪。只见那只狼獾从松树上掉了下来。但这个家伙离死亡还很远，好戏还在后头。我们大家赤裸着身体，无法靠近那个东西。狗儿们也不想接近那个畜生，只是隔着几丈远冲着草丛里口吐泡沫、低声吼叫的狼獾跳来跳去地叫个不停。可见女巫的魔力仍然在发挥作用。于是海斯卡宁又开始念起可怕的咒语，挥舞着双手，使劲转动着眼珠子。这时他们的一条狗实实在在地跑去追那只红颊兽，就像一只呼啸而过的火箭一样，接着就是一团混战。上帝啊，那条狗与那只可怜的狼獾就这样打来打去！见鬼，你可从来不会见到这样的混战，真的不会见到。

尤哈尼： 要比平常热闹上一千倍！

迪莫： 那一定很好玩！

火绒马蒂： 这真是一场有趣又好玩的打斗，确实如此！

迪莫： 然后你们的袋子里又添了一只狼獾？

火绒马蒂： 那个东西毕竟有点太臃肿塞不进袋子里，这么个肥东西。嗯，然后我们就喝了点酒。——接着我们又穿上了外套，浑身干得像火药一样，然后在摇曳的篝火的温暖中上床睡觉了。不过我们在那里也没有怎么睡，因为巫婆的箭就像是火蛇一样在我们的头顶上方不停地飞来飞去，弄得我们晕头转向。海斯卡宁常常会跳起来，高声喊道："快停下来，巫婆的箭，快停下来，巫婆的箭！"许多支箭嗖嗖地掉进森林里，有的落入灰色的沼泽地，但更多支箭仍然会无视他的喊叫继续执着地在空中飞翔。有一次我听到一个从北向南嘶地划过的声音，魔鬼般的邪恶和凶残，接着是一阵轻微的沙沙声，久久不息。这到底是什么怪怪的声音？我问海斯卡宁。他过了一会儿对我咕哝着回答道："这就是希斯老人自己路过的声音。"——又一个小时过去了，两个小时过去了，一股温和的、雾气蒙蒙的气团向火堆袭来。这时从沼泽地的东边突然传来了一个声音，就像是长满青苔的云杉的沙沙声，很快又从沼泽地西岸传来了另一个声音，但声音就像是小白桦树林的沙沙声。"那边的沙沙声是什么，这边的沙沙声又是什么？"我又问道。最后海斯卡宁终于咕哝着回答道："那是云杉老人在与他的女儿说话。"夜晚最终过去了，清晨来临，我们又开始蹒跚上路了。可就在那时我们刚好在森林的边缘看到了一头魔鬼般的大灰狼，就像风中的豌豆荚一样落荒而逃。它的左后腿露了出来，我抄起猎枪，一枪把狼的爪子打断了，就像一块干火腿一样掉在地上，但它还是保住了自己的性命。

我可是一枪就打断了那个可怜的老家伙的爪子。

迪莫：好家伙！它的爪子就像冰溜子一样断了，然后像餐桌上的腌猪蹄一样躺在你面前的地上？

火绒马蒂：并不完全是那样。

托马斯：但你是怎么发现爪子断了呢？

火绒马蒂：我们跟在它后面跑了很长一段路，在很多地段看到那只狼拖着断腿在沙地里踩出来十个爪印。

迪莫：你瞎扯吧！真能整出十个爪印来？哈哈！

火绒马蒂：清清楚楚的十个。

尤哈尼：那只狼的日子屈指可数了。

火绒马蒂：狼的日子屈指可数了，如果是人也是如此。天杀的狗也不敢离开我们的脚后跟一丈远，而是闷闷不乐地夹着尾巴低着头走，那些都是先前十分勇敢的狗。

阿波：是什么扼杀了它们的激情？

火绒马蒂：巫术，空气中弥漫着巫婆的邪气，如同战场上弥漫的硝烟一般。尽管海斯卡宁竭尽了全力，口中念着咒语，双手在空中挥舞，但都无济于事。而那个混混小尤西，他像个小矮人一样边跑边拍手，用脚使劲儿踏着地面，满头大汗。因为这个小孩的腿最多只有一尺半长，但他确实长着水獭一样的背，又长又坚韧。他整个人都坚韧无比，坚韧得像水獭一样。只见他一瘸一拐地跟在狼的后面追了很长一段时间，但最终并没有什么用处，他不得不任由那只狼跑进森林里。嗯，之后我们就喝了点酒。当这一切都做完后，我们便带着丰富的猎物再次踏上回家的路。我们就这样走着，胳膊下面夹着袋子，袋子里装着鸡蛋和羽毛，还有其他一些森林中的零碎谷物，背上则背着滑雪板和冰爪，手里拿着枪，那只毛茸茸的狼獾则轮流在每个人的肩膀上晃荡。我们就这样继续前行。云层的边缘有一只沙锥鸟在尖叫着飞着,我把它打了下来放进我的袋子里。过了一会儿,我又看到松树顶上有一只跃起的松鼠,身体扁平,眼睛很大,我把它也打了下来,放进了我的袋子里。

我们终于来到了一片地势较高的开阔草地,向南可以看到图尔基拉的农场,我们就是从那里出发开始了我们这次的艰难旅行的。我们现在来到了一个充满血腥的地方,图尔基拉的主人在我们出发去打猎时已经告诉过我们,前两天有一头熊在那里杀死了一匹公马。我们查看了一下被熊弄得一塌糊涂的地方,我注意到了它今天也可能是昨天晚上太阳落山时曾经过来吃剩下的马肉。我猜想它今天傍晚也许会再次回到同一个地方,因此我决定留在那里等着它,其他人则继续前往图尔基拉农场享用晚餐。我站在那里,一边在脑子里琢磨着,挠着头琢磨,在这个没有一棵树可以爬上去的开阔草地上,我应该站在哪里等候我的客人呢。但是"智取胜过强攻",我最终找到了一种办法,一个非常聪明的办法。我看到附近有一个烧松木焦油的树桩,又黑又粗大,树根被早春的霜遮住了至少有两尺的高度。我用斧头在那里把树根中间向下穿透生长的根砍断,将其拔出,并将洞穴再扩大一点。我爬了进去,把猎枪的枪口伸向那片血腥的地方,开始在巧妙的掩体内等待那个熊孩子,我的上面有一座坚固的城堡。不一会儿,它过来了,从草地那边慢慢地走近,用牙齿咬住那匹马已被撕裂的肩膀,那时我决定小心翼翼地向它的前额发射一发子弹。但是真活见鬼!就在那时,我枪托上的黄铜贴面碰到了我夹克上的锡纽扣,发出了轻微的碰撞声,那头熊敏锐的耳朵立刻就听到了这个声音。它疯狂地朝我冲了过来,我向它开了一枪。但它还是径直向我冲来，发出令人恐惧的吼叫声。我现在能听到头顶上传来的隆隆声：树根在嘎吱作响，大地在隆隆颤动，长着那么多根系的树桩从我的头上被举了起来。我这个可怜的男孩以为自己的末日即将到来，我只能等着那个巨魔在我面前张开大嘴，那时我可以用手中的枪对准熊嘴开枪射击。但是突然，轰隆的声音戛然而止，一切都陷入寂静，就像在坟墓里一样寂静，而且我所期待的那致命一击并没有发生。我又等了一会儿，最后才敢从嘎吱作响的树根间向外边望去，只见那头熊毫无生气地躺在那里，怀里抱着那根拔下的树桩，鲜血从它宽阔的胸口涌向地面。天啊！我在想，我又像一个自由的男孩那样站在自由的天空下了。那根木焦油树桩竟如此轻松地就从我头顶上被挪走了。

尤哈尼："见鬼，"海斯库的雅科这样说道！

迪莫：带上你的七个铁匠！

尤哈尼：这堪称是大地之上最聪明的招数！

托马斯：勇敢的做法，无论是熊，还是你们都很有男子气概！

尤哈尼：哈，你个黑公牛！

迪莫：见鬼！我大概也不用再说什么了。那后来又怎样了呢？

火绒马蒂：好吧，你可以猜到当时发生了什么，你可以猜到那声巨响一直传到图尔基拉，就像是从大木桶底部发出的那样，能够将无论是蚊子还是人都轰到草地上去。现在，伴随着欢呼声和一阵骚动，人们用一根被压弯的棍子晃晃悠悠地将熊抬进农场。那头熊看起来真是个大家伙：

挂在横杆上,就像天空中厚厚的雷雨云一样将整个图尔基拉的堂屋都遮暗了。——这就是那一天干的活,那一天和那次出行的活。然后我们就又开喝了。

尤哈尼: 你们活得可真开心。

火绒马蒂: 他们从图尔基拉农场开始旅途,在教区牧师的官邸结束旅途,结束的时候脸色黝黑,眼神呆滞。确实如此,那些日子都已经过去了。但是老人喜欢回忆自己壮年时期最美好的旅行时光,并愿意讲述给大家听。

阿波: 我们很乐意听您讲。

尤哈尼: 你就一直这样讲到早上,我们就会忘记在这个世界上还要睡觉。

火绒马蒂: 已经到了再次松弛一下椎骨的时候了,是时候了,是的。把自己交给上帝吧,兄弟们!

尤哈尼: 上帝保佑,令人尊敬的马蒂。

阿波: 祝您一切都好,随时欢迎光临寒舍!

马蒂肩上扛着斧子,朝着他的小木屋走去。他的小木屋远离村庄,位于一座陡峭、长着茂密树林的小山上。由于夜色已深,兄弟们也都去歇息了,夜晚朦胧的光线透过他们房间狭小的窗洞淡淡地照进屋内。但在很长一段时间里,他们的脑海中思绪万千、浮想联翩,驱散了所有的睡意。他们还在想着火绒马蒂讲述的那个发生在北部波赫亚荒野上的故事,那里有迷惑人的空气以及在黑夜中飞来飞去嘶嘶作响的女巫的箭。那些闪闪发光的箭矢和砰砰作响的猎枪,在他们胸中燃起了一股奇异的渴望和热情。最令他们思念的是鹤,那种天性聪明、目光锐利的鸟,它的尖细叫声不时地在北方沼泽荒野上回荡。兄弟们的思绪中出现了鹤用羽毛搭建的温暖巢穴和树丛边上闪闪发亮的鹤蛋。到那里去捕猎这种长脖子鸟并劫持它们的巢穴，这就是兄弟们非常想做的事情。他们的心被北国沼泽的肃穆阴森所吸引。

尤哈尼在床上辗转反侧的时间最久。他在思考着如何能在家乡教区的范围内捕获到与刚才所说的在皮门托拉沼泽地中相同的猎物。他想起库鲁索奥沼泽地，那里虽然没有鹤，但湖边却有斑翅野鸭。由于波赫亚人在旅途中畅饮的做法以一种奇怪的力量搅动了他的思绪，他想起可以在维埃托拉农场里找到烈酒喝。于是，他在脑海里构思了一个可与波赫尤拉尊贵的狩猎之旅相似的版本，并决定明天付诸实施。最后他也睡着了。但即使是在梦中，他也在火绒马蒂的伟大旅行中盘桓了很长时间。有一次他还在梦中就从床上跳了起来，用可怕的声音喊道："狼獾崽子，狼獾崽子！抓住那家伙的脖子！"听到这声叫喊，其他人都惊醒了，从各自的角落里怒气冲冲地嘟囔着，不过很快又都睡着了。尤哈尼环顾四周良久，才意识到自己并不是站在拉普兰的土地和沼泽之间的灰色荒原上，而是在自家安静的床铺上。渐渐地，他的头脑清醒了，再次躺到床上，很快便睡熟了。——第二天早上起床后，他想起了自己昨天晚上的决定，立即开始向其他人介绍了起来。

尤哈尼：兄弟们，现在听我说，我要说一件能让你们头脑清醒的事。我在回想哪些地方猎物会比较多，但令我非常惊讶的是，直到今天我们大家都没有想到库鲁索奥沼泽地，那里的草地和清澈的池塘里栖息着不计其数的水鸟。现在，让我们出发去那里打猎，我们会从那里带回来一袋袋的野鸭子。

托马斯： 我赞同你的主意。

迪莫： 我也十分赞同。

埃罗： 我也是。当我到了库鲁索奥时，我也会像小尤西在拉毕地区一样。就让我们去吧！

阿波： 我也不反对这个计划，这会让我们得到很多日子的补给。

尤哈尼： 我们就这样决定了这次旅程。但从这里到库鲁索奥还有很长一段路，那是非常难走的一段路，我们还要在那里至少住上一晚。因此我想，当我们在那里露宿的时候，喝上几口也没什么坏处。

托马斯： 维埃托拉有酒。

尤哈尼： 不错的酒。

托马斯： 来上7考特尔的酒，孩子们！

尤哈尼： 不错！每人1考特尔。

阿波： 也许我们还是忘掉烈酒吧，幸运的是我们还没有养成喝烈酒的习惯。

尤哈尼： 你可是和我一样不时地喝上过一两口。

埃罗： 阿波，你要明白这可是一个男人对你的暗示。让我们也能有这么一天，当我们满头白发时向年轻人讲述我们从前的英雄事迹时能这样说："接下来我们就喝了一杯。"让我们想象一下，我们就好像真的是在拉普兰干倒过狼獾。

尤哈尼： 你又乱说些什么？一个男人必须要养活自己，这是一个人的权利和义务。在这次旅行中，我们确实会踩踏沼泽荒野和松软的泉眼，并会湿漉漉地在苔藓上度过我们的夜晚。我觉得这时候能从随身携带的小酒壶里喝上一小口会很惬意。——所以我认为当我们出发时最好不要忘记在酒壶里灌上一点烈酒。现在让小拉乌里去一趟维埃托拉，拿上最好的狐狸皮，去换来温热的烈酒。

拉乌里前往维埃托拉处去换烈酒，作为兄弟们奔赴库鲁索奥沼泽地打野鸭子时享用的强化饮料。——这片沼泽地距离印比瓦拉大约5000步远，在维埃托拉的地界上，十分开阔，周边环绕着阴森森的树林。沼泽地上是野鸭子最喜欢的栖息地，这里交错着清澈的池塘、凸起的草地和长着枯萎松树到处充满腐殖质的小岛。兄弟们决定去那里赶一赶嘎嘎叫的野鸭子，希望能得到丰厚的猎物。

拉乌里从维埃托拉回来，带来了装在一个锡瓶中泛着泡沫的白酒，这是他们的父亲以前在森林中使用过的瓶子。但除了酒，他还带来了来自美卓拉的一条重要信息，这在兄弟们心中激起了更加强烈的狩猎热情。他说，有一头熊杀死了维埃托拉最好的一头公牛，他还知道那头熊袭击牛的地点位于维埃托拉的地界上，就在从印比瓦拉去波赫亚的路上靠近尤科拉家的森林边缘。兄弟们决定等到天色稍晚一点的时候出门，经过那里去库鲁索奥。也许他们要找的熊也习惯于在日落的时候再回去享用它捕获的猎物被它吃剩下的部分。由于牛的大部分身体都已经被吃掉，下午又即将过去，他们希望情况真是如此。他们在出发的时候带上了最精良的装备：背上背着桦树皮包，猎枪的子弹上好了膛。拉乌里是最后一个上路的，手中用皮带牵着两条狗，并装上了7考特尔的烈酒。他按照要求要和他的狗一起待在距离杀戮现场大约300步的地方，当他听到呼叫声或者是枪声时，他可以将基力和基斯基放开。他也是照此行事，及时地停留在一棵云杉树下等待着接下来要发生的事情。

其他人则走近那头牛被咬死的地方,他们看到牛已经被吃掉一半的尸体倒在树林一角的血迹斑斑的地上。他们躲在一个低矮但茂密的灌木丛的后面,处在合理的射程内,决定在那里等待机会。

过了很久一段时间,终于从草地上传来了一阵轻轻的脚步声和树枝的沙沙声,现在可以猜想到食客正在走近宴席。情况也确是这样。一头非常大的熊正在从树林间小心翼翼地靠近。但它似乎已经察觉到了危险,因为它一边喷着鼻息,一边转动着下巴,停在了离猎物很远的地方。它犹豫了很长一段时间,最后似乎想要向后退走,而不是走进猎枪的射程之内。在一片沉默中,兄弟们在树丛中等待着,直到最后迪莫不顾其他人禁止的手势,悄悄地绕到凶恶的敌人侧面。现在,当他认为自己已经距离那头熊足够近时,他扣动扳机,只见火药从点火孔飞到了空中,但没有点燃枪管里的火药。熊被激怒了,就像一块长满了青苔的大石头一样向迪莫冲去,迪莫立刻脸朝下一动不动地趴在那里。野兽嗅了嗅他,用爪子碰了碰他,扯着他的头发,恶狠狠地咆哮着。如果不是尤哈尼冲过去救他,朝熊的后脊椎开了一枪,迪莫很可能现在已经被熊杀死了。尤哈尼不敢瞄得再低点,因为他不想打着趴在怪物身下的弟弟。但是子弹并没有击中熊的要害,至少没有让熊有什么大碍,因为这个云杉王子把迪莫留在了那里,更加凶猛地冲向了尤哈尼。尤哈尼为了保全自己的性命,将枪托抵在了熊张开的大口中,一场可怕的近身搏斗似乎已不可避免。就在这时,托马斯的枪声也响了,一颗滚烫的子弹射进了熊的大腿。虽然他也在提防不要伤及自己的兄弟,似乎并没有瞄准熊的头部或胸部,因为击中这些地方更有可能杀死这头熊。果然，熊现在感觉到了自己身体里的子弹，鲜血顺着它肥硕的躯干流了下来。它惊恐万状，发出一声可怕的惨叫，朝着托马斯咆哮着，但是却被托马斯又开了一枪狠狠地击中了额头。它摇晃着头，突然停止了奔跑。两个对手在那里站了一会儿，互相威胁地看着对方。

就在这时，狗儿们跑了出来，就像两条闪电一样悄无声息地靠近，但当它们到达凶暴的熊身边时，一场愤怒的混战爆发了。基力对着熊大声吠叫，当然总是站在离熊几步远的地方。但是基斯基却从它的身后跑了上去，不时地将熊大腿上的毛簇勇敢地咬下一口。每当森林王子巨大的熊掌挥向它时，它都能敏锐地躲开。最后，在对骚扰它的狗儿进行了几次不成功的进攻后，熊转身逃跑了，狗儿们则紧追不舍地尾随其后。

这一切都发生得太快，其他的兄弟还没来得及赶到现场。但尤哈尼和托马斯很快再次装上子弹，希望能够再次追上那头熊。迪莫也慢慢地爬了起来，环顾着四周，似乎有点找不到北，也不知道风儿从哪个方向吹来。他现在因为愚蠢的冒险而受到其他人的严厉斥责，他差一点断送了其他人的性命，也许还不可挽回地毁掉了这次捕猎。迪莫一言不发地坐在地上，戳开点火孔的盖子，用刀柄敲打着火石。很快，他们就都做好了继续狩猎的准备。

狗的叫声越来越远，几乎快听不见了，兄弟们开始怀疑他们是否还能再找到猎物。但过了一会儿，基力和基斯基的声音再次响起，越来越清晰，越来越近，看起来那头熊现在又像往常一样绕了一圈，回到了原来的地方。兄弟们占据着有利的位置，手里握着枪，期待着即将到来的围猎。西蒙尼站在一个长满青草的空地上，拉乌里的位置离他有一段距离，两个人都一动不动，沉默得就像是雕像一般。熊在全速奔跑，地面轰鸣着，熊靠得越来越近了，露出了张开的黑红色的大嘴。熊朝着西蒙尼气喘吁吁地跑来，西蒙尼开了一枪，熊脸朝下倒在了草丛中，但很快又站了起来，向射击者冲了过来。随后拉乌里的猎枪也响了，周围回荡着沉闷的枪声，熊无声无息地倒在西蒙尼的脚下。它躺在那里，一动不动，鲜血从它的头部和胸部流出。

兄弟们很快就聚集到放倒的熊周围，这是一头又老又大的公熊。现在可以看到，它的头部从耳朵根部被打穿，一直穿透到另一侧。大家都知道，这个弹孔是拉乌里的子弹留下的。因为大脑被射穿的动物会在瞬间倒下，再也不会起来。狙击手们心满意足地坐在这位毛茸茸的森林英雄周围，准备喝一杯庆功酒。狗儿们也很满意，骄傲地坐在倒下的对手旁边。——傍晚的景色很美，风停了，太阳落到黑暗的森林后面。在这样一个温馨的夜晚，当激烈的竞赛决出了胜负后，兄弟们惬意地在那里休息片刻。

尤哈尼： 第一杯倒给拉乌里喝。他像个男子汉那样开枪，正好射中了致命的地方，熊像镰刀下的干草一样倒在了他的手下。喝上一大口，我的孩子！

拉乌里： 那么这一次我也灌上一口烈酒到喉咙里。

尤哈尼： 你这酒路上的"新人"，还没有真正品尝过这种酒，它纯得就像绵羊一样。

拉乌里： 我知道那是什么味道，我知道酒和牛乳的区别，可是当一个快乐的男孩喝醉了东倒西歪时，他又如何再感知这个世界，这我还真的不知道。

阿波： 你自己想一想吧，拉乌里，我宁愿禁止你也不愿邀请你喝酒。

拉乌里：让我们来一点吧！

阿波：但愿这不是奢靡习惯的开始。

拉乌里：你在啰唆些什么？快拿一杯吧，因为我们有理由这样找点乐子。

尤哈尼：我们的云杉王子就像一垛干草那样躺在那里，许多牛和马都幸免于难。

迪莫：我知道下一次维埃托拉先生会免费把一瓶酒塞进我们的怀里，至少有一两脱比。

尤哈尼：我不认为这有什么过分的，因为我们从那个怪物手中解救了他的牛群。

阿波：好大的一群牛，有40头长角的家伙。整个夏天它们的日日夜夜都在森林里度过，冬天它们把农场所需的肥料全部施到了地里。不过在森林里自由自在的夏日生活几乎把它们变成了野牛。

尤哈尼：上帝保佑我们千万不要与狗一起落在它们中间，它们会很快连人带狗都碾成碎末。我们不要忘记尼基莱与洪卡麦基家公牛之间的麻烦，尽管那群牛在数量上并不像维埃托拉这群瞪眼的公牛那么可怕，但那个人遇上的麻烦还是很大的。为了保护自己的狗——它们在这样的冲突中总是躲在主人身边——如果不是有坚固的草地栅栏就像是城堡的护墙一样最终阻止了公牛的狂奔，他最终很可能会命丧牧草地。

阿波：我们还是提高警惕吧。我刚才听到从那边的山头传来一声嘶哑的叫声。我想它们离我们并不远。——但是埃罗在那块岩石下面做什么呢？

埃罗：这儿发现了一只水獭，在这块岩石下面的洞里。

尤哈尼：这有可能吗？

埃罗：我敢肯定。正如我在沙子上看到的那样，有进去的痕迹，但没有出来的痕迹。

阿波：让狗看看这些足迹，从它们摇尾的样子就可以判断出是否有谁住在那里。

尤哈尼：到这里来，基力和基斯基！

托马斯：它们又出去了，我想它们正在追寻兔子的踪迹。

埃罗：我们一起用力一定能把这块石头抬起来。

托马斯：我们曾尝试过更多无用的事情。拿一把斧头来，尤哈尼，我会用它来给我们每一个人都砍一根粗棍子，等我们的狗回来了，我们就可以用棍子来撬起石头。

他们就这样说着话。托马斯用尤哈尼锋利的斧头为每个人砍了一根结实的棍子：四根桦木的，三根花楸木的。——突然，他们听到森林里传来一声巨响和轰鸣声，并且正在以令人惊恐的速度向他们靠近。兄弟们手里拿着棍子，惊讶地听着动静，等待着最终会有什么东西从森林里出现。从森林里传来一阵模糊不清和混乱的声音，中间混杂着狗儿们痛苦的哀鸣。很快就出现了一幕可怕的景象：十头愤怒的公牛向他们奔腾而来，跑在它们前面的是正在拼命逃命的狗。这一景象让男人们感到毛骨悚然，浑身直打冷战。公牛们伴随着震耳的吼叫声肆无忌惮地冲了上来，向他们发起了猛烈的冲锋，一场可怕的激战开始了。兄弟们挥舞着棍棒，打向长角的牛头，不一会儿就有两头牛被击翻在地，蹄子在空中乱蹬。但兄弟们也面临着死亡的威胁。迪莫脚下一滑摔倒在地上，一头公牛弓着腰欲用牛角刺穿躺在地上的迪莫的胸膛。但就在这时,托马斯那根花楸木大棒狠狠地砸了下来,打断了牛的脊梁骨。"扑通"一声,那头牛摔倒在地上,气绝身亡,迪莫得救了。阿波也受到了一头公牛灭顶的威胁,但他也被尤哈尼和埃罗救了出来。尤哈尼用棍子猛击公牛的两角之间,埃罗则猛拽牛的尾巴,从而改变了这头怪物所站的位置,很快它便仰面躺倒,蹄子在空中拍打着。迪莫在混战中弄丢了自己的白桦木棍,但很快他就发现了丢在田野里的尤哈尼的斧头。他把它握在手里,开始疯狂地向周围劈砍。他一会儿劈向右侧,一会儿砍向左边:公牛的肚子被可怕地剖开,血水和黏液流淌了一地。他们就这样在死亡的吞噬中奋力拼搏,狗儿们也全力以赴,牙齿像钢牙似的咬住公牛的喉咙。混战中,喧嚣声震天动地,棍棒上下挥舞,被打断的牛角在空中乱飞,兄弟们的喊叫声、狗吠声、牛吼声汇成了一片可怕的声音。

最终,这场搏斗接近了尾声。七头公牛毫无生气地倒在地上,另外三头逃脱了。倒地的牛有的只剩下了一只角,有的头上被敲得像棒槌头一样,还有的被打得体无完肤。兄弟们脸色苍白,眼睛圆睁着,站在这片血染的土地上。迪莫满脸是血地站在那里,手里握着一把血肉模糊的斧子,就像一个正在烧荒的人。他们也许并不明白到底发生了什么。他们回想起那群公牛就像一阵狂风般向他们袭来,在他们中间肆虐了一番后突然又平息下来,这一切在他们看来就像是一场可怕的噩梦。他们惊恐地看着眼前躺在血泊中的众生:云杉林中的大熊,还有七头肥牛。他们自己也在这场战斗中经历了千难万险,特别是阿波、尤哈尼和迪莫,但他们大家都还能站立。他们站在那里,手里拿着棍棒，气喘吁吁，大汗淋漓，默默地互相凝视着。

但是，还没等他们喘口气，新的危险就逼近了，而且比前一次还要严重许多倍。阵风之后到来的是飓风，他们感觉就好像是世界的末日就要到来了。大地像发生了地震一样在颤动，森林隆隆作响，傍晚宁静的空气中充斥着可怕的吼叫声，一共有33头疯狂的公牛正在朝这个方向奔来。兄弟们一动不动地听着骚动声，眼睛瞪得圆圆的，就像一群长期被关闭在地边树丛篱笆墙角里的猪一样一声不吭，竖着耳朵听着加害者是否会靠得更近。兄弟们也是如此，一直到一群公牛冲出密林。这时他们急忙扔下棍棒，拿起猎枪，带着狗儿们拼命地逃跑，公牛在他们身后咆哮着追赶。兄弟们逃向维埃托拉森林和尤科拉森林之间的边界围栏。他们来到了一个浅水池塘前，上面长满了青草。他们来不及绕过去，便毫不犹豫地径直蹚水过去。随着一阵啪啪的水声，他们被水花和雾气所笼罩，但不一会儿又出现在清澈的空气中。他们的奔跑令人想起蓝色天空中的月亮。面对想要挡住去路的云彩，月亮不会回头，而是会漫不经心地穿越云朵重新出现在空中，而且比之前显得更加明亮了。月亮坚定地、庄严地在空中漫步。但尤科拉的儿子们却像野兔和野羊一样在奔跑，因为灾难紧随其后。他们来到一道新建的坚固的栅栏墙前，兄弟们跳过栅栏，但在栅栏另一边跑了几十步后，他们便停留在一片宽阔的空地上，想看看这道栅栏墙是否能够拯救他们。然而愤怒而强壮的公牛群逼近了栅栏墙，随着一声巨响，云杉木的栅栏墙轰然倒塌。现在公牛比以前更加靠近了，它们从那里咆哮着穿过崎岖的草地：只见前面是人和狗在狂奔，后面一群疯牛在追赶，吼叫着将泥炭和尘土扬到空中，就像冬季的风暴将雪高高卷起一样。兄弟们疯狂地奔跑着,心中充满了对死亡的恐惧,他们以为自己正在踏上人生道路上的最后一根树桩。

这时从阿波嘴里传来一声喊叫:"大家快把包从背上卸下来,手里拿好猎枪!"他此话一出,六个桦树皮包便滚落到了地上,第七个还在拉乌里的背上晃来晃去,他还不大想放手。不过这个办法似乎也于事无补,可怕的撞击声和轰鸣声越来越近了。这时阿波的嘴里再次发出一声凄厉的尖叫:"快去大石头那儿,快去大石头那儿!"他指的是一块巨大的被称作希登基维的大石头,矗立在密林深处的角落里。兄弟们赶紧朝着大石头跑去,很快就来到了它的脚下,人和狗都急切地抬头望着石头的顶上。他们的手牢牢地抓住大石头的棱角,比山猫的爪子抓得更牢、更精确、更锋利,苔藓的气味传向远处。就这样,他们前面刚刚逃过一劫,却又差一点再次被死亡吞噬。当他们刚刚爬上大石头,那群牛就已经围到了他们的周围。大石头四周的地面高低不平,而这块石头就成了兄弟们的避难所。这几乎是一块正方形、一两丈高的岩石,矗立在距离草地约300步的密林中。兄弟们坐在上面,满头大汗,气喘吁吁,因为他们刚刚从愤怒的死神面前逃离。他们静静地在上面坐了很长一段时间,谁都没有说话,但最终还是尤哈尼开口了。

尤哈尼: 兄弟们,我们人都在这里,感谢我们的好运气。只要这个世界上还有牛,我们就不会忘记这次旅行。

阿波: 我们人在这里,但是我们是如何到达这里的呢?公牛本身就很固执,而这些公牛因为同伴的死更加愤怒不已,它们现在想加倍向我们的狗儿们进行报复。

尤哈尼：我们会同样分得一杯羹。

阿波：假如没有这块大石头的宝贵高度。

尤哈尼：我们衷心感谢这块大石头。确实！我们像松鼠一样迅速爬了上来。

埃罗：然后我们就喝了一杯。

尤哈尼：正是如此！感谢上帝，我们还有酒，假如我们不得不在这里学会斋戒。

拉乌里：我没有丢弃我的背包。

尤哈尼：谢谢你，我的兄弟。快取出锡瓶，好好喝上一大口，然后传给大伙。我们的心脏现在需要得到一点补给。

阿波：但是在如此危险的地方，我们应该谨慎地享用这样的东西。

尤哈尼：这是一个有益的提醒。你快从瓶子里适度地喝一口。

阿波：适度总是最好的。让我们记住：这里也是我们的床，我们也许要在这里住上不止一晚。

尤哈尼：愿上帝保佑我们！我希望饥饿很快就会把我们周围的牛角森林赶走。——是的，我们坐在这儿，就像森林中的七只猫头鹰一样，坐在长满青苔的希登基维大石头上。但它的名字是从哪里来的呢？

阿波：它的名字来自一个奇怪的故事。

尤哈尼：给我们讲讲这个故事以打发时间。因为这里正是故事发生的地方，承载着历史。

于是阿波给他们讲了下面这个关于大石头的故事。

从前有一位身强力壮的希斯王子，住在拉普兰荒原上的一座城堡里。他是北方最伟大的魔法师。他有一只鹿，高贵而美丽，跑得飞快无比。有一次，在一个冬末春初的日子，那只优雅的动物出去在雪地上嬉戏，跑遍了芬兰的南北。这时，许多弓箭手看到了那只浑身金毛、双眸明亮的鹿，纷纷拈弓搭箭追赶它，但没有人能追上，它很快就把滑雪者远远地甩在了后面。——它终于到达了海曼，那里有一位出色的滑雪者和一位精准的弓箭手。弓箭手发现了这只来自希斯的漂亮的鹿的足迹，马上踏着光滑的滑雪板、背着一副大弓迅速追击。鹿以惊人的速度沿着平坦的雪地飞跑，但弓箭手则以更快的速度在后面追赶着它。他们在开阔的平原和陡峭的山坡上奔跑了很长时间。最后，鹿开始感到疲倦，它已经开始有点气喘吁吁，逃跑的力气也慢慢不济，弓箭手越来越近了。这之后发生了一件奇怪的事情，在此之前也曾有过这种滞缓许多神射手弓箭的事。只见那只鹿突然转过身来，祈求般地走近这个正在追赶他的人，流下了哀伤的眼泪。但是谁也没想到，这个无情的男人却射出了弦上的箭，刺穿了这只可爱动物的额头，希斯的鹿就这样倒下了，它的血染红了皑皑白雪。

这时希斯王子正走在波赫扬佩拉深处的山谷里，突然感到心中一阵抽搐，他立刻知道他的金鹿正处在危险之中。他急忙爬上城堡所在的山丘，开始用女巫窥视镜瞄准南方。在远处黑暗的云杉林中，他看到了他的小鹿倒在了血泊中，在死亡的痛苦中挣扎。他看到凶手就站在受害者身边，一脸喜悦。这时希斯王子立即变得极其残忍，他从城堡墙上抓起一块方形的大石头，把它高高地抛向空中，飞向海曼森林中的弓箭手。随着巨大的嗡嗡声和轰鸣声，这块巨石划破云层冲进风的世界，在空中形成一道弧线。只见它忽而升上天空，忽而又向着太阳的方向落下，在射手的头顶上方以千钧之力砸下，将那人永远埋葬在下面。

尤哈尼： 这个人的死是我们的幸运。如果没有这块石头我们现在会在哪里？我们的残骸会像粪土一样烂在森林里，我们这些可怜虫。

托马斯： 我们还会受罪的，这我可以保证。

尤哈尼： 愿上帝及时帮助我们！

迪莫： 我们不得不像小燕子在巢中一样脖子挨着脖子地挤在一起打呼噜。

阿波： 这可绝对不行。很快哪个睡得迷迷糊糊的人就会掉下去成为公牛的猎物。因此我们中间要有两个人，每人一边，守护着睡梦中的兄弟。

尤哈尼： 这个建议很合理，我们要认真执行，至少今天晚上我们要在这里过夜。我们大家都可以从公牛的所作所为中看到这一点。已经有三个见鬼的东西肚子朝下卧在那里，一边打嗝一边反刍，这些魔鬼！——但是你们躺好了，孩子们，我和阿波会守在这里看护着你们直到午夜。快睡吧，快睡吧。愿上帝保佑我们！

阿波： 我们还是太可怜了！

西蒙尼： 我们这些不幸的人到底走了什么霉运？

尤哈尼： 我们遭受了痛苦，巨大的痛苦。但是快睡吧，祝福你的灵魂和身体，以上帝的名义快睡觉吧。

他们就这样度过了一夜：总是保持有两个人在值班守护，其他人则睡在长满青苔的大石头上。这一夜十分漫长。早晨终于到来了，太阳升了起来，高高地悬挂在天空，但他们的命运还是没有变：总是有牛群围绕在他们周围，无数的牛角在希登基维大石头四周攒动。现在他们已经是饥肠辘辘了，他们希望这个无情的不速之客也能在牛的肚子里履行它的职责，并最终迫使它们撤回牧场。他们就这样希望着，期待着对手主动离开。但他们很快就惊恐地发现，希登基维石头周围潮湿的莎草里有足够的食物供牛群享用。这就是这些公牛为什么如此镇定，并没有转移到它们视野中更远一点的长满青苔的石头那边去。

尤哈尼：看来牛群并无意休整一下。真见鬼，它们打算把这里当成它们的牧草地和家园，要在这里一直待到冬天。

埃罗：它们的体内一定藏着恶魔。

迪莫：它们在这里有什么可担心的？森林给它们提供了水和食物，而我们却只有干苔藓作为面包和黄油。

西蒙尼：问题是我们坐在这里是为了我们的狗。我担心拯救我们自己的唯一办法就是把基力和基斯基扔给愤怒的公牛作为祭品。

尤哈尼：多么残酷的建议。

阿波：我们根本不会采纳。

尤哈尼：只要尤科拉的尤哈还在，我们就不会这样做。

托马斯：我们会为了救自己而舍弃那些多次从野兽凶残的利爪下拯救了我们性命的生灵吗？我很怀疑。

尤哈尼：我也是。那边的公牛一旦把我们的狗撕扯成肉泥，它们就会涌到这里等着用它们的角来顶穿更多的对手。这一点是肯定的。

西蒙尼：是的，是的，但是我们又该怎么办呢？因为我们的肚子已经真的开始饿得咕咕叫了。

尤哈尼：饥饿先是在我们的肚子里咕咕地叫，但是很快它就会从那里奔向那颗跳动的心，就像一只猫抓住一只肥硕老鼠的脖子那样，接下来这个强壮的人就要崩溃了。难啊，难啊，男人现在的日子。我们要怎么办呢？我也在问。

阿波：让我们大家齐声呼喊，我们的声音可能会被在森林里走动的人听到，或者它会一路传到维埃托拉，引起人们的猜测。

尤哈尼：我们可以尝试一下这个方法。

迪莫：让我们大声呼喊。

尤哈尼：要像中了邪那样喊。让我们齐声喊出这震惊世界的一喊。大家同时呼喊，声音效果就会更好。好吧，大家都站起来做好准备。当我第三次击掌时，我们就放声呼喊，像七个男子汉那样。——一，二，三！

他们一齐拼命大喊，呐喊声震得大石头和大石头下面以及周边的大地都颤抖不已，公牛也哞嗦着从石头旁逃开了几步。这突然响起的七个人的呐喊声和接下来的吼叫声，中间夹杂着狗的哀号声，听起来让人不禁毛骨悚然。他们发出了五声长啸，森林在轰鸣，回声久久不息。兄弟们在齐声呐喊了第五次之后，便坐下来喘口气。休息了一会儿后，他们又重复了同样的动作，又喊了七次，然后停下来看看这个方法产生了什么效果。他们脸色黝黑，眼睛充血，坐在长满青苔的石头上，胸口剧烈地起伏着。

尤哈尼：让我们等一会儿看看这样喊会有什么效果，看看效果吧。如果人们弄不明白一群男人除非是遇到了大麻烦要不绝不会这样叫唤，那么他们肯定是太愚蠢了。我们再等等。

埃罗： 如果像这样的呐喊还帮不了我们，那么我们注定是要灭亡了。太阳已经是第二次西下了，我们的饥饿感越来越强烈了。

西蒙尼： 愿上帝怜悯！距离上次吃饭已经过去了一个夜晚和一个半白天了。

迪莫： 是的。快听我肚子里的隆隆声，隆隆声和咕咕声，还有一点哨声。这太难熬了。

尤哈尼： 难啊，难啊，我们知道并确信这一点，当我们自己的肚子在饱受煎熬时。

西蒙尼： 饥饿的日子过得很慢！

迪莫： 过得很慢。

尤哈尼： 又慢又压抑！阿波的脑子也被掏空了吗？我们现在坐在这个饥饿难熬的孤岛上，你难道想不起来什么乌鸦的叫声和猫头鹰的故事讲给我们听吗？

阿波： 我记得一个故事，是饥饿现在让我想起来的，但它并不会让我们忘记我们的身体需要养分，而是更加提醒我们需要食物和饮料。

尤哈尼： 你要讲的是山里的那个人。我听说过这个故事。

迪莫： 但这对我来说是新的，快讲吧，阿波兄弟。

西蒙尼： 讲吧，讲吧！

阿波： 这是一个关于一个男人的故事，关于一个神圣的有信仰的英雄的故事，他曾经被囚禁在印比瓦拉的洞穴中一段时间，就像之前的那个白发魔女一样，但是出于不同原因。

于是阿波给他们讲了下面的故事：

从前，当基督教和异教徒在海曼地区互相争夺时，皈依者中有一位优秀的男子，十分虔诚并致力于在瑞典帝国的武装保护下激进地传播新的信仰。后来骑士们不得不突然离开这里返回自己的家园，皈依基督教的海曼人则受到他们异教徒兄弟令人发指的迫害。他们中的一些人惨遭杀害，一些人为了活命逃进密林深处，有些人则钻进山洞，还有一些人逃到了其他地方。前面提到的那个虔诚的男子逃到了印比瓦拉的一个洞穴里，但迫害他的人怀着疯狂的报复心追踪着他的踪迹，很快就发现了他藏身的地方。"狼应该被赶回自己的巢穴！"他们恶狠狠地欢呼雀跃着，把洞口堵得严严实实，欲把那个人困在黑暗的洞穴里饿死。

这个人很可能会遭遇悲惨的结局，但上天再次创造了奇迹。当最后一丝阳光刚刚从洞口消失，宽敞的洞穴里立即披上了可爱的银色光芒。这个在冰冷的岩石洞穴深处的人就这样度过了温馨、天堂般的一天。接下来甚至有更多奇迹发生了。看哪，一股水量充沛、清新的泉水突然涌入洞中，从此这个人总是能够在自己的石屋里喝上新鲜的水。在泉水边还长出了一棵美丽、青翠的树，结着甜蜜的果实，怎么采也采摘不完，为他提供了可口的食物。他在这里度过了白天，赞美着上帝；在这里度过了夜晚，梦想着永福的国度。他的白天就像夏日，温暖而明亮，他的夜晚则像温柔的暮色。一年过去了，基督徒的鲜血在海曼地区流成了河。当迫害基督徒最可怕的时期终于过去时，洞外迎来了一个可爱的九月的清晨，英雄听到从已经砌死的洞口传来锤子和铁棍的敲击声。终于，阳光开始照耀在那一堆岩石上，刹那间，那道奇妙的光芒从洞里消失了，与此同时那股泉水和泉边的那棵硕果累累的树也不见了。

是什么引起了洞穴外空地上的喧嚣和骚动呢？那里站着一大群异教徒，他们中间是几个被绳子捆绑着的基督徒，被判决饿死在深山的黑暗深处。他们以为去年被关在同一个山洞里的那个人早已见了阎王。但令他们大吃一惊的是，当山洞打开时，那个英雄却神采奕奕地走了出来。他用神圣、温暖、打动人心的声音说道："你们好，朋友们和兄弟们！你们好，金色的阳光和呼啸的森林，你们好！"这时那些人跪在他的面前，赞美他所信仰的上帝，赞美上帝将他从可怕的死亡中拯救出来。那人大声向他们讲述了他在山洞里所经历的奇妙经历和奇迹。人们异口同声地对他喊道："也为我们施洗吧，让我们施洗归于同一位上帝吧！"他们大声向他欢呼，并立即为已被判处死刑的罪犯解开绳索。这位虔诚的男子走到沟渠的边缘，后面跟着一群放弃异教、接受基督教洗礼的人。在上面的一条沟渠边上，站着那些刚刚被判处死刑的受害者，他们向上帝倾诉着感激之情，上帝将他们自己和他们虔诚的父亲从痛苦的死亡中拯救出来，并带领异教徒的孩子们从黑暗走向光明。于是他们一直仰望着天空，唱着赞美的诗歌。

阿波：这是一个关于虔诚信徒的故事。

尤哈尼：为异教徒洗礼的地点就在我们捕狼的那条沟渠中。

西蒙尼：坚定的信念会创造奇迹。我确信山洞里的人并没有泉水喝，也没有不停结果的树，没有世俗的眼睛能看得到的光照亮了他的石屋，但坚定不移的信念满足了他身体的所有需要。他的精神力量对他来说就是新鲜的泉水、美味的果实和灿烂的光芒。听听我以前的放牛伙伴即来自特尔瓦科斯基的托马斯怎么说？"如果你有信仰的盾牌和精神的剑，那就去与魔鬼共舞一曲波尔斯卡吧。"虔诚的老人曾如此说道。

尤哈尼：但是一个成年人的胃不可能仅靠纯粹的信仰和虚无的空气支撑多久，这无论如何是不可能的。我敢打赌，他将比水果和水更有营养的东西填进他的嘴巴。男人的身体需要营养，他的身体是靠肉和黑麦面包长大的。好吧，让我们用另外一种方式来讲述这个故事。故事中说，在这个男子的石屋墙壁上突然出现了五只黑色的牛角。当他打开第一只牛角时，从里面嘶嘶地溢出了酿酒厂配制的最好的威士忌酒，作为他的佐餐用酒，这让男人的嘴唇立即吧唧了起来。他从第二只牛角中拽出了一根丈把长的多节、肥腻、温热的猪肉香肠。从第三只牛角中挤出来的是一碗最好的新麦片粥，从第四只牛角中出来的是配粥用的像焦油一样浓稠的酸奶。当他现在像一只木虱一样填满了自己的肚子，他便非常迅速地打开了第五只牛角，从里面挖出一块皮卡内利牌烟草，最好的丹麦货，它像水蛭一样在男子的脸颊上膨胀。一个游手好闲的男人还能要求比这更好的待遇吗？

迪莫：他在天堂里，他在天堂。而我们呢？

托马斯：这让我们的感觉像是在火上烤。

迪莫：真让人头晕目眩。

尤哈尼：我现在可以花上一千块钱吃上这样的一顿饭！花一百万块钱也行！

西蒙尼："又肥又皱、热腾腾的猪肉香肠"！是的，而我们现在是坐在地狱里听一个关于如何在天堂里享受大餐的故事。啊！弟兄们，我们怎么办呢？怎么办呢？

埃罗：要有信心，兄弟们，要有信心！

西蒙尼：你这个怪物还在使用嘲讽的语言吗！

埃罗：这是我最后一次吭气，我的兄弟，最后一次吭气，请相信我。很快我就会气喘吁吁地倒下，就像一个瘪了的尿泡，公牛的尿泡。啊，我多么想有一块热面包抹黄油啊！

迪莫：在黄油上面还有地球上最长的香肠。

尤哈尼：假如我们这里有七条热面包、七磅黄油和七根用明火烤熟的香肠，那就是一场盛宴了。

埃罗：真是光芒四射！

迪莫：一个人应该永远保持一颗明智的头脑，口袋里随时备着盐巴以防万一。盐巴会保持我们的内脏不走形，即使肚子里没有什么吃的也可以让我们存活几周的时间。

尤哈尼：噢，我的孩子！即使是盐巴也不会让你蹦跶多久。

迪莫：科伊维斯托的伊萨基是一个无比懒惰的人，有一次他在卡库拉的桑拿房里懒洋洋地度过了许多个侍奉上帝的日子，没有吃过一顿饭。是什么让这个可怜的人活下来的呢？那是因为这条狡猾的狗像孩子吸吮母亲的乳头一样吸吮着盐罐。

尤哈尼：他还经常像只鸟一样坐在村里的黑麦田里，把谷穗搓下来塞到嘴里。——看啊，天色已经这么晚了，我们却还得不到世人的任何帮助。在我们周边有33头喘着鼻息的魔鬼在不停地走来走去，走来走去。那边还有两个魔头在用头上的角相互顶牛，顶啊顶啊，把你们的头骨都顶穿，把你们的脑浆溅到地上，这样我们就少了两个麻烦制造者。就这样，就这样！我们在这里至少还有一点乐趣来打发时间。——没错！愿这出戏能再多演一会儿，让它们的八只牛腿好好犁地。

托马斯：那头白背牛和一头白头牛打得很激烈。

尤哈尼：白头会赢。

托马斯：白背会胜。

尤哈尼：我的手在这儿，让我们击掌打赌。

托马斯：赌就赌。迪莫，你来当裁判。

尤哈尼：就这样！

托马斯：1考特尔烈酒！

尤哈尼：一言为定。——让我们来看看，来看看这两个小家伙的比赛。但现在它们好像在把彼此的额头靠在一起休息。

迪莫：它们这是在慢慢地较劲。

尤哈尼：现在看啊！现在它们开始在全力顶牛。好吧，白头，我的白头，用蹄子牢牢地蹬住地面！

托马斯：我勇敢的白背，你斗得再勇猛些。就这样！

尤哈尼：白头，白头！

托马斯：我强壮的、额头坚硬的白背！就这样！别在那里磨叽了，快把那个家伙扔进地狱。

尤哈尼：白头！见鬼，你的角要掉了！你这是在逃跑吗？你个魔头。

托马斯：跑路挺适合它。

迪莫：而另一头牛仍然不依不饶地在后面追。嘻嘻！

托马斯：好了，尤哈尼。

尤哈尼：我输了1考特尔酒，当我们摆脱困境后你就会得到。但那一天什么时候会到来呢？啊！也许要过好几年，在我们的围猎大掌柜的指挥下，要从这里拉一车东倒西歪的七个男人的骷髅到村里，再从村里到教堂的院子里。

西蒙尼： 我们的有罪的生活就这样结束了。

尤哈尼： 我们的人生就这样结束了。

迪莫： 就这样结束了。

尤哈尼： 它以悲惨的方式结束。但是拉乌里，打开你的包包，让我们来再喝一轮。

阿波： 这次就这样吧，剩下的酒要留着更需要的时候喝。

尤哈尼： 就按你说的做。不过现在我们要喝上一口，找到感觉，然后再大声喊叫。

他们喝了一圈后，又开始提高嗓门齐声呐喊起来。他们的喊声传到了正在山脊上经过一个谷仓的维埃托拉家的管家的耳朵里，但是他并不清楚这喊声的来源，只是自言自语地说道："那是边境的神灵又在喊叫。"兄弟们张着大嘴，仰望着天空，就像苍龙一般，又像窝里嗷嗷待哺的小鸟听到鸟妈妈翅膀扑闪的声音靠近一样，叫得声音越来越大，越来越尖。他们一口气叫了十声，然后又在长满青苔的地方坐下，心中燃烧着希望。

第八章

兄弟们被困在大石头上已经第三天了，仍然在公牛群的包围下。牛群会不时地移动到稍远一点的地方，但总会留下一两头公牛在视线范围内晃动，如果兄弟们试图逃离，它们就会哞哞叫着把这个消息传递给同伴。现在牛群中的一头公牛正在树林中的草地上吃草，舌头卷曲着把草拽下来，另一头则俯卧在自己圆滚滚的肚子上，一边反刍，一边重重地打着嗝。还有两头牛在半开玩笑半认真地用犄角相互顶着，周围回荡着它们的犄角撞在一起的声音。而在希登基维大石头的下面，有一头牛正在愤怒地用蹄子刨着地面，将泥土和树枝高高地抛到空中，同时恶狠狠地吼叫着。它们就是这样倔强地待在那里，让兄弟们在痛苦和疯狂中备受煎熬，尤科拉强壮的小伙子们已经在等待着死亡了。——刚才拉乌里已经喝了一口酒，现在他又重复着同样的事情，其他人对此感到非常惊讶，并开始严厉地斥责他。

尤哈尼：你是被女巫缠住了吗？

阿波：你在想什么呢？你不要忘记我们都是一根绳子上的蚂蚱。

托马斯：你要记住我们现在待的地方只有巴掌宽，我们必须小心移动。

拉乌里：我是中了邪的疯子！

阿波：你在这里可不能那样做。

拉乌里：那就让一切都见鬼去吧！就让我们的监牢像磨石一样转动，让野牛将七个不幸的男孩当成猎物吧。大石头，从东转到西，还有我们周围的森林也在旋转，再从西转到东！哈哈哈！

尤哈尼：小子，你已经喝醉了吗？

拉乌里：这还要问吗？生命和世界的代价是什么？连一枚发霉的硬币都不值。因此，就让一切都化为尘埃随风而去吧。干杯，让我们再来一杯，我亲爱的兄弟们。

阿波：他醉了。把酒壶从他手里拿走！

拉乌里：要想拿走可没那么容易。酒壶是我的，毕竟我没有把它扔在草地上让牛去糟蹋。而你们其他人呢？哼！你们像可怜的吉卜赛人一样，当地方长官的枪一响就都扔掉了你们的袋子。

尤哈尼：把酒壶拿过来！

拉乌里：酒壶是我的。

尤哈尼：但我想要拿着它。

拉乌里：你想要？如果你想要的话，你可以用额头挨它一下。

尤哈尼：你想要挑起一场打架吗？

拉乌里：如果你愿意的话，我们就不应错过。不过亲兄弟不应打架。让我们为此干一杯。

迪莫：别再喝了，拉乌里。

尤哈尼：快把酒壶拿过来！

拉乌里：我会过来揍你。你以为你是谁？

尤哈尼：我是个有罪的人，这不假，但我毕竟是兄弟中的老大。

拉乌里：老大？好吧，你的罪过越多，你就越需要挨更多的打。我们干杯吧！瑞典人会这样说。

托马斯：你不会再尝到一滴的。

拉乌里：我很喜欢托马斯，托马斯和小埃罗。但是那边的其他人嘛，让我该说些什么呢？

托马斯：你把嘴闭上，把酒壶拿过来！尤哈尼，来把袋子背上，把酒收好。

拉乌里：看来只有你才能制服拉乌里。我喜欢你，喜欢你和小埃罗。

托马斯：安静！

拉乌里：这才是男人呢！尤科拉的尤西算是什么？傻笨的公鸡，倔强的公牛。

尤哈尼：赶紧闭上你的嘴，不要让我的耳朵再听到这样的东西。

拉乌里：尤科拉的圣人保罗阿波说道："凡是有耳的，就让他听。"

西蒙尼：我说你啊！你还是以前那个稳重、认真、少言寡语的男孩吗？你还是拉乌里吗？你那张嘴是着了魔了？

拉乌里：你还是西蒙尼吗？那个甜言蜜语的"你好，拉比"吗？

西蒙尼：我原谅你，你总是招惹是非，总是把炭火盆砸到自己的头上。

拉乌里：下地狱吧，那里有炭火！

西蒙尼：你太不敬神了！

迪莫：我背上的汗毛真的要竖起来了。

拉乌里：尤科拉那只灰白眼的山羊迪莫在做什么呢？

迪莫：我就不计较了。羊奶也不错。

拉乌里：什么？

迪莫：羊奶也不错。我感谢你对我的尊重，非常感谢！是的，那是我们从你那里得到的，非常感谢！但是现在有另外一类工具摆在我们面前，快看一眼你最喜欢的托马斯和小埃罗那边。

拉乌里：什么？

迪莫：看看你最喜欢的人，托马斯和埃罗。

拉乌里：什么？

迪莫：牧师每件事情都会说三遍，并因此得到报酬。

拉乌里："另外一类工具。"你嘶哑地说，但我确实知道应该把他们比作什么。托马斯小伙子是一把有着男子汉气概、高贵、稳定、锋利的斧头，而我的埃罗小子则是一把小而锐利的雕刻用小斧。是的，他很会"雕刻"，他雕刻得非常巧妙，他到处乱说带刺的话，那个浑球。

尤哈尼：好的！但你刚才骂我是又笨又蠢的公鸡了吗？

迪莫：他还把我叫作山羊呢。非常感谢！

拉乌里：埃罗会雕刻，但他有一颗男子汉的心。

尤哈尼：好好！但你曾称我为愚蠢的公鸡吗？

拉乌里：我还叫你为顽固的公牛。

尤哈尼：好啊，兄弟，好啊！

迪莫：放轻松，尤哈。他也把我称作山羊，我感谢他给我起了这个绰号，因为山羊不是被诅咒的动物。维埃托拉的那只红颊山羊，那只吕蒂亚山羊，只喝纯纯的山羊奶，除此之外其他什么都不喝，就是这样。

西蒙尼：如果我们听信了一个酒鬼的话，我们还是男人吗?

拉乌里: 你是男人? 就你吗? 哦, 我的天啊! 如果你看到女孩子们不愿意给你这样的窝囊废看的东西, 你就会像孩子那样痛哭。

尤哈尼: 西蒙尼, 西蒙尼! 我宁愿挨上一刀也不愿受这样的刺激。

西蒙尼: 好吧, 好吧, 到了最后审判的那一天我们就会知道他们到底在刺激谁。

迪莫: 你把我们描绘成各种东西, 从公鸡到斧柄, 但如果我非常执着地坚持要问一下, 你自己又是什么呢?

拉乌里: 我是拉乌里。

迪莫: 哦, 哦! 只是普通的乖孩子拉乌里?

拉乌里: 聪明的拉乌里, 仅此而已, 尽管你们很享受我被描述和称呼为獾、科尼的锄地佬儿、讨人嫌的家伙以及类似的一千种叫法。哼! 我从你们每个人那里都听说过这样或那样的外号。但是在最深邃的沉默中, 我已经把所有这些都珍藏在了我的牙洞里。现在我想稍微减轻一下我们共同的负担, 见鬼! 我想让你们的额头上都留下些痕迹, 把你们像一袋袋干草一样都扔下去成为公牛的猎物!

阿波: 这真的是拉乌里吗? 那个安静、得体、乖巧的拉乌里吗? 谁还会相信?

尤哈尼: 哎哟, 阿波兄弟啊! 麦田里有很多秕子杂草。对此我早已心存疑虑, 今天才真正知道了这个人的内心。

拉乌里: 闭嘴, 你这头尤科拉的公牛。

尤哈尼: 看在上帝的分上, 不要再逼我了, 因为我的血液马上就要沸腾了, 沸腾了! 你这头该死的小犊子, 我要把你扔下去让牛群把你踩烂, 让毁灭降临在你的身上, 让最后审判的那一天到来！

西蒙尼：灾难，灾难啊！

阿波：安静，安静！大家都不要动手。

托马斯：你要理智点，尤哈尼。

尤哈尼：他对我大骂脏话，这只愚蠢的公鸡！

阿波：可是圣保罗呢，冷静下来吧。

迪莫：还有山羊呢。对此你又怎么说？我要千恩万谢地感谢你，我的双胞胎兄弟！

阿波：让我们不要忘记我们距离死亡有多近。兄弟们，我脑子里有一个主意，在我舌尖上的一个小提示，我认为这现在对我们很重要。你们大家注意到了没有：这块岩石是暴风雨中的一艘航船，而暴风雨就是我们岩石周围不停咆哮着的愤怒的公牛群。或者我还是选择另外一种说法吧。好吧，也就是说我们的这块岩石是一座被敌人围困的城堡，被手持长矛十分残暴的敌人所围困。但是，如果被围困的城堡没有一个头领，一个维持秩序和指挥防御的人，那么混乱和骚动将会在人群中蔓延，很快城堡和它的守卫者都会灭亡。假如我们在这里不改变我们的组织和管理方式，不在我们中间建立法律秩序，同样的事情也会发生在我们身上。因此，我们中应该有这样一个人，他的明智之言值得每个人听从，并付诸实施。尤哈尼，现在你要约束一下你自己和所有的兄弟。你要知道，我们中间大多数人会与你站在一起，支持你在这座被围困的城堡中的领导地位。

尤哈尼：如果他不听从我的话，却通过他邪恶的内心制造普遍的混乱和危险，他会受到什么惩罚呢？

托马斯：那就把他扔到公牛面前吧。

尤哈尼：说得好，托马斯。

阿波： 这项惩罚很严厉，但这正是我们所面临的处境所要求的。我同意这个命令。

西蒙尼： "扔到公牛面前"，这就像以前的烈士一样[①]，在当前情况下，仁慈是没有用的。

迪莫： 要把他扔到公牛面前，这要成为法律和法令。

尤哈尼： 要让它成为法律和法令。你们要把这项可怕的法律条款牢记在心，并遵照执行。现在，我的第一道命令就是让拉乌里闭嘴并老老实实地睡觉；其次，我命令除了拉乌里，我们每个人都从锡瓶里喝一小口来安慰我们的心。是的，现在开始吧。

拉乌里： 但是我不能喝，不是吗？

尤哈尼： 你去睡觉吧。

拉乌里： 在地狱里有足够的时间来做这件事。

尤哈尼： 亲爱的拉乌里，上帝知道我们将在哪里安息。

拉乌里：

上帝知道，亲爱的尤西，
你的皮肤将会被钉在哪里。

我像男人一样唱歌，像单簧管一样演奏。
我是一个小男孩，
妈妈宝贝的尤西，
我是一个小男孩
妈妈宝贝的尤西。

[①] 这里指最早的基督徒被施以酷刑并扔到公牛面前被处死。

尤哈尼： 把你的这首歌先留着吧。

埃罗： 把你的这首小男孩的歌留下来给我吧。

拉乌里： 让我们把它留给尤科拉的尤西吧，让我们来唱另一首伟大的歌曲。让我们边唱边跳，一起欢呼吧！

尤哈尼： 小心点，别让我判决把你扔到公牛面前。

托马斯： 拉乌里，现在我最后一次警告你。

拉乌里： 最后一次？嗯，最好的办法就是你好好休息一下。

尤哈尼： 我们这些彻头彻尾的异教徒，我们也许正是在冥国的大门口过着这样的生活！

西蒙尼： 上帝会因为我们的功过而惩罚我们。啊！用这块折磨之石在这里惩罚我们吧，教训我们吧。

拉乌里： 这是一块欢乐的石头，是被称作萨沃之神的维纳莫宁坐过的给予人们快乐的石头。我曾经从一个清扫烟囱的小家伙那里听到一首关于这位萨沃之神的非常有意思的诗歌。我还记得那个男孩站在贡宁卡拉烟味浓烈的烟囱里所做的令人惊讶的布道，那些布道词从他的红嘴唇和咧着的牙齿中发出来听起来是那么流畅。他这样讲……

尤哈尼： 给我闭嘴吧，你这头野兽！

拉乌里： 让我们布道吧，因为歌曲我们已经唱得够多了，我们大家按照教堂的惯例用一个声音唱歌已经唱够了。我来当牧师，这块石头就是我的讲坛，你们是教堂执事，我们周围的公牛是虔诚和忠实的信众。但首先要唱一首走上讲坛的进行曲。你们都听到我说的了吧？牧师正在等待。

尤哈尼： 你等着吧，你等着吧。是的，会轮到为你唱进行曲和赞美诗的。

拉乌里： 你是唱诗班的领唱，就是那个老男孩，其他人是你的徒弟，是你穿着半棉半毛衣服的同类，他们满头大汗，脸上红得像火鸡一样，在礼拜日和节假日挤在教堂执事屋子里的长凳子上。他们现在又呆呆地坐在这里，前襟大大地敞开，头发用黄油抹得光亮，下巴上干瘪的小胡子微微颤动。现在请安静地坐一会儿，用歌声迎接"马蒂牧师"走上讲坛。他确实刚从凯尤拉的酒馆赶到了教堂，但他洗了头，梳了头发，现在非常感动地一边祈祷着一边爬上了讲坛，像个小男孩一样满口叫着娘。现在，尤戴执事，我的唱诗班领唱，当我给你一个眼色时，你就放声领唱。"快一点"，我就像以前的牧师有一次对着执事喊的那样。

尤哈尼： 快乖乖闭上你的嘴巴吧，你这个好吃懒做的家伙！

拉乌里： 并不是这样，而是你必须要唱"所有的牧羊人都要把嘴巴张开"。不过现在这样就足够了，你闭上嘴好好听吧，当我在讲道时你就乖乖把你的嘴闭上，就好像在教堂里那样。好吧，掏烟灰的男孩，把你的敏捷思想和伶牙俐齿借我一用吧。

我想在这个讲坛上布道，讲一讲彼得的旧上衣和十个扣眼的故事。然而，我想先看看我的羊群是什么样子的。而令我心痛不已的是，我眼里看到的只有臭烘烘的母羊和混账的公羊。哦，你们这些来自凯尔确莱的少女、荡妇和黄鼠狼！你们身着丝绸、披着围巾，像孔雀一样金光闪闪，并为此炫耀不已。你们就向我的脸上吐口水吧，假如在最后那天到来时你们不想请马蒂牧师为你们说话。不过就说这些吧！——你好啊，雷哈大爷！我想对你说一句话：听一句凯图拉老大爷的话。但是佩尔托拉的帕沃你个鬼东西，冬天你在大伙出力为塔努盖房子时都做了些什么呢？你碰杯喝酒，用手掐人家女孩。但让我告诉你这个熊孩子：接受雅力·庸比拉的教训吧，否则你终将受到马蒂牧师的诅咒，你这个异教徒、希腊人和怪物，然后头上被蒙上麻袋送下地狱。所以，现在都好好地竖起耳朵，听听我说话和宣讲的内容，因为我曾经在许多肉汤中被煎熬过，我的胸腔里有一颗像海豹皮烟草袋一样的心脏。毕竟我这个孩子已经经历过许多。我在赫尔辛基做过学徒，住过水房，罚过脚枷和许多其他枷铐。但最好的一点是我从来没有偷过东西，也没有弄浑过别人的水井，更没有抱过别人的老婆。

我曾经有过一个小娘子，小丫头，非常可爱，但她从我这里逃到很远的地方去了。我去找她：我寻遍了芬兰、德国和爱沙尼亚的陆地和海洋，但我没有找到我的心上人。我又回到了芬兰这个大岛，我在坦佩雷后面的沙脊上找到了她。"我的小泰图你在这里啊！"咱高兴地喊道，但泰图却暴跳如雷地说："你是谁？你个黑泥炭！你这个在焦油中浸过的东西！"随后急匆匆地跑进第一个小棚子。我这个一向无忧无虑的男孩，并不为此感到十分难过。我在嘴里夹了一支烟，去了一家最好的酒馆，酒馆老板米科在那里说说闹闹，娘儿们嘻嘻哈哈。

对于一个疲惫不堪的人的喉咙和脑袋来说，一脱比啤酒和两考特尔白酒是合理的量。现在酒壶在摇晃，胡子被浸湿，小伙子们纵情地唱着歌，老太婆的女儿们笑得岔了气。但我离开了晚会，独自行走在大街上。我的歌声响起，窗户被震成了碎片，闹得坦佩雷所有剩下来的驯鹿大亨都心绪不宁。但我，一直是个爱玩的男孩，沿着海岸一路猛冲下去，对着他们的嘴巴踢着碎石和沙子。从那里，我又来到波里，被装进篮子，在市场上拖来拖去。我来到乌西考蓬基,窗外一片叫骂声。我来到图尔库,一把刀插在了我的喉咙上。最终我来到了阿宁卡伊斯滕大街分店,在那里我遇到了五位聪慧的女性。第一位用脚踢了踢我,第二位说:"别找那个男孩的茬子,他没有那么坏。他既不会骗你,也不会扁你。"但第三位问道:"那个男孩为什么那么伤心?"第四位说:"应该及时帮助他。""好吧,让我们携手并进吧。"我说。第五位却愤怒地挥舞着拳头咆哮道:"你滚到赫尔辛基去!"我去了赫尔辛基,被送进了班房,然后被搜了身,背上还狠狠地挨了一顿抽打:"快滚吧,从这里滚开,你这个锤子男孩!"我又开始踏上流浪的路,我这个流浪汉,永远开开心心,心如海豹皮烟袋的我。我沿着崎岖的大路走着、唱着、跺着脚。我来到了海曼,登上了库宁卡拉的讲坛。然后就是阿门!

我想公示一个消息。教区的执事和城里的拔罐师正忙着筹划结婚的事,他们明天将要举办婚礼,明天晚上的时候。愿他们像鞯鞯的保罗的沥青和焦油一样紧紧地黏在一起!——以下农场现在被命令去牧师家帮忙:于利莱、阿里拉、于利塞帕莱、比姆巴拉和阿拉韦西。一打木板、20磅铁钉,每户一人,大户两人,去修补教区牧师家的小猪圈。——一匹老骟马从基亚拉的牧草地跑出来了,一匹挺大的棕黑色的马,尾巴短小,脖子上用铁圈挂着一个铃铛。

"不过这一次就先说这些了,还要补充一句,羊是温顺的动物,它既不顶人也不踢人,但是当一头公牛失控撒野时一定要小心,它会撞树、掘地,把像火烧的粪便喷得到处都是,并会顶破放牛娃的脸颊和肚皮。——然后又是阿门之类的环节!你们每个人都各回各家,我去面我的四壁。"这就是我的布道。

西蒙尼： 你竟会说出这样不敬神的话，不过你能读书识字吗，你个榆木脑袋？

拉乌里： 你这是什么问题：牧师怎能不会读书识字？"我能读会写，而且从不磕巴。我能念出像牛棚木栏那么长的赞美诗。"但是神父应该做弥撒，而不是唱赞美诗。我来布道，小埃罗来回应。

埃罗： 如果我还没有饿得说不出话的话，我就会回应。

尤哈尼： 你会和一个疯子在一起招摇撞骗吗？你这个混混随时都在准备调皮捣蛋，这我当然知道。而你，拉乌里，现在就乖乖地去睡觉吧，别再闹了，我亲爱的兄弟，别再搞这些把戏了，否则我一定会对你严惩不贷，很快就会有十只手把你扔到牛的面前。快停止这样的把戏吧。

拉乌里： 好戏才刚刚开始，我的兄弟，才刚刚开始。是的，让我们来一起跳舞，一起摔跤，让我们和尤西一起跳舞，把苔藓都跳得飞舞起来。就像这样！

迪莫： 你这个见鬼的孩子！你差点儿把我从岩石上摔下去。快站好，别动，别动！

尤哈尼： 拉乌里，你要我现在就把那句会让你瞬间粉身碎骨的可怕的话说出来吗？那句要命的话是这样的：把他扔到公牛面前。要我说出来吗？

拉乌里： 你什么都不要说，只管唱歌，因为我在跳舞。嘻嘻！

尤哈尼： 把他扔到公牛面前吧，愿上帝与他同在！阿门——这句话我现在说完了。让他下去吧。

拉乌里： 让我们大家手拉着手一起走，远离生命的饥饿！

托马斯： 让我们的律法得以实施，你去死吧！

尤哈尼：见鬼，别这样，托马斯！

托马斯：从岩石上下去吧，孩子！

尤哈尼：看在老天爷的分上，别这样！

阿波：托马斯脸色惨白！上帝保佑我们！托马斯脸色惨白！

尤哈尼：你会做出可怕的事情来吗？我的兄弟，我的兄弟！

阿波：他的脸色苍白得像一个垂死的人，可怕的事情就要临头！控制住自己，托马斯，控制住自己！我为你祈祷。大家站起来一起来帮助拉乌里，帮忙啊！

托马斯：让开！

尤哈尼：别这样，托马斯，别这样！

托马斯：让开！你是法官，我是刽子手，我要让我们的法律得到执行。快毫不留情地把他扔下岩石吧，伙计！

拉乌里：就像是从努卡里水坝上掉下来的一根烧焦的木柴。见鬼！

西蒙尼：怜悯啊，托马斯，怜悯，怜悯！

托马斯：不要给予一点怜悯！

尤哈尼：愿上帝保佑我们不要自相残杀！

迪莫：是的，不要让该隐杀死亚伯。

托马斯：他要死了！

阿波：控制住自己！

托马斯：他要死了！

尤哈尼：愿上天保佑我们！不，托马斯，不能这样做。

迪莫：绝不能这样。拉乌里是我们每个人的兄弟。快停下来！

尤哈尼：有人要杀人了！我们要把拉乌里救下来，一起拯救我们可怜的兄弟!

岩石上发生了一场激烈的扭打。兄弟中的一个揪住了愤怒的托马斯的衣领,另一个抓住了他的背心,第三个抱住了拉乌里的双腿,第四个则随手拽住他的任何部位,只要能阻止他滑下岩石就行。这群兄弟就像是一只长着多头和多腿的怪物挤在了一起,摔成了一团。这只怪物不停地撕打自己,咆哮着、喷着鼻息,旋转着从岩石的这一边移动到另一边,然后又转回来。他们的狗受到了惊吓,夹着尾巴,有好几次都差一点从岩石上滚下去成为公牛的猎物,它们在兄弟们的脚下钻来钻去,小心地守护着自己的性命。此时此刻,就连公牛也比之前更加紧密地聚集在大石头周围,目不转睛地盯着上面这场可怕的搏斗。但普遍的力不从心终于给希登基维岩石带来了平静,兄弟们气喘吁吁地躺在被碾成粉末的苔藓上。最终西蒙尼开口说话了,他把目光狠狠地转向高处。

西蒙尼: 基督徒已经变成了野兽和魔鬼。因此,主啊,惩罚我们吧。将你那愤怒的大锤砸向这里吧,把锡安有罪的七个儿子砸成肉酱吧!

阿波: 是的,托马斯,在这里至少是五对一,这你知道。现在就让一切都平静下来吧,让我们看住拉乌里直到他睡着为止,可怜的家伙。

托马斯: 天杀的!如果我愿意的话,我会把你们中间的每一个人都打倒在地。如果我的怒火仍在肆虐的话,我会这样做的。大家安静下来吧,孩子们,现在都安静下来吧,都乖乖的!因为我的血液已经沸腾,这时在我的脑海里死亡和死亡的恐怖都无足轻重了。因此，你们都要乖乖地，乖乖地！

尤哈尼： 托马斯是一个很危险的人。给我一个同伴，即使是每时每刻都在诽谤、说我坏话的人，也不像你那样，一个平常很少生气，但一旦被惹恼了就会将我可怜的性命置于危险之中的人。啊！这真是一场糟糕的游戏。

西蒙尼： 天啊，鞭挞我们吧，惩罚我们吧，高高在上的力量！

迪莫： 别说话，西蒙尼，我在祈祷呢。

西蒙尼： 如果我沉默不语，这块大石头就会说话并发出声音。鞭挞我们，教训我们吧！

尤哈尼： 别再向我们身上呼唤更糟糕的杀戮了。我们在这里开的玩笑已经够多了。

托马斯： 他在那里像个疯子一样讲道，双手交叉，头上的眼睛就像死了的猫头鹰的眼睛一样。马上给我住嘴！

迪莫： 请不要说话，西蒙尼，我在祈祷，让我们都安安静静地生活下去吧。——哦，拉乌里男孩，他已经安静下来并进入梦乡了，可怜的男孩睡吧。——是的，看在上帝的分上，让我们大家都安静而耐心地生活吧，直到我们再次从这里回到家中。

尤哈尼： 家！我们甚至最终都进入不了我们在地下的家，躺在光荣的教堂土地上，却会最终在这里睡着，被乌鸦和老鹰啄食。我现在就快要在这个地方死去了，是的，我要死了。这就是我的此生吗？它的代价是什么？

迪莫： 是的，这就是此生吗？它的代价是什么？这的确是一个问题。

尤哈尼： 我们亲爱的母亲啊，你不知道你把这七个小娃娃降生在怎样的痛苦之中了。

迪莫：你不知道。

尤哈尼：啊，如果我们现在还能再喝点酒，我们会喝光瓶子里的最后一滴。好吧，托马斯，你喝一口，传给大家。

托马斯：我不稀罕你的酒！

尤哈尼：啊哈，哈哈！难道你现在已经把所有关于雅力·庸比拉和在贡宁卡拉布道的事都忘到脑后了吗？是的，你一直在生与死的边缘蹦蹦跳跳、嬉笑打闹。当我想到你会斜眼醉醺醺地走到神的面前时，我不禁感到毛骨悚然。

迪莫：我好害怕！在神的面前醉酒！

尤哈尼：斜眼在神的面前醉酒。那只是一种想法。

西蒙尼：你还说呢！

尤哈尼：这样的事就差那么一点就发生了。那人现在面色苍白地躺在那里。啊！我的眼睛在流血，因为我的灵魂在为他感到悲伤，我总是想把我那个贫穷可怜、受苦受难的兄弟珍藏在我内心的最深处。

阿波：但在睡梦中，他忘记了我们的饥饿，忘记了这条会置我们于死地的蠕虫。

西蒙尼：第三天了！就让我们陷入死亡吧。

埃罗：即使我们面前有肉，鲜活的肉，我们也必须死。

西蒙尼：那些行尸走肉会杀了我们，杀了我们的！

尤哈尼：就在今天，此时此刻！是的，此时此刻。

迪莫：让我们把那些行尸走肉都解决掉，让我们向每一个长角的头射击，我们将会得到大量新鲜的肉。我们有五支上了膛的猎枪，拉乌里的包里有充足的弹药。

尤哈尼：这是个好主意！

阿波：是个能救我们命的好主意！

埃罗：真的能救命！

尤哈尼：啊！我们该如何报答迪莫？

西蒙尼：你是主的天使！

迪莫：我要新鲜的肉，新鲜的肉！其他什么都不要。呵呵！——拉乌里的包里有几十发新浇铸制作的子弹，还有更多的火药。

尤哈尼：正如你所说，你这个无与伦比的男孩！这里有33头牛，我们的子弹和火药绰绰有余。咦，我们这些傻瓜和白痴！为什么我们没有早一点想到这种方法？

阿波：确实，有一次我也想到过这个主意，但我忘记了拉乌里包里还有那些东西，我也没有告诉你们其他人我的想法，用五颗子弹可以干掉五头公牛。

尤哈尼：我也想过这个问题，但没有做进一步的思考。——33头公牛。好啊！听着，你们这些燕麦马蒂争吵不休的儿子们！如果现在我们像男人一样射击，而我们每次射击总会射穿牛的心脏或头部，那么打开的，打开的将是我们的自由之路。噢，好一个值得我信任的迪莫！

迪莫：哦，我是这么说的。我们没有别的出路。是的，这你能看得出来。我们难道会像老鼠一样在这里饿死吗？像我们这样骄傲的男孩是不会这样做的。呵呵！这是我说的。

尤哈尼：现在我们要砰砰地射开一条血路，打开通往自由的道路！

阿波：是的，尤哈尼！当然，这条路要跨过血淋淋的尸体，但这也是没有办法的事。

尤哈尼：没有办法，就让暗红色的血液在希登基维岩石周围流淌吧。我们这些幸运的鼹鼠！很快我们就会像狼一样吃肉了!

阿波： 但是我们用什么来赔偿这40头公牛呢?

尤哈尼： 这可是生死攸关的事，法律会站在我们这一边。我们留下了肉，维埃托拉大腹便便的老爷如果愿意可以来把肉收走。这与我们无关。

阿波： 当不得不做的工作完成后，我们再来看看进展如何。但当大屠宰结束后，我们很快就会有另一件苦差事。当最后所有的扫帚尾巴都躺在地上时，我们要马上给它们剥皮，同时我们中的一个人还要去维埃托拉庄园传达这个悲伤的信息。

尤哈尼： 这是个很重要的建议。剥皮，剥皮，这要在牛皮变硬与肉黏在一起之前完成。就这样做吧，不管肉和皮、肠和肚最后都归谁。把牛放在长凳上，把皮去掉!我们每个人的腰带上都别着一把刀，而这把刀的刀刃像蛇的舌头一样锋利，可以用来剥皮。所以就让我们开始干脏活吧。现在谁的猎枪装药口还空着的赶紧把弹药装进去，然后我们就可以开始着手这件血腥的工作了。

阿波： 但是兄弟们!我们仍然可以与饥饿再抗争一两个小时，尤其是现在得到救赎已经成为可能的时候。让我们再次尝试六个人一起呼喊的力量，然后让我们期待着我们的痛苦和囚禁最终结束的那一刻。

尤哈尼： 我确实饿得很厉害，但让我们还是按照你的意愿去做吧。让我们大声呐喊，或许我们能够在不流一滴血的情况下摆脱困境。然而，也许我们还是空欢喜一场。好吧，好吧，我们还可以再熬一会儿，毕竟我们的自由现在取决于我们手中的这件可怕的物件。那么，让我们再次清清嗓子吧。我请求你们这样做，这是我的命令。托马斯，你就像这块岩石一样沉默,你也与我们大家一起咆哮吧。这样做吧,我请求你,因为这是我的命令。

托马斯:别说教了。我会按照我们共同约定的要求去做。

尤哈尼:大家准备好。一,二,三!

他们提高了嗓门,一共呼喊了七次,四周回荡着他们的呐喊声和狗的嚎叫声。接下来他们又静下来等待,尽管他们饥渴难耐,但确信将要获救的信念给予了他们新的力量。然而,他们中间的拉乌里,既感受不到饥饿的痛苦,也感觉不到希望的喜悦。他躺在其他人脚下打着呼噜,脸色苍白。——兄弟们在那里等了一会儿,又等了一会儿,第三天的太阳已经快要落山了。接着,尤哈尼听到东北方向隐隐约约传来隆隆的雷声,便用赴死般高亢的声音喊道:"现在,孩子们!愿主帮助我们,阿门!"一场激烈、血腥的战斗就要开始了。

灰色的希登基维岩石被浓烟笼罩着,死亡从云层中喷涌而出,重重地降临在牛群的身上。那些长着犄角的牛头,忽而在这里,忽而在那里,纷纷被子弹射穿,伴随着突然的一声咆哮,猛地扬起又垂下,一股强大的气流从胸口喷出。脑部被射穿的畜生很快就平静了下来,它几乎没有踢腿,而是像粗壮的棍子那样伸直双腿。于是它就这样丢了性命,暗红色的鲜血从伤口高高地喷射到空中,又从空中像一条弧线那样飞溅到地面上。另一头畜生胸口受了伤,但心脏并没有被完全射穿,它浑身是血地在其他还没有被子弹打中的牛群中横冲直撞地跑了一段时间,直到最后,一头栽倒在地,蹄子甩向空中,乱蹬了几下。其他公牛很快就感受到一阵骚动和可怕的躁动,因为它们感觉到自己软弱无力的战友热气腾腾的血液,便疯狂地挤到了一起。它们伸出舌头,转动着眼睛,耳朵里充满着可怕的咆哮声,把树枝、泥炭和泥土踢到背后高高的地方。

在烟雾笼罩的岩石上,兄弟们脸色苍白得像精灵一样站着,不停地射击、装弹、射击,不时地把公牛击倒在地。火光闪烁,枪声砰砰作响,但站在岩石的高度,感觉更猛烈的是暴风雨带来的隆隆声和电闪雷鸣。天空中的烟雾和乌云给希登基维岩石周围投下了阴沉的暮色。暮色中,牛的吼叫声、狗的嚎叫声、猎枪的击发声和子弹的呼啸声以及云杉树顶的雷鸣声交织在一起,在空中回荡着。这一刻真是太可怕了。空气变得炽热。拉乌里此时已经是半睡半醒,他睁开了眼睛,却只看到一片若隐若现的昏暗。在昏暗中,深色的黑影站在他的周围。他听到了无法形容的躁动声,从他的身边、下面的地面以及上方的高处传来。在他不安的血液中,他仍然感觉到一切都在以惊人的速度下沉。一个阴沉的想法进入了他的脑海,他对自己说:"那么我们就到深渊的底部去吧,走吧,我们走吧,还有什么能帮上我们的吗?"他说着,翻了个身,闭上眼睛,又昏昏沉沉地睡过去了。

希登基维就像一座美丽的城堡一样,模仿着雷霆的语言,将自己包裹在烟雾缭绕的昏暗之中。鲜血在它的周围荡漾,数百只蹄子在空中舞动。雷声在云层中隆隆作响,乌云开始转成瓢泼大雨,浇向轰鸣的森林中。杀戮工作已经完成,一根竖着的牛角都不见了。维埃托拉庄园的33头公牛躺在了地上,有的已经死了,有的还在蹬腿。到处都可以听到垂死的公牛发出的奄奄一息的沉重呼吸声。兄弟们带着狗从大石头上爬了下来，冲到一棵茂密的云杉树下。雷雨云向下倾泻着暴雨，荒野里的森林风声鹤唳。他们站在那里，凝视着死亡的丰收，血水像许多潺潺溪流一样，从希登基维周围流向各个方向。雨停了，他们从避雨处走了出来，默默地来到受害者身边，做着可怕的鬼脸，时不时地摇头叹气。

尤哈尼：这回可有肉吃了。

迪莫：还有血。

尤哈尼：是的，还有血。在这块石头周围种胡椒可以连续生长十年，这块地的肥料可施足了。——不过，现在让我们点起火来，生一堆篝火，我们可以为自己烤一点鲜肉吃。啊，美味啊，小伙子们可以好好品尝烤牛肉了！兄弟们，快拿些木头和松油碎片来，我来点火。让迪莫赶到这里来，把我的斧头和我们在危急时刻保存下来的桦树包带来这里。吃完饭后，我们就可以喝酒了，也可以开始"剥皮"了，那个红胡子老头克罗尼会这样说。他已经在大地的怀抱中安息了，这对他更好。可怜的老人在这里曾像一条狗一样挨饿。他没有朋友，没有同部落的族人，没有可以安身立命的庇护之地，他那甚至连一天都没有用的名字也被牧师从名册中剔除了。他最后死在了科利斯汀的谷仓里，现在他的一切都被遗忘在地下了。——看啊，埃罗，这是带油脂的松油木片，那是西蒙尼的干柴火，我们很快就能升起一堆旺火了。托马斯，准备好从那头公牛的大腿上割下一块好肉来。啊哈！我在想象，我在想象我会像一只猫一样扑向那块血淋淋的生鲜牛肉。

托马斯：再稍稍多一点耐心，我们的烤肉味道就会更加可口。

尤哈尼： 确实如此。——但让我们庆幸的是，我们属于一个学会了如何与饥饿做斗争的家庭、一个家族和一个国家。不过今后我们不会再这样折腾了。这我可以保证。

很快，七大块肥美的牛肉就在火焰中烤熟了。他们也没有忘记拉乌里，虽然他们并不想打断他在岩石上的美梦。他一直躺在那里，即使是大雨淋在身上也没有被浇醒。迪莫又出发了，他在草地上发现了其他的背包，在熊和七头公牛躺着的血染地块上发现了斧头。他从那里回来，肩上背着背包，腋下夹着斧子。兄弟们从火里取出了六块带孔的面包和烤肉块，干面包和烤牛肉在人们的牙齿中逐渐减少。与主人一起禁食三天三夜后，基力和基斯基也很享受现在丰盛的大餐。当他们喂饱了自己，无论是人还是狗，兄弟们突然感到四肢麻木，浑身疲软无力。一阵强烈的、无法抗拒的睡意向他们袭来，他们闭上眼睛，一个接一个地倒在地上睡着了。上面的拉乌里躺在岩石上打着鼾，下面的其他人则围在篝火旁大睡。这时太阳已经落山了，九月的白天变成了黑夜。就这样，他们躺在自己的牺牲品——被杀死的公牛群——的中间休息，脾气凶悍的基力和基斯基负责看守他们的宿营地。

终于，当夜色已深时，他们从睡梦中醒来，四肢又恢复了往日的力量。他们站起身来，开始把富含油脂的黑色焦油树桩加入火中，这样他们就可以在明亮的红色火光下看清楚如何给大猎物剥皮，并立即派出埃罗前往维埃托拉庄园向地方官员报告这件事。暗红色的火焰腾起，照亮了大地和参天的森林。埃罗朝着庄园的方向走去，而其他人却用尽全力去剥离被他们放倒的公牛的皮。

就在这时,拉乌里也从沉睡中醒来,睁大双眼环顾四周,弄不明白自己所看到的一切。只见燃烧的火堆照亮了平静、漆黑的夜晚,到处都可以看到浑身是血的牛的残骸,牛舌从牙齿中伸出,牛肚高高地鼓起。其中有两头牛已经变成了牛肉,第三头正在被切割成肉的过程中。兄弟们现在有的在剥皮,有的抓住牛腿,有的用斧头砍断公牛坚硬的骨头,还有的把切下的肉块堆放在云杉树下。拉乌里用宿醉的眼睛看着这一切,终于明白到底发生了什么。他低头望去,看到在篝火边上一个长满青苔的小土包上有一块面包,面包上还放着一块烤肉。他这时感到胃里一阵剧烈的痉挛,便从大石头上爬了下来,坐到温暖的火堆旁边,用手抓住肉和面包。他摘下帽子,双手合十,飞快地晃了一下蓬松的头发,祝福眼前的食物,开始了一顿美味的晚餐。他静静地坐在那里吃着,愤怒的额头上还保留着那双愤懑的眼睛。他坐在那里,在焦油火堆的余热中烘干了衣服,而其他人则在距离他几步远的地方,正满头大汗地忙碌着,因为他们有一头大熊和40头公牛要处理。

埃罗向维埃托拉庄园的管家传了话,后者急忙向他的主人报告,随即爆发出一声叫喊和一阵激烈的骚动。埃罗赶紧打道回府,腿脚比平时更加敏捷。维埃托拉的主人愤怒地尖叫着,召集了所有能召集到的人。他在十个强壮男人的陪伴下,疯狂地向希登基维出发,挨着主人旁边的是庄园膀大腰圆的管家,手里握着一根可怕的松油木棍。他们迅速地向前行进,终于走近了有红光映照的地方。光亮之中,他们看到了七个男子,就像七个夜行的迷惑鬼魂,沾满鲜血的双手抓着血刃,正在做着最血腥的活。有的在剥皮，有的抓住腿，有的在砍断已经剥了皮的坚硬的牛骨头，有的则把牛皮铺在云杉弯曲的树枝上晾干。狗儿们也在那里嬉戏，享受着那些被屠夫扔掉的牛身上的碎屑。不久，基力和基斯基注意到一群生人正在靠近，它们猛烈地吠叫着向人群跑去，但兄弟们赶紧冲过去制止了它们。愤怒的维埃托拉的男主人，那位大腹便便、眼睛圆瞪的老爷满头大汗地走上前来，背后站着十个人。

阿波：晚上好，先生！

尤哈尼：上帝保佑我们！这是一场糟糕的竞赛。

维埃托拉：是地狱的大门打开了吗？！你们杀了40头牛！恐怖与死亡！

阿波：这是为了拯救七个男人的性命。

维埃托拉：我要来教训你们，你们这些尤科拉森林的土匪和强盗！给我教训他们，伙计们，让他们也躺在地上的血泊中，就像我骄傲的公牛一样。给我冲啊，伙计们！

阿波：安静点，先生！

托马斯：安静，安静！

尤哈尼：住手，我的大人和你的手下，住手！并记住如何才能保持和平。

阿波：让我们理性地讨论一下这件倒霉的事吧。

尤哈尼：我们大家都有共同遵循的法律，在这样的法律面前我们一律平等。因为你同我一样都是从母亲的肚子里出来的，同样赤条条的，并没有比我好到哪里去。你的贵族血统吗？让我们那只斗鸡眼的老公鸡就此表演一个小把戏吧。共同的法律！在这一点上，它是坚决站在尤科拉人一边的。

维埃托拉：站在你们一边？！你们这些该死的家伙，你们有权利在我的土地上宰杀我的牛吗？

尤哈尼：你有权利放任你的公牛去威胁别人的性命吗？

维埃托拉：它们待在自己的土地上，而且是在一个用栅栏围起来的牧草地上。

尤哈尼：那么让我们来估量一下这件事。你们的公牛为了追杀我们而撞毁的那部分边界围栏，显然属于维埃托拉。但现在我想问：为何一座富丽堂皇的庄园却修建了一个如此不堪的围栏，以致在牲畜一撞之下就完全坍塌在地上了？

管家：我们的围栏就像是钢刷铁齿，你这个恶棍！

尤哈尼：这样的围栏牛会像麦秸一样从面前推开！

维埃托拉：你们这些无法无天的东西，你们在我的牧草地，在我的牧草地里干什么？干什么？

尤哈尼：我们在追杀一头熊，一头非常危险的野兽，它很快就会掐死你和你的公牛。我们杀掉了肆意妄为的熊，为我们的祖国、为大家做了一件巨大的好事。我们将野兽、妖怪和魔鬼从这个世界上清除出去，这难道不是为了我们的共同利益吗？看看那个地方。法律坚定地站在我们这边。

管家：闭嘴，你这流氓，别再瞎说了！

维埃托拉：他们还敢取笑我们，你们这些流氓！给我揍他们！别让他们逃了！

阿波：先生们，管家和长工们，别激动，你们别忘了我们在这里是如何被这块诱惑之石所折磨的，我们每个人很快都会成为疯子。

尤哈尼：说得对。成为疯子，十足的疯子！哼！他们的头会突然打转，他们的心脏会变得像铁石一般硬，他们一跺脚，天地都会呻吟。哼！我们在这里已经在生与死的边缘煎熬了三天三夜。

托马斯：而我们现在已经吃过了带血的肉，呼吸了杀戮的血腥气，我们站在这里，血淋淋的手里紧握着滴血的刀，我们的手直到肘部都是鲜血淋漓。愿主让你们及时注意到我们所说的话，否则今天晚上我们就会把这里变成可怕的地狱。请注意听，认真听并相信我们所说的每一句话！

埃罗：而且让那边的牛也作为一种警示。

尤哈尼：主啊，此时此刻请赐予他们明辨事理的眼光和内心的力量，让他们不再继续折磨我们！请赐予他们一些头脑，让他们接受那边不幸的公牛的警告，因为我想我们还会继续制作香肠的！主啊，请赐予他们智慧，否则我们就会去拜访他们的牧师，用这些该死的刀子将他们与那边那些可怜的公牛血肉相连，让这个夜间的森林变成一个充满尖叫的地狱。上帝啊，请保护那个大腹便便的维埃托拉主人和他傲慢的手下吧！上帝全能的儿子，怜悯他们吧！

托马斯：我们就站在这里，如果你愿意的话，请迈步向前。

尤哈尼：我们就站在这里，如果你愿意的话，请迈步向前。

维埃托拉：好啊，好啊！你们现在说着大话，但总有一天，我想，法律会有另外的说法，那时你们骄傲的尾巴就会耷拉下来，甚至你们悲惨的房子也会摇摇欲坠崩塌到地基上。——走吧，跟着我的人！我现在暂且将这40头牛作为你们的猎物，但我还会把它们全部从你们的手中夺回来，连一只蹄子也不留。我们走吧！

尤哈尼：在你们的牛肉和牛内脏变臭之前赶紧把它们收

走。它们与我们无关，我们只是在皮与肉粘连之前赶过去剥了皮。

维埃托拉： 很好！伙计们，听我的命令，我们打道回府。

维埃托拉的主人带着他的人离开了，一边走还一边不停地威胁和咒骂，兄弟们则继续着他们的宰杀工作。第二天，40头牛的皮都剥好了，兄弟们用一根木棍扛起那头黑白相间、体型巨大的熊。他们把公牛的肉、皮和肠子都扔在了森林里，留下了两个兄弟看守。——这次探险旅行就这样结束了，这次探险以波赫尤拉土地上火绒马蒂的故事开始，而最初只是一次赴库鲁索奥去打鸭子的旅行。

第九章

这是九月的一个清晨,距离兄弟们艰难的旅程结束已经过去了几天。他们现在在草地上围坐在一锅正在炖煮的牛肉周围。他们守着森林里的肉已经有两天了,却一直没有人来运走,这显然预示着将会产生巨大的损失。于是他们决定利用森林里那些肥美的肉堆,靠着炖肉过上一段时间的贵族生活。事情就是这样。他们把这些肉搬到自己的粮仓里,将里面堆得满满的,横梁上也挂满了牛皮。他们在自己住的木房子附近满是树桩的草地上煮了巨大一锅肉,锅里咕嘟咕嘟地冒着气泡,从早到晚几乎不停地煮着,兄弟们吃得肚子撑得滚圆。——在那里,他们度过了几天无忧无虑的快乐时光。他们一边大快朵颐,一边讲着童话故事,接着便头枕着土丘沉入甜蜜的梦乡,他们的鼾声在草地上隆隆回响。

这天的早晨很美,蔚蓝色的天穹罩在晴朗的天空上,周围的森林里传来东北风轻轻的沙沙声。兄弟们围在大肉锅的附近,有的坐在树桩上,有的坐在干燥的草地上,享受着丰盛的早餐。狗儿们也趴在那里,啃咬着结实筋道的公牛肉。所有人的脸上都流露出欢乐和平静的神情。

迪莫: 感谢维埃托拉的主人又赐予了我们这顿佳肴。

尤哈尼：感谢并向他致意！

阿波：但是这顿饭算起来会很昂贵的。维埃托拉的主人肯定不会就此善罢甘休的。

尤哈尼：法律是站在我们这一边的，也许我们的那位先生也注意到了这一点，并因此放弃了把我们告上法庭的想法。弟兄们，让我们大口吃肉吧，让牛肉在我们的肚子里高高兴兴地消化吧，因为我们是清白的。——我们要更多地活动活动，孩子们，更多地运动和走路，牛肉可是非常给力的补给。

埃罗：让我们手拉着手，围成一圈一起来跳兄弟舞吧，我保证大家的肚子都会往下坠。

尤哈尼：我们不要像伏天的傻瓜①那样在这里乱蹦乱跳，让我们来玩另外一个游戏。啊！我们童年的疯狂岁月现在在哪里？兄弟们，让我们像之前在图科拉尘土飞扬的道路上那样再玩一次击打木碟的游戏。我们在这里有一片平整的草地，我们把所有碍事的树桩都连根拔掉，把我们的场地扩大到荒原那边的平坦地面。现在把兄弟们分成两部分，在比赛中失败的那些兄弟晚餐时要吞下十磅②的肉。

托马斯：就这么定了吧。

尤哈尼：兄弟们，十磅吗？

埃罗：完全正确！十磅作为对那些被桦树棍击退的人的惩罚。

尤哈尼：每边三个人，这应该是最公平的划分，但我们

---

① 伏天的傻瓜指夏末 7 月 23 日至 8 月 23 日那一个月的时间，根据民间说法人很容易发疯说胡话。

② 此处原文为芬兰文 naula，即挂，旧时重量单位，约为 425 克，接近一磅。

有七个人。

拉乌里：我放弃。我宁愿去森林里寻找可用于雕刻的树桩，而不愿像呆头呆脑的小孩子那样在这里满头大汗地跑来跑去。你们玩吧，我要腋下夹着斧头去森林里了。

他们说着话，终于吃完了这顿饭，开始去清理出一个击木碟游戏的场地。他们先是穿过草地，然后又沿着草地东侧在荒地上进一步拓宽，清理出了一片场地。几个小时后，他们手里握着坚固的桦木棍，做好了玩游戏的准备。他们分成了两组：尤哈尼、西蒙尼和迪莫为一组，而托马斯、阿波和埃罗则为另一组。木碟开始在他们之间飞来飞去，当木棍击中在空中迎面嗡嗡飞来的硬木碟时，发出的声音在场地上空久久回荡。

在田野的边缘，拉乌里腋下夹着斧子在行进着。他走的速度很慢，眼睛仔细地巡视着四周，当他发现了树瘤、分叉、畸形以及在茂密的桦树或松树顶部长成一团的枝丫时，就会不时地停下来一会儿。现在他发现了一棵被暴风雨折断的一截长长的云杉树桩，他看了一会儿，想了想，然后开始用斧子砍开它的侧面。做完这件事后，他在心里想：等到明年春天，会有一只红尾桤木鸟或一只小型杂色啄木鸟在那个洞里筑巢。他一边这样想着，一边将这个地方做了清晰的标记，接着继续向前走。走了一会儿，他又发现了一棵树枝下垂的白桦树，树干上长出一个巨大的向外凸出的树瘤，看起来就像圣诞节的大蛋糕。他把它砍了下来，随身带回去，准备做一个巨大的水瓢。他又开始徘徊前行，他敏锐的眼睛很快就在一块向外伸出的岩石边缘看到了一棵长得十分奇怪的扭曲的刺柏。这能做个什么呢？他想了想，用锐利的斧头砍了几下，就把刺柏砍倒了。他把树枝清理干净，微笑着看了一会儿，然后把它随身带着，再次上路。当他听到村庄里传来的牛铃声时，便大声喊了几嗓子，以便将附近的狼吓走。他的喊声在周围回响着，传来友善的回声。他迈开大步，终于来到了一座长满石楠花的山脊上。他看到一团巨大的枝丫在一棵松树顶上随着凉爽的东北风在摇曳。他把这棵松树砍倒，把树顶上的枝丫团砍了下来，然后坐下来研究着自己的新发现。

他在那里坐了许久，一边盯着枝丫团、树瘤和那棵古怪的刺柏树，一边在脑子里琢磨着。"大自然是怎样塑造了它们？是什么让刺柏扭曲成几十个弯和角？"他弯下腰，把头靠在一个长满了草的蚂蚁巢上。他在那里望着树梢，看着天空飘过的云彩，冥想着大地和天空的结构。从远处印比瓦拉的草地上传来木棍击打木碟的声音，在他的耳朵里回响着。最后，为了要把所有的想法都抛到脑后，他决定睡个午觉，但却无论如何都难以睡着。通常在这种睡不着觉的情况下，拉乌里会采用什么方法解决？他会把自己想象成一只小鼹鼠，在自己宁静的地下宅邸里穿行，最后睡在它的细沙床上；或者把自己设想成一只毛茸茸的熊，在云杉树根下长满青苔的松软巢穴里休息，冬天的暴风雪则在云杉树上面咆哮。他这么想着想着，通常眼皮很快就会撑不住把他送入梦乡了。现在也是一样，他把自己当成一只小鼹鼠，在大地母亲的子宫深处蠕动着。

他睡着了，但在梦中仍然在继续着自己的想象。他感觉他的整个身体突然缩小成了一只细毛小鼹鼠，他的眼睛变得很小，但他的手掌却鼓得像手套一样，他已经成为一只彻头彻尾的鼹鼠，在荒地的深处在松树根下挖呀挖。他在那里挖着，钻着，终于沿着松树枯烂的树心把洞一直掏到树顶，发现自己坐在枝丫团中间一个长满青苔的巢穴里。"在这里很舒服，我想永远住在这里。"他一边想，一边用那双鼹鼠般的小眼睛从树屋的小窗户往外看。他看到脚下的黑暗世界笼罩在秋夜的沉闷暮色中。他看到了印比瓦拉山陡峭的山峰，但透过那无尽的、令人心焦的距离，他看到了傍晚树林中那个阴郁的小木房，他看到了他的兄弟们和牧师长一起在雾蒙蒙的、回声不绝的草地上投掷木碟。他很想放声痛哭，但却欲哭无泪，泪水只是在泪腺处不安地徘徊。他将目光朝向印比瓦拉：在草地的上方，再沿着荒原向前一点，牛皮铺满了大地，新剥的血淋淋的牛皮，排成长长的一列，嗡嗡作响的木碟在上面跳跃。兄弟们挥舞着一头弯曲的桦木棍使劲地击打着，但牧师长挥舞的木棍更加凶猛，他试图用自己的精神之剑击打鬼魂，他这把精神之剑是用最坚韧的马蹄铁锻造而成。牧师长十分自豪地在空中挥舞着他的武器，摇摇晃晃地与挂在他胸口左侧的橡树信仰盾牌对抗着。

　　他们满头大汗地挥动着木棍，木碟在他们之间来回飞动，喧闹声和啪啪声一直传到了远方。最后牧师长发现，这个木碟并不是普通的木碟，兄弟们在比赛中作为木碟使用的其实是红色封皮的识字读本。牧师长十分恼火，他口中大声咒骂训斥着兄弟们，要调遣一千个鬼怪降临到他们的头上。他挥剑指向东面、西面，又指向南边和北边，大声喊道："咿呀，咿呀！"黑云从四面八方快速旋转着像暴风雨般地向可悲的印比瓦拉山逼近。狂风汇聚到一起，在兄弟们周围肆虐，将他们席卷裹挟到空中。很快，六个兄弟就像一团搅在一起的乱麻那样乘着风翼飞向了高空。他们被尘埃和云雾笼罩着,像线轴一样在织机手臂灵活的牵动下越转越快。拉乌里像一只鼹鼠一样从弯曲的松树顶上的树团里惊恐地看着这一切。有时他看到一个男人的手从旋转的云团中伸了出来,有时像是尤哈尼的宽下巴,有时又像是一团粗糙的头发从他的视线中飘过。突然,牧师长用剑抵住了自己的橡木信仰盾,巨大的云朵立即朝着拉乌里所在的高高的松树林冲了下来,吓得他的鼹鼠眼睛睁得圆圆的。然而,一阵凛冽的风从他身边掠过,突然传来了兄弟们的嘎嘎声,忽然又寂静无声了。云团飞上了过去,速度惊人:森林像千条激流一样隆隆作响,雷霆万钧,拉乌里在树团里休息的那棵松树轰然倒下,他从树上摔了下来,带着巨大的力量。他开始从睡梦中醒来。他感到非常沮丧,从睡着的地方跳了起来,用近乎哭泣的声音呼喊:"上帝啊,救命啊,人类的孩子!"他久久地环顾着四周,几乎想不起来自己身在何处。最后他的思绪又回到了原来的地方,尤其是当他看到身边的东西时:一棵奇葩刺柏、一根大树瘤和一个树团,后者就像土耳其苏丹的饰帽那样十分张扬。

最后,他腋下夹着斧子,肩上扛着工具,再次走向印比瓦拉。他决定,既然上帝将他创造为一个理性的人,他今后将永远不再将自己想象为一种野生动物。他一边冥想着,一边继续前行,忽然又十分欣喜地发现了石头小径旁边的一棵小桦树。"那又可以做个什么呢——一根很好的车轭木?"他一边想,一边用斧子把小树砍了下来,他的背上又添加了一块很好的木料来做棍棒。随着背上负担的增加,他又出发了。过了一会儿,他站到了荒野上,郁闷而安静地看着兄弟们在快乐地玩耍,热火朝天地投掷击打着木碟。他们激烈地对抗着、奔跑着，托马斯、阿波和埃罗马上就要胜出，因为他们已经把对手驱赶到了场地的东端。当他们来到清理完毕的场地尽头时，双方交换了比赛的场地，尽管尤哈尼、西蒙尼和迪莫兄弟竭尽全力展开反击，但仍然不得不退向自己的球门。当木碟嗡嗡地呼啸而至时，他们很难抵挡住托马斯的投掷，击回的木碟也很难在不撞到埃罗的球杆的情况下滚过。他们就这样大汗淋漓地奋力拼搏着，可着嗓门大声尖叫着，拉乌里则在旁边默默地看着这场比赛，肩上背着美卓拉即森林之神赐予的礼物，基力和基斯基也在旁边观看着，它们总是坐在尤哈尼附近，时不时张开下巴，叫上两声。九月明媚的天空环绕在他们的头顶，清新的东北风在松树林中和密林里、在干枯的云杉树旁轻轻地吹过，一只红冠黄眼啄木鸟在嗒嗒地啄着树干，林中不时地会响起它那清脆美丽的声音。

尤哈尼：现在把你的木碟打过来，我会给予它狠狠的一击，让它知道这一击来自哪里。

托马斯：看碟！这一击将会把你一下子打回伊尔维斯湖。

尤哈尼：我还真的就不信了。看啊，伙计，它现在乖乖地待在这里。上帝的闪击！现在看啊，孩子，小心你的骨头。去那里！

托马斯：回击啊，干他，阿波！

阿波：就像一只燕子那样从我身边呼啸而过。但我知道埃罗的棍子会再次击中。正如我所说的！打得好，埃罗，打得好！

托马斯：荣耀属于埃罗，至高的荣耀！

尤哈尼： 要不是因为你们尾巴上的那个山雀，你早就飞到森林深处了，你们这些浑蛋。

托马斯： 快击打木碟吧，伙计，别像个孩子一样喋喋不休。

埃罗： 乌拉！你又打偏了。

阿波： 一下都没有击中，一下都没有击中。

托马斯： 就好像你们想要击中天上飞过的一颗流星。兄弟们，你们说呢？

埃罗： 当他们夹着尾巴追赶迷失的羔羊时，他们怎么还能说出话呢？

托马斯： 我们玩得真开心！唱支歌吧，埃罗，唱吧，当我们在一起快乐地游戏时。唱吧，唱一支关于拉雅麦基军团的歌吧，唱一支比赛终局的歌，并让它成为我们抵达草地另一侧彼岸的凯歌。唱一支关于米科和卡伊莎那次穿越教区旅程的歌。

埃罗： 我的歌声充满欢乐，会让我们的木碟快马加鞭。

在高高的拉雅麦基山上
住着一对夫妇，
做着五种生意，
从事多种经营。

米科，戴着毡帽的老头，
忙着自己的生意，
通常也亲自下场，
地板踩得咣咣响。

他抱怨，他讨价还价
他开着玩笑做着生意，
他看风水，止血治病，
一个非常好的巫师。

卡伊莎，也叫鼻烟脸婆
吮吸着拔罐的牛角，
在桑拿房蒸汽中忙活，
周围是一大群大妈。

有五个男孩跟着他们
不顾旅途中的危险，
年纪最大的海卡骑着马，
骑着扫帚作胯下的坐骑。

另一个男孩头发竖着，
他的名字叫马蒂，
世人叫他"小讨厌"
看起来贼眉鼠眼。

然后是一对双胞胎，
如同两只泰迪熊；
最小的孩子被米科叫作
"我的小靴子"。

这就是我们的军团
即将开拔行军；

车辆都已准备就绪
好一阵了。

现在让我们轻装上路
无论上坡还是下坡,
阉马还是拔罐,
同时销售木炭。

卡伊莎鼻烟脸驾着马,
喜欢我行我素;
米科咬着自己的下巴,
在后面挂着拐杖。

车上满载着货物
和三只泰迪熊,
一包木炭,一包拔罐牛角。
每样东西都有一点。

泰迪熊坐在车上
扯着嗓子大叫,
卡伊莎对他们连喊带骂,
米科对他们摩拳擦掌。

骑着自己的扫帚马
海卡男孩走在前面。
殿后的是小讨厌
拖着玩具车跟着走。

他们终于来到了一个大村庄:
大门嘎嘎作响,砰砰开合,
孩子们急忙跑开躲藏起来,
狗在尖叫、狂吠。

有多少家人
在冷冷地看着米科,
又有多少乳臭未干的孩子
被米科的刀给吓傻。

家里的狗狂叫不已,
孩子们惊恐失措
拉雅麦基的军团
在轰鸣声中到来。

海卡和他的马
在地上奔跑
小讨厌拉着玩具车,
弄得满处隆隆作响。

疯狂的公马
一脚踢向马车:
科利的马车变成了碎片,
真是个可怜虫。

凶神般的卡伊莎冲下粪堆
手里拿着可怕的鞭子,

可怜的海卡
受到了严厉的叱责。

可是那边的双胞胎
相互撕扯着头发;
这回轮到了他们
再挨顿卡伊莎的暴打。

海卡在呻吟,科利在咆哮,
泰迪们都快疯了
卡伊莎敲着腿喊道:
"妖魔,吉卜赛人!"

他们的叫声能淹没
北部沼泽地里的仙鹤,
和骡马市上
醉酒的拍卖商。

尤哈尼: 阿波,你在那里想什么呢?听着,小子,你可别把我坚硬且打磨得光滑的木碟弄丢了。

托马斯: 我想它从小路上滚到那片石楠花丛中去了,应该在那棵小云杉附近停了下来。——你好啊,拉乌里!你为什么站在那儿闷闷不乐,一言不发?

埃罗: 拉乌里,在森林里怎么样?

尤哈尼: 问问他。他站在那里,就像以前的海基·巴尤拉和海苏·密吕麦基一样,背上背着一堆破鞋。可是阿波,你这个可怜的饶舌阿波,你杵在那儿干什么呢?

迪莫：快点，快点，我的阿波兄弟。

尤哈尼：你就像猫一样在那里嗅来嗅去地寻找自己的小崽……

  风儿一吹，树梢弯弯……

  快让开一点，我的基斯基狗，否则你的爪子就危险了。——你听到了吗？让开。

  风儿一吹，树梢弯弯，
  爱人的声音在远处回响。

  是的，是的，可怜的基斯基，怜悯在这里是没有用的。这你是知道的。你可以安静地坐在那里，怎么着都行。呵呵呵！好好看着木碟飞。——但是如果我们在这里找不到木碟，就只能见鬼了！所有人都快点去找吧！

埃罗：木碟在这里。

托马斯：快把它放到我的拇指和食指之间。

阿波：要让它从一个真正的男人手中传到他们的手中。

尤哈尼：正是如此！我这里还有一把真正男人的木棍来迎接它。

托马斯：往后让一让，不然它就会在你的额头上碰出一个包。

阿波：它嗡嗡地飞了过去！

埃罗：噢，可怜的尤哈大哥！你为什么对着空气乱打一气？

尤哈尼：快反击啊，西蒙尼，把它打下来，让大地震响！呵呵，你真是太慢了！好吧，迪莫，我的孩子，让我听到你重重的一击如何！你的皮肤痒了，你需要挨上五对鞭子，你这个渣子！

托马斯：向前冲啊！他们拿我们没有办法。我们要把拉雅麦基军团赶出村子。埃罗，你还记得海莫的桑拿房是怎么冒烟的吗？

埃罗：

> 当消息传开时
> 还不算太晚：
> 拔罐的卡伊莎已经到了，
> 海莫的桑拿房正在冒烟。
>
> 桑拿房里挤满了大妈，
> 四个角落熙熙攘攘；
> 世界在闲话中毁灭，
> 背上拔着一百只角。
>
> 卡伊莎的嘴唇在颤动，
> 小刀发出嚓嚓声，
> 克里特大妈在卡伊莎的手上蠕动，
> 从紧咬的牙缝中发出声音。
>
> 但是在院子的另一边，
> 见鬼，那是什么响声？
> 公猪和母猪在嚎叫，
> 小猪崽们在哼哼。

为什么公猪发出刺耳的尖叫?
为什么母猪在哀号?
看啊:在门的下面
米科的骟刀在闪闪发光。

米科一切都做得很好,
卡伊莎也样样顺利;
接着无论老婆还是老头
享用着劳作之后的盛宴。

然后再出发上路
朝着另一个村庄;
米科,永远开心的男孩,
吹奏着出发的进行曲。

鼻烟脸的卡伊莎驾着马,
喜欢我行我素;
米科咬着自己的下巴,
在后面挂着拐杖。

他们已经走到了那里
在新的土地上,
狗儿陪伴着他们
凶猛地吠叫着。

孩子们在哀号,卡伊莎在咒骂,
小讨厌哭个不停,

米科用石头砸狗,
一路上沙土飞扬。

但最终旅程终将结束
听到一声可怕的吼声,
狗儿们已经奔向家园
离开它们护卫的职守。

孩子们的痛苦已经过去了
那个最可怜的爱哭鬼,
当拉雅麦基的风暴
已经成为往昔。

偶尔还有一些骚动
从科勒比麦基传来;
在遥远的天际
消退的雷暴云仍在回响。

于是关于可怕的军团
我结束了我的歌唱;
现在终于到了
为歌手润喉的时候。

埃罗的歌就这样结束了,兄弟们对抗的游戏也就此终结,太阳向西缓缓沉入挂满青苔的松树林中。兄弟们现在满头大汗地朝着家的方向行进,无论是获胜者托马斯、阿波和埃罗,还是失败者都在行列中,走在最后的是拉乌里,肩上背负着沉重的负荷。到了院子里，兄弟们把装满肉的大锅放到火上煮。他们开始一起进餐，但是尤哈尼、西蒙尼和迪莫必须按照比赛开始时的约定吃下那可怕的十磅牛肉。当托马斯威严地站在他们面前时，他们必须毫不犹豫地完成自己的任务。他们表情严肃地大口咬着牛肉并吞将下去，尽管他们在不停地向上反胃，眼睛布满了血色。西蒙尼和迪莫终于完成了自己的定额，然后气喘吁吁、满脸痛苦、一刻不停地走进了木屋，躺在芦苇床上睡着了。但尤哈尼尽管也是十分努力地啃咬和咀嚼着，但还是在他乏味的佳肴上又耽搁了一会儿！他默默地低着头，表情严肃地看着下面的密林，坐在树桩上吃着，心里头十分窝火，尤其是当他听到埃罗刺耳的尖笑声时。终于，他脸涨得通红，吞下了最后一块肉，一块被咬成两半的肉顺着喉咙掉了下去。这时，他喘着粗气，痛苦地扭曲着脸，捂着肚子，笨拙地走进木屋，躺在芦苇床上睡着了。其他兄弟也跟着他陆续入睡了。

第二天早上，当兄弟们终于从熟睡中醒来时，他们看到陪审员麦基莱带了一个陌生人站在房间里。他是应维埃托拉的主人要求，前来传讯他们因屠杀牛群案上法庭应诉的。兄弟们默默地相互对视着，听着陪审员宣读给他们的传票，最后终于从床上起来，穿好衣服，大脑也渐渐地从睡梦中清醒过来。尤哈尼气愤地揉搓着自己的头发。

尤哈尼：这是一件很严肃的事情，事关七个人的性命。即使是一千头牛与一个人的性命相比，又算什么呢？

麦基莱：那些公牛是散养在维埃托拉庄园的有栅栏的牧草地上。

尤哈尼： 但是，熊是人类和牛共同的敌人，也是所有秩序与权力的敌人。当它来到维埃托拉主人的地界后，它的行为并没有那么雅致，而是想要安安静静地把你们家的主人以及我和麦基莱都吃掉。我希望我们所有人的灵魂都是有着高昂的代价的。看着这里。哦，哦，麦基莱！这里留存着许多弯钩、拐口和条文，都妥妥地收在我的脑子里，哪一天我会用它们来堵住维埃托拉的嘴巴。我现在不会告诉你这些都是什么，但在法官面前，只要案情及细节需要，我就会一一从实道来。

迪莫： 对于上法庭这件事，我们并不是小孩子。我们曾经出过庭，上帝保佑我们，当卡伊莎·科伊乌拉为孩子的抚养费打官司的时候，我们是当时那个庄严程序中最好的证人。我始终记得当时是如何喊道："尤哈尼·尤哈尼之子·尤科拉和他的弟弟迪莫！"

尤哈尼： 迪莫，别说了，马上像个小鼹鼠那样给我把嘴闭上。——是的，麦基莱，这件事就是像我说的那个样子。

麦基莱： 所以你们甚至连尝试都不想尝试一下如何弥补维埃托拉的损失吗？

尤哈尼： 我们一分钱都没有，一分钱都没有，我们没有一分带王冠的钱！我们坚持自己的权利，即使是最后的审判日到来我们也会赢。

麦基莱： 但我听说你们在这里吃肉就像过秋收节[①]一样。你们在这里吃的那么多肉都是什么肉？

尤哈尼： 牛肉，牛肉啊，来自维埃托拉公牛肥美的牛肉。我们并没有贪吃的习惯，但只是这样尽情地吃，基督

[①] 秋收节，芬兰文为 kekri，指旧时芬兰每年秋收后各家农场举行的收工庆典，免费大吃大喝。

徒饥饿的肚子能容纳多少就吃多少。

麦基莱：然而，你们所触碰的肉，正如从你自己嘴里说出来的那样，是与你们没有任何关系的肉。

尤哈尼：如果我们不吃，这些肉就会腐烂，并在整个芬兰传播疹子、疥疮、瘟疫和皮癣。是我们把我们的祖国从这样的苦难中拯救出来。如果你再问为什么我们不把肉埋到地球的深处，以避免牢狱之灾，但假如你这样问的话，那可真是一个愚蠢的问题，那我们就会这样回答：我们不想犯下那么大的罪过，即辜负我们的祖国和我们的统治者，放弃像牛肉这样给力、肥美的口福，特别是当我们想起今年有多少孩子在像山羊那样啃咬松树皮时。

麦基莱：好吧，对你说实话吧，你们做得很对，你们接收了维埃托拉傲慢地拒绝了的东西。这就是这个问题的解决方案，但至于具体问题，即损害赔偿金，恐怕最后还是要从你们身上出。

尤哈尼：别开玩笑，这可没那么容易。我们首先要失去我们的耕地和房屋，甚至地基的石头。

麦基莱：我已经履行了我的职责并表明了我的意见。再见！

尤哈尼：告诉我们另一件事。我们的牧师长对我们有何看法？

麦基莱：那件事让整个世界为之震惊，但也不必相信那些流言蜚语和大呼小叫。不过我想我可以向你确认一件事，那就是牧师长因为你们正在与主教进行激烈的讨论，主教想很快向我们教区派出50名哥萨克兵。

尤哈尼：好啊！

麦基莱：是的，50匹马和50个人。

尤哈尼： 好啊！芬兰的小伙子们以前也曾让哥萨克人在这里折戟沉沙。

麦基莱： 这至少是一件可悲的事情。但它也并不像听起来那么可怕。会发生这样的情况吗？"一个连的哥萨克人，一个配备了长矛的哥萨克连，其中还有专人负责鞭挞。"是的，我怎么会相信这种废话呢？50个人会来，不会更多了。

尤哈尼： 让他们来吧。

麦基莱： 这是你说的吗？你这个鬼东西！我会给你一大笔钱①来摆脱他们，摆脱耻辱。这也太疯狂了！就因为七个人向我们的教区派出军队？这也太疯狂了！太愚蠢了！但这就是我们的主教所布置的。

尤哈尼： 这对我来说都无所谓！

麦基莱： 糟糕，糟糕，太糟糕了。但现在先再见了！

尤哈尼： 上帝保佑你，麦基莱！你也是，塔维蒂·卡里拉，以主的名义，愿主保佑你。

托马斯： 他们这是有什么依据吗？

尤哈尼： 是的，伙计们！40头牛和一个连的哥萨克人！让我投入你的怀抱吧，伊尔维斯湖！

阿波： 我非常怀疑……

尤哈尼： 40头牛和一个连的哥萨克人，还有瞪着眼睛的鞭挞者！还是让我沉到你清澈的湖底吧，我的湖！

阿波： 冷静点，伙计，别大惊小怪。

尤哈尼： 你听到他说的话了。

拉乌里： 他在撒谎。我可以从他的眼睛里看到这一点，尽管这个老头试图保持一副严肃的表情。他在撒谎，我敢

---

① 原文此处为芬兰文 plootu，瑞典18世纪时使用的四方铜钱，重约15克。

发誓。

阿波：整个这个麦基莱就是一个老浑蛋。让哥萨克人去管一管卡勒亚和努尔米耶尔维的强盗去吧，但不要去对付那些受尊敬的人，他们在牧师那里的记录上没有一丁点儿污点。麦基莱真是个大浑蛋。

托马斯：他始终是一个有荣誉感的人。

阿波：他是一个有荣誉感、诚实的人，但只要他愿意，他也能忽悠人，而且是以一种非常非常巧妙的方式，你会一直被他蒙在鼓里，直到你落入他的网中。啊！如果他的胸腔里有一颗冷酷的心和恶毒的思想，那么他甚至会在魔鬼的黑暗诡计中击败鬼神。不过现在他愿意做一件纯粹的好事，即使他会不时地抱怨，有时甚至会非常生气。这个浑蛋！他是如何编出这个故事中的字字句句的？我自己也差一点被绕进去了。

尤哈尼：我，一个大小伙子，也被那个家伙编的故事吓得半死。但现在我知道这一切都纯粹是谎言。哥萨克人会到这里来？再编点什么吧？哈哈哈！

阿波：这些大话里的水分还真不少。拉乌里，去那边的篝火石头处生起堆火，因为我们的肚子在告诉我们开饭的时间快到了。

拉乌里出门走到草地上，生起一堆熊熊的篝火，过了一会儿，其他人也走出房屋，围坐在火堆周围。一锅鲜牛肉又被煮得烂熟。他们开始进餐，但尤哈尼、西蒙尼和迪莫今天对牛肉不再有胃口。

埃罗：吃肉吧，孩子们。尤哈尼，吃牛肉了。

尤哈尼：你自己吃吧！

迪莫：我不喜欢肥牛，一点儿也不喜欢。

西蒙尼：当我把目光投向那口大肉锅时，我会感到我罪恶的身体在颤抖。

迪莫：我还会再吃新鲜的肉吗？快把它拿走吧！

尤哈尼：我们将十磅牛肉吞入腹中。十磅啊！这让我想起了狼。但现在肉我已经吃够了，我的人生之路也已经关闭了，因为再也吃不出肉的香味了。而肉啊，肉可是我们在这里赖以生存的食物。不过现在我觉得那个大锅里装的全是黑色的青蛙。啊！我马上就要哭出来了。

迪莫：哭又有什么用处呢？相信我，自从我在母亲的坟前哭过之后就从来没有再哭过，那还是当老妈刚被埋进泥土时，我当时还是有点抽泣。后来当厄运的日子威胁到了可怜的我时，我总是在想：没有什么比死亡更糟心的了。我们为什么要伤心？时间总会为我们带来新的转机。

尤哈尼：说得好！过一会儿我就让你们见识一下我的计谋，我要让你们看看，见鬼！现在我的脑袋里有了一点小小的灵感。好吧！这个脑袋其实并没有那么愚蠢，即使有点愚蠢也不是最愚蠢的脑袋。好吧！我的灵感产生了火花。

迪莫：什么样的灵感？

尤哈尼：这个嘛！这个嘛！

迪莫：什么样的灵感？

尤哈尼：也许这里的一切都很好。好吧，好吧！

迪莫：你找到方法了吗？

尤哈尼：毕竟，以主的名义，我们周围有成千上万像黑精灵一样的松木焦油树桩。

迪莫：是的。可是焦油树桩能给我们带来了什么好处呢？

尤哈尼：你这个意志薄弱的可怜灵魂。我们可以用树桩熬制出滋滋作响的木焦油，再把焦油制成沥青，闪闪发光的黑沥青块，我们可以用这个来赚钱。我和拉雅麦基的米科一样熟悉这项技术。感谢埃罗昨天唱歌时提到了他，让我想起了这种利用焦油树桩的办法，因为我们没有其他办法来赚钱。即使在我们的森林中，猎物也已经在不断减少，如果仅靠打猎来换钱，还不足以购买面包和其他东西，因为正如我所想，我已经永远告别了肉类。但现在我们又从沥青和焦油那里得到了奖励。让我们向米科学习，向米科学习。

迪莫：我们就这样做吧。如果我们能找到可以填饱肚子的新生活，我们还要把米科的第二份职业与此相结合。我确实知道，如果我们能够以正确的方法剥皮的话，猫皮可以做成皮袖套，狗皮可以用在四方桶里，但这仍然需要很多其他的智慧。而这种职业被认为不大光彩，这一点也让我们记着。

尤哈尼：带着你的骟马刀下地狱吧！我来烧焦油，我来熬沥青，我要让你看看沥青是怎样给我们带来滚滚财源的。阿波，你觉得我的主意怎么样？

阿波：我脑子里也一直在琢磨，这也不是没有道理，但是光靠这个来赚面包还是不够，要想用这笔收入来支付针对富绅们的官司可能就更不够了。如果我们最终败诉了，我们会很不幸！

尤哈尼：是啊，是啊，但我们又该怎么办呢？每个人都在寻求维护自己的权利。

阿波：让我们寻求和解吧，这样就不用上法庭了。

尤哈尼： 小子！我们用什么来与维埃托拉脾气暴躁的主人和解并赔偿他的公牛损失？

阿波： 仅靠沥青、焦油或正在以可怕的方式不断减少的森林中的猎物是不够的。但现在看来，一个主意会促生另一个主意，一个想法会伴生另一个想法。当你提到焦油树桩时，我就想到了尤科拉一望无际的田野、茂密的桦树林、松树林和云杉林。七个人在几天之内就可以开出十几公顷的荒地。我们可以烧荒、播种和收获，谷物我们可以带到维埃托拉作为对公牛的补偿，我们还可以留下一部分放到谷仓里满足自己的需要。对于那些害怕血和肉的人来说，他们有了面包。至于对维埃托拉他们怎么办，如果第一块地不足以赔偿公牛的损失，那么第二块地就可以做到，而第三块地则肯定能够满足。当谷物在我们的地里随风波动时，我们就可以全力以赴地从森林中获取其他的补给，你们三个人仍然可以品尝肉的滋味。这样经过两年，由于我们的地里有了结实的庄稼，我们可以建一些存放谷物的垛子和仓房，我们就能像在真正的农场那样运作了。听我说，如果我们决定这样办，那么我们就需要赶紧派一两个人去和那个维埃托拉谈谈，我想他最终会冷静下来并决定等待我们地里的庄稼成熟，因为他至少仍然被称作一个通达的人。

托马斯： 这个建议值得考虑。

尤哈尼： 确实可以考虑。这个建议可是出自一个男人的头脑，而不是哪个婆娘的脑袋瓜。

阿波： 让我们好好考虑一下，明天再做决定。

一天过去了，夜幕降临了。又一天开始了，兄弟们决定接受阿波的建议。他们中间的两人,即尤哈尼和阿波前去与维埃托拉脾气暴躁的主人商谈和解事宜。这位令人生畏的绅士很快就软了下来,他很高兴从优质的田地获得对他损失的补偿。他怎么能不同意这笔交易呢?从尤科拉茂密的森林里,他会得到各种各样无尽的好处。两兄弟对结果感到非常满意,带着这个好消息从农场返回了家中。

又过了两三天,兄弟们结伴走进森林,肩上扛着闪亮的斧子,埃罗手里拿着一把旧镰刀改成的弯刀,走在最后。他们决定在一片开阔、向阳、长着茂密松树的小山坡上开荒种地,山坡的上面可以看到高大的松树林。砍伐烧荒就这样开始了:斧头叮当作响,声音在森林中回荡,只见一棵松树轰然一声倒下,压在了另一棵松树的枝丫上。埃罗总是冲到最前面,用他的弯刀砍断坚硬的弯曲树枝。就这样,他们在森林中开垦了几公顷耕地,周围飘荡着绿色松针和新鲜锯木的清新气味。现在,印比瓦拉的开荒地就躺在朝阳的斜坡上,无比开阔。这项工作在九月份的五天内就完成了,以前在这里就几乎没有发生过类似的情况。此后,他们又在木房子里好好地睡了一觉,鼾声连续响了三天三夜。当他们的身体完全恢复了以后,他们便出发前往已经披上金秋色彩的树林。他们走过暴风雨中的山丘,穿过透着寒气的密林,用精准的射击放倒了塔皮奥拉的猎物,作为即将到来的冬天的食物储备。但印比瓦拉周边地区的森林猎物已经越来越少了,到了兄弟们应该去体验一下不一样的生活的时候了。

冬天来了,冰雪覆盖了大地,荒草地上狂风肆虐,木房子的外壁上都挂上了霜冻。兄弟们在屋子里温暖的卧榻上伸着懒腰,把去年夏天以来的辛劳和烦恼一扫而光。他们认真地沐浴着桑拿，在阵阵蒸汽热浪中用桦树枝轻轻地抽打着自己的四肢。一股股蒸汽从嗡嗡作响的热炉子上升起，迅速扩散到房间四角，最后纷纷从墙上的孔洞钻出，挥散到外面低沉苍白天空下寒冷、刺骨的空气中去。困倦的兄弟们在芦苇床上度过了冬天许多日日夜夜。他们在许多冬日的夜晚，透过墙上的小窗户看着苍白的北极光在北方的夜空中闪烁。他们从那山脊上长着胡须的云杉后面看到一道道伸向远方的光弧线。静静地，忽明忽暗的弧光一会儿亮起，一会儿熄灭，一会儿又如同火焰般燃烧，从北方波赫尤拉明亮的天门一直延伸到高高的天穹，整个天空都弥漫着忽隐忽现的光芒。兄弟们在屋子里观看着这场光影秀，对这一神奇自然现象的起始和原因感到十分好奇，充满了猜测，尽管他们的猜测和推理都是徒劳的。

时不时地，在短暂白天的黎明，他们也会踏着光滑的滑雪板，穿过长满青苔的森林出去透透气。他们的运气很好，有时会遇到一头活泼的小鹿，有时会发现一只灰色的松鼠，有时则会碰到森林王国美卓拉的其他住户。——他们在密林里看到了一只山猫的圆形足迹，它像一条直线一样沿着雪地向前延伸，狗儿们的热情立刻被激发了起来，表明这个动物离它们不远了。很快就听到了基力和基斯基的吠叫声，它们正在加紧追捕，兄弟们也紧紧地跟在后面。他们穿过了一片密林，又爬上一座岩石小山，岩石侧面的积雪和苔藓被拨开。一只山猫正跑在前面，它的眼睛闪闪发光，明亮得如同阳光下的两面镜子。它被狂怒的狗和七名滑雪者的嘶嘶声追赶着。现在，他们沿着卡马雅高高的山脊向西南方向匆匆行进，云杉林间白天的星星渐渐失去了光芒。基力和基斯基狂野的吠叫声不时地在右边和左边即北面和南面的低地上回响着。相互交织的叫声突然间停止了，爪子锋利的山猫在最危险的时刻迅速爬上了一棵云杉的顶端。云杉很乐意将山猫拥入怀中，但却无法保护它免于一死。猎犬们冲着树上咆哮着，眼睛里闪烁着炽热的火光，树上传来低低的吼声，云杉摇晃着浑身的枝叶，恐吓着这些追赶者。随着一声怒吼，兄弟们滑着雪冲向前去，脸颊火红，胸脯起伏。这时托马斯说："兄弟们，我们现在要阻止我们的狗卷入这场危险的搏斗，因为很快它们的肚子就会被撕开。"听他这么一说，其他人立即用手紧紧地抓住两条狗，这时托马斯伸出猎枪并扣动了扳机。一只血淋淋的山猫从云杉树上掉了下来，狗儿们立即狂吠着冲了上去攻击猎物，但它们已经来不及了。山猫躺在雪地上挣扎着，锋利的爪子到处乱抓。另一颗子弹射穿了它的大脑，减轻了它的痛苦，它就这样死了。云杉再次狠狠地甩动着自己的枝叶，从上面撒下闪闪发光的雪，盖住了它垂死的儿子，一股清新的灵气随着滚烫的血流从心底逸出，化为蒸汽消散在空气中。这趟狩猎之旅就这样在卡马雅的云杉林山上结束了。印比瓦拉山在西北方向隐约可见，山下的草地上星星点点地布满了树桩。兄弟们心满意足地带着猎物，又开始向那里进发。

他们在冰天雪地的森林里，脚踏着滑雪板忽而在山坡上滑上滑下，忽而在平坦的雪面上滑行。远远望去，他们男子汉般敞开的棕色胸膛闪闪发光。时间就这样慢慢地流逝，当光线黯淡、昏昏欲睡的太阳远离北方正在南方闷热的世界里徘徊时，他们大部分时间都是愉快地在温暖木屋中度过的。生命之火的源泉已经离开了很远，它似乎难以在某一天抬起头从森林的蓝色边缘再度升起。不过到了那时，它就会转身再次开始它的北上旅途。

夏天来了，兄弟们把砍下的树木上的枝叶都修剪干净，一堆堆树枝在炎热的夏日里很快就晒干了，烧荒的时候到了。兄弟们没有向邻居发出任何消息，也没有通知任何人就开始了地里的烧荒。树丛被点燃，烈焰熊熊地腾向空中，很快棕色的烟雾扶摇而上直冲云霄。火焰在向前蔓延，在灿烂的阳光下把一切都烧成了灰烬。但火焰并不满足于树枝和小树，终于一声轰响烧进了高耸的松树林。这时兄弟们不禁惊恐万分，赶忙冲过去竭力阻止这匹脱缰的野马：他们拼命横扫抽打着长着石楠的荒地，他们的云杉扫把时而在空中上下挥舞，时而重重地拍击着地面，沙丘隆隆作响。但熊熊的火势并没有因此而有所收敛，它继续向前蔓延。尤哈尼最后高声喊道："大家都拿起裤子，把它们浸入水中，用它们扑火吧！"他们脱下长裤，浸入冒着泡的冰冷泉水里，开始用它们抽打、遮盖荒野燃烧的地面。火热的灰烬和烟尘嘶嘶地升起，地面隆隆作响，仿佛是一队骑兵从上面全速驰骋而过。狂野的火势终于被遏制住了。男人们的身上黑得像煤炭一样，浑身大汗淋漓，气喘吁吁，在经历了这场激烈的灭火之战后，都无力地瘫倒在地上了。

这块烧荒地被烧得干干净净，随后七兄弟合力拖着耙子将地平整耙平，又用犁耕好，开始了播种，最后又在田地的周围装上了坚固的栅栏。在冬天到来之前，地里的黑麦苗已经开始吐芽。他们在栅栏上留下了合适的开口和孔洞，在那里设置了沉重的夹子来捕获野兔。

第十章

又过了很多日子，第二个夏天的收获季节到了，田里的庄稼丰收在望，如此好的收成以前从未有过。兄弟们在灿烂的阳光下收割着庄稼，麦田上很快就堆满了一垛垛的麦秸。渐渐地，麦秸垛不见了，都被转运进了木屋里。麦秸在木屋温暖的平台上晾干，然后甩到下面的墙上脱粒。最终麦田恢复了平整，粮食颗粒归仓，其中大部分被立即送往维埃托拉庄园，但还余下20桶供兄弟们自用。兄弟们用粮食缴纳了所欠费用中的一半。维埃托莱宁答应会将他们的债务都一笔勾销，只要他们愿意用地为他再种一年燕麦，用尤科拉森林里的木头为他建造一个新的坚实谷仓，并送回40头牛的牛皮。兄弟们同意了这笔交易。

就这样，他们摆平这件尴尬的事，并使他们谷仓里的粮食超过了即将到来的冬天的需要。这还给他们带来了更重要的愿景。尤哈尼看着那些丰满的谷物，脑子里又蹦出了一个新主意——他们可以用这些粮食来酿酒，这个主意立即就获得了迪莫的赞同。其他人起初都反对这样做，但最终尤哈尼和迪莫的意见占了上风。尤哈尼告诉大家，即使是烈酒，如果讲究技巧和适度饮用，也会给大家带来快乐和幸福，特别是对于他们这些身处阴暗森林中的乌鸦来说。他们开始将这一想法付诸实施：他们在以前捕狼的沟里搭起了一个小棚子，从尤科拉农场运来了那个旧的烧酒锅，因为制革匠自己反正既没有酿造烧酒的想法也没有本钱。从此，印比瓦拉山的沟渠里冒出的浓烟不断升入天空，兄弟们酿造了大量清亮的烧酒。

兄弟们开始自娱自乐起来，每天从早喝到晚，时间过得如流水一般。两三天后，他们的耳边已经响起了连绵不断的音乐声，就像远处奏响的巴松管一样，世界在他们眼中快乐地旋转着。他们身上穿着衬衫，在木屋里欢快地打闹嬉戏，从里面不时传来可怕的喧闹声和叫喊声，有时是摔跤的咣当声，有时是打架的啪啪声和重击声。这种时候，结实的木屋大门有时会突然被撞开，只见一个人全力冲了出来，后面紧紧跟随着另一个人。他们绕着木房子狂奔，粗布衬衫上下飘扬，短短的只连着前后四片布，黝黑的大腿闪闪发光。他们大声争吵着，直到彼此动起了手，或者一直到其他兄弟过来劝说他们相互和解，和好如初。兄弟们再次回到木屋，共同喝着友情的酒，唱着欢乐的歌，无所顾忌地寻欢作乐。

只有拉乌里没有加入这场狂欢之中。他回想起自己在希登基维大石头上的醉酒经历，做出了一个崇高而神圣的决定，将要在他的有生之年滴酒不沾。他也一直坚守着自己的承诺。他在森林里默默地行走着，观察着长得畸形的树木，寻找着房子里所需的木料。他还不辞辛苦地去地里查看他下的套子和陷阱，并常常从那里将一个小兔子鼓鼓囊囊地装在衣袋里带回。有一次，当他再次过去查看他的捕猎装置时，他看到陷阱里有一只棕色皮毛的动物。他满意地说道："感谢上帝，让我抓到了一只狐狸！"但很快又从他嘴里传来粗暴的咆哮声："真见鬼，这是只维埃托拉的棕猫！"他大喊一声，愤怒地将棕猫扔回森林，重新设下陷阱，然后又去查看其他陷阱和捉拿松鸡的套子。就这样，他在阴冷的森林中度过了一天，而其他的兄弟则在烤炉般的木屋里把自己喝得醉眼蒙眬。

米凯里节[①]即将来临，兄弟们想要好好地庆祝一下这个节日。于是他们准备了大量的物品，打算送到城里去卖，以便用换来的钱购买过节的食物：朗姆酒、啤酒、鳗鱼、鲱鱼和小麦面包。这是九月间一个晴朗的早晨，兄弟们围绕着马车忙得不亦乐乎。马车上装好了码得整整齐齐的麻袋，用绳子捆绑结实，并打上了牢固的绳结。一切都进行得轻松自如，神一般的速度，这是因为除了拉乌里，他们每个人都在一大早就结结实实地灌了不少酒。很快院子里的货物就准备好了，车里装着一大桶黑麦和十壶烈酒，老马瓦尔科也已经套上了马车，西蒙尼和埃罗即将出发前往海曼林纳。——木屋内继续着寻欢作乐的生活，留下的兄弟们喝得天旋地转，就这样过了一天又一天。一周过去了，又过了一周，可是仍然不见他们派出的人从城里回来，也没有听到他们的任何消息，兄弟们开始胡乱猜测到底发生了什么。就在他们这样猜测的时候，又到了第十天，但西蒙尼和埃罗却仍然音信全无。

太阳升起了，木屋内欢快的生活也达到了高潮。大家的声音都很洪亮，每个人都在夸耀自己的力量。只有拉乌里默默地坐在角落里，用桦木雕刻了一支枪托。兄弟们大声发表着意见。

[①] 米凯里节，原文为芬兰文 Mikkelinpäivä，指每年9月29日纪念天使长米凯里的节日，通常也是秋收及农场雇工劳动合同结束的日子。

"俺这个男孩就像是圆木墙的榫头一样!"

"当咱这样的男子汉出拳时,你立马就会四脚朝天!"

"兄弟们,你们还记得安蒂·科利斯汀的下巴上曾经挨过咱们这只拳头给予的那美美一击吗?他像个男人那样挨了一拳,而当这个可怜的小子倒下时,大地在颤抖,天空在轰鸣。"

他们在那里激烈地辩论着,并不时再次从酒桶里喝一些那闪闪发光的液体。——迪莫和尤哈尼之间突然又发生了激烈的争吵,当大哥的最后终于彻底被激怒了。因为现在迪莫根本就不想服软,而是用谚语、《圣经》经文和极其蹩脚的比喻强烈地反驳他。尤哈尼气从心中起,眼中冒着怒火,最后则一言不发突然就像一头被激怒的熊一样冲向了他那个偏执的小弟。迪莫赶紧逃避,只穿着一件衬衫就要跑到草地上,尤哈尼也以同样的打扮紧紧跟在后面。然而,在距离门槛只有几步远时,追赶者便停了下来,而迪莫还以为暴怒的兄长还在紧随其后,继续在布满树桩的草地上沿着弯弯曲曲的小路向前奔跑。当他猜想对方的手马上就要抓住自己的脖子时,便张开嘴用沙哑的声音大叫一声,目光严肃地向身后望去。但他看到尤哈尼实际上离他很远,正站在靠近木屋的台阶处抓挠着脖子,盯着两个疲惫不堪的旅人正朝着木屋驶近时,他的眼睛不禁睁得老大。其他人也跑了出来,就像刚蒸完桑拿一样满脸通红地跑着要去调解正在争吵的兄弟。但很快所有人的目光都转向了西蒙尼和埃罗。他们终于从旅途中回来了,一副十分悲惨的样子。

老马瓦尔科,现在已经瘦得皮包骨头了,行动迟缓得难以形容。它的头低垂在两只前腿之间,嘴巴悲伤地低垂在地面上。两个兄弟也是十分憔悴，他们满脸泥浆，衣衫褴褛，坐在马车上就像是雨中的两只乌鸦。西蒙尼的帽子被偷走了，埃罗的袜子和靴子也不见了，他们身上只剩下了6戈比[①]，还是在埃罗不知道的情况下一直留在他的背心口袋里，那里还有一块碎掉的俄罗斯饼干。他们空手而回，到底是在哪里以及是如何把整车货物的钱都挥霍掉了？原来他们在海曼林纳把钱都花在了烈性酒和小麦面包点心上了。现在，他们宿醉未醒，两手空空，回到了家。其他人在木屋的大门口一言不发地看着这一幕，他们彻底被惊呆了，而西蒙尼和埃罗则从其他人的神色中读出了对自己的可怕判决。西蒙尼认为，最好趁现在还来得及，赶紧逃到山上去，于是便飞快地从车上跳下来，扔下自家兄弟和马，消失在密林里。埃罗本也准备用同样的方法逃走，但他还是希望能够为自己洗清所有的罪责，尽早清白无瑕地站在兄弟们面前。于是他沉思了一会儿，决定继续向前驶来。

当他终于驶进院子里时，他摆出一副十分悲伤的样子，跟谁都没有打招呼，一句话不说就走下了马车，开始自顾自地给瓦尔科卸下马具。但他面临着一个无法回避的问题：旅途的情况究竟怎样，拉的一车货物的钱都到哪里去了。埃罗把一切都告诉了其他兄弟，并提醒大家说这笔钱是由西蒙尼保管的。所做的一切都是西蒙尼的命令，作为弟弟他必须服从。西蒙尼年纪更大，因此比他这个年轻的、不懂事的孩子更有经验、更聪明。他就是这样为自己辩解的，但其他人心里也都明白他并不是完全无辜的，他宿醉的样子就证明了这一点。因此，他们认为惩罚他也是正当的，

---

① 戈比，俄罗斯货币卢布的百分之一，1809—1860年在芬兰使用。

而且不能拖延。托马斯一把抓住他的脖领，就像提着一个婴儿一样轻轻松松把他平放在地上，尤哈尼拿起一根从树干上折下来的树枝，先是用它轻拂了埃罗的大腿几下，然后开始下重手使劲抽打，埃罗在下面大声喊叫着。打完之后，尤哈尼愤怒地扔掉手中的枝条，说道："愿上帝允许我最后一次惩罚你，愿这次教训能让你改过自新！这是我的良好愿望，但我担心我的愿望是枉费心思，因为一个好孩子会约束住自己，但一个坏孩子却不会因为受到约束而变得更好。"他一边说，一边快步走进了木屋，想要早点躺到自己的草床上。当他路过炉灶时，他发现自己的猫马特正睡眼惺忪地坐在炉灶上，便拿起一块面包送进嘴里，嚼碎了把面包屑递给了老马特。老马特眯缝着眼睛，发出咕噜咕噜的声音，享受着这一切。尤哈尼从那里生气地环顾了一下四周，爬上床铺，揉了一下肚子，躺在麦秸上，在身上盖上一条温暖的羊皮被子。

西蒙尼在黑暗中耳闻目睹了兄弟们对埃罗的惩罚，听到了他的哭声。他很清楚，他自己会受到愤怒的兄弟们更加严厉的惩罚。因此，他感谢自己的运气，现在能够得到云杉林的庇护。他转移到距离空旷的草地更远一点的地方，并消失在森林安全的怀抱中。但他的心里，就像他周围秋天的森林一样，充满着阴暗和荒凉。他在长满青苔的树林中走了很长一段时间，终于来到了一块长满蓝莓的岩石上，泛黄的桦树林在狂风的吹拂下发出悲切的叹息。他到底应该在这令人眼花缭乱的森林里徘徊到哪里去？当生命中缺少快乐、漆黑一团，在这样一个昏暗的死亡之夜，他究竟应该逃到哪里去？

在院子里靠近木屋门口的地方，兄弟们正忙着给疲惫不堪的瓦尔科喂着饲料和梳理它的毛发。即使处在如此狼狈不堪的状态下，埃罗仍然气得咬牙切齿地坐在木屋的门槛上，而尤哈尼则躺在床铺上，身上披着羊皮。兄弟们为瓦尔科在牧草地上铺好了芦苇，将马车也停靠在了木屋的墙边，一想起所期待的节庆物品都化为泡影，他们怀着沉重的心情走进屋里。最后，埃罗也一言不发地走进了堂屋，眉头愤怒地紧锁着。这时尤哈尼从被子下面抬起头来，从床铺边缘对他说道：

"你这个犟犊子，你还在生气吗？你这头骡子，难道你觉得你这顿打挨得还有点冤枉吗？见鬼，如果我们真的要让你得到应有的惩罚，那么你现在就不会迈着自己的双脚走进木屋了。相信我，你要感谢自己的运气，能让你以如此轻微的代价就混过了这件事。不过等待着西蒙尼的可不会是这样。哼！在他敢于打开这个木屋的门之前，他最好在自己的背上多涂点熊油。这可是他自找的，真的是自找的！他把烈酒卖掉，餐馆老板让他喝得烂醉如泥，他再以高出很多倍的价格把酒再买回来，然后把一袋袋黑麦泡到同样的菊苣水和糖浆水里，直至最后一粒谷粒。一句话，车上所有的货物包括烈酒等，都让他换成了糖浆饮料、小麦面包和饼干。哼！谁会想到西蒙尼能做出这样的事呢？这就是他的德性吗？这就是他这么多次虔诚地祈祷的结果吗？但其实我们并不应该对此感到大惊小怪。我很遗憾地告诉大家，虔诚的男人往往对酒有更强的嗜好，他们尤其会躲在大衣柜的门后面偷偷地喝酒。尽管我很愚蠢，但我也开始注意到了这一点。例如，海勒盖麦基的主人，他被称作也被视为一个虔诚的人，但这个饶舌的家伙却常常在烂醉如泥的状态下度过一天，从早到晚脸都红得像一堆炭火。我们看到他放下手中的赞美诗和布道书起身走出书房要出门，他先走向一个柜子，他在那里玩弄了一个小花招，一仰头先干了一杯。然后他走出房子朝着马厩走去，一个长工，一个可怜的小伙子，知道他将会听到一场漫长的布道。但即使是最差的祭司的布道也终于有结束的那一刻：门终于吱吱响着打开了，老头现在斜刺里地朝着牛棚走了过去。可怜的女仆正在弄火绒，而主人则一副红公鸡的模样抓着她大声叱责和训斥，生气地反复拷问她。唉，你这个蠢货！唉，饥荒之年也有结束的时候。我们再从牛棚回到正房。但那里才是骚动开始的地方，他对着老婆和女儿进行了一场最严厉的说教，持续了一两个小时。女主人中间也会厉声反驳，但她的女儿则一声不吭，任由可怜的泪水静静流下。唉，这个笨蛋！最后，不停说教的主人的喉咙似乎变得口干舌燥，便又去屋子里的柜子旁用水润了一下喉咙。然后他再拿起赞美诗开始咏唱，唱得门框不停地颤抖。这个男人的一天就这样过去了。一周过去了，直到下一个礼拜日的早上，他又戴着绒线帽，衣领翻得高高的，带着女儿坐在自家的小马车里晃晃悠悠地去了教堂。他现在坐在主的殿堂里，嘴巴噘着，眉毛上扬到前额的一半。他端坐在那里，非常虔诚地清了清嗓子。他的坐姿显得十分庄重、稳健、真实，就像一头刚刚被骗了的公牛一样。他坐在那里，就像森林里的界桩一样。但当他从教堂返回时，当他终于回到自家院子里时，他会再次以急急如火焰般的速度直奔房间里的橱柜。现在，老头又'尝到了心底正在燃烧的味道'。这个被称为世界砥柱的他，这位灵魂得到再生的觉醒者，如此虔诚地享用着烈酒，对酒竟有着如此强烈的饥渴。我想，如果命运让西蒙尼穿上海勒盖麦基的鞋子的话,他也会同海勒盖麦基一样。确实,这许多年来西蒙尼干起活来的精神头更好了,这不容否认,尽管他常常太过于爱护自己的精神羽毛了。但在许多其他方面,他又仅仅是这天底下的一个孩子,与我和许多其他人一样罪孽深重,他干的一些伎俩除了挨揍没有其他回报。现在他真的搞了一出见鬼的恶作剧。他听从了魔鬼的诱惑,把我们昂贵的货都换成了酒喝掉,甚至没有给我们带回来一丁点过节的年货。哼!这让我们恨得咬牙切齿。好吧,好吧,他会得到报应的,木屋会因此而摇晃。"

尤哈尼一边从床铺的边缘向下看着大家,一边这样说道。说完之后,他就倒在床上睡着了。其他人也都躺下休息了,一直酣睡到第二天早上。

西蒙尼一直杳无音信,连续几天几夜都没有消息。这再次给兄弟们带来了猜疑、不安和担忧,尤其是当他们最终从埃罗那里听到了他的真实状况后。因为过了两三天,埃罗烦躁的心情得到缓解,他愤愤地向大家透露了他们从城里回来时西蒙尼的情况。西蒙尼经常会唠叨说,有一些身高一英寸的小家伙会成千上万地聚集在他的周围。埃罗嘟嘟囔囔地小声讲述着,但这个故事改变了兄弟们对西蒙尼的看法。尤哈尼怀着沉痛的心情出门去寻找他失踪的兄弟,他在树林里到处走,呼喊着他的名字。在一座山的脚下,他遇到了火绒马蒂,他手里拿着斧子,正在寻找树上的真菌和树瘤,他已经把这些东西塞满了他的衬衫。马蒂说,昨晚他听到远处树林里传来一阵凄惨的叫声和哭泣声。他认为这个声音很像是西蒙尼的。这深深地刺痛了尤哈尼的心,他匆忙赶回家,为兄弟的不幸命运流下了滚烫的泪水。他现在下令在森林周围进行全面搜索。每个兄弟都要单独朝不同的方向出发去寻找,一旦找到出走的人必须护送他回家,并爬上印比瓦拉山,吹响桦木皮号角,向其他人通报这个消息。现在,埃罗从白色的灌木丛中取出他的桦树皮号角,他那粗犷的桦木皮号角有四尺长,声音能传得很远,他将号角浸到狼圈沟渠里汩汩作响的水中一晚上。他这样做的原因是,号角是在春天树皮韧性最好的季节做的,现在已经十分干燥并跑风漏气。

第二天一大早他们就出发了。六个兄弟以印比瓦拉的木屋为圆心,就像车轮的辐条那样向四面八方辐射出去。山野里开始了阵阵骚动,呼喊声连成一片,回声在无尽的森林深处回荡。随着叫喊声传得越来越远,搜索的范围也越来越大。如果你站在印比瓦拉的山脊上,听着周围远处的喊叫声,将喊叫声用一条线连接起来,就会得到一个巨大的轮子。他们朝着各自的方向搜索着,空气清新而平静,九月的阳光温柔地照耀着大地。——尤哈尼大声喊叫着,在山上迈着大步咚咚地走来走去。但是一直到中午,那渴望已久的回声却没有传到他的耳朵里。然而最后,当他的喉咙不知疲倦地仍然像铜号一样不停地喊叫时,他听到了一个怪怪的、微弱而沙哑的声音在回答。这个声音似乎从几棵高大的云杉树下,从两块长满青苔的岩石的缝隙中传出。尤哈尼急忙赶到那里,终于找到了失踪的兄弟,其处境已是十分可怜。西蒙尼坐在一棵茂密的云杉树下,像一个令人恐惧的幽灵,双臂交叉着,头发一簇簇地竖着,眼睛直直得像猫头鹰的眼睛。他坐在那里,身体颤抖着,嘴里发出几句沉闷带着颤音的赞美诗声。尤哈尼开始询问他感觉怎么样,但在听到他混乱、奇怪的回答后,他立即带着他难得的发现赶回家。当他终于让他的兄弟清醒过来并关好门后,他立即又拿着一只巨大的号角跑上了山。远处,静谧、深蓝色的森林环绕在他的周围,开阔的世界围绕着他旋转,西边天尽的夕阳向山脊上长着胡须的古老云杉投射出金色的光芒。尤哈尼把号角对准嘴唇想要吹出声音,但却吹不出来,只能听到几声沙哑的噼啪声。他又吹了一下,却仍然没有发出任何像样的声音。接着他再次深深地吸了一口气,一直吸到整个胸腔都充满了空气,他的脸颊圆圆地鼓起,吹了第三次,现在桦木皮号角发出了庄严而高昂的声音。远处,隆隆的回声划破了天空,顿时从东、西、南、北各个方向都传来了欢快的回声,一阵轰鸣而隐隐约约的声音从远处原始森林永恒的暮色背后传来。最后,兄弟们都高兴地站在西蒙尼周围,用悲伤的眼神看着他,他则像谷仓屋顶上的苍鹰一样坐在凳子上,瞪着眼睛盯着他们。

尤哈尼:西蒙尼,我们的兄弟!

托马斯:你的情况怎么样?

迪莫:你还认识我吗?——不要编词——你认识我吗?

西蒙尼:我当然认识。

迪莫:我是谁?

西蒙尼:嘿,尤科拉的迪莫。是的,我能不认识他吗?

迪莫:对的!我是迪莫,你的亲兄弟。——孩子们,他的问题还不是最严重的。

西蒙尼:那个伟大而可怕的日子快要到了,它的名字是恐怖的毁灭。

阿波:你为什么这么预测?

西蒙尼:他说的。

尤哈尼： 谁说的？

西蒙尼： 他，就是他，我旅途中的一个同伴。

埃罗： 是我吗？

西蒙尼： 不是你，是那个引导我向前的怪物。噢，兄弟们！我想我会告诉你们一些事情，会让你们的头发像愤怒的野猪的鬃毛一样竖立起来。但请先给我喝一口，以刺激我的心脏，就让这一口成为我吞下的最后一口酒。

尤哈尼： 喝吧，上帝的创造物。给，我亲爱的兄弟。

西蒙尼： 非常感谢！——现在我试着把我的所见所闻讲出来，给大家一个警示。听着，我见到他了。

尤哈尼： 你到底见到谁了？

西蒙尼： 那是大师本人，路西法鲁斯①本人！

阿波： 你只能在梦中或精神错乱中见到他，这种精神错乱会伴随着过度饮用烈性酒而产生。

西蒙尼： 我确实见到了他。

迪莫： 他长什么样？

西蒙尼： 一副无辜的样子，不过他后面长着一个狐狸尾巴。

迪莫： 他个头很大吗？

西蒙尼： 差不多和我一样高，尽管他能够随意把自己变成什么。当他第一次出现时，他就像一阵风似的沙沙地来到我坐的灌木丛中。"是谁呀？"我尖声问道。"一个朋友。"他回答道，并拉着我的手，让我跟着他走。我只好跟着他，因为我不敢反抗，所以我认为最好还是按照他的意愿去做。我们一起沿着布满荆棘和石头的道路走了很长一

---

① 路西法鲁斯，《圣经》中指魔鬼，原指启明星，即金星，古人曾认为其预兆不祥。

段时间，这期间他可以随意变成任何东西。有时他会像一只喵喵叫的小猫一样跳到我的前面，纯真无邪地看着自己的背后，然后眼睛又直直地盯着我。有时他还会变成一个极其高大的男人，头颅一直伸到云霄。他从那里对我大声喊道："你看到我的头了吗？"我总是顺着他说，讨他的欢心，对他的高大感叹不已，说我的眼睛几乎看不清他的四肢。这时他的嘴角会扬起一阵欢欣鼓舞的大笑，认真地看着我。接下来他又耍了很多其他的把戏，最后，他把我带到了一座高山上。他在我面前弯下腰说："你踩到我的背上来。"我心里一惊，却又不敢反抗，只好利索地爬上了他的脖子。但我还是问了他一句："我们现在要去哪里？"他回答说："我们要往上走。"然后他就开始气喘吁吁、大汗淋漓地扭动着身体，而可怜的我则趴在他的背上，像一只趴在狗背上的猴子一样不停地被甩来甩去，并在几天前来到了海曼林纳的广场上。最后，他的肩膀上长出了两只彩色的翅膀，他挥舞了几下，开始向上朝着月亮飞去，月亮就像铜盆底部一样在我们的头顶上照耀着。我们加速向月亮飞去，地球离我们越来越远，仿佛落入了令人昏眩的宇宙深处。我们终于到达了月球，正如我那看不见的舅舅告诉我们的那样，月球是空中的一座又大又圆、光彩夺目的岩石岛，在那里我看到了许多奇迹和奇特的事，奇迹和奇事！啊，它们是不能用有罪的舌头说出来的！

托马斯： 你尽力去做吧。

尤哈尼： 尽你的能力，我的兄弟，尽管这与事物本身的分量并不成比例。

西蒙尼： 我会尽力的。——是的，我们上了月亮，我的魔鬼撒旦把我带到了月亮最高处的边缘，带到了一座高山上，那里矗立着一座更高的塔，一座用皮革即制造皮靴的皮革建成的高塔。我们登上了塔楼，他在前，我在后，沿着蜿蜒的楼梯走了很长一段时间。终于，我们站在了靴皮塔楼的顶层，从那里我可以看到许多陆地和海洋，我看到了我们脚下巨大的城市和远方的奇特建筑。我壮着胆子用胳膊肘碰了碰撒旦，问他："在我们下面的深处出现的是什么？"他瞪了我一眼，严厉地看着我回答道："见鬼，孩子！我跟你有什么关系？但那里是我们的世界，我们刚刚离开的地方，要好好观察并研究。"他就是这么说的。于是，我气喘吁吁地开始认真观察和研究。我看到了整个世界，我看到了大英王国、土耳其国家、巴黎市和美利坚国家。然后我看到了大土耳其的崛起以及它正可怕地摧毁着一切。紧随其后的是一个长着大角的财神，将人类从地球的一端驱赶到地球的另一端，就像狼驱赶羊群一样。它就这样追来赶去，最后扼杀了整个世界，扼杀了美利坚国家。我看到了这些，便再次轻轻地从侧面碰了一下魔鬼问道："我来自的那个世界现在被毁灭吗？"他冷冷地回答说："见鬼，孩子！我跟你有什么关系？但这是对即将发生的事情的预测。好好观察并研究。"我深深地叹了一口气，一边观察一边研究。但我最后还是鼓起勇气再问了一句："这会在什么时候发生呢？"他皱着眉头再次回答道："当两个皮号角穿过墙壁出现在我们面前时，事情就会发生。"他吹了一声长长的口哨。不过，假如我能向你们解释清楚就好了！

尤哈尼：你如果能的话就这样做吧。啊，看看你都看到了什么奇迹啊！这预示着一些事情，即使不是世界末日，也可能是我们自己的毁灭，上帝的惩罚即将降临到我们身上。事情是不是这样：你与魔鬼一直登上了月球？

西蒙尼：还登上了皮塔！

尤哈尼：还登上了皮塔，事情是这样吧？

迪莫：登上了靴子皮塔！

尤哈尼：是的，还去了靴子皮塔。啊！但请告诉我们一切，因为虽然我感到脊背发抖，但这样的深挖似乎对我的罪孽之心有好处。我的罪孽之心是如此坚硬，如此僵化，除了地狱的大棒或天堂的火锤，几乎无法被任何其他东西所触动。就让天打五雷轰吧，我的兄弟，就让暴雨倾盆吧，甚至是蛇蝎俱下。这正是我们所需要的。那么，后来发生了什么？

西蒙尼：所以你们听着，听着！魔鬼猛烈地吹着口哨，正如他所说，两根皮筒，两根巨大的皮号角穿透了墙壁。它们开始发出可怕的尖声，就像野鹿的叫声一样，它们开始从嘴里喷出烟雾、硫黄的气味和含有火石的气体。很快我们都开始剧烈咳嗽，魔鬼和我都捂着耳朵咳嗽，因为那两个可怕的号角仍在吼叫。号角的声音越来越大，塔楼开始颤抖，最后随着一声巨响，靴子皮塔轰然倒下，我们也跟着它倒了下来，被埋没在一堆皮革面料中。我不知道魔鬼掉到了哪里，但我一直头朝下跌跌撞撞地向下坠落，先是从大岩石上坠落，又从月亮的边缘坠落，后来我们搭着一块两肘①宽的皮革坠落到了地面。据说那块皮革来自月球，一直被月球所吸引，而我是来自地球的，则被地球的引力吸引。由于我身体的重量超过了皮革的重量，所以我带着皮革向地球坠落，虽然很慢，就像骑在一只老乌鸦的背上飞行一样。我的运气一直不错，因为如果没有这个皮

---

① 肘，芬兰文为 kyynärä，旧时长度单位，1 肘约为 60 厘米。

垫作为我的飞艇,当我无法再依靠撒旦的翅膀时,我就会像一袋破布一样掉到地上。而我现在则静静地、静静地再次驶向我心爱的乡村家园,最后降落在我与魔鬼一起出发的那个地方附近的一棵云杉树下。我的手里还握着那块皮革,我看到上面用红字写着以下的内容:"致尤科拉的兄弟们,这是一个全心全意的问候!当你们在云层底部见到一个火焰标志,或者就像是雄鹰闪闪发光的尾巴时,那么注意看:当这件事情发生的时候,就是世界末日的那一天。发自靴子皮塔,几乎是在末日那一天,或者是末日那一年,真的就是那最后一年。"这就是写在那块把我从月球上送过来的那张皮革上的话,我现在把它放开,它将会再向月球上飞去。这就是关于我这次悲哀的旅程的全部情况。

尤哈尼: 美妙、非凡,同时又令人恐惧。

迪莫: 但你至少在这些迷途中学会了识字。

西蒙尼: 别这样想,我还是像以前一样愚昧。

迪莫: 可是你一定还是掌握了什么诀窍。你要不要试试?这是我的识字读本。

西蒙尼: 是啊,还有什么。我就好像是在看俄语或者希伯来语一样。我当时在精神力量的影响下,对我现在面前漆黑一团的东西有了很多了解,但我还是那个可怜的人,同一个罪人,一个大罪人。我头晕目眩,因为那一天已经到来了!我的头开始旋转,因为我的眼睛看到了路西法鲁斯本人。噢,噢,它的毛可真多啊!

尤哈尼: 可怜我们不幸的孩子,唉!

西蒙尼: 要转一千遍啊!我的头在旋转,在旋转!我见到了路西法鲁斯,它一直在旋转!

尤哈尼: 向上帝祈祷,我的兄弟,向上帝祈祷吧!

西蒙尼： 让我们一起祈祷吧。——我见证过路西法鲁斯毛茸茸的力量！——让我们一起祈祷吧！

迪莫： 好吧，如果需要这样做的话，我们为什么不祈祷呢？

尤哈尼： 这很可悲啊，啊！

迪莫： 别哭，尤哈尼。

尤哈尼： 如果可能的话，我会哭出血泪的，因为我们像狗一样生活，像异教徒和土耳其人那样喝酒。但现在让布道紧随着赞美诗，让我们过上不一样的生活，否则天堂可怕的愤怒很快就会像沉重的北部山丘一样压到我们身上，一直把我们压入地狱。是的，是的，我们已经被预言和奇迹警告过，如果我们不及时留意这些迹象，我们就会遇到最邪恶的魔鬼。

拉乌里： 最糟糕的事情将会发生在我们身上，因为我也有话要告诉大家。你们大家听着！因为当你们玩木碟时，我正在森林里漫步，寻找足够的木料用在房子上，我躺在荒野上做了一个美妙的梦。我仿佛站在高大的松树树梢上，看着你们在草地上的新鲜牛皮上疯狂地击打着木碟。你们猜猜你们到底在和谁一起玩呢？伙计们，你们是一直在与我们严厉的牧师长互相厮打着。但最终是什么结果呢？牧师长最终发现，那木碟并不是普通的木碟，而是一本红皮的识字读本。这让他怒不可遏。他挥舞着剑，大声喝道："咿呀，咿呀！"很快，一场可怕的暴风雨逼近了，你们就像尸体一样随风被抛到空中。这就是我做的梦，这个梦带有某种意义。

尤哈尼： 这个梦确实在这里向我们预示了地狱般的魔鬼舞蹈，这毋庸置疑。我们已经从两个方面得到了警告，如果我们现在还不小心，烈火、沥青和小石子就会像雨点般落在我们身上，就像以前发生在所多玛和蛾摩拉城里①一样。

阿波：不过，我们也不要太过于害怕。

托马斯：我也许无法确定到底是怎么回事，但西蒙尼所看到的一切也许都来自宿醉后的大脑。

尤哈尼：你在说什么，伙计？你是要让上天给予我们的重要警示都落空吗？

迪莫：不要挑战上帝的作为和神迹。

西蒙尼：啊！我在月亮上见过路西法鲁斯，我的灵魂现在非常害怕。怜悯我吧，怜悯我们大家吧！

托马斯：这太悲催了！大家再喝一口，然后上床睡觉。

西蒙尼：那么，这又有什么用呢？

迪莫：我们已经没有酒了。

托马斯：这就不一样了。

西蒙尼：感谢上帝，毒酒喝完了。现在，我保证并发誓，不要再让一滴这种东西流到我的嘴里。

尤哈尼：这种地狱的清酒该受到诅咒！

迪莫：当我们开始酿造这种饮品时，我们就犯下了不小的错误。

阿波：这是谁的主意？回答我，尤哈尼和迪莫。

尤哈尼：你一定也觉得酒的味道很好，我的兄弟，这是真的。其次，事情已经发生了，抱怨或者埋怨都已经于事无补了。是啊，是啊，过去的事都随着桥下的流水流走了，但我们从现在开始要实行另一条规矩。——现在大家都到

---

① 根据《圣经》中的故事，上帝派天使摧毁了这两座堕落的城市。

沟里去！我要用我的斧头把那头邪恶的铜牛、那该死的酒壶劈成一千瓣，把烧酒的炉灶像喜鹊的巢穴一样彻底打碎。

西蒙尼：去这样做吧，我的兄弟，天堂将会欢欣鼓舞。

尤哈尼：我会做的。

阿波：为什么我们要销毁可以体面出售的设备和零件？

尤哈尼：但是我们要这样看，我要是把烧酒锅卖给其他人，他会用它制造出什么样的健康物品呢？只有同样的，同样的地狱般的东西，那种把我们带到了灭亡边缘的东西，而我们也会通过我们的这口烧酒锅让许多其他人陷入同样的痛苦。而当我最终接受主的审判时，我想远离那种罪孽。

阿波：让我们把它卖给王室，王室还可以用它来铸币。

尤哈尼：是的，但即使是砸得粉碎仍可以用它造出很多的钱币。我拿上我的斧头，迪莫，你也带上斧头跟我一起去捕狼园吧。因为明天是礼拜日，我们要去教堂。我们去教堂，准备为我们那个可怜的、唯一不朽的灵魂祈祷，现在这已经是十分必要的了。我们每个人都要去教堂，否则魔鬼会折磨我们。——我们现在去捕狼园，迪莫！

尤哈尼和迪莫走下沟渠，很快就把蒸馏锅砸成了一堆完全不成形的废铜烂铁，同时还拆毁了烧酒的小棚。当晚，他们睡得很深沉，但第二天一早就醒了，开始准备去教堂。他们出发的时候，阿波腋下夹着父亲用过的旧赞美诗集，西蒙尼带着一本《呐喊的声音》，而尤哈尼和迪莫手里则拿着红色封皮的识字读本向前走去。他们一边走，一边这样交谈。

西蒙尼：看啊，越走近主的圣殿，我心中的风暴就越平静，我的内心也变得更加清澈。啊！智者踏上虔诚者的旅程，但在罪孽的烂泥中，愚蠢和盲目还在猖獗。天啊！当我回头望去，想起了上一次不幸的都市之旅就像是去了一次可怕的地狱，烈酒蓝色的火焰在四处腾起。

迪莫：所以，我的兄弟，以后就不要再这样做了。我为你祈祷。这会是我们应该有的状态吗？没日没夜地以昂贵的沙龙酒洗面，像那些大老爷似的日夜不停地喝着美味的东西。好吧，好吧，这不是批评，而是兄弟般的劝诫。

西蒙尼：我做了一件坏事，当我们一起去烧制烈酒和大肆享用的时候，我们都做了坏事。但现在让我们共同做出决定，永远放弃这种将人子变成动物的饮品。

尤哈尼：酒精把人变成了猪，最终会将人变成更低劣的只会哼哼叫的尖背野猪。因此，我们现在要在这里与酒精坚定地握手告别，并请求它奉主的命令离开我们六天。那么阿波，现在给我们讲讲池塘里的猪的故事，这个故事是我们曾经从盲人舅舅嘴里听到过的，正好我们现在又到了这里，你就给我们讲讲吧。

阿波：我很乐意这样做。哦！愿这个故事会让我们对那该死的祸乱之水①产生更加强烈的厌恶。

阿波给他们讲了下面这个故事：

那是一个礼拜日的早上。在夏日的阳光下，有一头猪在当地的泥潭里打着滚，看着从它身边经过前往教堂的人们。它以一颗嫉妒而冷酷的心看着人类高贵而美丽的形象，

---

① 这里指烈性酒。

想起了自己那肮脏龌龊的外形。一些过路人的额头上反射着刺眼的光芒，猪惊讶地收回了目光。它对上帝非常生气，因为上帝没有把它也创造成一个人。当它最终对这些烦恼和哀怨感到厌烦之后，它把四肢伸展开来，闭上它那眯缝着的小眼睛，睡着了。当它过了一会儿醒来时，它的旁边躺着一个同伴，一个酒鬼，喝得醉醺醺地掉到了池塘里，而且马上就要被淤泥呛死了。猪看到了他面临的危险，心生怜悯，用獠牙咬住了这个人的衣领，把他拉到了干燥的地面上。做完这件大慈大悲的事后，它看了那个人一会儿，扮了个鬼脸说道："你这个可怜的人，你的形状太丑了，我不忍心再看你了。"猪一边说着，一边哼哼着从他身边离开，开始用嘴拱着地面。

尤哈尼：好一个精彩的故事。——不过朝那边走的方向是去尤科拉家的房子，幸好我们的路线远远地绕过了它，因为每当我们看到以前的家时，我们的心就会碎。图科拉村和那里的敌人离我们很远，这也是件好事。因为我担心，如果我们再见到他们，哪怕他们对我们露出一丁点儿鬼脸，我就会立即像猫一样掐住他们的喉咙。我还没有忘记他们对我的那顿殴打，也没有忘记我承诺的可怕的复仇。

托马斯：我也没有忘记这两件事。

西蒙尼：我们应该原谅并忘记。

尤哈尼：就让它成为过去吧。如果他们谦卑地过来找我请求宽恕，承认他们做错了，即使让我眼里含着泪水同他们握手，那么我也会很乐意忘记这一切。但只要他们的心不想让步，反而不停对着我咬牙切齿，我也会以牙还牙，直到咬出火花为止。

他们就这样互相说着话，不知不觉来到了塔米斯托农场。院子里站着很多人，有男有女，远远就听见一个声音在喊："第一遍、第二遍、第三遍。"接着又问道："还有人要再加一点吗？"那是当地的警长正在举行一场抵押品拍卖会。他坐在靠近台阶的一张小桌子旁，在他的本子上不停地记着买家的名字和货物的价格，现在正在拍卖的是农场的一头牛。弟兄们站在那里感到很惊讶，不明白为什么会在礼拜日安排这样的活动。这是因为他们在印比瓦拉的大山深处，在醉醺醺的状态下日子过得飞快，在计算星期几时算错了日子。这一天其实是星期一，是纯粹的平常日子，而兄弟们错把这一天当作礼拜日，手里拿着识字读本，想要步行去教堂。

他们环顾着四周，想看到他们忠实的朋友屈斯蒂。但他并不在这里，他正在远处的田野里走着，神情严肃地看着地面，独自冥想着。最终，尤哈尼向离他们最近的几个人问道，他们怎么敢在主的安息日即礼拜日举行联合拍卖会。嘲笑声和讥讽声立即就像野火一样传遍了整个院子。现在兄弟们也大概猜到了到底是怎么一回事。他们呆呆地站在那里，满脸通红，说不出一句话，一直站了很久，任凭人们哄笑和嘲讽。这时一群来自图科拉的小伙子也走近他们，嘲弄地向他们询问印比瓦拉的新信仰、它的日历，以及怎样称呼他们年历中一周的第八天。兄弟们闻言，顿时怒火中烧，霎时狂风暴雨肆虐。他们就像挣脱了绳索的狗一样，怒声吼叫着冲向图科拉人，塔米斯托的院子里爆发了一场可怕的混战。

西蒙尼不想参与这场混乱的打斗，其他兄弟则把他们所有的书都扔到了他的怀里，他紧紧地抱住这些书，神情痛苦地用焦躁不安的眼神看着这场激烈的战斗的进展。但是当他看到阿波被三个强壮的图科拉人围住后，心痛地见证着他可怜的兄弟脸色一下变得惨白、眼睛呆呆地望着树顶，火花般的打击从四面八方如同雨点般落到他的身上，西蒙尼立即将手中的书放在附近的一块石头上，急忙上前去帮助阿波，但很快他也被淹没在狂野的打斗浪潮中。

警长一开始试图阻止这场愤怒的洪水的泛滥，但当他意识到自己对此实际上无能为力之后，他及时地退到了一边，惊讶地看着兄弟们的无穷力量。而兄弟们也从来没有展现出如此猛烈的力量，速度简直如同旋风一般。长久以来被压抑着的复仇情绪终于被一阵狂风煽起，并伴随着无与伦比的骚动和轰鸣，发展成为一场凶猛可怕的风暴。妇女们脸色苍白、瑟瑟发抖地逃离了现场，有的怀里抱着、手里牵着受到惊吓的孩子。农场里被惊扰的牲畜，既有强壮的公牛，也有沉静的母牛，到处哞哞叫着跑来跑去。当尤科拉兄弟进攻时，以及当图科拉兄弟和他们的众多朋友进行反击时，吼叫声、咒骂声和鼻息声响成一片。尤哈尼咬紧牙关，脸上沾满了灰尘和毛发，猛烈地冲进对手的阵营，左突右冲，下巴都气得变形了。肩膀宽大的托马斯则像一块大石头那样压了上去，他的重拳所到之处，总是有人倒下，有时在他的一击下能倒下两个人。那是当他把一个人打倒时，这个人摔倒的速度如此之快，以至于又会带倒站在他旁边的另一个人。迪莫像绞刑架上的大汉那样用斧头到处抡来抡去。远远望去，他棕色、粗糙的脸颊因愤怒而发烫。在这场小冲突中，埃罗不乏男人汉般的反抗。虽然他经常会冲到别人的脚下，但他总能很快从人堆下面重新站起来，他的拳头又像旋转的火箭一样从他的身上飞向四面八方。拉乌里跑得最为狂野。他像杀戮天使那样脸色惨白，挥动着拳头猛烈地击打着，他面前的一切要么被击倒，要么都逃走了。人们惊恐地观看着这场混战。到处都可以看到苍白得可怕的脸，鼻孔张得大大的，脸上血淋淋的，口鼻沾满了泥浆。可以看到他们眼中燃烧着黑色的愤怒火焰，即使是天降雨点般的火焰与火石，他们也会疯狂地向着目标冲去。这一切他们都看在眼里，他们的耳边也响彻着如同秋夜漆黑的森林里狼群厮杀般可怕的咆哮声。

兄弟们在塔米斯托的院子里打得不可开交，搏斗越来越激烈。一个人已经被撂倒了，另一边又倒下了一个，鲜血洒落在沙地上。大地上也沾满了兄弟们暗红色的血液。因为图科拉人已经动了刀子，但现在兄弟们的腰上并没有挂着刀子，因为他们是在去教堂礼拜的路上。当他们发现自己的热血已经沸腾时，便从山坡上抄了些木棍作为武器，无论长棍还是短棒，或者从最近的栅栏上折下来一根木杆，然后疯狂地向前冲去，很快他们就面对着对方手中同样的武器。现在，木棍和木杆开始在人们的头上伴随着噼里啪啦的声音挥来舞去。看起来似乎还很难说谁会在这场较量中获胜，谁会败北。兄弟们虽然战斗英勇，但终究寡不敌众，他们遭受到了严厉、猛烈的殴打。

但随后当一个人走近战场时，天平立即向有利于尤科拉人的方向倾斜。塔米斯托的主人从地里回来，一路奔跑着，大声咆哮着，那是塔米斯托深棕色皮肤的屈斯蒂。他手里握着一根坚硬的木棍，像个可怕的灰色幽灵一样跳了出来，他的头发像妖精一样竖着。他像一股狂风一样冲向图科拉人的后面，在他们中间引起一阵混乱，而七兄弟的斗志则被激发了起来。屈斯蒂咆哮着，翻着白眼，用可怕的力量击打着，就像个失去理智的疯子一样。兄弟们则从另一边打，打得加倍地狠，敌人终于被打跑了，即那些还没有被棍子打倒在地的人。

七兄弟现在也赶紧逃离了现场，朝着他们自己家的方向跑去，并高声呼唤着屈斯蒂加入他们。但屈斯蒂并没有听他们的，而是在院子里不停地发着火，大声咆哮着，人看起来十分恐怖。兄弟们已经在干燥、尘土飞扬的小道上狂奔了。当他们到达两块地之间的一座小桥时，他们听到了身后屈斯蒂的声音。他们停了下来，回过头去看，只见一个肩上扛着长棍的疯狂的人，一边咆哮着，一边在空中挥舞着手，向他们跑来。很快，可怕的屈斯蒂就站在了他们面前。他满头大汗，气喘吁吁，眼睛因为恐惧和愤怒而斜视。他说了一些谁也听不懂的话，其中夹杂着响亮而持续的叫声："冲啊，杀呀，冲啊，杀呀！"兄弟们恳求他和他们一起去印比瓦拉山里，不要再回到那群狼身边，但他只是站在那里，自言自语地发着呆。突然，他凶狠地看着兄弟们说道："你们现在回家吧！"他说着转身离开了他们。兄弟们也转身朝着另一个方向走去。但过了一会儿，屈斯蒂尖叫的声音再次响起，兄弟们回头一看，只见他站在小路上，使劲儿摇着头和双手，又听见他高声喊道："你们快回家吧！"他从那里沿着刚才过来的道路跑着回去了，兄弟们也朝着他们在森林里的木屋赶回去了。他们中间许多人头上都鼓起了高高的肿包，手臂上满是血淋淋的伤口。他们目光呆滞地看着前方，快步行进着，死亡令人窒息的阴郁在他们的脑海中凝结。——塔米斯托农场的战斗就这样结束了，许多人晕倒后被抬走，许多人身上留下了永远铭记在心的伤口。

第十一章

在塔米斯托农场发生激烈斗殴的同一天晚上,兄弟们回到了自己的木屋,在伤口上涂抹了疗伤的油膏并进行了精心包扎。他们坐在那里,内心笼罩在夜晚的永恒黑暗中。他们的目光紧盯着地面,充满了仇恨。他们回忆着自己做过的事,知道自己将面临什么样的惩罚。他们思考着自己不幸和绝望的处境,房间里寂静得令人感到毛骨悚然。西蒙尼最终开启了下面这场谈话。

西蒙尼:兄弟们,兄弟们!你们就只说一句,我们需要怎样做才能逃脱王室的抓捕?

阿波:咳!我们已经没有什么救赎的办法来摆脱这种困境了,至少在现在的这个世道上。

尤哈尼:我们掉到了坑里,深陷其中!一切都完了,我们所有的幸福和希望!

托马斯:我们落到了魔鬼手中,他们毫无怜悯,因此让我们闭上眼睛,接受我们应得的惩罚吧。我们在国王官员举行的一场活动正如火如荼地进行时大加干扰,这个罪名可是不轻啊。我们可能已经把一些人打残废了,这更严重。也许我们甚至伤害到了他们的性命,这也许没有什么关系,我们可能会被带走,这样我们就可以无忧无虑地吃皇粮了。

西蒙尼：我们这些可怜的孩子！

迪莫：尤科拉的可怜孩子！一共有七个！我们现在该怎么办？

拉乌里：是的，我知道我要做什么。

尤哈尼：我也知道。我们每个人都用刀去割自己的喉咙！

迪莫：别胡说！

尤哈尼：我的刀，我锋利的刀！我要用它大放血！

阿波：尤哈尼！

尤哈尼：让我们把七个人的血流成一股，然后让我们一起淹死在红色的海洋里，就像旧约时代所有的人那样！我那把有着歪桦木刀把的锋利的小刀在哪里？那把可以摆平一切的刀在哪儿？

阿波：冷静下来，伙计！

尤哈尼：你给我让开，我也不想要这该死的命了！拿刀来！

西蒙尼：让我们好好约束一下他吧！

阿波：到这儿来，兄弟们！

尤哈尼：让开！

托马斯：乖乖地，小伙子！

尤哈尼：住手，我的兄弟托马斯！

托马斯：你给我好好地坐着！

尤哈尼：我现在什么都没了，表现好又有什么用处？你愿意乖乖地接受80下生生的鞭挞①吗？

托马斯：我不愿意。

---

① 鞭挞作为一种惩戒措施在芬兰一直保留到19世纪80年代，通常使用有弹性的长桦树枝抽打80下。

尤哈尼：那你会怎么办？

托马斯：我会走向绞架，但不会在他们把我逼到那个分上之前。

尤哈尼：让我们现在做我们需要做的事情吧。

托马斯：让我们好好考虑一下。

尤哈尼：哈哈！一切都是徒劳的。

托马斯：或许我们还没有到那种地步！

尤哈尼：法律的镣铐在等待着我们。

西蒙尼：让我们离开芬兰，去英格里玛①去牧羊！

迪莫：或者去圣彼得堡当看门人。

阿波：这些都是很愚蠢的建议。

埃罗：我们可以像我们勇敢的舅舅那样去海上航行！我们一旦离开了芬兰的海岸，就可以摆脱王室的魔掌。我们可以试试去英国的船，他们付给在船桅上干活的人不少钱。

阿波：这个建议值得好好考虑一下。

托马斯：这也许有点道理，但是我们要记住：在我们有时间到达芬兰海岸之前，或许我们的手腕上已经戴上了王室的手环。

迪莫：哇！如果我们能完好无损地离开芬兰，我们又什么时候才能到达英国呢？到那里去可有上百万甚至上十亿公里的路途啊。哇！

阿波：大家听我说一句，如果我们把自己变成和狼一样的人，我们就不用害怕狼的牙齿了。让我们去参军到军营里干上几年吧。啊！这个办法很绝，但也许是当前窘境中最好的出路了。是的，让我们加入著名的规模庞大的海依

---

① 英格里玛，芬兰文 Inkerinmaa，是位于现俄罗斯维堡附近讲芬兰语的地区，19 世纪时许多芬兰人去那里从事放牧。

诺拉营吧,他们在帕罗拉荒原进行夏季培训和训练。让我们在思考这个问题时记住这一点,别忘了王权会偏爱它的子弟兵的。

尤哈尼: 我的兄弟,恐怕你现在找到了一个正确的方法。兵营以前也从困境中救过很多狂野的青年。例如,让我们回忆一下卡里拉的长工,那个大混混,他曾经一时冲动打了自己的主人,这对这个小伙子来说当然是很糟糕的一件事,但是当这个家伙突然给自己身上披了一件灰色军上衣时,他便得救了。现在让我们向兵营进发吧!我们爷爷的兄弟在战争中阵亡,那是在居略之战[①]中,尸横遍野,血流成河。我们自己的叔叔也死在了战场上,他同样倒在了波赫仰玛的海边。这也发生在许多其他部落成员和邻居身上,我们也会以同样的方式阵亡,成为虔诚的英雄。人死了也好,在天堂会比在人间畜生们中间生活要好。我不得不哭了。是的,在那里比在这里好。哦耶!要好得多。

托马斯: 我的兄弟,你就是这样让我们所有人都跟着你落泪的。

西蒙尼: 主啊,求您光顾我们,让您恩典的阳光照耀我们!

他们的交谈就这样在哭泣声中结束了,这是一场铺天盖地的大哭,没有一个弟兄的眼睛是干的。——但夜幕降临,夜色已深,他们终于都哭着睡着了。——第二天,他们还在思考,满头大汗地琢磨着怎样才能找到最好的自救办法。他们的眼睛小心翼翼地盯着木屋的外面和四周,以

---

① 居略之战指1714年瑞典—芬兰军队与入侵俄军在芬兰北部波赫仰玛的一次战役,瑞芬联军战败。

便能在一定距离之外及时发现国王的军队是否在靠近。他们就这样权衡着和思考着，认为兵营虽然很可怕，但对他们来说仍然是最好的避难所。因此他们决定一起踏上前往海依诺拉的旅程，并在那里当上六年兵。当又一个黎明到来时，他们怀着沉沦的心和阴郁的心情，开始了漫长的旅途。他们向前行进着，但全然不知要去当兵还需要有通行证和牧师的函。他们背着树皮包，先是朝着尤科拉的方向，打算请制革匠接手他们的牲畜，并稍微照料一下他们的木屋。

当兄弟们来到通往维埃托拉的大路上时，却迎面与警长和紧随其后的围猎官不期而遇，他们正一路颠簸地乘着马车向他们驶来。兄弟们被他们吓了一跳，以为他们的出现是为了抓捕自己。兄弟们正要跑进树林里躲起来，但又想到来人只有两个是永远抓不住他们的，便又走了出来。但他们还是猜错了，警长现在管区内乘车执行的完全是另外一项公务。他是一个好人，从来都是那么勇敢、高尚、开朗。他总是听到一些关于尤科拉兄弟和他们在森林里的生活的故事，这让他感到非常有趣。他很欣赏他们，他是他们的守护者，而不是他们的敌人。他现在到了兄弟们身边。

警长：你们好，你们好啊！小伙子们这样认真地赶路是要到哪里去啊？你们要回答我，别像森林中的野狼那样眼睛看都不看我。你们背着背包这是要去哪里？

尤哈尼：我们还有很长的路要走。

警长：那你们是要赶着去地狱吗？哈哈！

尤哈尼：你想要从我们这里得到什么？

警长：你们能给我什么？但即使买不起东西，也可以问问价吧。好吧，你们的眼睛确实在向我鼓起、转动，如果我不是早已习惯了直视魔鬼，也许我的心现在会有点颤动。哈哈哈！你们的身上是着了魔了吗？

尤哈尼：我想问你一个问题：那件事是否成了一件官案？

警长：什么事？

尤哈尼：嗯，就是那件事，那件事。

警长：什么事，你这个蓬头垢面的混混，到底什么事？

尤哈尼：在塔米斯托农场发生的那件事。

警长：啊哈！前几天的那场打闹？啊哈！关于那件事我可要对你讲几句。

尤哈尼：有没有发生过失杀人的事？

警长：你要感谢自己的好运气，没有发生那样的事。但是那件事闹得动静很大，轰隆隆的，你们阻挠王室官员履行他的职责并掀翻了他的办公桌，想想这件事的性质。

尤哈尼：上帝保佑！我们确实都想过了，也认认真真地思考过了，我们已经明白了我们将从中得到什么。是的，是的，我们是中了魔了，我们因此也选择了魔鬼的厄运。请您知晓：我们正在前往帕罗拉大营的路上，一会儿上山一会儿下山，一路上尘土飞扬。我们还有最后一个隘口要过，我们正在危难中和痛苦中逃向那里。当那些愤怒的魔鬼般的人从各个方向逼近我们，我们就好像掉在陷阱里的狼崽子一样。我们正在赶往帕罗拉！谁要想切断我们的道路那么他注定是不幸的。正如我们所听到的那样，王室现在正需要人，战争正在进行中。我们很快就会穿上带王冠的盔甲，那时候看你们还敢再来碰我们，你们这些魔鬼。

嗨，哈！我愿咬穿这个世界，像鳗鱼那样咬穿这个世界。我差一点就因为悲伤和愤怒而哭泣，我的双拳紧握。让我们继续向帕罗拉进军吧！在帕罗拉，那里有许多像乌鸦一样的小伙子。

警长： 你们这些猫头鹰蠢小子！你们愿意放弃自己土地上安静的木屋而去接受兵营呼啸的军杖吗？

尤哈尼： 在那里总比被锁链拴在一起送到山上去开石头强[①]。再说了，正如大家所看见的那样，从海曼来的人身上的皮毛有1英寸厚。

警长： 用锁链拴着开石头！为什么？

尤哈尼： 先生，正是您想用那叮当作响的锁链把我们押送到那里。是因为什么呢？是因为塔米斯托院子里那个不幸的事件，我们稍微教训了一下图科拉的小孩子们，但我们又能怎么办？！我们真的是被他们惹毛了。但是现在如果有人要想使这件事成为官家的案子，正如谚语所说，那可真是"小题大做"。

警长： 你在胡说！你会下地狱的，伙计！我有比这更重要的任务。

尤哈尼： 如果您能赐予我们恩典，让我们能够借助森林之神的庇护隐身森林中，虽然我们还不相信这一点，但图科拉人仍然骑在我们的脖子上，依靠法律的力量骑在我们的脖子上。我们的不幸就在于我们先动了手，这对我们来说是一件非常糟糕的事情，但是他们也不能像没事人那样脱离干系。我们身上有太多的伤口，还没有来得及结痂，这些伤口至少证明了一些事情。嗯！——但是即使我

[①] 到山上去开石头是芬兰在1870年前惩罚囚犯的方式之一，就是把他们送到军事要塞里或矿山上强制劳动。

们摆脱了图科拉人,那么我们每年还会有一个需要提防的日子——那个考核我们读书识字的日子。真见鬼!我会像骄傲的帕沃·雅科拉那样说:"如果一年中少了一天,即那个可恶的考试日,生活会变得更好。"还有一次他从一个揪头发的派对回来后,当他的头皮被狠狠揪过之后,他又说道:"这不会让人痛苦,只会让人蒙受耻辱。"但是第二年在同一个派对上又发生了什么呢?那个牧师让他像猫头鹰一样坐在他的桌子下面,他的年轻漂亮的新娘从考场的门廊看到了他,那可怜的女孩"扑通"一声晕倒在门槛上,就像一只小鹅一样。这是一幕很糟糕的场景,在这之后帕沃就开始像男人一样喝酒,又像男人一样被新娘抛弃,于是他喝得更加凶猛,最后像凄惨的剥马皮的人那样死去。这就是帅气的帕沃最后的结局,其实他的脑袋一点儿也不笨,真的,他属于那些最聪明、最机敏的年轻人的行列,但他的继母却从一开始就凶巴巴地把书本上下颠倒着塞到了他的手里,这就是为什么那个测试读书识字的日子对他来说变成了恐怖的一天。难道事情就应该是这样的吗!米科·古高依宁,一个身材高大的男人,像松木桩一样结实,脸颊宽得像图卡拉老太婆家的老猫,但却不属于那些读书读得好的人。当他在考试的那天早晨从自己的小木棚里听到牧师雪橇的铃声响叮当后,他害怕得像只绵羊一样。这一天的这场令人头皮发麻、精神紧张的盛会真是太可怕了。我们知道,总有一天牧师长也会强迫我们去应试并把我们逼上耻辱架,拴在木脚枷上,但是王室灰色的军上衣将会把我们从所有这些不幸中拯救出来,现在我们要向所有这些告别了,永远别了!

警长: 你们这些疯狂的公羊,看看你们都干了些什么蠢事！好吧，你们走吧，走吧，你们沿着王室的沙土路能走多远就走多远。这到底和我有什么关系？我们在塔米斯托的账已经结了，这我可以保证并发誓，你们这些浑球！结了！图科拉人的嘴巴也合上了。哼，我在打架当天就已经这样做了，因为我没有看到有人在其中丧生。那些暴徒扬言要告上法庭，但毕竟这件事是他们自己惹起的，当我把自己的砝码放到了秤上，图科拉的人就像鼹鼠一样沉默不语了，因为毕竟我在他们身上也拿住了很多把柄，我可以用它们来找他们的大麻烦。这就是为什么他们现在保持沉默并对他们所得到的感到非常满意。至于你们在牧师长心目中的地位，我想问一下："他最近有没有再向你们施加压力？"

阿波：他没有这样做，这令我们十分惊讶。

警长：他再也不会这样做了，你们要记住我说的话。是谁促成了这件事？除了咱这老警长还会有谁？现在你们这些忘恩负义的浑蛋却说他正试图让你们着魔。不管你们的原因是什么，我像个傻瓜一样还是有点喜欢你们过的这种小狼崽的生活。哈哈哈！好吧，好吧，该玩就玩，纯粹的游戏。但我要说清楚：我们之间已经没有过节，你们与牧师长之间也没有，因为他已经明白了用桦树皮是做不出一件外套的。好吧，你们现在没有危险了，孩子们，一点儿危险也没有了，尽管你们可能还需要好好地涂点疗伤油，你们这些笨蛋。但现在都回家吧！马上！我说。是的，是的，现在向左转，向左转，回家去，你们是印比瓦拉连！回家吧，你们这些调皮捣蛋的家伙，奉主的名义快走吧。——驾，大白马！

他一边吆喝着,一边拽了一下缰绳,那匹在整个教区广为人知的白色鬃毛的骟马将警长拉走了。他们轰隆隆地离开了,围猎老头的帽子在他的身后摇晃,尘土像烟雾一样在马车后面飞扬。兄弟们像七根盐柱一样立在路边,站在那里看着这一切。他们一言不发,在思考着他们应该如何去理解这一切,他们站在那里,盯着那些离开的人,直到警长的马车消失在道路尽头的弯道处。

迪莫:自从我们上次在库奥卡拉的森林里与我们的母亲和村民们见到他以来,那个围猎官已经老了很多!

尤哈尼:阿波,你怎么看这个警长的漂亮言辞?

阿波:我认为他是一个正派的人,他用坚实的胸膛与我们交谈,但我们要保持警惕,因为对老爷们的话我们不可轻信。

尤哈尼:让我们做好准备,再次冲到森林里的狼穴中去。他被魔鬼附体了,他想引诱我们掉进他的陷阱。

托马斯:他想把我们骗回家,这样当他从维埃托拉回来之后我们就成了他的囊中之物,他会带着一群人回来,因为大家都知道,要想制服尤科拉的兄弟们人少了是不够的。如果我们在这儿等着他,他就会过来把我们收拾了。

尤哈尼:嗯,我也这么认为。他在给我们下套,他在疯狂地追逐着我们,而我们则是他想要的猎物。也许发生了什么可怕的事情,连军营也救不了我们。所以现在也没有什么可做的了,只能上山落草为寇了,让我们直奔森林!我们要避开大路,孩子们!

阿波:啊!现在我们该怎么办?

尤哈尼:生米已经煮成了熟饭,这里已经有了七位现成的森林大盗。但是，让我们尽可能地表现得友善，做仁慈的强盗，每次都先客气地要点东西来填饱肚子。是的，是的，如果有谁敬酒不吃吃罚酒的话，那我们就只好冲上去干了，但我们总是可以避免流血和杀戮的。现在我们出发吧！

西蒙尼：尤哈尼，尤哈尼，你在说些什么啊！

阿波：啊！我们这些可怜的兄弟现在从哪里还可以得到安全保障呢？

尤哈尼：我们去当山大王吧！我们现在就走吧！

托马斯：快给我闭嘴，你这个狂野的疯子！我宁愿踏入西伯利亚永恒的寒冷中去，也不愿去干强盗的勾当。你这个疯子，你说的都是认真的吗？还是在开一个疯狂的玩笑？我应该怎么相信你？

尤哈尼：哦，我的兄弟！这一刻让我晕头转向，我真的不知道我在说什么，应该做什么。警长刚才就在这里，接着又仿佛消失在风里和云里了，但我觉得这好像是很久以前的事了，很久、很久以前的事了！他就在那里消失不见了，就是我的大拇指所指的方向，就像火绒马蒂的拇指所指的那样。他消失在那里的尘埃当中，尘雾当中他那匹战马的白色鬃毛在闪烁。但这已经过去很久、很久了！

托马斯：你们听我说！

阿波：你现在要干什么，干什么呢？

托马斯：兄弟们，你们都看到了，即使是尤哈尼，当我们瞄准他的时候也不会总是坐在同一棵树枝上。

拉乌里：你为什么要这样眯着眼睛、摇着头，从鼻孔里发出这样的声音呢？所以，要感恩你的大脑还完好无损。

托马斯：是的，是的，让他尽可能地掩饰他刚才的愚蠢行为。但现在我们到底该怎么办呢？你说点什么吧，阿波。

阿波： 我不知道。

埃罗： 听着，兄弟们，我们现在还不是很肯定地知道，警长在朝我们走来的时候怀里是否揣着一只狐狸。

拉乌里： 我相信并非如此，因为我仔细地观察过他的眼睛，并没有发现任何欺骗的迹象。你们大家想想，一路上既有村舍又有村庄，为什么一路走过来却没有一兵一卒相随？为什么他要经过印比瓦拉地区赶去维埃托拉庄园？这一路上并没有什么大的村落，他要想在路上获得帮助的希望很小。这件事好生奇怪！他如果从维埃托拉回来时重走一回这条奇怪的路线，并带上人马一起奔向我们的木屋，这太疯狂了！你们无法将这与我们警长一直以来的聪明干练的思维联系在一起。

阿波： 我也不认为他会这样做，我也注意到了这一点，但它还不够令人信服。你可能认为你已经非常周全地把整件事情都考虑清楚了，但是你看正如经常发生的那样，事情的结果最终往往会与最优秀、最聪明的人事先预想的完全相反。对此我们有理由担心。从法律的角度来看，我们犯下的罪行是严重的、极其严重的，但也请注意，那个警长与我们交谈时的态度竟是那么非同寻常的友善。

托马斯： 他的话不是诚实的语言，而是在蜂蜜之下正在翻腾的胆汁。但我们现在应该怎么办呢？

埃罗： 让我们这样做：我们再回一次家，但我们在木屋里片刻也不要停留，而是把门虚掩上，看起来就像是里面有人在正常居住一样，而我们自己则躲到印比瓦拉的洞穴和峡谷中去。我们在那里待上个两三天，从山上要一刻不停地仔细观察我们木屋的动静。如果在这段时间里，那个警长带人接近我们的木屋，那么我们随时都可以在山林的掩护下逃跑。但是如果三天三夜后仍无任何动静，那么一切危险都离我们远去了。

托马斯： 这个建议很好。

阿波： 让我们就这样做吧。

托马斯： 让我们折回去吧。来吧，尤哈，收起你那副臭脾气的样子。

他们再次朝着印比瓦拉的方向走去，很快就站在了自家的院子里了。按照埃罗的建议，他们打开了门闩，然后离开木屋向山上爬去，将自己小心翼翼地隐蔽了起来，有的藏在舒适的岩石裂缝里，有的躲在山坡上的小云杉树林里。他们在那里探出身体，用锐利的目光仔细地观察着下面的木屋、周边布满树桩的荒野和阴暗的森林边缘。他们在那里休息，轮流值班观察了三天三夜。他们吃着桦树皮包里的食物，喝着山里的清泉解渴。这股清泉从山脊上涌出，水流沿着岩石的表面倾泻而下。小溪的潺潺声白天欢快地伴随着他们整整一个白天，夜晚则在月色下不停地在夜间值守的兄弟的耳边响起。

到了第三天太阳快要落山的时候，兄弟们从山上走了下来回到小屋，心中充满欢喜，因为看起来他们先前的担心是多余的。但他们仍然没有完全掉以轻心，而是不时小心翼翼地从木屋内向窗外望去。到了第二天，他们派出阿波去打探消息，以便能够得到更加确定的消息。阿波在外面的村庄里和农场里待了一天，当他回来时，他的脸上露出了平静的表情。现在他们围坐在松木桌周围，阿波坐在桌子的一端，开始告诉他的兄弟们他所打听到的情况。

阿波：兄弟们！他是一位无与伦比的人，我们的那位警长。他已经按照他所说的去做了，我们的事情到此结束了。图科拉的男人们，尽管很多人的前腿都肿得很厉害，或者有的头上起了很大的包，有的身上有一道惨不忍睹的伤口，但他们都只字不提打官司的事，也不说自己要去复仇。这一切都是因为那个警长所做的一切，他严厉地告诫了他们。而我们的牧师长现在又对我们持有什么样的看法呢？是这样，老先生答应了与我们实现和解，永久的和解，因为他最终在警长的说服下相信了这一点，即对我们采取强制行为将会导致我们永远的消亡。但你们也应该注意到，那个海勒盖麦基也是一个很好的老人。有一天他在与牧师长交谈时，也提到了一些关于我们的事情，他大声说道："谁知道这些孩子没准儿有一天也会成为真正有学问的人！"对此牧师长说，如果发生了这样的奇迹，他将会在上帝面前感到无比的喜悦和快乐，即当有一天尤科拉的兄弟们走到他的面前，顺口背诵出十诫和坚信上帝的誓言。这就是他所说的原谅的话。我从很多人那里都听到了这样的说法，其中最可信的是出自塔米斯托的屈斯蒂之口，他从来不开玩笑，也从不撒谎。

尤哈尼：警长啊，你是个正人君子，我愿意为你而赴汤蹈火！好吧，就让我被一头愤怒的黑色公牛带走吧！我简直不敢相信这一切。

阿波：一切都像我所说的那样。我们看到，大人老爷们并不是像我们所想象的那样都是些大浑蛋。我们也不要忘记维埃托拉庄园的主人，他很快就冷静了下来，答应了我们的所有要求。还有我们的牧师长，如果我们从善良的心底和理性的角度不带偏见地看待他，我知道他会在我们的心目中拥有极高的形象。他的脾气很大，但却是上帝葡萄园里真正的园丁，他为我们的教区做了无数的善事。他关掉了许多低劣的酒馆，许多男人和他们的前任姘妇在他的压力下缔结了合法的婚姻，许多以前互相残杀的邻里，在他的促成下也实现了最美妙的和解。而他这样对待我们是为了什么呢？那就是为了要让我们都成为有荣誉感的基督徒。他现在虽然已经对我们高抬贵手，但仍然对我们寄予了如此美好的愿望，每当我想起这些，我的心都要融化了。

托马斯：现在我们这些男人要开始读书了，让我们现在每人都拿起自己的识字读本，即使是要用大棍子砸也要把每个字都砸到脑子里去。

阿波：你所说极是，如果我们这样去做的话，我们就会得到新的幸福。啊，但愿我们现在就能开始齐心协力地做这件重要的事，不达目的绝不罢休！

尤哈尼：我明白了，让我们手脚齐上全力以赴地攻克识字读本，一直到我们揪住了公鸡的尾巴为止。让我们就这样做吧！也许我们很快就能定下一些事情，一旦我们做出了决定，我们也一定会做成，会流血流汗地去完成。毕竟我的脑壳很硬，很坚硬，而且里面也不空，从里面也还是能找出一些东西的，说明我还是有脑子的。难道通过日常练习，我就不能与一个五岁的小女孩争出个高低来吗？为什么不呢？勤奋努力会战胜背时倒运。

阿波：哦，尤哈尼！你的这段话充满了男子汉的气概和理性，让我感到十分振奋。

尤哈尼：毕竟，努力可以战胜坏运气。是的，我们要用肩膀抵住车轮，咬紧牙关，使劲儿将车推向前。但是这件事我们还必须要从根本上认真考虑一下。

阿波： 我们要尽我们的全力，因为这件事十分重要。你们看：如果我们不识字，即使是合法娶妻对我们来说也可能成为禁区。

迪莫： 噢！真的是这样吗？天啊！那么我们就值得尝试一下，因为这样一来，我至少可以给自己找到一个像样的老婆，假如我真的有那么疯狂，但是谁又知道怎么才能在这个男孩的脑袋里装进什么东西。除了上帝没有人能知道。

尤哈尼： 让我们认认真真地好好考虑一下这件事吧，我们的脑袋很顽固。

又过了几天的一个晚上，他们又提起了这件事并进行了讨论，大家一致决定要开始好好练习读书识字。

尤哈尼： 两年过后，识字读本将会留在我的脑袋里，这是肯定的。但是我为可怜的迪莫感到悲哀，他的脑壳比我的还要硬，是我的两倍。

迪莫： 尽管我的脑壳硬度是你的两倍，但你完全不用为此而担心。好吧，好吧，你用两年学会识字，我用四年。是的，这只需要有耐心。

尤哈尼： 哈哈，你的诙谐会从账上帮你减少许多天，可以减少整整一年。——但是，天哪，孩子们！我们都上了魔鬼的贼船。我们将会在不停的叹息声中，用拇指把识字读本一页一页地翻过去，一直到把书翻烂才能把它从头到尾都记在脑子里。愿上帝帮助我们！

迪莫： 我想要学习识字读本！

尤哈尼： 我也想要学习，即使读书的感觉和味道就像是在咀嚼石子和生土豆。但我要学会它，因为我们的牧师长对我们是如此善良和仁慈，我心中对他充满了感恩。但我们到哪里去找到一位和蔼可亲的老师呢？

阿波：我也一直在思考着同样的事情。我在指望你啊，埃罗。是啊，是啊，你的头脑很敏锐，这一点谁都不否认。感谢上帝赐予你的这份天赋，你就背上一袋干粮，怀里揣着识字读本，离开我们这里几个星期。你可以去找那个围猎官，去做那个聪明的打狼猎手的学生。他是个很能干的人，我知道他不会拒绝你求师的请求，尤其是当我们会答应给他一块肥沃的开荒地和几只山鸡作为报答时。但你在掌握了普通读本的主要内容后，你要答应回来教我们。

尤哈尼：是这样啊。埃罗来教我们。嗯。埃罗？不过埃罗你可不要因此而骄傲自满。我可把话先撂在这里了。

埃罗：绝不会的！老师要在学生面前树立一个好榜样，要记住严厉的审判日，因为那时他必须说："主啊，我和你所交给我的人都在这里了。"

尤哈尼：瞧啊，瞧啊，你是不是现在就开始卖弄了？但接下来的情况是这样：每当我想学习的时候你就来教我，但每当我想让你安静的时候你也要安静得像条鱼，而当我想在你面前读书的时候你就好好听我读。就这样办吧。是的，我们会让你听话的，这你懂的。也许这个方法是可行的。

托马斯：这是阿波迄今为止想出的最好的方法。

尤哈尼：这个方法要值一千块钱！

阿波：埃罗，你对此有何看法？

埃罗：我想考虑一下。

阿波：毫无疑问，它会行得通的。——但现在我还想推出我的一个更重要的想法，一个站得住脚、经得起时间考验的设想。勇敢的孩子们和兄弟们！我们要让一座壮观的新房子在印比瓦拉的荒原上拔地而起，要用我们七个兄弟的力量让它在森林里横空出世。是的，你们的眼睛睁得圆圆的，用很诧异的眼光看着我，对此我并不感到奇怪。但是让我们好好想一想：我们在这深山老林里的生活是一天比一天难。在这里，我们已经很少能再听到灰熊的吼声，很少能再看到松鸡在我们的面前腾空飞起了。我们还注意到另外一件事，我们发现"一个男人不宜独处"，所以我们经常会冥想，但是旷野中的流浪者最好还是远离新娘的婚床，他们几乎难以填饱自己经常抱怨的肚子，更不用说如果有了妻子和孩子了。但是，让我们把那片开阔的林地清理成牧草地，让我们把这片山坡上的金黄色荒地开垦成耕地，在我们的木屋周围和院子里一点点地建起马厩、牛棚、谷仓、仓库，并根据需要修建其他建筑。这样的话，我们就拥有了一座相当不错的农场，名叫印比瓦拉，比我们的出生地尤科拉的农场还要体面。在那个古老的尤科拉再次属于我们的那一天到来之前，这里的草地会麦浪起伏，绿得令人惊叹。当傍晚到来时，我们还会看到从森林里走出各色各样的牛群。

尤哈尼：你说得天花乱坠。但是你知道，我的兄弟，我们已经有了一座农场，虽然现在暂时租了出去，但几年之后它又是我们的了。

阿波：但在这段时间过去之前，我们将成为最糟糕的懒汉二流子，我们懒得几乎都不愿把靴子从地上拿起来，我们的农场也可能会像以前一样破烂不堪。我听说制革匠并不是一个能干的人，他作为制革匠一事无成，而我们的农场也并没有发生任何明显的变化，无论是在田地里还是在牧草地上。即使情况并非如此，我们能拥有两座农场也总比只有一座好——尤科拉农场和印比瓦拉农场。如果是这样，我们在人们眼中的价值已经不可估量地增加了，我们会有许多来自海曼的胖乎乎、容光焕发的女孩作为妻子。兄弟们，让我们开始工作吧！全力以赴地投入工作吧，为了我们这一生值得付出这种努力。我们还看到了，我们所处的人类社会并不是那么糟糕，不是的，而是像我以为的那样，世界之于我们，就像我们之于世界，而那个"经常受委屈"的人，也要从自己的身上找找原因。有些人常常会很生气地对待我们，这是真的！但实际上也只是图科拉的那些死硬的家伙这样做，而我认为他们这样做也是有一定原因的。无论如何，最好的结果是实现和解与和平，如果我们真的愿意的话，我们可以再次建立和平。你们看啊，我们现在在这里辛苦劳作，好像这就是我们这些可怜人的归宿，但当我们最终再次出现在图科拉人的田野上时，我们从前的敌人会比以前更加敬佩地看待我们。那时，如果我们再对他们回以温柔一点的目光，那么全面和解的灿烂日子很快就会到来。诚然，这让我们付出了很大的代价，也让我们付出了艰苦的努力和辛劳，但是如果没有这些，我们在这里会一无所有。请大家注意，我们要明白无误地对自己的灵魂进行拷问，我们最终要取得的胜利到底是什么：我们是男子汉，我们与所有人都是朋友，我们有两个农场，我们未来的时光永远是"好望角"，我们的坟墓在生命黑暗的彼岸在我们看来并不是可怕的归宿，而是一个温馨的休息室，一个通往受祝福的大厅的昏暗入口。

托马斯： 你说得太好了，也说得对极了。我同意你的想法。兄弟们！让我们听从他的话，因为这件事太伟大了，它将使我们的生命之火重新燃烧，让黎明之光在森林的边缘重新升起。我同意！

迪莫：我也是。

西蒙尼：上帝倾听了我们的祷告，我们的生命充满阳光。我赞同阿波的精彩想法。

埃罗：我也同意，因为我们现在正在迈出很有气魄的一步。

尤哈尼：我难道不会也这样做吗，你们可怜的大哥？我同意，我会将这一天永远称为幸运日。毕竟，我们已经与枷锁、皇家灰布军装和军鼓的咚咚声近在咫尺了，但现在我们已经远离了这一切，置身在我们自家森林的环绕之中。于是，在心灵的漫漫长夜里，我们的天空突然破晓了，让我们希望，这个黎明将驱散所有的乌云，"上帝的蜡烛将闪耀"，正如牧羊人轻轻唱的那样。啊！上帝和警长已经为我们尽了最大的努力，我们也要尽自己最大的努力，我们现在就应该尝试着去做。

第二天，他们就派出埃罗兄弟带全了东西踏上了学习之旅。他背着桦树皮包，肩上挎着行李袋，腋下夹着识字读本，开始向围猎官的住地走去。而其他人则拿起锄头和铁铲，动手将木屋周围的草地平整为耕地。一天天过去了，他们利用添加泥炭的办法将耕地的面积不断扩大，并为种植越橘和鼠菊草开出了一块永久的温床。由于他们已经从牧草地上开垦出了一大片耕地，他们估计已经有了足够的播种面积提供七个人的口粮，所以他们又将牧草地向山下拓展，将牧草地下面沉睡了百年、长满青苔的云杉林砍倒辟为新的牧草地。他们斧头一挥，云杉树就哗啦啦地倒在了潮湿的地面上。他们将云杉树上的枝丫修剪干净，堆成一堆，等到冬天运到房子的花园里，圆木则拉到布满树桩的牧草地上用作建造新的木房子和牛棚的木料。在搬运木料时，兄弟们一前一后地稳步前行，粗大的圆木稳稳地安放在六个坚实的肩膀上。当他们上山后，按照尤哈尼的号子，同时卸下了肩头的圆木，木头轰隆隆地落下，大地为之震动，密林发出回响。是的，他们的牧草地从森林的边缘向着阳光延伸得越来越远，他们同时还获得了建造房屋的木料。

埃罗也在努力学习读书，他的读写能力也很快得到了提高。星期六晚上，他背着空袋子回家，但接下来的星期一他又出发了，背上背着装得满满的袋子，肩上挎着一个塞得鼓鼓囊囊的公文包，怀里揣着一本识字读本去读书。秋天过去了，冬天来临了，兄弟们让耕地和草地都处在休养状态以过渡到来年春天，他们自己则外出为家里的牲畜和自己寻找食物。他们带着他们的狗左右穿行在秋天阴森森的森林里，进行了血腥的捕杀。在山坡下的沼泽地边缘，他们为老瓦尔科又搭起了一个高高的干草垛。

冬天到来了。在圣诞节前夕，埃罗回到了家，在围猎官看来，他已经学到了足够多的知识，具备了教他的兄弟们的资格了。他学习的速度十分惊人，已经能够清晰地把识字读本读出来，还可以从头到尾地背下来，甚至也能背一点《教义问答》的内容。——现在，圣诞节过去了，读书和工作开始了。屋子里坐着作为老师的埃罗和作为学生的他的兄弟们，他们跟着最小的弟弟齐声念着每个字母的发音。他们异口同声地大声读着，朗读声在宽敞的木屋里回荡。这项工作对于他们来说既费力又痛苦，特别是在刚开始的时候。他们很辛苦地练习着，学得满头大汗。尤哈尼的学习劲头是所有人中最足的，他的下巴因为投入而颤抖，而坐在他旁边打瞌睡的迪莫每当头垂下来时就会受到他的愤怒的拳头的捶打。令兄弟们感到烦躁的是，埃罗并不总是安安心心地担任他的老师的角色，而是经常沉湎于说出一些尖刻的话。他已经收到了兄弟们的多次警告，但是他却无法抗拒这种乐趣。

在一个寒冷的冬日，太阳挂在天边，几乎没有一丝光芒，兄弟们坐在那里，手里拿着识字读本十分专心地在读着。他们认真但单调的琅琅读书声可以传到很远的地方，他们现在正在重新复习字母表的部分。

埃罗：A。

其他人：A。

埃罗：P[①]。

其他人：P。

埃罗：是的，A是字母表中的第一个字母，Ö是最后一个字母。"A和Ö，一个开始和一个结尾，第一个和最后一个。"《圣经》中的什么地方曾经这样说过。但是你有没有听说过或者见到过最后一个字母成了第一个，即Ö成了A？当曾经是最末尾的小公鸡突然成了一群鸡中领头的那只公鸡时，这不免有些滑稽，其他公鸡仰视着它，显得十分尊重和崇拜，就像是对待父亲一样，尽管眼睛略眯缝着。但我为什么要偏离主题说一些与我们无关的事情呢？所以让我们再读一遍。

---

① 芬兰语字母B的发音在浊辅音和清辅音之间，类似于P不爆破的发音。

尤哈尼： 我明白你的目的了吗？恐怕我明白了。你现在要好好教我们，否则你就会中邪。

埃罗： 所以请大家再好好地读一遍。C。

其他人： C。

埃罗： T①。

其他人： T、E、Äffä、Kee②……

尤哈尼： "稍等！"可怜的我有点跟不上了。让我们再从头开始吧。

埃罗： A。

其他人： A。

埃罗： "A，P，C，发霉的救济粥。"这句话的意思是什么？尤哈尼？你能解释一下吗？

尤哈尼： 我会试着想一想。你们其他的人跟我一起出去一下吧，因为我们有一件重要的事情要同大家商量。

说完，他走到院子里，其他人也跟他走了出去。埃罗心中有些忐忑不安，他开始猜测他们转移到外面究竟对他意味着什么。兄弟们在院子里商量了如何才能有效地抑制埃罗那恶意的热情，手里拿着识字读本取笑别人，不仅嘲笑他们，还取笑上帝和他的话。他们认为，他应该受到严厉的惩罚。他们再次走进房屋，尤哈尼手中拿着的一根新折的桦树枝让埃罗的灵魂感到了恐惧。托马斯和西蒙尼开始用手牢牢地抓住埃罗，尤哈尼手中的鞭子则尽了全力。

---

① 芬兰语字母 D 的发音在浊辅音和清辅音之间，类似于 T 不爆破的发音。

② 芬兰语字母 G 的发音在浊辅音和清辅音之间，类似于不爆破的 K 的发音。

埃罗在那里大喊大叫,愤怒地踢来踢去,当他终于被放开时,他怒气冲冲地看着四周,眼中露着杀气。

尤哈尼：来吧,重新拿起书,好好地教我们,浑球！当你那脏舌头从今以后还敢再嘲笑我们时,你要记住这次教训。是吧！啊！感觉到疼了吧？是的,是的,正如我多年前所预言的那样,现在这一切已经发生在你身上了。因为"邪恶最终会报应嘲弄者自己",你应该知道这一点。我说你还是拿起你的书吧,以一种明智的方式好好教我们,你这个小浑球。

托马斯：不要牙齿恨恨地,而是乖乖地重新坐到桌子的另一端,按照我们说的去做。千万不要大喊大叫,否则鞭子会在我的手中再次挥舞,由此掀起的风暴将会比刚才更凶猛许多倍。

他们又开始了读书,但是埃罗用一种非常粗鲁、尖刻的声音,眯缝着眼睛向他的兄弟们读了一下这些字母的发音。就这样,印比瓦拉课桌上的对立情绪持续了很长一段时间,直到过了几天之后,埃罗的恼怒情绪和状态才开始有所缓解。尽管一开始进展很是缓慢,尤其是迪莫和尤哈尼,但兄弟们通过不断的练习,逐渐掌握了阅读的本领,他们的工作也取得了进展。

第十二章

夏天来了,田里的农活开始了。兄弟们时而在犁地、除草,时而在密林里开辟出新的草地,时而在开阔的草地上建起新的牛棚。一开始,全力投入这样的劳作对他们来说似乎很困难,但是他们克服了自己的懒惰,最终还是在所有的工作日一直从早忙到晚。就这样,他们的牛棚盖好了,他们的田地变成了沃土,密林中新开辟的牧草地越来越开阔。在他们面前已经有了一个十分壮观的卢赫塔牧草地,虽然还残留着许多树根,表面崎岖不平,但已经长出了许多牧草。很快就到了播种的时间,兄弟们卖掉了一块自己的林地,用出售林地的钱买了黑麦种子。托马斯在印比瓦拉新开垦的耕地里开始播种,在尘土飞扬的田垄上一共播种了三桶黑麦。不久,宽宽的麦苗开始从地里长出,在九月清新的微风中显得是那么郁郁葱葱。

桦树叶子开始变黄了,白杨树罩上了紫色的裙子,傍晚湿润的薄雾将卢赫塔牧草地遮掩在闪闪发光的怀抱里。秋天再次来临,兄弟们没有忘记他们过冬的需求,他们还给牛棚添了三头小母牛和一头犟犟的小公牛。外面的工作和劳作都结束了,大自然的一切都已经在厚厚的白雪下面进入了冬眠,但是在木屋里另一项工作又开始了,即在桌子上围绕着那本识字读本要做的功课。兄弟们又开始勤奋地练习读书了,他们成绩在不断提高。他们已经可以用眼睛看着读本读,并读得足够好了,现在他们要努力掌握将识字读本的内容背诵下来的本领。兄弟们现在屋子里的各个角落里咿咿呀呀地背书,力争能一直背到见到封底的公鸡为止。他们终于相继背到了封底:首先是拉乌里,然后是阿波和西蒙尼,最后是托马斯,但尤哈尼和迪莫仍然被落在离他们很远的地方。最后,迪莫也到达了希望的港湾,只有尤哈尼还在满头大汗、唉声叹气、愤愤不平做着他的信仰告白。他成了倒数第一,这让他心碎不已。但在读书这件事上他无法依赖别人的恩惠,只能靠自己的勤奋和努力。朗读时他可能比迪莫读得更清晰、更快,但迪莫在背诵上却更胜他一筹。

那些已经能够背诵识字读本的人欣慰地回顾着自己所经历的辛劳和烦恼,决定享受几天轻松的日子。他们手里拿着猎枪,在树林里滑雪穿行。他们先是在一棵白雪覆盖的云杉树下射杀了一只白色野兔,又打中了一只因为天气寒冷而肢体僵硬的松鸡,这只松鸡羽毛蓬松地站在荒原边缘阴森森的密林中一棵长着胡须的云杉树枝上。——尤哈尼坐在木屋里,手里拿着识字读本,穿着衬衫汗流浃背地坐在桌子的一头。他非常气恼地撕扯着自己的头发,揉搓着厚厚的书页。经常会发生这样的情况:忽然间他气得咬牙切齿,眼泪几乎要流出来了,猛地从凳子上冲了起来,从角落里抄起一根棍子,把它举到高处,然后又狠狠地砸向地面。这时木屋为之一颤,他的短衬衫后摆高高地扬起。他还时不时地用手捶向木屋的圆木墙。经过不懈的努力,识字读本终于在他的大脑中扎根了。这时他又坐到了桌子上,开始读一段很难的章节。最后,当春天来临时,他也能够从头到尾掌握书中的内容了，一脸自豪地合上了读本的最后一页。

积雪开始融化，雪水向下流到草地上，又从草地流进松比奥沼泽。现在兄弟们去建造他们的谷仓了。他们在离木屋不远的一处草地最平坦的地方建造谷仓。他们的斧子敲击声和角锤的重击声又开始传向远方。当太阳在天空中运行的轨道处在最高点时，当森林和草地开始变绿、黑麦正在抽穗时，印比瓦拉的谷仓也建好了。大自然披着可爱的夏装，田野里到处飘散着芬芳，而印比瓦拉的居民们也在期盼着最好的收成。但是有一天，风头突然转到了北方，在北方长长的夏日里呼啸了一天，温度变得阴凉、寒冷。北风不知疲倦地吹着，一直到夜幕降临，它才平静了下来，休息了一会儿。夜晚就像是在坟墓里一样，寂静而寒冷，灰色的冰霜覆盖在田野上，就像是压在年轻少女丰满胸口上令人窒息的噩梦。第二天早上，太阳用悲伤的目光扫视着夜晚的所作所为，看着被霜打后结了冰的农田。兄弟们也早早地走出了木屋，十分惊恐地发现庄稼都被霜冻坏了，心情十分郁闷。两三天后，他们看到自己那曾经郁郁葱葱的农田变得黯淡无光，在他们面前渐渐枯萎了。

尤哈尼： 我们的希望、我们的金色收获就这样化为乌有了。虽然麦秸还在，但麦穗已经干瘪了，没有了核心和力量。是的，孩子们，来年的丰收已经从我们的手上被夺走了。

托马斯： 这是一个沉重的打击，特别是当我们一想到这森林中的猎物已经不多了时。我们就像山猫一样，去年秋天在森林里转了有上千个来回，但我们几乎还是没有足够的猎物过冬。

尤哈尼：那有什么办法呢？我们当然不能就这样放弃我们用汗水和辛劳从贫瘠的草地中开垦出来的土地。

托马斯：我们不能这样做，而是等到了秋天，我们还可以再次播种，我知道我们这里有霜冻年份和无霜冻的年份，而无霜冻年份要比该死的冰溜子年份要多。

阿波：恐怕以后每年夏天我们都会受到霜冻的骚扰，只要我们下面的松比奥沼泽还是青蛙和蔓越莓的家园。也许情况就是这样。因此，如果我们今后要想确保我们的耕地不受霜冻的侵袭，我们就应该通过清理和挖沟渠来排干沼泽，导出沼泽底部的水和湿气。我们这样做可以一箭双雕：既解决了田里的霜冻问题，又为自己开辟了一片新的草地。

托马斯：我想我们大家都觉得这样做最好。如果我们要想在这里的密林深处为自己建造一座农场，我们就必须要这么做。

在那之后的一天，他们肩上扛着铲子和斧头，来到沼泽地里开沟挖渠。首先，他们挖了一条又直又深的大渠，把两边较小的沟里的水引到大渠里。很快在沟渠的边沿就堆起了高高的苔藓、泥土和沙石埂。沼泽地里生长着一些已经枯萎的低矮桦树，他们将桦树砍倒并码成堆，以便等到来年的夏天焚烧。于是印比瓦拉的农场里将会再增加一块新草地。他们从早忙到晚，辛苦了好几天。最后，当水全部排干以后，大部分的松比奥沼泽都露出来了，其表面开始变得一天比一天干燥。——到了播种的时间，托马斯又开始在田里进行播种，麦苗很快又从地里长出来了。——到了冬天，兄弟们如同往年一样在室内读书，最后他们也记住了《教义问答》的部分内容。但埃罗、拉乌里和阿波并没有就此打住，而是继续读书直到记住了《教义问答》的全部内容。他们连续好几天饿着肚子读书，因为前一年秋天他们没有打到多少猎物，而且狩猎的时间也比以前缩短了。他们现在也会滑着雪去森林里打猎，但是他们的辛苦回报却越来越少。

终于，青翠的夏天到来了，印比瓦拉的田里黑麦长势茂盛。但是风头又突然转变了方向，并一直刮了整整一个白天，直到夜幕降临时，它才平静了下来，消停了。夜晚就像坟墓一样寂静和寒冷，灰色的冰霜覆盖在田野上，呼吸着致命的寒冷。第二天早晨，兄弟们走出木屋，惊恐地看着眼前的惨象，前不久还郁郁葱葱的农田一下子就又变得惨白而憔悴。他们在琢磨下一步该怎么办，应当采取些什么措施，他们认为最好的办法是通过继续开沟挖渠将给他们农田带来霜冻的松比奥沼泽地完全排干。于是他们决定在这个夏天要忍着令人心情沮丧的饥饿，在雾气弥漫的沼泽地里继续开沟挖渠。他们的工作日令人疲惫不堪，每天直到太阳落山才能回到家中，痛苦和辛劳的黑色斑痕蚀刻在他们的嘴唇上。

秋天到了，沼泽地里的沟渠已经从一头开到另一头了，沼泽地的表面已经变成干草地。兄弟们开出了一片完美的新草地，开阔的松比奥草地。地里又重新播了种，并从草地中又犁出一些新的耕地，为来年春天的夏播做准备。但是由于去年春天过于寒冷，森林猎物的繁殖受到很大的影响，兄弟们现在获得的过冬猎物也比以往任何时候都要少得多。因此这个冬天由于六尺深的大雪覆盖了大地，刺骨的严寒笼罩着天地，他们遭受了更加严峻的饥饿考验。木屋的圆木墙冻得硬邦邦的，石头和山石冻得崩裂开来，冻死的小鸟从空中像雪片一样坠落到地面。在外旅行的人常常会发现，从他嘴里吐出的唾液早在半空中就冻成了一个冰球，当它到达地面时会滋溜一下滑到了光滑的脚印里。——在这样的一天，当北风在苍白、晴朗、冷得雪花闪闪发亮的天空下呼啸时，兄弟们坐在温暖的木屋里，谈论着他们面临的困境，讨论着怎样才能满足自己咕咕叫的肚子。

尤哈尼：这样下去可不行。距离我们上次进食已经过去一天一夜多了。而那时我又吃了什么美食，吃了有多大块呢？一千个炽热的魔鬼！只有两只干巴巴沾着松脂的松鼠腿。但对于一个成年人来说，这样的饭还不够塞牙缝的呢。你说呢，托马斯？

托马斯：勒紧裤腰带吧。

尤哈尼：你看啊：我的腰已经细得像个小姑娘的蛮腰，就像一根棕色麻秆一般，但这种做法不会永远奏效。这没有用，我们必须要做该做的事，而且要尽快。我的心快要碎了，我的兄弟，这样的郁闷将会压碎人的心脏，扼杀人的心灵。

西蒙尼：在我们面前，除了那条敞开着的、又长又艰难的要饭之路，还有别的路吗？

尤哈尼：让它成为我们最后的救赎之路。——但我现在就好像是在从一个空桶里呼吸一样。阿波兄弟的脑子里难道已经想不出任何招数和主意了吗？

阿波：我们又怎么能够做出无米之炊？

尤哈尼：我们的整个世界都是从无到有创造出来的。那么我们为什么连一块麸饼都变不出来呢？

阿波：但愿我们是无所不能的。

尤哈尼：啊！假如我们是他们的马厩男孩，我们就会在那些金色的庄园里跳来跳去，还有天赐食粮，孩子们，我们会吃到纯正的吗哪①，喝蜂蜜，就像从溪流里喝水一样。我们应该就那样在那里当老爷，当来自地球的一群乞丐向我们讲述下面泥泞的松比奥沼泽地边上的七个可怜的兄弟时，我们会一边啐着他们，一边听着他们述说他们是如何像饿狼一样待在烟熏火燎的木屋里，一个叠一个就像是松树洞里的蝙蝠一样。

埃罗：你都在描述些什么没用的东西？让我们去库奥卡拉的密林里再仔仔细细地探索一下吧，我们在秋天的时候很随便地忽略了那个地区。

尤哈尼：灰熊都是从那里走向地狱的，这几乎是肯定的事情。

埃罗：差不多！也许当我们可以为自己提供美味的烤肉时，我们却双手交叉着坐在这里，忍受着饥饿，还有什么会比这更疯狂的呢？我们的希望很渺茫，但我们应当尝试一下，到刚刚提到的密林去，如果我们在那里没有遇到熊，那么也许会遇到其他猎物。但如果这条路也走不通，那么库奥卡拉的农场就在附近，我们还可以去那里为我们每个人至少赊一条面包，也许还可以借到几斗②豌豆。除非我们自己的方法能奏效，否则最终我们还是要求助于他人。我

---

① 吗哪，根据《圣经》里的故事，古以色列人经过荒野时所得的天赐食物，精神食粮。

② 斗，原文为芬兰文 vakka，芬兰旧时用来计算粮食体积的单位，1 斗约为 36 公升。

们借了别人的东西，我们会在有能力的时候偿还。

埃罗说了自己的想法，最终其他人也认为最好还是听从他的建议。他们腋下夹着猎枪，带着狗，滑雪前往库奥卡拉的密林。滑雪板在冻硬了的雪面上滑得很快，但兄弟们气喘吁吁地滑得比以前要慢很多。他们原本富有弹性的膝盖现在感觉有些麻木了。终于，他们到达了预定的目的地，开始向各个方向滑来滑去，寻找灰熊，却一无所获。傍晚时分，兄弟们已经放弃了所有的希望，但在埃罗的催促下，兄弟们决定再在一块长满松树的岩石周围搜寻一下。当他们到达那里时，很快就传来一阵猛烈的吠叫声，只见一头灰熊从茂密的树林里冲了出来，匆匆跑开，雪花在它的身后打着转。它在前面一边跑，一边扭动着和躲闪着，兄弟们踩着闪亮的滑雪板在后面追赶着，不断地调整着方向，狗的吠叫声让寒冷的空气沙沙作响。最后，托马斯的猎枪发出一声枪响，灰熊流着血在雪地上向前蹿。狗儿们向它扑了过去，一个兄弟拿着一根粗大的捕熊矛接近它，它几乎没有做出任何反抗，就被人们的矛和狗的牙齿杀死了。它趴在自己的熊掌上，对着被血染红的雪地呼出最后一口气。然而这一切才发生，当兄弟们刚刚聚集到了他们的猎物周围时，从森林里又传来了一阵激烈的吠叫声和低吼声。只见两头只有一岁的小熊从距离最先发现的过冬巢穴几百步的藏身之处跳了出来，想要逃离狗的追赶。毛茸茸的小熊与勇敢的基力和基斯基之间爆发了一场激烈而血腥的战斗，一直持续到兄弟们拿着长矛冲过去帮助他们的狗。很快他们也撂倒了正在疯狂打斗的小公熊，结束了这场薅毛的游戏。

夜晚降临了。兄弟们将肥硕的猎物抬到长满云杉和青苔的岩石脚下，点起了篝火。他们在篝火的上风口用长着胡须的松树枝搭起了过夜的地方，并在长矛和木棍的支撑下用松枝建起一个护墙，既挡住了风寒，又让篝火的火焰顺利燃烧。接下来兄弟们为自己做了一顿美味的晚餐，他们从母熊臀部割下一大块肥嘟嘟的肉，剥了皮，切成松软的肉片，放在火上烘烤，满心欢喜地填饱了饥肠辘辘的肚子，同时也没有忘记基力和基斯基。很快他们就躺在松枝铺上睡着了，他们疲惫的身体得到了滋养，连日来饥饿的忧愁也被一扫而光。狗儿们经历过长时间的激烈奔跑后，也好好地休整了一下。它们在睡觉时，下巴放在爪子上，还时不时地睁开眼睛，用镇定的目光满意地盯着那堆带着血腥味的猎物。兄弟们在熊熊的篝火和天上闪烁的星星陪伴下睡着了。在他们周围，霜冻将枯萎的云杉树冻得嘎嘎作响，刺骨的寒风在陡峭的山林中呼啸。黎明时分，兄弟们带着猎物滑雪奔向家里的木屋。他们此行收获很大，充满了乐趣。

　　第二年的春天来得很早，春光明媚。兄弟们在清澈的伊尔维斯湖里兴奋地练习着捕鱼。许多弯颈鲈鱼和金肋鳊鱼要么进了他们的渔网，要么上了他们的鱼钩。在沙滩上，在香气弥漫的丁香树下，他们在夏日晴朗的早晨度过了许多个破晓时分，坐在那里用手网将钓上来的阿赫托拉[①]闪亮的水中猎物捞出水面。野鸭子呱呱叫着，沿着平静如镜的湖面飞行，被兄弟们的子弹击中纷纷落入水中。在伊尔维斯湖的湖岸上和印比瓦拉木屋周围的草地与田里，春天

---

① 阿赫托拉，指水中世界，源自芬兰民族史诗《卡勒瓦拉》传说中主水的神阿赫蒂。

是如此旖旎美丽，地里的庄稼在白天的灿烂阳光下和夜晚的温馨凉爽中茁壮生长。在这一年的夏天里，北风也曾多次肆虐，留下了阴冷沉寂的夜晚，在松比奥牧草地的深处，冰霜也曾竖起耳朵伺机出动，但却无法从牧草地的土层下面抬头。于是，在温暖的初夏，田地里长出了庄稼，牧草地上长出了牧草，在此期间，细雨又滋润了芬芳的大地。在炎热的夏日里，兄弟们收割了牧草地上的牧草，收获了地里沉甸甸的黑麦。卢赫塔和松比奥牧草地上的草堆码得高高的，木屋周围的粮垛也像高塔一样矗立着。这一年的夏天农作物取得了大丰收，作为一个"金色的夏天"永远愉快地留在了兄弟们的记忆中。

收割完了庄稼并重新播种之后，在一个星期六的早晨，兄弟们便启程登上他们准备已久的旅途，即前往教区牧师长的府邸参加牧师长的考核。牧师长像慈父一般和蔼地接待了他们，很快就非常高兴地发现兄弟们的阅读能力无可挑剔，其中有一两个人甚至应该得到表扬。他宣布拉乌里是图科拉村里最好的学生。他还发现他们对信仰教义的理解总体上是清晰而虔诚的。因此在一周后，也就是接下来的礼拜日，当他们从教区教堂回到家时，每个人手里都拿着一本皮面的《圣经·新约全书》，那是牧师长送给他们的，作为对他们勤奋识字读书的奖励。他们感到心满意足，但还是表情严肃地走进了木屋。在过去一周里帮助他们照看牲畜的屈斯蒂·塔米斯托已经为他们打扫干净了木屋并清理了树叶。当他们吃完了饭而屈斯蒂也离开了他们后，兄弟们便各自坐下来开始自学起《圣经·新约全书》，房间里一片肃静。

一个美好的夏天就这样过去了。秋天来了，天气变得凉爽。接着冬天也来了，然后又是一个快乐的夏天。因此，接下来的几年给印比瓦拉的农场带来了幸福和成功。勤劳是幸福的源泉。兄弟们辛勤劳作、操持农场，耕地的面积越来越大，谷仓里堆满了粮食，马厩里的马和谷仓下面耕牛的数目也不断增加。

那匹独眼的老马瓦尔科还站在马厩里，但是在它两侧各有一匹瘦长的小马驹，一匹是从塔米斯托买来的，另一匹是从库奥卡拉的老大爷那里买来的。小马驹们欢快地吃着田野上收割来的新亮的牧草，带着孩子般无忧无虑的神情，时不时地还像是有点戏弄似的隔着低矮的隔墙向站在它们中间的老马打打招呼。但情绪低落的瓦尔科耳朵耷拉着站着，下垂的嘴唇耷拉在干草上，用它那上了年纪已经严重磨损的牙齿费力地嚼着饲料。——农场的牛棚里养着十头牛。如果你打开牛棚的大门，会看见八张真诚而严肃的母牛脸和两头像焦油树桩一样的公牛。即使其中年长的一头明年春天将会失去自由并接受役牛的命运，但年轻的那一头仍然获准自由自在地在牧场上漫步。——在农场的牛棚里，全靠西蒙尼那双无可挑剔的手在勤奋地工作。

渐渐地，一个农场主家里所有必要的房屋都在印比瓦拉农场的院子里落成了。在院子和田地的交界处也建起了一个完美的桑拿房，接下来兄弟们度过欢快时光的铺板不见了，门口角落里的桑拿炉也消失了，取而代之的是现在农场堂屋中常见的大炉灶。兄弟们用劈开的云杉圆木铺就了精美的地板，以前它只铺到房间的一半，现在则一直从门槛延伸到了房间的最里面。屋子里的墙上还安装了三扇采光窗户，用以代替以前旧的窗口。现在，当你从房间里向东望去，你会看到农场的耕地和耕地下面的卢赫塔牧草地,以及远处另一块更宽阔的草地,那就是从前的松比奥沼泽地。农场的道路穿过田野和草地,通向教堂和以前的家,从草地延伸到茂密的云杉树林里,再从那里沿着荒原一直通到泰里麦基的山脊上,山脊雄伟地矗立在南边的云彩下面。当你向西看去,你会看到田野后面长满青苔的岩石,随处都生长着低矮但强健的松树。在夏天的傍晚,阳光常常会在树顶上摇曳。从木屋北面的窗户望出去,可以看到陡峭的印比瓦拉山。当你从宽敞的房间里向窗外的天空望去,外面的世界就这样呈现在你的面前。但如果你打开房间厚重的大门,把目光投向东方和东北方向,你则会看到一片布满石头和树桩的草地,草地的边缘有一片荒野和高大的松树林,夏日的太阳会从荒野和树林的边缘升起。这就是印比瓦拉周围的自然环境,它现在正在逐步成为一个大型农场。

兄弟们身上发生的变化以及在印比瓦拉的院子里和田野上发生的变化,很快就在整个教区传开了。起初,人们对此并不相信,但当传闻都证明是真实的时,人们开始惊奇地转述这个故事。兄弟们逐渐开始赢得大家的尊重和敬意。然而他们仍然很少离开自己的地界,他们在自己出生的尤科拉农场再次属于自己之前不想看到它。他们已经做出过这样的承诺,他们也总是避免从远处看到家里的田地。

很快就到了尤科拉农场交给外人耕种十年期限的最后一个夏天。等到了秋天,兄弟们就有权搬回他们出生的房子去了。——这是六月份一个阳光明媚的礼拜日。温暖的阳光从印比瓦拉木屋打开的房门照射进来,在木屋的地板上映照出一幅金色的图案。托马斯和西蒙尼静静地坐在桌子旁边,各自读着他们的《圣经·新约全书》。尤哈尼、迪莫和埃罗则漫步在外面的田地里，欣赏着这个温暖夏日百花盛开的美景。拉乌里默默地在森林里闲逛，阿波去看望屈斯蒂·塔米斯托了。天空一片蔚蓝，空中吹着静谧的西风，白桦树带着新叶在山坡上闪闪发亮，一棵挂着白色泡沫状花簇的花楸树向四面八方散发着香味。在印比瓦拉的田野里，麦浪轻轻地一波赶着一波，麦粒在火热的阳光下闪烁，日头已经攀升到了正午的高点。——兄弟们回到了家：田野里的人都回来了，阿波从塔米斯托那里返回，拉乌里从荒原边缘走了回来。他们偷偷乐着走近他们精心建造的家园，而家也再次静静地微笑着迎接他们，银色温暖的阳光在他们晒得发烫的屋顶上跳跃着。他们心满意足，容光焕发，走进了他们铺满了绿叶的宽敞堂屋。

他们用完餐后，又各自找地方坐了下来，心里想着什么事，或者看着面前打开的书。阿波坐在屋子里朝西的窗户旁边，摆弄着他的烟斗，看上去他的思绪似乎集中在一件重要的事情上。终于，他开口说话了，这就是他们接下来的对话。

阿波： 在塔米斯托，我遇到了我们的制革匠，并同他讨论了我们共同的问题。他找到了一份磨坊主的工作，而且愿意在明年九月初向我们移交尤科拉农场，我告诉他说我们也希望如此。

托马斯： 他最好能比平时更机灵地躲开我们。因为尤科拉农场在他手中并没有任何起色，相反是每况愈下，而且他至今连一粒地租也没有缴给我们。

阿波： 这一切法律会判他付出代价的，但他用什么来偿还我们呢？

托马斯：对此，他可能永远都无能为力，除非他承诺用他可怜的灵魂作为抵押。

阿波：通过劳动法庭，他或许最终不得不还清一切，但可怜的人有一个生病的老婆，还有几个哀怨的孩子。

尤哈尼：愿这个可怜的窝囊废回到主的怀抱，愿他与我们之间有个了断。这十年来，厄运也一直困扰着他，这也是无法否认的。但即使命运仁慈地拥抱了他，他也天生不是一个会经营农场和建造房屋的人。这需要一点点男人的魄力，但在他身上找不到比手套里更大的空间。所以还是让他去干他的磨坊吧，而我们要向大家展示一下如何让尤科拉农场成为我们教区里最好的农场。

阿波：最好的事情莫过于看到在自己面前有一座我们亲手通过翻耕土地和清理牧草地而建成的农场。——让我们留下三个人在这里打理我们这个新地方，其他人可以去尤科拉农场的田里耕地和播种，但无论是在这里还是在我们从前的家尤科拉的田里，如果遇到最重、最累的活，我们还是要七个人齐心协力一起来完成。我们很快就会有两座非常棒的农场和两块最好的租耕地，等到未来某一天当我们最终要分家的时候，我们每个人都会分到各自的那一份——一块耕地和一个农场。但愿我们最后都能如愿以偿！是的，只要理性和正确的观念一直是我们人生道路上的指路明灯，最终的结果都会很好。

迪莫：男人在外面日晒雨淋、辛勤劳作，最终是给家里带来财富还是贫穷，这在很大程度上取决于女主人以及她能否在自家的屋檐下好好持家。

阿波：大家快听迪莫说！他说起话来就像是一个经验丰富的人。事情就是你说的那样。老婆要么让这栋房子有权有势，光宗耀祖，要么让它倾家荡产、一败涂地。我现在所说的不是那种农场，那里的男主人失去了理智，他在一瞬间失去了多年的成果。我也不是在说那种农场，在那里无论是农场的财富还是妻子的贤淑都无济于事，即使她聪颖如鼬鼠，吝啬如犹太女人。我要说的就是一个普通的农场，农场的男主人是一个普通的挥霍者，但如果农场里有一个勤俭持家的女主人，那么农场就不会倒闭，无论如何也不会倒闭。但与此相反，如果农场的女主人挥霍浪费，即使男主人干了十个人的活，那么这个农场很快就会被无情地摧毁。当然，男主人可以把自己喝得酩酊大醉，在村子里打架斗殴，为此法律会根据轻重对他进行处罚，但是这样的冲突我们可以看作小型的流血事件，就像人身上的小伤口之类，我现在也是将此比作农场。但一个挥霍浪费的女主人就像是在农场躯体的胃里每天都在侵蚀的蛀虫、一只飞蛾，就像癌症一样吸干了体内的所有水分，最终使整个建筑腐烂倒塌。我现在想起了我从我们的爷爷那里听到的一个故事，他永远是那么智慧、富有远见。他是这样说的：

从前有两个兄弟，他们都很有节制，也很勤劳，两个人各自都有自己的农场，在各方面都一样，也都有妻子和孩子。两兄弟中一个一直很富有，而另一个却变得越来越贫穷，很多人都对此猜来猜去，但谁都没有发现是什么导致了这两个兄弟在经营农场上的天壤之别。有一次在一个星期六的晚上，我们的祖父有事去这两个农场。他首先来到富人的房子，女主人刚刚搅拌完奶油，正在给孩子们分发三明治。从那里出来他又去了可怜的兄弟的小屋，那里的女主人也在给她的孩子们分发酪乳，但是你看，那位母亲在面包上放的黄油至少是隔壁房子里的两倍厚,现在老人明白了两兄弟中一个富有、另一个贫穷的原因。正如后一位女主人消耗了两倍的黄油一样,她所有的其他东西也在以几乎看不见的方式成倍地从她的指间滑落。因此,她的这种持家方法要求她必须拥有两个这样的农场,才能与自己的邻居平起平坐。这是一位以其智慧而闻名遐迩的老人讲的故事。

尤哈尼: 他把这件事情确实看得很清楚。一个差劲、挥霍浪费的女主人是一只会侵蚀掉所有家产的老鼠,她看起来就像是掉进驯鹿水塘里的旧裹脚布那样惨不忍睹。

阿波: 我们大家要把婚姻看作我们一生中最关键的一步,因为一个坏老婆会毁掉一个男人,而一个善良可爱的妻子则是他最大的幸福、他最好的朋友、他金色的荣耀,并使他的家成为欢乐与和平的港湾。他要像对待自己的眼睛和灵魂中最珍贵的宝藏一样对待和珍惜这样的妻子。我还认为,如果作为丈夫总是用温柔的话语和充满爱意的挤眼来指出他年轻配偶的过失,小心翼翼地避免唠唠叨叨地提起那些"邻居家贤妻良母"的例子,那么我们这里的坏老婆就会少得多,也总会给予他那"体面过世的尊贵女人"在自己的墓室里得到安息。——是的,兄弟们!也许我们每个人很快都会有一位妻子站在我们旁边,周围环绕着小家伙,因此我现在所说的并不是一时的空谈,而是经过深思熟虑的想法,我希望我的这些话能深深地植根在你们的心底。

尤哈尼: 你一直都做得很好,给予了我们很多宝贵的建议。确实如此!你在这荒原的夜里就像慈父一样用理念和话语开导我们。兄弟们,让我们感谢阿波所做的这项伟大的工作。

阿波： 你快打住吧！别说那些没用的了。那么——好吧！我们现在站在这里，我们靠自己的力量努力奋斗：我们拼搏过，我们抗争过，我们厮杀着终于摆脱了倒霉的命运，逃离了阴霾的密林来到了这片开阔、自由自在的牧草地。——大家看啊：天气是如此晴朗、静谧，太阳很快就要落山了，河鲈一闪而过游到伊尔维斯湖的芦苇荡里产卵。让我们赶紧去把我们的捕鱼篓下好，明天早上我们就会吃到美味的早餐了。

他们向伊尔维斯湖走去，安放好渔具以捕捉正在长满水草的湖岸边快乐地产卵的金鳍河鲈。西蒙和迪莫留在家里照料家里的牲畜。伴随着哞哞的叫声和铃铛的叮咚声，长着弯角的奶牛已经沿着长满石楠的荒原从牧场向回折返了。奶牛在布满树桩的干燥牧草地上一边反刍一边让人挤奶，然后被赶到牛棚里，很快它们就一头接着一头地倒在云杉树枝铺就的地上睡着了。在伊尔维斯湖平静的湖面上，其他的兄弟正在划着他们的平头圆木船，沿着芦苇荡弯弯曲曲的边缘将捕鱼篓一个一个地沉到清澈的湖水深处。火红色的晚霞在西北方向的松树顶上闪耀。

第十三章

这是九月份的一个明亮的日子,兄弟们决定在这一天去收回尤科拉农场。他们在外面漂泊已经有九年时间了,一直没有再见到过自己的农场。七兄弟现在正行进在那条穿过田野和卢赫塔牧草地及松比奥牧草地通往村庄的路上,他们距离他们在印比瓦拉的新农场越来越远了,屈斯蒂·塔米斯托留在那里负责照看牲畜一两天。——尤哈尼、阿波和托马斯并肩走在前面,他们心情愉快地大步走着,脸上洋溢着平静的喜悦。他们后面跟着一车货物,由两匹年轻的母马拉着,拉乌里坐在一个小啤酒桶旁驾着车。啤酒桶里灌满了啤酒,是专门为尤科拉农场的乔迁派对而酿造的。接下来是西蒙尼和迪莫,他们每人手里牵着一头哞哞叫的奶牛,为尤科拉农场牛棚里的牛群打下基础。埃罗兄弟殿后,牵着一头额头宽宽的小公牛,它的任务是确保农场里的牛群无忧地得到繁衍。年轻的公牛心甘情愿地跟在母牛的后面,在母牛的后面大声地哞哞叫着。基力和基斯基也高兴地跑着跳着,有时在前面,有时在后面,有时在两边跑,它们高兴极了,尽管已经显露出一丝老态。它们是唯一出生在尤科拉、现在又回到了故乡的家畜。瓦尔科已经不在了,它安详地躺在卢赫塔牧草地栅栏后面一个深深的墓穴里。尤哈尼心爱的老猫马蒂,它常常发出沙哑的叫声，现在也死掉并被埋葬了。最后死去的是那只仰脖公鸡，也被埋葬了。现在有另一只公鸡在印比瓦拉的横梁上欢快地啼鸣，另一只猫在炉灶上面喵喵地叫着，两匹俊俏的年轻母马正在轻快地拉着兄弟们的马车行进在通往尤科拉的道路上。

他们一路前行：他们离开了开阔的松比奥牧草地，进入了密林深处。天气晴朗静谧，太阳微笑着把光从浅蓝色的天空温柔地洒向大地。他们面前现在是马蒂·塞乌纳拉的牧草地，在那之后是从维埃托拉通往教堂的路。他们越过这条路开始向山上爬去，沿着沙石荒原穿过松树林，最后来到了泰里麦基的山脊上。从那里开始他们的道路就像一条光滑的甬道一样沿着岩石蜿蜒而下。在山脊上可以望向所有的方向，兄弟们牵着马车在那里稍事休息。他们把目光投向西南方向，他们孩提时代的尤科拉农场在远处隐约可见。泪水很快就模糊了他们的双眼，一股奇怪的柔情充满了他们的胸膛，就像水花浸满溺水者的胸膛一样。——他们再次向西南方向望去，尤科拉农场在山坡上就像一段黑暗的过去隐现在那里。最后，他们从那里回头望向北方，只见在绿油油正在抽芽的麦田中央，印比瓦拉的新农场正在幸福地微笑着，再往上一点的地方矗立着一座陡峭的山峰。他们就这样眺望着，时而向北，时而向南，时而将目光转向其他方向，幸福湿润了他们的眼睛。尤哈尼手持柏木制作的酒杯从酒桶里接了啤酒，酒杯在男人们之间传递。

尤哈尼：我们在流泪，但这些泪水是喜悦和狂欢的珍珠，因此让我们开怀畅饮并尽情欢乐吧。

阿波：感谢上帝，我们现在能作为快乐的孩子站在这里！我们是幸运的，我们在黑暗的厄运被写在面前的墙上之前，在关键的时刻意识到了我们应该从哪里寻求和平以及如何让其结出美好的果实。这一切和上帝的指引之手，将我们的人生道路提升到了这样一个高贵而幸福的高处，我们现在作为凯旋的英雄站在了它的山脊上。自从我们满怀仇恨、带着内心的愤怒逃入黑暗的森林以来，已经过去了整整十年的黄金岁月。我们是这样做的。我相信，如果我们继续留在南面的苦难中，生活在充满迫害和愤懑的气氛中，我们现在就会像悲伤的孩子那样到处流浪。幸运的是，我们离开了村庄和那里的人们。而现在，在我们身上已经发生了变化。——我们现在站在这里，用和解和善意的目光望着图科拉村，在我们身后有崇高的力量在支撑我们。

是的，那里是我们以前的农场，可爱的尤科拉农场，那边是图科拉村，那边是教堂的塔楼，而那边则是壮观的印比瓦拉山。我们在这十年间求生之旅的场景现在都历历在目地清晰地浮现在我的眼前。——看看我们的路是怎么走过来的。起初，我们踏上了那次给我们带来厄运的旅途，朝着地平线上的那座庄严的塔楼进发，试图融入基督徒的社会中去，但后来被证明是完全不可能的。那是一次充满折磨、受到诅咒的旅程，但也因此产生了一股强大的推力将我们强行推入密林深处。我们搬到了那座灰色的陡峭山坡上，为自己建造了一座坚固的木屋。但是一场贪婪的大火将我们的木屋烧成了灰烬。那时我们又像狼崽子一样再次跑回尤科拉农场。这场游戏玩得很艰难，但我们并没有真正为此感到担心。相反，我们又再次回到森林的怀抱，并为自己建造了另一座房子,比第一座更加坚固。

我们现在又可以自由地去做我们想做的事了:狗儿在奔跑嬉戏,猎枪在砰砰作响,到处流淌着猎物的鲜血。但就是在那里,残酷的命运突然将我们带到了可怕的希登基维大石头上,让我们受到了一次可怕的考验。那里成了我们的饥饿之石、麻烦之地,也是我们仁慈的幸运之石。在那里,森林的昏暗边缘越来越低,而那棵枝丫稀疏的云杉则超越了所有其他树木亭亭玉立。那里的石头也许给我们带来了悲伤和痛苦,但我们也可以把它称作我们的幸运之石。我们大家都注意到了:我们此刻在泰里麦基山脊上的欢乐和幸福的源泉正是来自那里,并一直持续到现在。由于那块荒野里的可怕石头,我们又辛辛苦苦地开出了新的耕地,获得了大量的谷物作为回报。但粮食也带来了魔鬼,让我们回想起了那次非常不幸的酗酒事件。到底发生了什么?酒后的疯狂举动搅动了地狱里所有的魔鬼,对我们发出了可怕的警告,不要迷失到另外一条路上去。我们从两方面都收到了充满威胁的提醒:西蒙尼的奇怪精神幻象和拉乌里的令人震惊的梦想。我们能够从灵异世界捕捉到这些重要的迹象,对我们来说实在是太重要了!于是我们像真正的男人那样,决定永远摈弃那让人醉生梦死受到诅咒的酒,我希望我们能信守这一决定。

但我们仍然面临着一个非常棘手的官司要应付。这既是因为我们酒喝多了,也是因为我们那死硬的糟糕脾气至今仍然没有多大改变,我们的内心深处仍然孕育着复仇的欲望。在那个炎热的日子里,我们在塔米斯托农场经历了愤怒的叫骂声、鬼哭狼嚎声、雨点般落下的棍棒和血流满地的惨景。我们因为醉酒而受到处罚。但正是从那时起,从受到惩罚的那一天起，我们的好运就开始接踵而来。看啊，当我们站在恐怖的黑色斜坡上时，仁慈的上帝照亮了我们面前的世界；他是通过我们那位优秀的警长做到的。而我们自己，我们自己又做了什么呢？我们像男人一样，走上了一条克己、工作和行动的道路。虽然我们还面临着许多艰难困苦，但我们可以挫败它们的势头，始终努力往前走，我们最终站到了这里。——感谢带领我们一路前行的上帝，感谢我们自己能够及时醒悟，感谢我们的母亲，在我们童年的时候就让我们知道上帝的旨意和律法！她的这一句或那一句话总会从我们的内心深处发出警告，她的声音不时地会在我们的耳边低语，在最狂野的风暴中低语，使我们的生命之舟没有沉没。

尤哈尼：啊！如果我们的母亲现在还活着，来到尤科拉农场的院子里，那么当她看到自己的儿子们走近后，她就会赶紧去奥雅牧草地那边迎接我们。但是现在她老人家坐在天堂的大厅里等待着她的孩子们。是的，老妈，我们会来的，我们在上帝的帮助下，总有一天也会到那里去的。——是的，现在让我们出发吧，兄弟们，让我们继续行进，沿着这条岩石之路继续前行。

他们继续向下走去，来到一片阴暗的树林里，并从那里终于到达了被野火烧过的高高的基尔雅瓦荒原。在明亮的天空下，鹰在空中翱翔，不时发出叫声。他们经过库蒂拉宽阔的草地，走在一条崎岖不平的路上。

尤哈尼：小伙子们，小伙子们！我的鼻孔里已经能够嗅到家中墙角的味道了，比圣母玛利亚铺在马槽里的草的气味还要好闻。我们这些由同一位母亲孕育下来的儿子和兄弟，听我说一句吉利的话：让我们邀请我们在回家路上遇到的每一个人，无论男人还是女人，都和我们一起参加尤科拉农场的乔迁庆典吧。

阿波： 这就是我们要做的。

托马斯： 就这么定吧。

迪莫： 我们会邀请所有我们遇到的人，无论是地方官还是乞丐。

尤哈尼： 我们邀请从省长到图科拉的流浪汉所有的人。我们将会有一场盛大的聚会，确实会是这样。当我们和图科拉的姑娘们一起跺着脚跳舞时，我们会跳得尤科拉的地板颤动不已，天花板上的桦树皮哗哗直落！确实，在我们中间只有阿波一个人会跳卡德利尔方阵舞，其他人只能跳波尔斯卡舞，但我们可以像男人那样跳波尔斯卡舞。我们就跳波尔斯卡舞，只跳波尔斯卡舞。但是我们从哪里可以找到一个一流的小提琴手和一个麻利的、煮咖啡的女士呢？

阿波： 我们肯定能找到解决这些问题的办法。

尤哈尼： 是的，我们当然能通过这样或那样的途径找到解决这些问题的办法。即使是在最棘手的难题上，我们也不曾束手无策，我们在所有事情上都是按照我们自己的意愿巧以周旋，力挽狂澜，扭转乾坤，最后的结果都是皆大欢喜。十年时间就这样一转眼过去了。啦，啦，啦！自从卡尔加·马特的婚礼之后我就一直没再喝过咖啡了，但今天为了庆祝乔迁之喜，就让我们为了真正的兄弟情谊，为了我们所有七个小伙子、七个帅男人好好地喝几杯。我们三个人——我、阿波和托马斯，要永远走在最前面，最前面，率领着印比瓦拉的保镖营。我们都成了血气方刚的小伙子。埃罗也不再是那个全芬兰个头最矮的了，完全不是了，尽管他还是花了太长时间让自己开始长开。不过在我们大家的帮助下，他在心灵上和肉体上都已经成为一个正常的成熟男人，我们在森林里度过的岁月使这一切成为可能。他经历了几次小小的惩戒，受到我们其他兄弟们的亲手教训，他就像浑身涂了油一样。是不是这样？你待在那后边自己怎么说？

埃罗： 就我的身体而言，确实是这样，但就我的灵魂而言，我恐怕对你仍然心存许多怨恨，就像那老亚当那该死的迷幻药那样经常把整个世界弄得颠三倒四的。它现在就将我的目光从这后边投向坐在前排的你。瞧啊，尤哈尼在我的眼中呆呆地坐在阿波的旁边，就像是一只斜视的山羊正走在一头稳健的骟马旁边。

尤哈尼： 是吗，我的埃罗小子？但是在今天，空中弥漫着快乐和喜庆的气氛，到处都是欢声笑语。因此我有什么可担心的呢？我只是要唱歌。

> 啦啦啦，啦啦啦！
> 我怎么会这样快乐？
> 我怎么会这样心满意足？
> 啦啦啦，啦啦啦，
> 啦啦啦，啦啦啦！

咦，那个在草地上正在向我们走来的男人是谁？

阿波： 我想是那个老先生本人。

托马斯： 确实如此！让我们同他打个招呼！

尤哈尼： 是教堂执事！那同一个执事！

托马斯： 正是他。让我们同他打个招呼！

尤哈尼： 上帝之子啊！就是那同一个浑蛋，手里拿着他的那根多节藤条，头上戴着我们前牧师长的大檐礼帽！但愿黑牛也能把他带走！同一个浑蛋，同一个浑蛋！

迪莫： 我们的学校校长。

尤哈尼： 可他又是如何教育我们的呢？嗯，嗯，现在可以问问这个问题了。

西蒙尼： 但愿他能体面地从我们身边经过。

托马斯： 我们必须邀请他参加我们的庆典，我们是做了决定的。

尤哈尼： 见鬼！我们必须要这样做。但我很想提醒他一下过去发生的事情，因为我心里对他总是有一点别扭。我想提醒他一件事，然后再让他参加我们的活动，如果他愿意的话。他曾经教育过我。好的！也许现在轮到我来教教他了，也许我会巧妙地问他一个关于《圣经·新约全书》的小问题。

迪莫： 我也要问他一件事。我这里有一个棘手的问题，藏在臼齿的下面，让我们看看他如何解决。我一点儿也不恨他了，因为我的头发又像以前一样浓密了，但让我们看看他如何解开我给他打下的这个结。

阿波： 安静，兄弟们！让我们以尊敬的态度对待他，我们要向他表明，当我们回到这个村庄时，与我们当初离开村庄时相比，我们已经脱胎换骨成为不同的人了。让我们表现得机智一点。

尤哈尼： 说到机智，我现在就想尽我所能，就想开开玩笑似的向他抛出几个有关《圣经》的深层次小问题。我希望我已经从头到尾读懂了《圣经·新约全书》并且也理解了它。但是请告诉我,埃罗,我要诚恳地问他些什么问题呢?

埃罗: 问问如何能用五千条面包喂饱五个人和两条鱼吧。

尤哈尼: 你给我闭嘴,你这个不信上帝的恶魔,你这个胡言乱语的臭嘴!你这个阴沟里的妖怪!让我来教教你。我会提问并解释一些连大主教本人都无法理解的事情。不过我确实知道我要问什么了。老先生已经到了。

托马斯: 我警告你:你要善待他。

尤哈尼: 好的,我知道。

教堂执事: 你们好,你们好,孩子们!

兄弟们: 您好!

教堂执事: 我想你们正在准备搬家。

托马斯: 这差不多就是我们正在做的事。

教堂执事: 哦,是这样啊。嗯。是的,是的。——开始刮风了。你们觉得会下雨吗?

尤哈尼: 也许会的。

教堂执事: 这风刮得可是真够大的。

托马斯: 是的,是的,确实刮得够大的。

教堂执事: 确实如此,是的。嗯,嗯。小伙子们现在就要搬家吗?

尤哈尼: 我们一点点地搬。——但是,您的厅房里这个时间还有学生坐在课桌上吗?

教堂执事: 没有。

尤哈尼: 也没有任何头发蓬松的家伙站在门口的角落里

了吗?

教堂执事: 呵呵! 不,我的孩子,没有了。嗯。是啊,是啊。原来你们现在就要搬家了哈。好吧,欢迎你们再次回到你们出生的房子!

尤哈尼: 非常感谢,执事先生。我们从森林的深处过来,正如您所看到的,我们的小马拉的车上满载着沉重的负担,其中增加了七本《圣经·新约全书》,七个来自英格兰的礼物。我想,正是这本书中最深奥、最难懂的地方,才是让我们感到最沉重的负担。但如果我们试图减轻一点负荷,松缓一点绳结、减少一些包裹和袋子会如何呢? 执事可不可以……

托马斯: 尤哈尼!

尤哈尼: 执事可不可以为我解答一个问题,这个问题一直困扰着我们很多人的脑子。请您告诉我:西庇太①的儿子叫什么名字?

迪莫: "你和我是一个,马车房的安蒂和尤西是两个,那么我们一共有多少个?"曾经有一个来自劳依马的人问过我这个问题,现在我也问执事同样的问题。

尤哈尼: 迪莫,把你吃面包的袋子合上。——是的,执事先生,西庇太的儿子都叫什么名字? 这就是我的问题。大家都听好了,伙计们!

迪莫: "我和你是一个,马车房的安蒂和尤西算另一个,我们一共有多少个?"这是我的问题。听好了,孩子们! ——一共是多少,我的先生?

教堂执事: 两个,我的孩子,但绝不会是四个。是的,

---

① 西庇太是《圣经·马太福音》中的人物。

我的孩子,两个,就两个。哈哈!

迪莫:啊哈,我考住你了。这也是我对劳依马人的回答。可是不对!我们那个小组里一共有四个人,学识渊博的执事先生。

尤哈尼:你这个妖魔附体的人就不能在你大哥完成他的任务之前管好你自己的下巴吗?见你个千魔的鬼!

迪莫:看在上帝的分上……看在上帝的分上,不要再在我的脸上抽上第二次、第三次。你这家伙!你以为我只是一头小牛犊子,一头小公牛?可我不是,绝不是,当我急起来的时候我也会发脾气。

尤哈尼:现在闭上你的嘴,听我说。——西庇太的儿子们叫什么名字?

教堂执事:这个问题很简单。我们的那位前牧师长曾经问过我:"西庇太的儿子们的父亲叫什么名字?"你猜怎么着,尤哈尼兄弟,当我给出正确答案时,我是怎样回答他的?是的,请允许我提问:西庇太的儿子们的父亲叫什么名字?

尤哈尼:噢……噢……是这样啊。在我的《圣经·新约全书》中也有这个名字吗?

教堂执事:当然可以找得到,它其实已经在我的问题中了。

尤哈尼:是吗……嗯……嗯……你是说在我的《圣经·新约全书》中能找到?——但是——这正是我要问你的,但由于我一着急就问了一个稍微有点不同的问题。这个问题我也听说过,但我没有费心在《圣经·新约全书》中去寻找答案。我不是一个饱学的人,也不是医生,我不属于神职阶层,就像教堂执事您一样。尽管教堂执事排在神职阶层末尾的那一排,就像以前与老妖魔维克萨一起玩耍的尾巴一样。

迪莫: 那是故事中的教堂执事或者是司事①,自称为牧师阶层的尾巴,并稍稍教训了一下维克萨。

埃罗: 那是一个执事。

尤哈尼: 执事或司事,司事或执事。我只是想说,我没有这样的荣誉,我没有权利像家里报晓的公鸡那样在教堂里打鸣,或者乱揪乱拽迟钝的男孩子们的头发。如果您想听我说实话……您知道爱沙尼亚的老人科尔基对海曼林纳的公诉人说了什么吗?

教堂执事: 嗯,他都说了什么呢?

尤哈尼: "你去下地狱吧,你这个见鬼的浑蛋!"嗯!你以为是谁的拳头在上面挥舞着?哈!看啊,老家伙!你看到了这十年间世界发生了多么大的变化。

阿波: 尤哈,尤哈!

托马斯: 现在,兄弟们,我也想说一句话,为了自己的平安你们还是少说点。——执事您就原谅他们吧,他们有点不大明事理,您不要在意,您行行好和我们一起去尤科拉参加一场小型的乔迁庆祝活动,因为这一天对我们来说是最重要的一天。

教堂执事: 我谢谢你,但我的时间正好与你们的邀请有冲突。

西蒙尼: 您可以来调解我们与图科拉人之间的矛盾,看在上帝的分上帮我们一下吧。

阿波: 我们请求您来帮我们实现和解。这项工作难道不

---

① 司事,亦被称作叫醒司事,其职责包括在教堂中负责将在弥撒中打盹的人叫醒。

正是您作为神职人员应尽的义务吗？所以您要小心，不仅上帝，而且我们那位出色的牧师长如果听到了您不愿意在这件如此重要的事情上进行调解也会生您的气的。您好好想想吧。

教堂执事： 就按你们的愿望办吧。我跟着你们，我会尽我所能来撼动图科拉人的心，依靠主的力量和我自己的三寸不烂之舌来说服他们接受兄弟般的和解。但首先我们应该把要说的话都说清楚。我看到了你们眼中仍然透着的那种对我怀有的仇恨，虽然已经缓解了一些，而且我也知道原因。是的，作为你们的老师，我是严厉了一些，既严厉又粗暴，我承认这一点，而且我现在已经后悔了。但是我自己，上帝保佑，也曾经受到过同样严厉的训导，经历过同样粗暴的对待！但我对你们之所以比较严厉是为了什么？都是为了你们自己的利益，是为了你们好，这一点你们应该明白。而且你们还要明确知道的是，就在此时此刻，虽然我对你们一起来围攻我感到有点惊讶，但我的灵魂却很高兴，因为我现在看到了你们都已经长大成人，我也知道了你们在这十个主的年头里受到的考验和取得的业绩。

阿波： 我们很感谢您的肯定。

托马斯： 我们知道您是一个受到尊敬的人，我们也知道尤哈尼和迪莫会为他们伤人的话道歉。

迪莫： 我承认他是一个值得尊敬的长者，尽管他也是一个严厉的校长。

尤哈尼： 执事承认了他对我们所做的事有失公允，那么我也对他做出同样的忏悔，我们之间的关系也可以就此翻篇了，特别是我承认了我们对他来说确实是相当难教的学生，面对我们的榆木脑袋他的耐心胸甲最终也被击碎。

但是我还是要问一句，谁又能否认他对我们又是揪头发又是推脑袋的做法不也给我们带来了一些益处吗？没有人能否认。

阿波：只是所有这一切都已经被遗忘了。所以，让我们一起向前迈进吧。执事，您请。

他们继续着他们的旅程，沿着一条狭窄的道路前行，但对于兄弟们来说，这条路却是美好而亲切的，因为他们看到童年时代熟悉的草地、岩石和树桩陆陆续续地映入他们的眼帘。一阵清新的西风向他们吹来。——他们突然听到一阵可怕的嘈杂声，那是拉雅麦基的军团正在向他们走来。他们可以看到一顶黑帽子下卡伊莎那张令人讨厌的脸和凶狠的眼睛，这个老太婆正在驾着马车骂骂咧咧地走着。海卡已经扔掉了他的玩具木马，而讨厌鬼也放弃了他的玩具车，他们现在和母亲肩并着肩，各自拉着一根辕杆帮助母亲驾着马车。米科本人则按照他的习惯，头戴一顶黑色毡帽，嘴里含着一大块烟草，拄着一根长木杖在马车后面跟着。在他身后是那对骑着玩具木马的双胞胎，走在最后的是米科的"小靴子"，在乡间尘土飞扬的路上拉着一辆玩具车。在马车上可以看到有一个装满沥青的袋子、一个装着拔罐用具的牛角包和一个小牛皮背包，那里可以看到米科、海卡和讨厌鬼的小刀，还有一把裹在卡伊莎的旧红色羊毛围巾里的小提琴。

就这样，这两支队伍令人难以置信地迎面相遇，在路上引起一阵骚动和轰鸣声。印比瓦拉的年轻马匹嘶鸣着畏畏缩缩地走近军团。基力和基斯基脖子上的毛高高竖起，焦躁地吠叫着和低吼着。这时那对双胞胎和那个"小靴子"

急忙嚷嚷着跑到了自家马车跟前寻求保护。卡伊莎在车上恶狠狠地训斥着儿子们，米科则一边咒骂着一边向吠叫的狗挥舞着他的木棍。两队人马在各自一边停了下来，相互对视了很长一段时间：拉雅麦基的人们好奇地观察着，但兄弟们却感到很纠结，他们还记得他们在路上所做的决定。最终，阿波兄弟走向前来。

阿波： 祝你们平安！

米科： 也祝你们平安，但请约束一下你们的狗。

阿波： 基力和基斯基，安静！

尤哈尼： 你好，伙计，拉雅麦基的米科！你过得怎么样？世界上又发生了什么新鲜事？

米科： 什么都有，什么都有，有好有坏，不过一直都是这样，见鬼，好在还是以好的方面为主，这样这一生的忙碌也就值得了，值得了。是的，小伙子们，我们过得还凑合，感谢上帝，我们在村里和农场里总是有一点活和事要做。是的，是的，只要世界上还有活和足够多的其他事情可做，米科就不会有任何问题，即使我们不得不走家串户、从一个村庄到另一个村庄去找工作、挣面包。米科没有什么可担心的。

阿波： 是的，我们相信如此，祝你们在工作中取得更大的成功。但现在，米科，现在我们脑袋里有一个想法，我们想和你在一起再多待一会儿。是的，请听我说句话。

米科： 啊哈！我猜到了是什么事，这让我想起我们在松尼麦基荒原下一起饮用的那杯过期的牛乳啤酒①，那牛乳

---

① 指发生的口角。

啤酒仍然让你们打着嗝。但幸运的是，我们现在站在一条公共马路上，而且我们还有一位聪明的客人执事先生在场。请靠边一点，亲爱的邻居和朋友们，靠边一点。

阿波： 请听我们说！

卡伊莎： 别挡道，你们这些中邪的人！我们要过去。快让开，否则刽子手会找上门的。

教堂执事： 你们误会了，尊敬的拉雅麦基一家，这是个大误会！你们好好听我说，我会做出郑重保证的。啊！尤科拉兄弟们现在的生活，无论是在灵魂上还是肉体上都与以前大不相同了。相反，上帝做证！你们要知道，他们已经收获了悔改和自新的最美妙的果实，现在他们正作为欢乐和荣耀之子回到他们心爱的出生地，愿意拥抱整个世界。因此，他们也想邀请你们参加在尤科拉农场举行的乔迁庆典活动，与大家和解。这是他们在这个欢乐的时刻向你们发出的来自心底的呼唤。你们要相信你们执事所说的话。

尤哈尼： 正如执事先生所说的！

阿波： 米科和卡伊莎！我们想表现出男人的样子，做男人的事，忘掉过去的不愉快。至于你所说的发生在松尼麦基的那场口角，亲爱的朋友，那是我们自己酿成的，我们自己承受了后果。是的，这让我想起那天晚上发生在松尼麦基的另一件事。当时你们家的婆娘不是曾预言我们将面临毁灭的厄运吗？她就是这样做的，她也确实预测对了。暴风雨来了，狠狠地教训了我们一顿，但暴风雨和乌云已经过去了，美好的一天即将到来。好吧，请你们再为我们预测一次，希望你们的眼睛能看到更光明的画面。我听说你们拿手的是通过咖啡算命，今天晚上尤科拉农场也不缺咖啡。

尤哈尼：咖啡和啤酒！

阿波：咖啡和啤酒！快来预测一下我们的幸福日子吧。

米科：卡伊莎喝咖啡算命，我拉小提琴增添节庆气氛，这再合适不过了。

阿波：太好了。

尤哈尼：你可真棒，米科。

米科：当我们到达尤科拉时，我将为你们演奏一支快乐的进行曲。

尤哈尼：你这个天下无双的米科！演奏吧，演奏吧，为上帝创造的世界而演奏。

阿波：一切都安排得很完美。

尤哈尼：一切都像一把锁那样咔嗒一声合上了！

米科：把你们的马车掉个头，我的孩子们，海卡和马蒂！而你，卡伊莎，快将你脸上的阴霾一扫而光，让我们朝着尤科拉的方向来一个华丽转身。

卡伊莎：呀哈！是的，我会给你一个转身。如果我头脑发昏到如此地步竟要用我的老胳膊老腿再跋涉回去，那么你认为我会走在前面让他们倔强的公驴在路上胡乱践踏我们吗？让他们在前面开道，我们在后面随行。

米科：你说得没错，卡伊莎！兄弟们，你们在前面开路吧，你们要像彗星那样疾速向前驰行，我们则会像彗星冒烟的尾巴那样在后面紧追。——我的那个婆娘有点小脾气。

尤哈尼：但她还是一个像样的婆娘。

阿波：很能干的老婆！

米科：确实如此，我个乖乖，这话我敢说。这就是我的老婆。

尤哈尼：她就像张王牌一样！

米科： 确实如此。暴脾气的婆娘，暴脾气的婆娘，但一旦老公的火气上来，老婆就会把自己的嘴巴乖乖地紧紧闭上，她会这样做的，这没有办法。但我还是一个温柔的老公，是的，我会让卡伊莎占上风。只要一切都运转得很好，我又有什么可担心的呢？——哈利路亚，孩子们！我们就像鞋匠一样追随着裁缝去天堂。"我们会跟着你们，即使路上遇到魔鬼。"鞋匠一边说着，一边咬紧牙关，拽着用焦油浸过的鞋线。是的，是的，我们向前进发，奏响音乐，奏响音乐！

他们结伴前行。风一度变成了暴风雨，松林在呼啸，树枝被吹得弯下了腰。接着阳光又温柔地照耀着，时不时地被遮掩在可爱的云朵背后，高空的云朵在北风的追逐下轻快地飘向远方的天穹边缘。他们忽而上山，忽而下山，当他们走近位于西南方向的故居时，兄弟们感到这趟旅程和这场风暴对他们而言其实是十分惬意的。

这时有一位老人迎面向他们走来，这是来自科利斯汀的黑胡子易怒老人。他灰色浓密的眉毛，就像两片鹰翼，几乎遮住了他那双闪闪发亮的眼睛。他在他那个时代是一位出色的神枪手，打死过许多灰熊和野狼。但最终一场严重的疾病夺去了他的听力，只有在他耳边大声喊叫的时候才能听见人们在说什么。这场不幸的大病也永远地封上了他作为一名猎熊者的道路，从那时起，他就只能用下套子的办法捕杀一些小动物。到了秋天和冬天，他会在森林里安放套子捕杀鸟类、野兔和松鼠。他原本就是一个沉稳、意志坚强、快言快语的人，但很快又变成了一个易怒的人，喜欢从自己的角度看待生活。现在，在这个秋日的礼拜日晚上，他和兄弟们迎面走在了一条狭窄的道路上。

尤哈尼：你好，老大爷！

迪莫：你好，大爷，你好！

尤哈尼：站住，你这个可敬的老人！

科利斯汀的老人：啊？

尤哈尼：向你送上来自森林世界的问候。

老人：你想干什么？

托马斯：你要在他耳边大声喊叫。

尤哈尼：我们现在这里呢！

老人：是的，你们在这里，该死的！但愿从今以后天上的老人能再次怜悯我们这些村子里的人。

尤哈尼：什么？

阿波：现在老家伙的心情不太好。

尤哈尼：你是什么意思？

老人：你猜猜看。嗯，嗯，是的，是的，我们这里马上就会发生新的事情了。这显而易见。

尤哈尼：弟兄们，这家伙在羞辱我们的名誉。

阿波：不要在意，请他和我们一起去尤科拉农场。

尤哈尼：无论如何，老人家，既然你是个好心的老家伙，我们就邀请你和我们一起去尤科拉农场参加一个非常热闹的乔迁晚会。

老人：你来干什么？你这个妖怪。你为什么不待在山里的洞穴里直到悲惨地死去？你来干什么？

尤哈尼：噢！这就是你对我的邀请的感谢吗？

老人：当我一想起我布下的陷阱和圈套，我就感到烦心和扎心，心里痛苦不已。真见鬼！从现在起将会有许多肥硕的松鸡从我的套子里跑到别人的袋子里。你们这些蠢东西！你们以前从我那些套子里已经顺得够多的了。

尤哈尼：你是在骂我们是小偷吗？

老人：我有说过吗？我有说过吗？但你会明白这种咳嗽的暗示的，你会明白的，即便你是一个顽皮的小布谷鸟或者一个咕咕叫的小松鸡。

尤哈尼：你是因为我们邀请你去参加乔迁庆典而称我们为小偷吗？

老人：你说什么？大点声，要像个男子汉那样大声喊着说，而不要在那里嘀嘀咕咕的。——你说什么呢，孩子？

尤哈尼：我在邀请您出席庆典活动，因为我们都像您的教子一样。

老人：你是我的教子吗？

尤哈尼：我和我的六个兄弟都在这里。这就是为什么您来参加我们的庆典活动吧，教父。

老人：你给我住口！我不是你的教父。

尤哈尼：您也许就是。

老人：我不是你的教父，不是！

尤哈尼：您就是。

老人：闭嘴，我告诉你。

尤哈尼：您确实是，除非是"松林老妈"撒了谎。

老人：谁？

尤哈尼："松林老妈"，这个村庄的接生婆。

老人：我才不在乎"松林老妈"呢，我可不是你的或其他那些人的教父。我是你的教父？不害臊！

尤哈尼：不害臊？是这样吗？可我从来没有像那些眼睛紧闭、满口乳牙的小崽子那样被带到牧师面前，从来没有。

但是无论如何，我要邀请您去参加庆典。

老人：但我不会参加，我不会，我要拒绝你的邀请。

尤哈尼：我还是要邀请您。

老人：但我不会来，你着魔了！你给我闭嘴！

尤哈尼：我还是要邀请您。

教堂执事：孩子们，孩子们！别再缠着老人家了。

米科：就让他离开我们去见上帝吧。他是一个简单粗鲁的老家伙，他就像一条野狗一样看着我们的眼睛。让他走吧。齐步走，老家伙！

尤哈尼：但我却从他那双朴素的灰色眼睛的后面看到了一个狡猾的微笑，他可有点让我气不打一处来。—— 我是在邀请你去参加一个活动，一个疯狂的晚会。我会邀请你去尽兴地喝啤酒，因为你是一个好老头。

老人：你说什么？喊得声音再大点。

尤哈尼：你是一个好爷爷，虽然有点好管闲事。但那一直是聋子的原罪。

老人：什么？

尤哈尼：一个好奇、爱打听、衣衫褴褛的老头，瑞典人这样说，但除此之外还是一个很好的老家伙。

老人：蠢货，无耻的蠢货！可是森林里的小松鸡有脑子吗？一寸都没有。呸！从我的脚下飞起了一大群小松鸡……

尤哈尼：比如说有七只小松鸡。

老人：你说什么？

尤哈尼：七只小松鸡！

老人：随它们有多少，它们从桦树枝上呆呆地看着我。它们中间的一个盯着我就像一头公牛瞪着一扇新大门一样。

在松鸡飞起来的那一刻，随着"砰"的一声，它就落入了我的囊中。同样地，现在这里也有七个蠢货就像七只瞪大了眼睛的小松鸡一样盯着科利斯汀的老人。蠢货！你们想从我这里得到什么？什么？什么？

尤哈尼：我想非常严肃明确地告诉你，我不是小偷，也不是松鸡，更不是蠢货。我还要接着同一口气说，有一个满腹牢骚的老无赖，现在正站在离我不远、没有几千米的地方，就在这条沙土路上，这个人，一个无耻的浑蛋，是一个流浪汉，一个大懒鬼。这些话都是我怀着应有的尊重说的。

老人：这个人是谁，这个人是谁？你这个站在一棵干枯的松树上的秃尾巴小布谷鸟。我，我，我就是那个站在你面前的无赖吗？快说啊。这个人是谁？你这个小布谷鸟。

尤哈尼：我到底应该向他那该死的耳朵里再喊些什么？

阿波：什么都别喊了，我们快走吧。

尤哈尼：我们先别走，那个老家伙，他是个大无赖。我究竟要向他的耳朵里吹些什么才好呢？

埃罗：让我来试试，但你来牵住这头牛。

尤哈尼：好的，向他耳朵里灌一个加肥的词。

老人：哪个男人？啊？

埃罗："布谷，布谷！"干枯松树上的小鸟这样叫道，"布谷！"

老人：那是一只布谷鸟！

埃罗：你中邪了！

尤哈尼：快看那个老魔鬼！他啪地打了他一下！

埃罗：啪的一下，我的耳朵就什么都听不到了。

阿波：干得好，你这个科利斯汀的老无赖，干得好！

埃罗：让他下地狱去吧！他把我打得好重，打得我两眼直冒金星。

尤哈尼：老头，老头！你知道你都做了些什么吗：你在神圣的安息日用你的拳头在公路上打了一个可敬的人的脸。哦，哦，老头！

阿波：干得好，老科利斯汀，你个草仓的精灵，干得好！

老人：你在那儿说什么呢？

埃罗：说得对，你就是个科利斯汀角落里的废物，说得对！

老人：你也闭嘴，你这个鼬鼠。我会教训你们这些在我的鼻子上喷来喷去的小子的。科利斯汀的老人是不会心慈手软的，他会马上回击的。

尤哈尼：我会抓住他那乱成一团的衣领，然后毫不留情地将他拉到啤酒庆典活动上去。你好，老头！我们现在出发了！

老人：你下地狱去吧！

尤哈尼：要让你喝啤酒喝得肚子撑爆！

老人：松开我的衣领，否则你的嘴巴上就会挨上一拳。你这个见鬼的家伙还不快松开？

尤哈尼：要喝一桶啤酒！

托马斯：尤哈，又在发什么疯？

阿波：放开老人吧。

尤哈尼：上帝保佑！他一直像狗一样对着我们狂吠。我们应该怎么对付他？他真是个老浑蛋。但让他来尤科拉参加庆典并一边生气一边喝啤酒吧。是的，老头，我的心是不会屈服的，不会！

老人： 松开你的手！

托马斯： 你可以把他放开吗？嗯，就这样，你好好地把他放开吧。快走吧，老家伙！

尤哈尼： 啊！我可以像抱一个小孩那样把他抱到庆典活动上去，因为我毛茸茸的胸膛在怒火中烧。上帝之子啊！我从谁的套子里抓到了只鸟？是鸟还是野兔？

托马斯： 你快住口吧！

尤哈尼： 我是小偷吗？

教堂执事： 他没有这样说，我的孩子。

尤哈尼： 然而，他一直在旁敲侧击地这样说。噢，上帝之子啊，但愿在他头顶上的二三十个冬天的积雪都已经融化了！①

托马斯： 快走吧，老头！

老人： 你们这些无赖！你们这些钻在密林里、脑袋被打傻的狼崽子，我，我，我是你们面前的玩具木马吗？可是，是的，是的，我会再次教训你们的，再次教训你们的，你们这些浑蛋！

科利斯汀气鼓鼓的老头终于离开了他们。他愤怒地嘟囔了很长时间，向地上吐着口水，沿着狭窄的道路走了。兄弟们和陪伴着他们的教堂执事以及走在最后的拉雅麦基军团也再次出发了。当他们这样向前走了一段时间后，有两个女人迎面向他们走来：曼尼斯托的女主人"松林老妈"和她聪明、丰满的女儿宛拉。她们手里拿着用白色桦树皮制作的包，脚步匆匆地准备前往越橘林。这次相遇让兄弟

---

① 意为：假如他再年轻二三十岁就好了！

们有点措手不及，他们默默地看着迎面而来的女人们，在她们面前停了下来。双方面对面地站着，眼睛睁得圆圆地相互对视着。最终还是阿波向前走了一步，告诉了她们七兄弟在泰里麦基山上做出的坚定决定，并邀请她们去参加乔迁庆祝活动。母女俩一时不知道该如何是好，站在那里悄悄地满意地相互对视着，嘴唇抿得紧紧的。当执事也敦促她们接受兄弟们的邀请出席聚会并帮助他们煮咖啡时，她们最终同意加入兄弟们这一支快乐的队伍中。就这样，尤科拉的小伙子们有了执事作为他们与图科拉人之间强有力的调解者和仲裁人，"松林老妈"和她的女儿担任煮咖啡的绝佳人选，而拉雅麦基的米科则负责为他们的凯旋演奏进行曲并为他们与图科拉的姑娘们一起跳舞而伴奏。——七兄弟心里想着所有这些愉快的事，步伐更加矫健地向着此行的目的地进发，最终来到尤科拉农场北部耕地的沙石坡上。奥雅牧草地就在他们前面，它的后面是科托耕地，而在上面更高一点的地方就是带着一丝令人怀旧忧伤的尤科拉的房子。兄弟们用湿润的眼睛默默无语地看着在一片绿油油、沙沙作响的小山坡上的家很久很久。太阳开始西斜，北风也开始刮得越来越大，房子南边石头山上的松树林里发出阵阵呼啸声。

托马斯： 那里就是尤科拉。

尤哈尼： 是你吗，尤科拉？

阿波： 你的雄姿已经不复存在，苔藓爬上了你的屋顶，我们亲爱的家。

尤哈尼： 苔藓爬上了你金色的屋顶，我们可敬的尤科拉母亲。

迪莫：你好，尤科拉，你现在坐落在那里，坐落在我的面前，就像从前的耶路撒冷那样美丽。

尤哈尼：这是你吗，尤科拉？是你吗？啊！我无法阻止我的眼泪从我历经沧桑的脸上流下，我的心潮在上下翻滚、在汹涌澎湃。啊！我的目光所及之处，都回报以先前那种朋友般的温柔神情。看啊，黑色牛棚的那个窗口也是那么含情脉脉地在望着我。你好，你这个希望之星，你好！

埃罗：你好，你好，你这颗黑色的星！

尤哈尼：你好，下面可爱的牛粪堆，你比幸福的小山还要漂亮！啊！

迪莫：是啊，牛粪堆是很漂亮，可是那堆粪怎么这么多天了还没有拉到地里去呢？是的，是的，那里的那堆东西表明并证明了制革匠那根深蒂固、无可救药的懒惰和得过且过的旧习。到了九月份家里还留着一堆农家肥，这对吗？我对这个制革匠很生气。不过好吧，好吧，我们暂且先原谅他，特别是在今天，今天是庆祝尤科拉乔迁之喜的日子。

尤哈尼：你好，灰色的粪堆，你好！我就这样说，而不管它表明了什么和证明了什么。你好，尤科拉，连同你的粪堆、你的田地、你的牧草地，就像天堂一样美丽！

迪莫：不过天堂更美。

尤哈尼：住口！这里就是最美妙的天堂。

西蒙尼：不要说罪孽的话。

尤哈尼：我的舌头会说出我内心的低语。

拉乌里：我现在也想说点什么，但这个特别的时刻已经完全浇灭了我从前在语言上的聪明才智。

尤哈尼：

> 用嘴说话，用心表达，
> 让喜悦冲出胸膛！
> 群山摇曳，森林回响，
> 天空陷入静谧，
> 在这神圣而短暂的一刻。

这是给大家的一首诗，由尤西·尤科拉在喜悦中创作。

阿波：现在有这些就够了，让我们赶紧做要做的事吧。

尤哈尼：是的，现在让我们赶紧着手做事吧，就像一群要产卵的刺鲈赶着游往最远的水窝一样。我们现在就走吧，以免尊贵的客人在我们到达之前就对这场狂欢感到了厌烦。毕竟尤科拉并不是他们的家，此外，他们看到它的时间比我们要晚。您，执事先生，你们，"松林老妈"和您的女儿，还有你们，受人尊敬的拉雅麦基一家，请不要对此感到生气。

教堂执事：你不必为此祈祷。是的，我们了解这一刻对你们来说意味着什么。这是一个崇高而庄严的时刻，充满了令人陶醉的欢乐。

尤哈尼：说得太好了，说得太完美了！——我们现在走吧！

托马斯：让我们的枪声响起，让米科的小提琴演奏起来。

尤哈尼：是啊，如果我们现在能有一点音乐就好了。——来一次齐放，兄弟们，让我们来一次震耳欲聋的枪声齐放。一齐放！

米科的小提琴声与尤哈尼、托马斯和阿波的枪声几乎同时响起。骏马拉着马车向前快速驰骋，牛群被惊得四处乱蹿，跑得这里一头，那里一头。但是牵着它们的主人并没有将手中的缰绳放松，西蒙尼没有，迪莫也没有，埃罗就更没有了。他们咬着牙一直跟着牛，尽管几乎是被拖拉在后面，但是每个人都跟在自己的牲畜后面，扬起的尘土像云彩一样滚过田野。乱跑的牛最终不得不停了下来，与主人转回到正确的道路上来。于是这支队伍继续向下行进，在奥雅牧草地的山谷中消失了一段时间，但很快又出现了，沿着陡峭的山坡向上，从科托耕地的入口处进入。米科的小提琴演奏得非常出色，基力和基斯基高兴得到处撒欢奔跑，他们的叫声得到了制革匠的那条弱不禁风的柴狗的回应，它瘸着腿缩在房子的角落里，浑身打战。嘈杂声把尤科拉村里所有的人都从房子里吸引了出来，他们跑到附近的石头平地上。孩子们看到拉雅麦基军团又来到村子里，被吓得大声叫着急忙跑回家里躲了起来，有的藏到床上的被子下面，有的躲到炉灶上面，有的则藏到嘎嘎作响的木柴垛里。出于同样的恐惧，柴狗也突然沉默了，它把尾巴夹在两腿之间，躲到了角落里的长凳下面。现在院子里一片热闹和骚动的噪声。当这支行进队伍走向尤科拉的院子时，人们的叫喊声、狗的吠叫声、奶牛的哞哞声、壮实的小公牛的吼声和刺耳的小提琴声响彻四周。一阵北风袭来，呼呼地吹动着基维麦基山上茂密的松树林。铁骨柔情的兄弟们走上前来，在他们曾经的家中温馨的院子里向房子里的人们致以问候。当他们握完手，家畜和马车上的东西也都卸了下来，兄弟们终于一起走进房子宽敞的客厅。

教堂执事和阿波一起前往图科拉村，邀请那些与尤科拉兄弟长期生活在彼此仇视和相互迫害之中的人参加他们的乔迁庆典以化解怨恨。他们通过执事的嘴用寻求和解的动听语言向那些男人和女人发出邀请后，便赶回来帮助其他人准备庆典。他们在尤科拉农场令人愉悦的堂屋里将地板铺得更加宽敞，用大木杯将带着泡沫的啤酒送到桌子上，手脚麻利的宛拉和她的母亲在炉灶上生起了火。从煮咖啡的炉灶上升起的烟雾在熏得乌黑的屋顶下像云雾一样上下翻腾，烘焙好的咖啡豆在咖啡磨的磨齿间哗哗地被磨碎，制革匠家的女主人的咖啡壶在炉火上冒着热气。他们现在有人在清扫宅院，有人在将柴火从外面的柴垛运到屋里，有人则将砍下的松针枝叶铺到地板上作为装饰，大家都在忙着做些什么。在窗边的一张宽板凳上，快乐的米科坐在那里，时不时地拉上一首小提琴曲。

曼尼斯托的"松林老妈"正在门廊里与尤哈尼投机地低声说着什么。尤哈尼站在那里，眼睛睁得大大的，神色严肃得仿佛在接受审判。"松林老妈"兜着圈子告诉他，在她们看来，他的心和宛拉的心之间已不存在任何障碍。后生被这一情形惊呆了，他大声喘息着，叹了一口气，汗流如注，使劲儿揪着自己后颈的头发，最后向"松林老妈"请求给他片刻的考虑时间。"松林老妈"容光满面地离开了他，尤哈尼走进院子，像一个无家可归的精灵一样，不知道自己要去哪里。他在尤科拉房子的后面来回地踱步，满头大汗，不断地叹息着，浑身发烫，冒着热气，使劲儿地拽着自己后颈的头发。最终，他冲回门廊，打开堂屋吱吱作响的门，用气喘吁吁、近乎哭泣的声音说道："麻烦执事到拐角这边过来一会儿，还有你，阿波，快过来，我亲爱的兄弟！"他们满足了他的请求，很快他们三人就站在了尤科拉的墙脚下，思考着尤哈尼告诉他们的事情。他们思忖了片刻并讨论了一下，决定让尤哈尼娶走宛拉，因为她毕竟是一个好姑娘。接着，尤哈尼迈着坚定的步伐快速走进了门廊，抓住宛拉的手，说道："就这么定了。"这时宛拉稍微扭捏了一下，捂住眼睛，面露笑容，但仍然让她的手在尤哈尼厚实的大手中握着。"松林老妈"对此感到十分高兴，向他们祝以母亲般的祝福，执事祝愿他们幸福和成功，并通过简短的讲话提醒他们缔结婚姻的重要职责。

就这样，尤哈尼订了婚，昔日的恋情又重新在他的心中燃起。新郎满头大汗，时不时地偷眼看着新娘。突然，他冲向在奥雅牧草地上的马匹，看到了从印比瓦拉带来的两匹年轻母马，他看到了，却又似乎什么都没看到。他很可能是将草地边缘上的两只鹤看成了马。他的魂就这样被新娘子摄走了，他仍然不敢相信自己已经拥有了这位新娘。这一天对他来说是充满奇迹的一天。接着，他又跑了回来，渴望能看到宛拉出现。他迈着坚定的步伐，在田野上听着米科的小提琴奏出的令人惊叹的波兰进行曲。这时他的嘴角突然扭曲了，泪水浸湿了他的眼睛，他用有力的拳头擦干了泪水，感觉就像是沉浸在天堂的欢乐之中。当他来到院子里时，他没有看到他面前的拉雅麦基的双胞胎正在骑着木马欢快地在空地上跑着，他也没有注意到米科的小儿子正在房子的台阶上玩着他的玩具车。他坚定地走了进去，从他的目光中可以隐隐看到坚毅的沉思和不懈的认真。

渐渐地，图科拉的小伙子们聚集到了尤科拉农场的山坡上。他们中的一群人已经站在了木棚和马厩之间，嘴里含着烟斗，看着雪橇、马车和制革匠从海曼林纳市场上买来的弹簧椅马车。他们站在那里，迟疑地观察了一会儿，然后穿过院子，朝着房子逐个走了过去。他们找好了自己的位置，有的靠着台阶两侧的墙壁，有的站在门廊里，听着里面的喧闹声和骚动声。门终于打开了，阿波走了出来，邀请客人们进去。

图科拉的人走进屋里，他们聚集到左边，在门和侧窗之间。他们表情严肃地站在那里，每个人都将帽子举到唇边。在他们中间可以看到基萨拉的阿佩里，他不停地回过头向门的方向望去，还可以看到库宁卡拉的埃罗，他的眼睛正盯着地板看。米科拿着小提琴坐在他们附近靠窗边的地方，嘴里嚼着烟草，不停地吐着口水。他的膝下站着一个小男孩，那是他的掌上明珠。执事神情严肃地站在桌子前面，手里拿着一根荆条，正准备开始一场牵动人们五脏六腑的演讲。他清了清嗓子，用食指和拇指刮了刮下巴，环顾一下四周，猛地将目光投向站在右边的图科拉村的人，又转向左边站在桌子和北侧窗户之间一言不发、低头凝视着地板的尤科拉兄弟。靠近灶台旁的凳子上坐着制革匠一家、曼尼斯托"松林老妈"和女儿以及拉雅麦基的卡伊莎。她的手里拿着一个鼻烟盒，脸上沾着鼻烟，坐在一个小凳子上，身体前后摇晃着。在炉灶和门之间的角落里，在松木劈柴和水桶旁边，站着拉雅麦基的孩子们：海卡、讨厌鬼和双胞胎兄弟，他们惊讶地看着尤科拉屋子里沉默不语的人们。执事站在桌子旁边，他的表情十分严肃，手默默地紧紧握住下巴，终于张开了嘴，但又忍住没有开口，先清了清嗓子。他再次用令人生畏的目光向右边瞥了一眼，又向左边瞥了一眼，脸上一副痛苦的表情，好像正嚼着一块苦艾。最终从他嘴里说出了下面的话：

"魔鬼，就像一只尖叫的马鹿一样四处乱蹿、向人间喷洒毒气，也点燃了这些邻居心中仇恨和迫害的火焰。起初，它只是在一堆小树枝边上轻轻摇曳的火苗，但很快它就蔓延开来，升腾成可怕的森林大火。起初它像一只小苍蝇，但后来它像一头被诱饵催肥的公牛一样长大变肥，用黑色的烟雾遮住了天空的光芒。于是黑魔占了上风，它让人们挥起拳头，互相厮杀，最后在一场彼此都被打得遍体鳞伤、血肉模糊的斗殴之后成为仇敌。这多么可悲啊！天空在哀叹，高山峡谷在呻吟，甚至连大自然那些没有思想的生灵都在为之感到忧伤，只有黑暗与地狱在欢欣鼓舞。许多人都在点着头思考：这里的锁链会叮当作响，鞭子会噼里啪啦地抽下来，这些孩子会离开自己心爱的家乡被发配到西伯利亚寒冷的荒原。许多人都曾经这样预言，但他们却预言错了，为此我们要感谢上天，荣耀归于上天。——现在让我们看看这样一种奇特的景象：兄弟们舍弃了家园、邻舍和整个社会，冲入森林的黑夜之中。许多人的脑海里再次浮现出这样的思索：这会将他们变成强盗，变成芬兰森林里的七个嗜血、愤怒的强盗。但感谢上天，荣耀归于上天，他们的预言被证明是差之千里。

无论他们是不是被魔鬼赶进了森林，就像之前在杜苏拉的牧师身上发生的那样，还是上天的力量将他们吸引到那里，就像施洗者约翰走进森林一样，我现在并不打算下结论。但魔鬼也在那里竭尽全力地向他们发起攻势，要把他们引向毁灭的道路。他用酒精毒药和甜美的糖浆引诱他们，正如兄弟们自己所讲述的那样，魔鬼带领着他们登上令人昏眩的高处，到达一座奇怪的建筑，即所谓的靴子皮塔，并向他们展示了我们的半个地球，向他们展示了一切都处在可怕的混乱中，以便把人们吓得魂飞魄散。这就是他的诡计，但是他的坏主意反倒打了他自己的脸，让小伙子们及时赶回到正确的岔路口。他们猛烈地投入战斗，勇敢地与自己内心中根深蒂固的懒惰、荒芜贫瘠的土地、冰冷的泥潭和沼泽做斗争，并在上天的帮助下，以坚定的意志战胜了一切。呼啦！在这里，他们再次回到了现实世界，但不是作为强盗，而是作为循规蹈矩的人。他们伴随着庄重而有仪式感的咔嗒声，乘坐着由两匹年轻、高傲的母马拉着的快速转动的马车而来，后面跟着哞哞叫着有着光滑侧肋的奶牛和一头前额宽大低吼着的公牛。他们就是这样回来的，不是来自强盗的山洞，而是来自他们亲手建造的新房子，可爱的印比瓦拉。呼啦！通过他们，上天得到了荣耀，但地狱里长着角的恶魔却蒙受了羞辱。

他们现在站在这里，作为值得赞扬的人，向他们从前的对头伸出了和解之手。而你们，图科拉尊敬的村民们，不必再认为将尤科拉的兄弟们称为朋友是一种耻辱。现在，在他们周围闪耀着荣耀的光辉，而不是羞辱的污点。因此，如果你们要想避免未来的愤怒，就接受他们和解的圣杯吧，并请记住，你们不要让他们徒劳地向你们伸出和解的手。你们看啊：太阳正在落山，并在用温柔的目光回望着东方天际闪烁的彩虹。看啊：这是主恩典之约的象征，现在也是与昔日的对手握手言和的重要标志，建立美好的兄弟情谊，并给魔鬼和他的帮凶比以往任何时候都更加沉重的打击。这是上帝的旨意，也是我的愿望，谁现在不侧耳倾听我们的话，就让他被诅咒和被谴责，魔鬼最终会在地狱里听到他的声音。听我说，上天啊，听我说，至高无上的主啊,和撒那①!"

执事讲完这番话后,在场的女人们的心都被深深地感动了。制革匠家的女主人、曼尼斯托的"松林老妈"、聪明的宛拉和拉雅麦基阴沉着脸的卡伊莎,都抑制不住呜呜地哭了起来,就像洗衣者用手在碱液盆里使劲儿搓洗新的粗亚麻布衣服发出的声音一样。图科拉和尤科拉的人现在都相对而立,互相用力地握着对方的手以示和解。这份和解是发自内心的,真诚而持久,尽管他们仍粗暴地互相拍打着对方的手,尽管他们彼此交换的眼神似乎还带有几分不屑。执事坐在桌子的一端,面前放着1脱比的啤酒和一杯冒着热气的咖啡,带着微笑看着这欢乐的一幕。啤酒也用白色的大木杯在屋子里传递,从一个男人传到另一个男人,最后也从一个女人传到另一个女人,因为图科拉的一群女孩子也已经聚集在尤科拉的屋子里了。曼尼斯托的"松林老妈"和麻利的宛拉为那些站在壁炉和松木劈柴旁边低声谈话的人送去了咖啡。一开始他们并没有痛痛快快地接受咖啡,但在宛拉的坚持不懈下终于在两三次后接过了咖啡。在这一个晚上就连米科也没有被忘记,人们给他送去了大量的啤酒和烈酒以免演奏者口渴。在这之后,他开始在小提琴的弦栓上不停地吐着口水,以调整这只琴弦多次粘连在一起的乐器的音色。最后,一曲悦耳的瑞典的方阵舞曲响彻屋子。他在那里演奏了一段时间,但由于没有人到地板上来跳舞,他便停下了这支四方舞曲的演奏,换上了另一曲欢快的波尔斯卡舞曲。他认真地演奏了很长时间,但地板上仍然没有一对舞者在旋转。最后,老人对此感到非

---

① 和撒那,《圣经》中赞美上帝之语。

常沮丧,他把琴弓放了下来,一边转动着嘴里的烟草并吐着口水,一边弹拨着小提琴的琴弦。

人们静静地坐着。阿波坐在靠近后面窗户的附近,目光不时地紧紧地瞄向一位圆脸、棕色皮肤但性格沉稳的蓝眼睛姑娘,她正在与宛拉窃窃私语,嘴唇上带着一丝可爱的羞怯与天真。阿波好奇地看着她,在记忆里搜来搜去,但就是想不起来那个姑娘的名字。他最后跑到执事那里,在旁边轻轻捅了捅他并发问,执事很快回答说:"那是康卡拉家的欣丽卡。"这让阿波的额头一下子亮了起来,过了一会儿,他对米科说:"给我们奏一曲卡德利尔方阵舞曲。"于是米科又开始了演奏,阿波走近康卡拉家的羞涩女孩,邀请她作为舞伴。少女跟在他的身后,站到了他的身边,羞涩地微笑着,脸红得厉害。从另一侧也有一对加入地板上,最后当米科的小提琴响起时,他们在宽敞的房间里跳起了瑞典的卡德利尔方阵舞。白色的炉火欢快地燃烧着,墙上的松油片蹿着火苗,当他们带着严肃认真的神情在节日般的沉默中跳着舞,宽厚的木地板发出重重的响声。

执事坐在桌子后面,心满意足地享用了两杯咖啡和三杯冰啤酒。他坐在那儿,微笑地看着年轻人在地板上的狂欢,脸颊上浮现出淡淡的红晕。当这曲持续了很长时间的卡德利尔方阵舞曲终于结束后,执事站了起来,宣布他打算离开。在喝了一小杯告别酒并发表了简短的告别讲话后,他满意地离开了尤科拉的家。他婉拒了主人要安排一辆马车送他回家的好意,而是自己拿着手里的荆条拐杖离开了。尤哈尼跟着他穿过宽敞的院子,敏捷地为他打开了尤科拉那破旧、摇摇晃晃的大门。这位促成和解的伟人在那里站了一会儿,仰望着星空,与尤哈尼谈论着天气和风向。最后他说了声"再见",尤哈尼深深地鞠了一躬,用一只脚磕着地面,地上的沙子和小卵石飞到了牛棚的墙上。之后,他回到了洋溢着幸福的房屋,自言自语地说道:"他做了一件大事。"执事手里拿着多节手杖,头上戴着黑边帽子,微笑着走向教堂村,脸上带着漂亮的玫瑰色。

尤科拉屋子里的欢乐和欢宴的喧闹声越来越大,最后变成了一场盛大的狂欢。人们一会儿跳起卡德利尔方阵舞,一会儿又在令人眼花缭乱的波尔斯卡舞曲中旋转,舞场上几乎没有人休息,地板嘎嘎作响,结实的板材在年轻人的脚后跟下被压得弯曲。炉火在欢快地升腾着,米科的小提琴也一直在欢快地演奏着,舞步声震得屋顶吱吱作响,被烟熏得乌黑的横梁在颤抖。带着泡沫的啤酒杯从一个男人传到另一个男人,热气腾腾的咖啡从一个女人传到另一个女人,拉雅麦基的卡伊莎通过杯中留下的咖啡渣痕迹预测出兄弟们的幸福日子将会一直延续到他们的坟墓。

就这样,主宾在兄弟们乔迁之喜的庆典上无不感到欢欣鼓舞。就这样,主宾从冒着泡沫的啤酒杯中喝下了他们实现和解的酒,他们直到黎明才分手告别。

第十四章

距离兄弟们迁到印比瓦拉的荒野生活已经过去近十年了,那里现在已经变成了一座漂亮的农场。从前的尤科拉农场在七个勇敢的兄弟的努力下也很快恢复了原样,甚至比原来更为壮观了。他们心爱的出生地现在也终于被分成了两部分。尤科拉的老房子,他们永远的根和母亲的象征,归尤哈尼管理。旁边紧挨着的另一处房子,也是一座很不错的房子,则由阿波经营。印比瓦拉农场也被分为两部分,其归属最终由托马斯和拉乌里共同商定。迪莫和埃罗分别获得了凯库里和沃汉卡尔玛的佃农农场,他们和他们的孩子都拥有这两处农场的所有权,并且直到他们去世为止都无须缴纳任何地租。现在所有的兄弟们除了西蒙尼都已经成了家,而西蒙尼既不想结婚也不要自己的农场,而是决定成为尤哈尼·尤科拉家里的老光棍。也可以这样说,他们都已经各就各位各得其所地像正常的人那样生活和工作着。四处流浪的人对尤科拉和印比瓦拉农场以及凯库里和沃汉卡尔玛农场的热情好客都赞不绝口。如果不算西蒙尼和迪莫,那么可以说兄弟们都已经永远告别了会令人发疯的烈酒。有时,洁身自好的西蒙尼也会摇摇晃晃地踏上酒后令人晕眩的道路,迪莫不时地也会如此,但次数更少,每年大约有一两次。

自从陪审员麦基莱去世后，是谁接替了他的位置？是尤科拉的阿波，他始终是一个寻求和解与主持正义的人。当老围猎官去世后，谁又被提升到这个岗位？是沃汉卡尔玛的埃罗·尤哈尼之子成了他的继任。埃罗是一个聪明的人：他既会读书又会写字，他甚至每周都会收到一份来自图尔库的报纸。

尤哈尼娶了曼尼斯托的宛拉作为自己的妻子，与她一起过着愉快的日子，尽管不时地从屋子里会传来一阵阵嘟囔抱怨的声音。因为宛拉虽然是一位好的女主人，但却是一个有点喜欢唠叨、爱吵架的女人。她经常会喋喋不休地抱怨和斥责自己的丈夫，她已经习惯于把他称作蠢货、拖把头和猫头鹰。但是尤哈尼有时也会生气，有时也会勃然大怒：命令那个"被上帝赋予比男人更软弱心智的娘们儿"立马闭上嘴。他会发号施令，用拳头猛击桌子，暴跳如雷。最后，宛拉会假装害怕，将嗓音放低，到炉灶旁边与淘气的女仆一起偷笑，尤哈尼则坐在桌子尽头的长凳上不断叹息，不时地会含着眼泪责怪上帝"赐予他并命令他娶了这样一个放肆无礼、动辄吵架的女人"。——有一次，他们之间因为阿佩利·卡勒库拉爆发了一场风波。那是一次当尤哈尼与宛拉之间发生了一点口角时，微醺的阿佩利正坐在尤科拉房间里边上的一个凳子上，这个傻瓜犯了一个错误，竟搅和进夫妻间的争吵并情绪激烈地站在了尤哈尼一边。尤哈尼正在气头上，称呼他的宛拉为"鸟脑子"，但阿佩利这个愚蠢的人还以为自己在帮个大忙，也开始称呼宛拉为"傻妞""小镇要饭的""棚户丫头"。突然间，尤哈尼两眼一闭，像一头可怕的熊一样冲向阿佩利，被吓坏了的阿佩利像兔子一样逃了出去，尤哈尼火冒三丈地在后面追。

只听见门"哐当"一声,门廊和台阶震得嘎嘎直响。当他们疯狂地跑过石头院子时,狗夹着尾巴呜呜叫着从台阶上惊慌失措地跳到一旁。阿佩利·卡勒库拉大声咆哮着在前面跑,愤怒的尤哈尼则挥舞着拳头在后边追。从宽敞的堂屋里传来了宛拉和女仆欢快的笑声。尤哈尼并没有追上阿佩利,而是到了大门口就折回了,暗自生着闷气,并发誓哪天一定要好好地教训一下卡勒库拉的这个自负的牛犊子。走进门里之后,尤哈尼用拳头敲着桌子说:"你可以对着我叫骂,但你不能对着我的妻子乱骂。这样的好老婆在瑞典国王的国度里也找不到第二个。"他夸奖她,实际上他对妻子的持家本领确实也挑不出什么毛病。当然她喝起咖啡来还是比较费的,人们也经常听到尤哈尼在抱怨,但是宛拉并不是很在乎这些,而是让她的咖啡壶像以前一样煮着。老公也总是很开心地从老婆胖乎乎的手上接过热气腾腾的咖啡。而每当尤哈尼进城时,他也总是忘不了给他的宛拉买一罐咖啡和一大块糖。

　　宛拉为她的丈夫生下了活泼可爱、胖嘟嘟的继承人。一开始,事情并没有完全按照尤哈尼的意愿进行。他们爱情的第一个果实是一个长着聪慧眼睛的女儿,父亲为此感到遗憾和生气,因为他没有得到一个胖乎乎的男孩。但他希望下一次会有所不同。过了快两年,宛拉又生下了一个女儿。当时丈母娘抱着这个裹在白布里的小家伙,嘴里甜甜地哼着歌,给表情严肃的父亲看。尤哈尼十分高兴,以为自己的愿望终于实现了,他问道:"是男孩还是女孩?""你自己看看吧,我的女婿。"丈母娘回答他。他看了一眼,但很快就咆哮道:"让你们的小崽子见鬼去吧!"剩下他一个人后,过了一会儿他又说:"愿上帝还是要保佑我的孩子！"——又是一年过去了，两年过去了，宛拉终于生下了一个儿子，和他父亲的模样一样，个子看起来也很高。从此，尤科拉的房子里充满了欢乐和幸福，宛拉感觉尤哈尼比以前更加亲切。现在女人们开始为宝宝选名字了。其中一个希望他叫朗西，另一个希望他叫弗洛伦丁，第三个希望他叫埃里克·特朗斯拉图斯，但宛拉希望叫伊曼纽尔。这时尤哈尼走上前来，用手指着宛拉的床说："不，我的宛拉，不，他的名字叫尤哈尼斯。"于是，小家伙受洗时以他父亲的名字命名。父亲非常喜欢他，有时称他为"我的小家伙"和"我的小乌鸦"。

所以，尤哈尼的家庭生活大多是充满温暖的阳光，但有时也会经历一点风风雨雨。而当云层上升之后，暴风雨总是会很快消失，晴朗的天气又会回来。然而，他的命运与他的村民、邻居的命运却并不总是那么合拍。他们之间经常会因为这样或那样的事情发生争吵，甚至严重的冲突，例如，关于两家之间的栅栏、冲出围栏的马匹、跑出猪圈的猪等。尤哈尼通常很快就用拳头解决了问题，而他的对手的脸颊和头发总是处于危险之中。因此，事情经常会闹到法庭上，但那时总是由沉着冷静的陪审员阿波兄弟出面调解，用他那和解的语言将争端解决。尤哈尼也不是一个难以达成和解的人，尤其是当他意识到是自己错了之后。——他同时也是一个闲不住的人，无论是做家务还是在外面干活。他的家人也都不会埋怨他，无论是在田间、在牧草地上，还是在森林里，在圆木的轰隆声中。

有一次，当尤哈尼在维赫卡拉牧草地上晒干草时——这片牧草地就在云杉树林的深处——尤哈尼在上帝和世人面前表现出他那可怕的一面。干草在开阔的牧草地上被耙成一行行，耙草的人们正高兴地走到谷仓去享用他们的午餐。但是农场主却惊恐地看着天空中如黑云压顶般快速逼近的火烧云。谷仓后面矗立着一个白桦树桩。尤哈尼趁着别人不注意的时候跪倒在树桩前，祈求上帝保佑他的牧草地上丰润芬芳的饲草不要遭受雨水的侵袭。他默默地祈祷着，但还没有等人们吃完午餐，一大片雷雨云就越过云杉树顶压了过来，伴随着耀眼的闪电和震耳的雷声，瓢泼般的大雨哗哗地降了下来。人们还没有来得及收拢一堆干草，所有的干草转眼间就都被打湿了。人们手里拿着耙子很快从牧草地上跑了回来，躲进谷仓来避雨，但尤哈尼却在雷电交加的雨中站在谷仓院子里，脸色气得发黑，大声咒骂着。他站在那里，不顾上天的咆哮，不停地咒骂着，用右拳猛击左手掌。每当"魔鬼"这个词从他紧咬的牙关中喊出来时，他就会疯狂地咆哮着向下跺脚，同时抬起头来向上尖声喊道："我的干草甸与上天的粪车有什么关系？"他的妻子宛拉在谷仓里斥责他："你到底在胡乱说些什么啊，你这个造孽的人？"但尤哈尼却并不理睬这些，而是继续对着阴沉的乌云大声喊道："我要坚定地问，上天为什么要在我晒干草的时候降下这些粪肥？"当谷仓里的婆娘和姑娘们听到这个男人的狂野言论后，不禁都双手合十，虔诚地为他向上帝祈祷。她们就这样祈祷着，在闪电中可以听到她们口中发出的祈福声、沉重的叹息声，她们的膝盖深深地跪在地上。而羸弱的、目光柔和的孩子们，都哭着将他们的脸藏起来，有的躲在母亲的怀抱里，有的则躲在母亲裙子的下摆中，哭泣着，叹息着。许多孩子都认为，这是最后审判的时刻已经到来，因为大地和天空都沐浴在烈火中，雷电交加，大雨如注，远处不时传来可怕的隆隆声，森林凄惨地轰隆作响。尤哈尼注意到了女人们的举动后,提高了咒骂的音量,但女人们也提高了祈祷的声音。

谷仓里塞乌纳拉年轻苗条的女儿安娜在害羞地看着这一切,在她苍白发亮的额头下,一双眼睛像两颗星星一样闪闪发光。据说这位少女经常能看到一些奇怪的幻象,在此期间她的灵魂会在受祝福者的光明道路和受诅咒者的黑暗中徘徊,并从那里讲述奇迹。她还经常预言人类儿童会遭遇严重的灾难:战争、饥荒、瘟疫以及最后的世界末日。这个一向稳重、沉默、温柔的小姑娘,现在却在尤哈尼还在叫骂的时候,突然冲出了谷仓跑到草地上,一下子跪倒在地,全然不顾倾盆大雨和天空中的电闪雷鸣,大声地几乎是尖叫着祈祷。她祈求上帝怜悯那个不幸的瞎子,不要用愤怒的神圣火锤击打他。她就这样祈祷着,抬头望着天空,眼睛里发出奇妙的火焰,天上的光辉照在她的额头上。可是看啊:尤哈尼安静了下来,不再叫骂了,尽管他愤怒地瞪了一眼女孩。最后,当他觉得女孩的努力花的时间太长了,他抓住祈祷的姑娘的手臂,把她带回到谷仓里,说道:"进去,快进去,看你这身破衣服,别白白把自己浇湿了,因为我不需要任何人为我祈祷。"少女进来了,立刻瘫倒在了干草上,但她的祈祷声仍然在回荡着。旁边的女人们都流下了热泪。在外面,尤哈尼靠着墙站着,他的脸上流露出一丝悔恨之色,胸中却依然涌动着愤怒。

很快,大雨和雷暴就过去了。第二天,维赫卡拉牧草地上的草就全收割了,那是一个火热的大晴天。但房子的主人却不在那里。他待在哪里了?——塞乌纳拉女儿的声音在他的耳边回响,并没有给他的灵魂带来平静。因此,他一大早就怀着郁闷的心情来到教区牧师长的府邸,悔恨地向牧师长承认了自己的罪过，即不该咒骂上帝和天堂。为此，牧师长一开始严厉斥责了他，但很快又对他说了些安慰的话，之后尤哈尼就平静地回到了家。但自从那次发生在维赫卡拉牧草地上的事件后，人们发现，尤哈尼在性格上和行为举止上都有了一些变化。他的头上戴着一顶无边圆帽，上衣的领子竖着，下摆被剪短，只留下短短的"尾巴"，就像芬兰各地宗教觉醒者穿的衣服一样。他开始这样着装，去教堂的次数也比以前多了。他神情十分严肃地坐在教堂里自己常坐的位置上，旁边是表情同样严肃的海勒盖麦基的主人，时不时地也像他的伙伴那样清一清嗓子。在此之后，恶劣的天气无论是在尤科拉的家中还是在田里都没有那么频繁了，最后尤哈尼兄弟的生活几乎是极其平静地走向其安详的傍晚。

作为一个单身汉，西蒙尼住在尤哈尼的房子里，享用着家里的食物和饮料，从清晨到深夜不知疲倦地做着家里的活。节俭和吝啬是他的本性，而且一年比一年抠门。他以他吝啬的目光观察着这座农场的男人和女人们活动的各个方面。从他的嘴里经常会听到的一句话，至今仍让尤科拉和图科拉的人们作为笑料挂在嘴边。那是有一天，当他在松树圆木旁边用他的专门用于雕刻的小斧头为宛拉雕制一个面包案板时，大家正在他面前吃着满满一大碗炖猪肉，他提醒大家说："你们在面包上只要放上一点点猪肉末，面包就会非常好吃。"听到他这么说，在场的男男女女都哈哈大笑起来，而尤哈尼自己也跟着笑了一会儿，但觉得最好还是要批评一下弟弟不要太吝啬。可是西蒙尼却回答道："我还是要劝你节制，我警告你不要崇拜你的肚子，这是一种罪恶，一种致命的罪恶。——谁又是那么违反自然的吝啬呢？那不是我，而是库宁卡拉的卡勒，他患有肺病，当他意识到自己肯定将不久于人世时，他便去为自己的葬礼制作烧酒。因为他知道自己是图科拉村最好的酿酒师：他消耗的谷物很少，但总能从中调制出大量冒着泡沫的烈性酒。现在也是这样。在冰冷的桑拿房门廊里，这个可怜兮兮的小个子男人坐在烧酒设备旁，不停地咳嗽着，鼻子像鼻烟壶那样尖，眼睛像安在脑袋上的两个玻璃球。他坐在那里，看着人们将酒装满端进屋里。最后他自己也摇摇晃晃地从那里走了下来，跟跟跄跄地从台阶走到门廊，再从门廊走到屋里，全身挺直了趴到床上，过了几个小时，他就全身冰凉了。善良的人们，那才是吝啬，那才是一种即使到了坟墓边缘也无法改变的吝啬，那就是我所说的不自然的节俭的做法。"——西蒙尼就是这样为自己进行辩护，他从来不承认自己吝啬。

他始终受到男女主人的青睐，因为他是家里忠实可靠的守护者。当他们知道一切都在西蒙尼的视线之下时，他们就可以无忧无虑地离开家门。

有一次，在圣诞节期间的一个黄昏，尤哈尼带着妻子和两个最小的孩子来到印比瓦拉到托马斯和拉乌里的家中做客，西蒙尼又被留下来看家。那天的天气很好，道路也很好走，去做客的一行人在晴朗的天空下愉快地穿过了森林。表情严肃的胖墩墩的小家伙"山雀"坐在尤哈尼的膝盖上，但他们最小的孩子则被裹在细羊毛围巾里躺在宛拉厚实的怀抱里，这个清秀而乖巧的女儿正在温暖的毯子下享受着母亲乳房的赐予。雪橇沿着被雪覆盖着的草地向前滑行，从尤科拉向着印比瓦拉的田野移动。——夜幕降临，尤科拉的女仆和长工们都跑到图科拉去玩耍了，家里现在只留下西蒙尼一个人在看门。他必须要照看好家里的两个人：留在家中的两个大女儿，其中一个是九岁，另一个是七岁。她们无法和爸爸妈妈一起出去做客，她们的叔叔也不允许她们一起出去和别人玩，这让她们感到很生气。但西蒙尼并不担心这一点，而是决定随心所欲地运用自己的权力。

  天色已经全黑了，但壁炉里却没有像往常的夜晚那样燃起灿烂的火光。孩子们开始不断地向她们的叔叔抱怨并强烈地要求把炉火点燃。但是西蒙尼并没有理会她们的强烈要求，而是按照他自己的习惯，平静地躺在炉灶边的石头上，将自己粗糙的头发垂在炉边。他躺在那里，试图与女孩子们讲道理。"是的，如果都按你们的要求办，那么这里就会不停地有炉火烤着墙壁。喂，喂，我想咱们这儿又不是万塔那边的钢铁铸造厂。你们这些傻瓜蛋，你们要知道，木材是一种昂贵的东西。你们告诉我，如果森林都砍光了，我们还能烧什么？烧乌鸦和麻雀吗？是的，如果没有人及时想在前面的话，那么就会发生这样的事。像我这样有罪的身体少消耗一点也足以应付过去了，像你们这样无所事事的孩子也应该够用了。你们赶紧钻到毯子下面去，那里很暖和。不是这样吗！你们还想要怎样？"他这样说着，但是孩子们，这些狡猾的小丫头，几乎从来没有养成屈服她们叔叔的习惯，她们会顶嘴，激烈地争论，向他吐口水，或时不时地向他露出一排雪白的牙齿嘲笑他，愤怒地结结巴巴地与他争辩。当所有这些都没有奏效时，她们最后会大着胆子将指甲塞进这个可怜的叔叔垂在炉灶边上的头发里。她们揪住他的头发，并在他从石头上站起来之前将其弄得乱七八糟。最后西蒙尼跳了起来，从角落里抄起那把黑黑的叉子，用来吓唬那些小妖精，他用力地将叉子摔向地面，发出嘎嘎声，威胁着要把她们的脚从屋子里扫出去。这时这些小淘气会从房子里飞也似的逃出去，尤科拉的桦木门在这些小逃犯的身后砰的一声关上了。

但过了一会儿，她们又壮着胆子溜了进来，用坚定的声音要求吃晚饭。在很长一段时间里，西蒙尼任由她们在那里大吵大闹，但最后他还是站了起来，从屋子里的横梁上取下一块松木片，从中间劈开，然后把一半松明点燃。他借着光亮从大锅里为女孩们盛出了一点点稀粥，量并不大，只有两三勺。他把粥碗端到一个高一点的椅子上，叫孩子们过来吃饭，同时用面缸的盖子盖上了锅，并从角落里取了一根很重的圆木压在上面。女孩子们对只给这么少的量十分不满，要求再多加一点，至少还要加一块面包，聪明的小宛拉还发出一声温柔的哭声。西蒙尼随后从面包上掰下了有男人拇指那么大的一小块，递给了女孩。但女孩一看到这么小的一块面包，并不想接过去，而是生气地一挥手，面包块便从西蒙尼的手中甩到了很远的地方。这时西蒙尼也生气了，噘起嘴唇，用两根手指在女孩的后颈头发处轻轻戳了戳，说道："你这个小丫头！你是在嘲笑上帝的宝贵礼物吗？是这样吗！你们还想怎样？"

这时女孩哭得越来越厉害了，但西蒙尼至少并不担心这一点，而是开始点燃晚上要用的炉火。他用几根带着松油的小木柴勉强生起了一堆火，大声叱责道："快给我闭嘴，否则我就从角落里抄起一根棍子，狠狠地揍你一顿。你这个小浑蛋把上帝的礼物从我的手中扔到了角落里。那么好吧！你现在就不要吃面包了，好好地将米糊填到你的肚子里去吧，就像，你看啊，就像你的姐姐那样做。是的，这些吃的足够作为你们孩子们的晚餐了。在我们家里，我们喝不起酒，也过不了有钱人的生活。快闭上你的嘴，你这个没用的东西。是的，是的，你们还想怎样？"于是他一边这样说，一边坐在一块石头上，试图把炉火点得更旺一些，但他没有看见那个淘气的小姑娘手里拿着勺子，在他说话的时候生气地对着他龇牙咧嘴，并随着他的声音上下活动着小下巴。

然而，女孩们的哭叫声和激烈的言辞都无济于事，她们只能接受叔叔给她们的那一份。最后，强烈的睡意将孩子们送到了床上，她们很快就在柔软的羊皮被子下睡得很香。——但是西蒙尼点的炉火并没有给房间带来温暖，而是使屋里更加寒冷了。他甚至没有等到炉灶里的木柴都烧完就把火熄灭了。他想，也许应该节省一点这些昂贵的劈柴明天用，于是他开始灭掉本来就别别扭扭、不死不活地烧着的炉火，用力关上风门，而不顾从炉灶里冒出的烟弥漫到整个屋子里。他再次点燃一片松木，在亮光下吃完了自己的晚饭：一小块发霉的面包和放在橡木杯里的七个干鲱鱼头。狗儿们用虔诚而期待的目光盯着他吃东西，看着他的手从木杯到嘴里又从嘴里到木杯的动作，但是从西蒙尼的手中连一小块面包屑都没有掉下来。他吃完之后，双手合十，跪到石头脚下，流下了滚烫的泪水，感谢上帝大卫王的儿子，是他一直以温柔的恩典滋养着他这样罪孽深重的人。从这里站起来后，他打开大门，将狗牵出去过夜，"守护着农场防止盗贼"。他就是这么说的，尽管在他的记忆中，在尤科拉的农场里从来没有发生过偷盗。外面刮着凛冽的寒风，狗儿们都不愿意离开屋子里沙沙作响的麦秸。这引起了一场骚动，然而，结局对狗来说却很糟糕。它们呜呜地叫着，夹着尾巴，最终从西蒙尼那乌黑的武器——桦树棍下逃了出来。

做完了这一切后，他龇牙咧嘴地用牙齿叼着松明，仔细地拴好了门廊结实的大门。他再次走进房间，将松明照向左边，看了看在床上柔软的毛皮被子下正在做着美梦的女孩们，她们脸贴着脸睡着，红红的脸蛋就像夏夜里两朵娇嫩的玫瑰花一样。西蒙尼面带微笑地看着她们，将行将脱落的羊毛被子的边缘拉近到小宛拉的脖子处。当他再次走向炉边的石头时，他喃喃说道："当然，当你的肚子里装满了食物时，你就可以平静地睡个好觉了。"他这么说着，最后自己也终于来到了过夜的铺位前。他再次跪下，将乌黑的双手再次合在一起，眼睛里含着滚烫的泪水，感谢上帝和大卫的儿子赐予他所享受的一切良善，并祈求上天的保护之手在即将到来的夜晚保佑他的农场。他为自己祈祷，为床上的孩子们祈祷，也为地球上所有的人祈祷。在那里，他靠在他心爱的石头上，终于睡着了，温暖的炭火温柔地温暖着他的脚心。

但是房间里很冷，令人沮丧，长工和女仆半夜时分从图科拉玩完回来之后都难以入睡，第二天早上，他们都向西蒙尼生气地抱怨。等到农场的主人和女主人外出做客回来之后，女仆和孩子们都对西蒙尼怨声载道。但西蒙尼对此并没有受到太大的触动，他坐在圆木堆边上一边雕刻着，一边用漫不经心的声音说道："在我们家里是不用充大头装大爷的，这你们是知道的，在我们家里是不能摆阔的。"

就这样，西蒙尼住在他从前的家里，尤科拉的老房子里，辛勤地干着活，无论是在家里还是在外面的田地里，无时不在守护着这个家，精心管理着农场和房子。但也有一些时候,世界上不再有什么事情能让他操心。有时,当他从村子里回来时已经喝得酩酊大醉,一副快乐的样子,大喊大叫,在屋里的地板上开心地来来回回地走着,对着家里的年轻人和老年人发出开怀的笑声。但到了第二天,他无论是在精神和肉体上又病得不轻。他双手合十,躺在炉灶的石头上,叹着气,内心里因为强烈的悔恨而备受煎熬。——后来发生了一件事情,大大减少了他醉酒的时间和漫长的悔恨日子。有一次,尤哈尼从城里给他带来了一份珍贵的礼物:一本很大的、精装的,几乎像面包一样重的《圣经》。西蒙尼喜出望外,对于他的兄弟所做的这样的好事,他总是感激不尽,极尽赞美之词。于是从那时开始,他就几乎完全忘掉了那迷人的酒杯了。

现在,每到礼拜日和宗教节日的下午,人们总会看到他手里捧着那本《圣经》坐在那里,一字一句地学习《圣经》,因此他也比以前更少接触那能改变精神状态的杯中之物了。但这种情况还是又发生了一次,那是在一个万圣节的夜晚,西蒙尼沉醉在醉酒的幸福状态中,在屋子里大喊大叫地走来走去并打着转,最后趴在他的石头上甜甜地睡着了。但是到了第二天,他的心中再次感到一种深深的悔恨。接下来他做了什么?他站在桌子的一端,面前放着打开的《圣经》,用高亢的布道声音把家里的所有人无论男女老少都召集在一起,他将两根手指放在《圣经》上,目光望着天空,郑重地立下誓言,他此生此世将不再喝酒,一滴也不沾。

一年过去了,两年过去了,三年也过去了,西蒙尼始终坚守着自己的誓言。但有一次他又屈服于这个曾困扰他的罪孽之中,这次陷落给家里带来了可怕的骚动。这个可怜的人现在认为自己是一个出尔反尔、没有灵魂的蠕虫，因为他违背了自己"将两个手指放在《圣经》上"做出的承诺。为此他想缩短自己苦难的日子。他迈着匆匆而沉重的步伐，心如寒冰，离开堂屋，爬到马厩的横梁上，把老花马皮尔库塔玛的缰绳套在自己的脖子上，另一端系在马厩屋顶最上面的椽子上。他想就这样让自己平静地吊在那里，进入永恒的睡眠。他的眼睛死死地盯着前方，脸颊疯狂地鼓了起来，手紧紧地握成拳头。但他的人生还没有走到尽头。

　　家里的老丈母娘去马厩阁楼里查看她的鸡窝，正好看到了这个被缰绳吊着的男人，她立即大声尖叫着向家里的人报信。尤哈尼第一时间赶到现场，将弟弟从死亡线上救了回来。他猛地一下将缰绳割断，一边把自己的兄弟抱进房子里去，一边痛哭着悲叹西蒙尼怎么会这样做，家里的女眷和儿童则聚集在他们周围，哭声、喊叫声和捶胸顿足声不绝于耳。——尤哈尼把他的兄弟抱到屋里，放到宛拉的长毛毯上。西蒙尼在那里很快就苏醒了过来，他阴沉地叹了口气，坐在床沿上低头凝视着地板，一言不发。尤哈尼嘴里叼着还在冒烟的烟斗，急匆匆地赶到阿波的住处，向他的兄弟转告了这起可怕的事件，并向他征求如何处理这件事的意见。在尤哈尼看来，对西蒙尼来说，最好的处理办法是由他自己和其他兄弟在完全保密的情况下对西蒙尼进行一次秘密的、轻微的、适当的教训，然后再以上帝的名义进行一次严厉的叱责。但阿波认为，这种惩罚毫无意义，并且是有害的，于是决定仅使用语言的力量来对付西蒙尼。当阿波也抽完一根烟后，两兄弟从阿波的家里穿过田地来到尤哈尼的家，要理智地与西蒙尼这个悲伤的兄弟谈谈。

作为问候，阿波亲切地摇着西蒙尼的手，然后装上烟斗，开始以庄严的姿态和声音宣布了对西蒙尼的惩罚，但随即又换成了安慰的语言。西蒙尼默默地听了很长一段时间，他一边听着一边痛苦地眯缝着眼睛看着地板。阿波试着将他那快要灭掉的烟斗点着，用手比画着，温柔的目光望着窗外的天际，演讲的力量不断得到激发，成串的词语从他口中飞出，如同闪亮的金句一般。这时，西蒙尼的嘴唇上突然出现了悲喜交加的纹理，喉咙里发出了伤心欲绝的哭声。尤哈尼的下巴现在也开始剧烈地颤抖和抽搐着，很快他也抽泣了起来，阿波的眼睛里闪烁着湿润的光芒。

就这样，西蒙尼的心里再次充满了生活的希望。他满脸感激之情，与弟弟阿波握手道别。他也感谢上帝再次宽恕了他，并逐渐恢复了他在尤科拉家里的日常活动。——就这样，洁身自好的西蒙尼再也没有碰过酒杯，一直过着他平静的日子：有时在雕刻一根圆木头，有时嘴里含着烟斗在弥漫着芬芳香气的院子里砍着柴，随后又拿着《圣经》坐在那里研读。

阿波是尤科拉农场的另一半即被称作阿波-尤科拉农场的男主人，它的房子距离主楼有几百步远。他娶了康卡拉家的欣丽卡为妻，她是一位长得很好看且很善良的女人，一个很能干的女主人和温柔的妻子。阿波对她很满意，但仍认为最好还是保持师长的身份和语调，不时地给她提一些关于房子内部管理的重要提醒和建议。妻子要么一言不发，要么面带微笑听着他说，眼睛眯成一条缝，发出简单快乐的笑声。阿波作为男主人，每当看到家里的女佣和侍女的工作和家务活做得不到位时，也会经常指导。有一次，家里最年长的女佣在扫地时，受到了主人严厉的批评。原因是阿波以为女佣打扫得太马虎，将灰尘都堆在了角落里。他突然就发起火来，怒气冲冲地从女佣手中夺过扫帚，开始自己清扫屋子，并快速地向门口扫去。但当他扫到一半左右时，他又把扫帚放回到了女佣手里，说道："一个好女仆就应该这样打扫。"这时女主人从炉灶边上看到阿波手里拿着扫把在和女佣争吵，不由得发出天真无邪、打动人心的笑声，她笑得眼睛眯缝着，手撑着膝盖，腰都直不起来了。为此，阿波在女佣离开后狠狠地瞪了自己妻子一眼，以作为惩罚。——尽管如此，由于阿波对女佣和手下始终秉持公正和温和的态度，他得到了所有人异口同声的赞扬。

阿波还从事着治疗师的职业，这个本事是他从一本古老的医学书中学会的，他经常非常勤奋地研读这本书。他用他的草药给人治病经常是很成功的，其中许多处方都是他自己发明的，使用的全是来自地里的草药。人们特别推崇他在治疗丹毒、痢疾、昏厥、腮腺炎和疥疮等病症上的高超医术。他也是一位无与伦比的按摩师，许多人的毛病在他的手掌之下都得到了缓解。特别是针对胃痉挛、抽搐、剧痛等病症，他往往也能仅仅依靠他精妙的按摩方法治愈。由于紧急突发的情况并不总会按部就班地发生，所以有那么一次还是几次，有的女人因为胸口下面似乎有什么东西在不断地乱蹿并带来剧痛，她们也不得不躺下来让阿波的手来为自己做检查。

有一个女人，就是那个收破烂的老头马蒂·特尔瓦科斯基的妻子，一直被一种顽固的噩梦所困扰。噩梦以最痛苦的方式折磨着她，通常是她每天晚上都做噩梦，连续要做几个星期。有时，当噩梦已经有一段时间没有出现时，她希望自己已经从这个彻夜的折磨中解脱出来了，但不久它又突然出现了，老婆子不得不再次被迫屈从于它的淫威。她找过很多巫医，也看过医生，但总是徒劳无益。最终，她听说了阿波·尤科拉的高超医术和超常能力，于是再次上路去寻求医治。她手臂上绕着线团，手里拿着正在织的袜子，踏上了前往尤科拉农场漫长而艰辛的旅程，但在那里，她通过阿波的治疗方法最终得到了终身的治愈。

阿波在陪审员的岗位上也是一个很称职的人。他沉稳地坐在宽敞的法庭大厅的长凳上，常常将手掌放在耳朵后面，仔细地倾听着事情的进展。他坐在那里，像个男子汉一样昂首挺胸，嘴角时不时露出一丝得意的微笑。但明智、公平、正确始终是他判断的基础。就连法官也知道这一点，并且每当阿波摊开双手表达他对一件事的看法时，法官也总会耐心地听着他讲完那些总是有点冗长的句子。

阿波就这样住在自己安静的农场家里，他是一个好主人，也是他活泼孩子们的好父亲。

印比瓦拉农场在建成之后先是由托马斯自己来管理。他是一个膀大腰圆的壮汉。从哪里能找到一个敢于在这位印比瓦拉主人面前傲慢无礼的男人？他的力量很大，浑身都透着威严与自信。他不会在家里的工作和事务中做什么大张旗鼓的事，然而无论在家中还是在外面的田地里，他都会确保大家都循规蹈矩并遵守上帝的训诫。他是所有兄弟中最慷慨的一个，总是以怜悯和善意对待那些受苦受难的孩子。他不会问任何问题，也不去调查求助者痛苦的缘由，他不去斥责那些因为自己的过错而拿起了乞丐棍子的人。他不加区别地向每一个人施舍，他想：你们大家都是同样不幸的。在所有人中间，他对到处流浪讨饭的小女孩心肠最软，她们羞怯看着他，心惊胆战地走在行乞的路上。他还收留了两个这样的小女孩，在家里就像对待自己的孩子一样温柔地对待她们，让她们得到抚养和照顾，虽然在他的家中并不缺小孩，不过倒都是清一色的活泼男孩。

他的妻子是海勒盖麦基唯一的女儿，她是一位尊贵而严肃的女人，作为印比瓦拉真正的英雄的妻子也是当之无愧。这个女人的外表和气质都给人一种端庄大气的感觉，优雅的同时也不乏严肃和冷静。她的胸腔挺拔傲立，一缕浓密的亚麻色头发在白底红十字的围巾下优雅地在她强壮的肩膀上飘逸。她的额头永远是那么平静安详，心存对神的敬畏，律己而真诚。她是印比瓦拉十分称职的女主人，也是家中孩子绝好的教育者，无论是对她自己的孩子还是对她收养的孩子。她那双高贵而仁慈的眼睛常常会梦幻般地停留在一个柔弱的小姑娘身上，那是她从前收留在家中的一个无助的孤儿。

托马斯的日子就是这样度过的，平静地驶向最后的静静港湾。人们在这里的生活常常被比作一条小溪。但我想将托马斯的一生，从他成为印比瓦拉的主人一直到他去世，比喻为一条庄严而平静地流向无边无际的永恒的海洋的大河。

在距离托马斯的农场向东两三个猎枪射程的一片荒原上，坐落着拉乌里新盖的房子。这是印比瓦拉农场的另一半，也被称作拉乌里拉。那里住着一个沉默寡言的人，他全力耕种自己的土地，在自己的田地上辛勤劳作，但是更愿意出入森林和沼泽地。

他从库奥卡拉家迎娶了自己的妻子。库奥卡拉家有一对双胞胎女儿，其中一个嫁给了拉乌里，另一个嫁给了迪莫，成为凯库里农场的女主人。拉乌里的老婆不愧是个婆娘：她胸膛宽阔，四肢亦显得短粗。她尖细的嗓音就像单簧管刺耳的声音一样远远回响，尤其是当她黑褐色的眼睛里闪烁着怒火，满脸愤恨地训斥自己丈夫的时候。

但是拉乌里却纹丝不动地坐着，手里的雕刻也没有停下，任凭自己的婆娘像一阵狂风那样在大声咆哮。在这样的折磨下，女人的怒火也会越来越大。然而有时候男人的忍耐也会熬到尽头，这种时候最好不要再去冒犯他。女人在这样的时刻会马上闭嘴不再出声，拼尽全力冲出房间，藏到了牛棚最隐蔽、安全的角落和夹缝中。她会在那里暂时避一下风头，不时地会从藏身之处竖着耳朵向外探头张望，想要知道自己制造的混乱在房间里到底发展到哪一步了。就这样她会一直在那里待到男人的愤怒终于平静下来之后。——不过人们一般很少见到安静的拉乌里会像暴风雨那般发作。通常都是当女人再次发狂和抱怨时，男人就会走进森林，嘴里衔着烟斗，腋下夹着那把旧斧头，去寻找雕刻用的木头、做鞋用的桦树皮和树上长的木瘤。他在这些外出中花费了大量时间，到处寻找、观察和评估。直到太阳落山后许久，大家都休息了，他才在夏日温和的暮色中走回家，肩上扛着一大捆树根、畸形的树桩和卷成一团做鞋用的桦树皮。

那时他也会经常在回家的路上遇到自己那头宽颈健壮的公牛哈利，公牛会脾气暴躁地走在通往村庄的砂石路上，在傍晚的雾霭中眼里冒着怒火迎面向他奔来。此时正是狭路相逢勇者胜，拉乌里用震耳的声音大声咆哮着，手中挥动着斧柄，最终还是迫使固执的牲口转过身去。他们现在一起朝着拉乌里家的方向走去,哈利走在前面,主人跟在后面。哈利忽而想要向右转,但拉乌里马上从右侧向它挥动斧柄,哈利再次把头转向左侧,而拉乌里的斧柄也急忙挥向左侧向它逼近。于是,公牛觉得最好还是乖乖地跟着回家,但仍然愤愤地甩着头,从鼻孔里喷出发自内心的怒吼。

他们终于走到了托马斯房子的外面,女仆在床上听到了他们发出的动静:嚓嚓的脚步声和踩在砂石路上的啪啪声。"这么晚了谁还在外面走动?"她在想,于是她从床上爬了起来,穿着衬衫,昏昏沉沉地走到窗边向外看去,她看到邻居的公牛和主人正一丝不苟地互相追赶着。公牛在前面不情愿地走着,主人跟在后面不时地挥舞着斧柄,肩上扛着一捆木桩和圈成一个漂亮圆球的做鞋用的桦树皮。他们就这样从女仆的眼前消失了。公牛在愤怒中张开大嘴,发出一阵可怕的、尖厉的叫声,荒野在颤抖,大地和天空在震动。这时拉乌里说道:"是的,你想要的我会给你的。你还在生气吗?啊哈,你这个捣蛋鬼,乖乖地回家去吧,因为现在无论是再滑的滑雪板还是燕麦马蒂的伎俩和圈套在这里都不起作用了。这你是知道的。"于是他一边走一边这样说道,在他前面的那头公牛则一路吹着骄傲和令人生畏的进行曲,它的叫声穿过静谧的夜色,一直传向遥远的村庄。

拉乌里把哈利牢牢地锁到牛棚里,让它去陪着家里其他的牛,然后走进房子里,桌上等着他的是早已凉透了的晚餐。房子里的人都已经沉入了甜蜜的梦乡,只有女主人还在气鼓鼓地守在床上,等待着自己的丈夫。拉乌里吃完晚饭,终于走进了自己的房间,房间里迎面而来的又是一阵狂风骤雨。婆娘在床上就像炸了窝似的尖叫着，犹如干枯的松树枝遇上火星一样轰的一声就被点燃了："哪个该死的猫头鹰又在哪个密林深处磨蹭了这么长时间？"男人无声无息地走了过去，脱掉衣服，点上烟斗，然后挨着旁边不停地咒骂和咆哮的老婆靠在床上。现在烟斗已经快抽完了，拉乌里小心翼翼地将它放到脚下的地板上，把被子向上拉了一点，然后用坚定的声音说："你现在安静点，为自己祝福，在天气好的时候奉主的名义睡觉，请记住要在天气好的时候。"这时固执的妻子便沉默不语了，尽管她的心里还在挣扎，她气呼呼地把毯子拽向自己那边，终于睡着了，旁边的男人也睡着了。

就这样，拉乌里在森林里的轻松旅行总是要熬到漆黑的夜晚才结束。他在那里所看到的引人入胜、令人惊奇并发人深省的事情，他在一周内向任何人都几乎只字不提。直到下一个礼拜日，通常是在早餐桌上，他才会向家里的长工们说起一两件事。

有一天，当他从森林里回来后，他的思绪比以往任何时候都更加虔诚地陷入深思和自忖中，但他如此执着地在想着什么，却谁也猜不透。他默默地在自家院子里走来走去，脾气也一天天地变差，不时地对着自己的老婆和家里的长工们严厉斥责，而这在以前绝不是他的作风。在他的额头上一直笼罩着一团深深的、令人不安的思绪迷雾，在他的眼窝里投下一层阴郁的暗影。在那漫长的一周里，人们一直看到他是这个样子。这一周的礼拜日终于到来了，拉乌里和他的长工们坐在桌子上，但大家都沉默不语。最后，男主人终于开口说话了，他向在座的问道："各位，我想向你们大家提一个共同的问题，请大家帮我解释一下。

五天前，当我踏上刚刚降下的新雪覆盖下的科伊维斯托牧草地光滑的坡地时，大地就像现在这样蒙着一层细细的棉纱，我目睹了一个我的大脑无法理解的迹象。真见鬼！我苦思冥想，昼思夜想，为这件事思考了千遍万遍。——你们听我说，事情是这样的：我在草地上看到了一些足迹，那是人类，一个男人混乱的脚印，我轻手轻脚地沿着这些足迹向前。可是突然之间这些脚印就中断了，从中断的地方开始，我发现有一只狐狸的脚印继续越过山丘，一直延伸到森林里，那是很清晰的狐狸脚印，可是在那之前，地上并没有出现过任何狐狸的脚印，一个也没有。而那个男人又消失到哪里去了？他没有向前走，也没有向回转，既没有左拐，也没有右转，都没有，而似乎是从那里径直升上了天空，从天空又降下来了一只狐狸，沿着他在雪地上的足迹继续前行。或者还是说，这个人先是把狐狸抱在怀里走，然后在他自己的足迹结束的地方，又爬到了狐狸的背上继续前行，骑着狐狸穿过森林来到了去教堂的路上。这些都是不可能发生的情况，但我又想不出更好的解释来搞清楚这件事。你们这些先生怎么说？难道在我们的教区里还有女巫吗？难道说这个人是被恶魔的力量变成了狐狸？"他向大家这样诉说着，但是人们都十分惊讶地听着他讲，却谁也无法解开这个谜团，但最终他们还是相信了这一说法，即女巫曾经造访过科伊维斯托的山坡。

拉乌里的心绪并没有因此而平复。吃完饭后，他又开始向科伊维斯托的牧草地走去。当他到达平坦的山坡后，他注意到同样的现象又再次出现：在新落下的雪中，人的脚印和狐狸的行踪交替出现。他勃然大怒，大声喝道："难道是魔鬼在这里肆虐吗？"于是，他咬牙切齿地厉声叫骂着，用脚踢着一堆在雪下隐隐显现的一堆粪便，但从里面却发出了明亮的金属光泽。刹那间，只见随着一道金属的亮光一闪而过，粪渣和碎麦秸被甩上了天，而他的脚踝则被一只狐狸夹的金属齿口无情地重重夹住。拉乌里的眼睛瞪得滚圆，急忙弯下腰去将那只冥顽不化的装置从自己那只剧痛、肿胀的脚踝上解开。他大声咒骂着，把夹子扔到了很远的地方。现在他注意到了有人在他的牧草地上安放了一个什么样的夹子，但是他仍然不明白为什么雪地上的脚印会发生如此奇怪的变化。他气呼呼地朝着自己家里的方向走回去，每当他踩着那只被夹子夹伤的脚，他便一瘸一拐得厉害，牙齿不由得咬得紧紧的。他很快便意识到自己需要用什么东西支撑着才能走得动路，于是他开始在通往村里道路旁的树林里寻找木棍。他在一片密林中发现了两根桦树枝，当他把它们从树丛里拉出来后，发现它们是一对高跷木腿，每条木腿的下面都整齐地刻着一只看起来非常逼真的狐狸爪子。这时他的脸色顿时明亮起来，一切都变得十分清晰了。现在他明白了，猎狐者为了消除狐狸眼中的一切怀疑，每次去查看他的铁夹子时，都会这样踩着木腿过去。通过这种方法，他留下了狐狸的脚印而不是人类的足迹，就不会引起狡猾的山丘米科①的警惕。拉乌里搞清楚了这一点，虽然小腿仍然很痛，但他心里头却松了口气，用木腿当作拐杖离开了那里。

就在那时，正在四处将他的松鼠捕网安放在牧草地和烧荒地的围栏之间的科利斯汀的脾气火爆的老人，注意到了拉乌里留在平坦的牧草地上的足迹，不由得苦思冥想起

---

① 山丘米科指狐狸。

来。"有个男人和一条狗来过这里，但是——我该怎么看这个把戏呢？——一条腿的狗。这可真是奇了怪了！天啊，一条腿的狗伴随着主人在草地上单腿跳了这么远。我该怎样看待这么奇怪的把戏呢？难道是女巫和北部的拉普人来到了这个地方了吗？啊？"于是他站在草地上苦苦地思索着，用手抓着自己那乌黑粗糙的头发，在门牙之间挤捻着烟蒂，灰白的眉毛皱得很厉害。——最后他终于又上路了，但是牧草地上遇到的奇怪现象一直在困扰着他：一条腿的狗在主人身边跳跃着前行。这件事让他想了很久，他没有告诉任何人，直到临终前，他问自己温柔的儿媳妇对这件奇怪的事情有什么看法，这个奇迹使他在濒临死亡的时候仍得不到片刻安宁。这时他的儿媳妇含着泪水对着他的耳朵说，恳求他把这些想法都抛在脑后，只需想着自己不朽的灵魂。对此老人没有说话，他的目光只是始终望着前方。就这样，老人带着这个从牧草地带回来的奇怪的谜团一直到走进了坟墓，也没有得到任何解释。

很快，拉乌里的腿上被金属夹子夹的伤就好多了，他又像以前一样在自家地里忙活起来，有时在树林里，有时在宽畅的房间里。就这样，他与健壮的妻子和儿女过着丰实的生活。而他的孩子们，只要仍然在自己母亲的照顾下，就从来不会缺一件衬衫或一只袜子，也不缺日常的食物，更不缺时不时的一顿抽打。

凯库里的佃户农场则由迪莫负责管理，他娶了库奥卡拉双胞胎姐妹中的另一个。无论是精神状态还是外貌体型，她都和她的姐姐一样：胸部丰满，鼻子挺拔，皮肤呈棕色。不过，据说她的内心要比她的姐姐、拉乌里兄弟的妻子稍微温柔一些。迪莫很喜欢她，尽管有时他的头发会在自己脾气暴烈的配偶的激烈抓挠中被弄乱，因为在她面前随便夸口是不明智的。迪莫也总是千方百计地遵照妻子的意愿行事，家里的工作和事项都进展顺利。但时不时地还是有一件事情会稍微扰乱一下房子里的平静。迪莫有一个习惯，一个非常根深蒂固的习惯，那就是每年一次在万圣节期间，他会在快乐的同伴的陪伴下在村子里待上一两天，喝得酩酊大醉。当他最终决定最好还是回家时，就会在家中引起一阵骚动。

有一次在十月底的一个礼拜日，这个男人再次误入了迷途，与塔米斯托的屈斯蒂和卡勒库拉的阿佩利一起快乐地去放纵自己。在塔米斯托凉爽的阁楼房间里，他们喝光了一个闪闪发光的黑瓶子里的东西，互相投机地说着话、唱着歌，并像最亲密的朋友那样拥抱在一起。他们就这样度过了两天两夜，大声欢呼着、歌唱着，无拘无束地用睡眼惺忪的目光从凉爽宜人的阁楼的窗户向外望去。他们的目光扫过到处撒着牛粪的院子和布满了麦秸的牛棚，越过石头山、田野和草地，一直延伸到远处的乐米莱沼泽。在那里，只见到处是成群的天鹅在向南迁徙的途中翱翔盘旋在高高的云端。他们就这样无忧无虑地用他们暗淡无光的山羊眼睛看着外面，一边摇头晃脑地哼着小曲，发出欢快的嗡嗡声和啪啪声，远离尘世间凡人的忧愁、烦恼与苦难。

但第三天终于到来了，朋友们从他们凄凉的床上醒来，脑袋痛得仿佛是要裂开似的。酒喝光了，钱没有了，他们也难以设法让婆娘再打开一瓶新的酒了。迪莫一脸苦相地默默地走上了回家的路：他拖着沉重的双腿走在小道上，怀着悲伤的心情爬上了山坡，心里惦记着凯库里农场那脾气火爆的女主人。男人粗糙的宽脚裤子可怜地向下垂着，衬衫的后摆松松垮垮地挂在裤子和红条纹背心之间。他就这样朝着凯库里走去，头上的小眼睛布满了血丝，头发乱糟糟的，黏成无数簇，敞开的胸膛泛着红里透亮的光，就像是铜锅被擦拭得泛红的表面。他就这样闷闷地走着，森林、山峦和山谷都对他怒目而视。披挂着泛黄树叶的桦树在严厉地批评他，阴郁的云杉也在数落他，而路边的焦油树桩则像是一个个要将人吞噬掉的黑色精灵一样站在那里。大自然的一切，以前是那么可爱，现在却向他展示着最无情的一面。但是他的目光现在并没有真正朝着那些树木、石头和树桩看，而是一直盯着前方，脑海里浮现出凯库里狂野的女主人的形象。他不管在路上遇到了谁，无论是年轻的还是年长的，无论是男人还是女人，他都懒得朝他们的方向抬一下眼睛，而即使是芬兰大公本人在这条砂石路上超过了他，他也不会在这次旅途上心有旁骛。他只是默默地、偷偷地笑着想起自己的家，家里的女主人、孩子和其他的人。他就这样一路前行，不时地会从他的胸膛里突然发出一声轻轻的扑哧声。

最后，他终于到达了自家的院子，停下来琢磨着自己有没有胆量进屋，以及在这样的阳光下有什么办法可以让自己愤怒的老婆的火气稍微消掉一些。他在那里停留了很长一段时间，手挠着头，这里看看，那里看看，拿不定主意。终于，他注意到了小木棚里有一堆木柴，他脑子里很快闪过一个念头，他自言自语道："我现在找到了一个方法。"他开始把木柴一块块地码放在自己的手臂上，当他怀里有了很大一抱木柴时，他开始跌跌撞撞地走向小屋，希望用这个小伎俩来取悦他硬心肠的妻子。他拖着双腿弄出很大的动静，一步步地登上台阶，来到门廊里，用无辜的声音喊道:"快开门……开门,里面的孩子,无论男孩还是女孩。"最后,一个沾了一嘴牛奶的小男孩约塞皮过来打开了门,迪莫抱着他的木柴走了进来,一句话不说,眼睛一眨不眨地盯着前面。当他把怀里的木柴哗啦一声都扔到角落里后,他开口说:"真好笑,那堆木柴似乎已经用到快与地面平了,不过这又有什么,毕竟尤科拉农场不缺森林。"说到这里,他鼓起勇气朝着自己的女主人方向飞快地瞄了一眼,但从那里看到的却是一直在等待着他的暴风雨般的惩罚。

糟心的时刻终于来临了。只听见他的婆娘大喊一声,还未等嘴上发问"你这个鬼魂附身的东西,你跑到哪里去了",便左右开弓上来就给了迪莫脸上两巴掌,两记狠狠的大嘴巴,打得男人脸上火辣辣的。但很快抽打的响声停了下来,随之而来的是令人生畏的一阵寂静,这期间迪莫的头发被抓揉得乱糟糟的,他眼前的世界在打转。最后迪莫也勃然大怒,用粗壮的大手抓住妻子的手臂,把她放到长凳子上,稳稳地抱了她一会儿。迪莫的头发东倒西歪,脸上的皮肤也被打得通红,他向愤怒的女人说道:"你小心点儿,别让我给你一顿好打,你这个荡妇、小母驴。你以为你就能这样欺负我吗?啊!我要让你失望了。很少有人敢碰我的头发,更不用说老女人了。因为我这个人是一个脾气非常暴躁的人,就像人们现在经常听到和看到那样,你这个浑蛋。是的,是的,你给我小心点,别让我现在就教训你。"他就这样在那里威胁着,但是并没有兑现他的威胁。他也不会那样做,因为他还是很喜欢自己的老婆的。——可是他的妻子却仍在愤怒地尖叫:"松手,你这个天杀的男人,马上给我松手!"迪莫对此感到十分困惑,有点左右为难，他在想，自己是应该松手，还是再按住自己的婆娘一会儿。这时他的婆娘再次尖叫起来，声音更大了，迪莫松开了手，但很快发现他的头发又被疯狂地乱抓一气。迪莫现在更加生气了，他决定把这个婆娘留给魔鬼去处置，便急忙向屋外走去。然而，他的身体扭曲着向外移动得十分缓慢，因为婆娘还像是一只棕色的小杜鹃啄着一只红色的公松鸡的脖子一样缠绕在他的脖子上扭动个不停，空中到处飘浮着松鸡的羽毛。尽管如此，他还是想强行摆脱她。他向门口冲去，一直到了门廊的门槛处那婆娘才停止了抓挠并放开了手，但威胁还要再教训她丈夫一次。迪莫稳稳地从台阶上走了下来，一边走一边说道："我就是要这样教训这些老婆娘。"他就这样离开了，消失在啤酒花苗圃的后面，但是他嘴上带着狡猾的微笑，从那里转了个弯又朝着牛棚走去，然后爬到横梁上，扔下几捆干草给马圈里的马，然后躺在阁楼上沙沙作响的松软床铺上，心里想着妻子那颗"狂乱的心"，陷入沉沉的梦乡。

夜晚来临了，这是一个寒冷的夜晚，但是女主人却没有听到迪莫的任何声音。女主人非常不安地躺到床上，郁闷地想着自己的丈夫。"天啊，也许他已经上了绞刑架了，也许他在疯狂之中投到努门尼图牧草地的无底泉水中自尽了，或者他在森林里睡着了，把自己的鼻子、指甲和脚都冻掉了，那个可怜的男人。"她这样想着，不由得就哭了起来，自己躺在床上，却没有了心爱的配偶。她在那里叹着气，抽泣着哭了一会儿，又痛苦地熬了一会儿，她不安的耳朵一直在期待着从台阶和门廊那里听到一点动静。夜色越来越深，却听不到男人走近的脚步声。她终于爬起身来，穿好衣服，点燃铁皮的多孔灯笼，打算出去寻找那个踪迹全无的人。但她又不敢独自一人走进漆黑的夜色，她一直都非常害怕精灵、妖魔和各种鬼怪。她还对他们自己的桑拿房感到惊恐万分，最近刚刚去世的洪卡麦基的长着泡沫胡子的吃救济的伊沙基的遗体还停放在桑拿房里。因此，她叫醒了她的女仆塔瓦陪着她一起出去。塔瓦起身穿好衣服，闷闷不乐并带着一丝愤怒地跟着她的女主人走进了寒冷、漆黑的夜里。她们先是去桑拿房里查看，然后再去干草房，但都没有找到迪莫。她们再次回到院子里，女主人对着田埂大声哭泣，并开始热切地呼唤着自己丈夫的名字。她的呼喊声是如此响亮，以至于可以听得到从森林里和平地上的谷仓传来的回声。终于，她们听到从马厩阁楼里传来的一声粗暴、沙哑的嘟囔声作为回应，女人们立刻跑了过去。女主人提着灯笼走上阁楼，发现迪莫睡眼惺忪地从沙沙作响的床铺上站了起来，瞪着一双猫头鹰似的眼睛看着自己的老婆，就像一只在草地上被人从狼群中抢出来的不知所措的老公羊一样，它不是立即跑到那个把它从狼的魔爪下解救出来的恩人处寻求保护，而是出乎意料地突然间猛然转身试图去追赶狼群的踪迹，并且还时不时地停下来，跺着脚，四处张望着。迪莫现在正是这个样子，他几乎认不出自己的妻子了，也许在他的脑子里还残留着宿醉的困扰。

妻子： 你坐在这里干什么？快进屋吧，你这个上帝的造物，不必让自己在天寒地冻的肆虐下受到伤害，这是我说的。快进来吧，迪莫。

迪莫： 那么你是谁？

妻子： 上帝保佑！你是不是已经迷糊到不认识我的程度了？天啊！怎么会是这样，罪孽和魔鬼竟然在这里让你的灵魂发狂。天啊，竟然会是这样！

迪莫：你在那里哭什么？——你到底是谁啊？

妻子：啊，幸好，噢哦！迪莫，迪莫！

迪莫：什么？

妻子：你不认识我了吗？我是乌拉，你的妻子。

迪莫：原来是这样！是啊，对！

妻子：进屋子里去吧，别在这里待着了，在这个冰冷的马厩阁楼里。你这个可怜的家伙！

迪莫：老公已然躺在马厩的阁楼上了。请保持安静，不要说那些孩子般的话。这个男人在这里一切都好。

女仆：见鬼，你们连一晚上都不让可怜的侍女好好休息，她还要跑到各个角落去寻找你这头喝醉的猪。

妻子：快点，把你的巴掌伸过来，妥妥地走下来。

女仆：还要把手伸给他，要是我，我就会抓住他的腿一把将他拽下来。

迪莫：塔瓦在下面到底为何如此生气？闭嘴，丫头，在这里我们大家谁都没有屁大点儿麻烦。

女仆：如果我是那头拉稀的黑绵羊，我就会拉他一身。

妻子：你快给我闭嘴，拿好灯笼。——你还不能从那里下来吗？

迪莫：是的，我会慢慢下来的，你们现在只管先进屋里去吧。

他们走进房子，女主人和女仆走在前面，迪莫跟在后面。女仆径直跑到床边，气鼓鼓地自顾自地嘟囔着，而女主人则很快地给丈夫准备好了晚饭。她在桌子上放了圆孔面包、黄油、碎牛肉和整个的大土豆。迪莫高兴地开始了进餐。他的妻子在桌子的另一端神情忧伤地看着他，眼里含着泪水。

妻子：听我说，你这个奇怪的人，你本知道我就是这样一个头脑容易发热的人，就像吉卜赛悍妇卡伊莎似的，你为什么不老老实实地待在家里？我会再次揪住你的头发。只要让我的手，我这个婆娘的手抓住，我就会再次揪你的头发！

迪莫：噢，所以你要揪拽你老公的头发。你都说些什么孩子气的话，你以为这没有什么吗？但那可是火辣辣的疼啊，你把我整得够呛。嘀，嘀！不过让这些都见鬼去吧！快去给我倒杯啤酒来。

妻子：可是你又为什么要不分日夜地在村里和酒馆里寻欢作乐呢？这难道是对的吗？

迪莫：那毕竟每年才有一次，难道不是这样吗？这一点你可不能否认。

妻子：你又到哪里狂饮去了？是和谁在一起狂饮？告诉我！你都和哪些混混在一起？

迪莫：我有那些哥们儿陪着，就是这样。

妻子：你都是在哪里又和谁在一起鬼混呢？马上告诉我。

迪莫：哈哈，我是和塔米斯托的屈斯蒂和卡勒库拉的阿佩利一起在塔米斯托家的阁楼上。

妻子：你们都喝了什么？

迪莫：只是喝了些烧酒，不是什么昂贵的东西。而我们又能从哪里搞得到好的朗姆酒呢，朗姆酒和威士忌？

妻子：你们在亵渎神灵！如果现在死亡降临到你们身

上，你们就会坠入最底层的地狱，得不到任何怜悯和宽恕。

迪莫： 上帝见证，人们很少会愿意赴死。而我们又为什么会在正当年的时候去死呢？请闭上你的嘴，不要再谈论死亡，给我倒些啤酒。

老婆从桶里将棕色的、冒着泡的啤酒倒给她的男人，男人吃完了一顿晚餐，将木杯里的啤酒也几乎喝光了。之后他们两人就一起去休息了一个晚上。

关于这个婆娘的性情还有另外一个故事可讲。——在礼拜日或者宗教节日的早晨，当她要与丈夫一起去教区教堂时，她总是要流着滚烫的泪水恳求所有家庭成员的宽恕，尽管她并没有冒犯这些家人。而这一刻也正是凯库里农场里最感人的时刻。

在夏日的一个礼拜日早晨，类似的情形再次发生了。女主人用前所未有的感人话语和滚烫的泪水祈求大家的宽恕，先是从自己的丈夫开始，一直到她的牧童。这时迪莫嘴角露出满意的笑容，迈着轻快的步伐走出大门，将马儿牵到了马车的前面。他脖子上的衬衫领子高高耸起，那是他的老婆用温柔的手帮他竖起来的。他与在院子里套马的伙计说着话。"我的那位婆娘倒也是个能干的婆娘，确实如此，这谁也不能否认。如果要是没有她这个所有女人中的最好的女主人，我和我这一大帮孩子又该怎么过呢？老天爷，如果这个婆娘不在了，就是用300卢布也弥补不了失去她的损失，即使是400卢布也不够。相信我，你这个卡贝小子。"他这样说着，而聪明的卡贝则马上带着真诚的表情加以附和，但当他一转身到那匹骟马的另一侧，脸上便露出一副恶作剧般的笑容。——女主人终于走了出来，身着一件崭新的沙沙作响的裙子和闪闪发光的上衣，脸颊因为哭泣而有些浮肿。她走近马车，脸色庄重地爬上马车，叹了口气坐到了座位上。在她的右侧，迪莫手里牵着缰绳，脸红得就像是夏末秋初的满月，面带着微笑和幸福的神情，浑身充满了健康活力、血性和力量。他稍稍抖了一下缰绳，向马儿喝了一声，那匹矫捷的骟马便开始沿着通往教堂的道路向前疾驰。他们消失在一片桦树林的阴影之中，有那么一会儿，马车留下的尘埃一直悬浮在阳光照耀下的道路上，忽明忽暗地闪烁着。

紧挨着教堂路边的一座石头山坡上，是七兄弟中年纪最小的埃罗建起的沃汉卡尔玛佃户农场，他就住在那里。他是教区里能干和聪明的围猎官，在他组织的围猎活动中，许多野狼、狸猫和棕熊都在严密指挥的伏击中被击毙。地方长官也经常十分信任地将他当作自己在县里的执行人，因为交代他的事情他往往都能办得很好。他能写会算的能力也给他带来了很多工作和事情，也让他有了一些额外的进项。但是他并没有因此而疏忽了自己农田里的活，而是一直怀着火热的激情十分有序地指导着地里的农活和家里的事务，任何人也不能在他的院子里偷懒懈怠。他的眼睛也时常机敏地转动着，就像是在夏日温馨的阳光下，一只长着鹰钩鼻子的雄鹰用它那犀利的双眼在一棵干枯的桦树上巡视着收割后的麦田一般。

在礼拜日和宗教节日时，他会研读他订的报纸或者把自己的见闻和教区的社会事务写下来，向同一家报纸投稿。报纸的编辑部也总是很愿意接受他的投稿，因为他所写的内容都很切中实质，提出问题的方法也很干脆、清晰，通常还很精辟。这样的爱好也增进了他对生活和世界的了解。

祖国对他来说已经不再是世界上一个泛泛的、模糊的地点，既不知道在哪里也不清楚是什么样子，现在他知道了芬兰人民居住在世界上哪个宝贵的角落，在那里的土地上安葬着祖先的遗骨，也知道了他们是怎样建设和捍卫着自己的国家。他知道了祖国的边界、海洋，它那带着神秘微笑的湖泊以及它那像是篱笆墙一样的生长着桦树的山岭。祖国的全景图，它那慈母般的脸庞永远深深地铭刻在他的心底。所有这一切都给予了他要为自己祖国的福祉和兴旺而努力的愿望。在他的大力推动和不懈努力下，他们教区里建起了一所国民学校，这所学校也成为芬兰首批国民学校之一。他还为自己的教会所在地争取到了一些其他的有益的机构入住。——他在所有家庭琐事和操劳中最关心的是自己的大儿子，他决心要将他培养成为一个有知识和有本事的人。

他的夫人是塞乌纳拉家的苗条女儿，长着一头浅色头发和一双羞涩眼睛的安娜，她在昏睡状态时能看到一些奇特的现象，并能预见到许多奇迹。她是自由富有的沃汉卡尔玛农场的女主人，但是她的影响力却有限。家里的绝大部分事务和活动都是由她的丈夫掌管着的。面粉柜的钥匙在他的兜里叮当作响，无论是人还是牲口生活所需的物品都是由他来决定和分配的。他负责向女仆支付报酬和雇用帮工。他的老婆经常会感到很伤感，她会站在炉灶上的铁锅旁边，陷入自己的沉思。不过当她俯身看到摇篮里自己的孩子，她的眼睛又会发出快乐的光芒。她最开心的时候就是儿子在她的怀里不停地扭动和咯咯地笑的时候，她用自己的母乳喂养他的时候，她呵护他和为他穿衣，或者用她自己的话说，"她将他养大成为这座神圣城市的继承人的时候"，这时这个羞涩的女人的眼睛就会放出异彩。

在夏季的一个礼拜日傍晚，太阳渐渐向西北方向落下，大气和森林笼罩在一片宁静之中，她与自己的孩子独自坐在桌子一头的长凳上。埃罗出门去查看他的农田和开荒地去了，家中所有的帮手也都外出串门去了。——在礼拜日的平和气氛下，佃户农场的外面和家里都很安静，堂屋里铺满树叶的地上洒满了微笑。在这样的静谧氛围中，只有从远处的桦树山岗上还不时地会传来牛群的铃声。——年轻的女主人坐在长凳上对着怀中的孩子说着话，孩子就像是清晨的阳光一样在望着她。"告诉我，我的小宝贝，"她半说半唱地说，"告诉我，我的小宝贝，你知道怎样走回家吗？"——我沿着通向图尔库的大道走，来到海曼地方的牛车道上。——"但是你怎样才认得出我们的家呢，我的小宝贝？"——看到大门下面花白的狗和农场里的金色水井，还有草料棚里牧师的马和麦秸棚里的啤酒桶，我就认得了。——"你怎么认出你慈爱的母亲和父亲呢？"——母亲在通红的炉火旁舀着啤酒麦芽汁，一边舀着一边用温柔的嗓音唱着歌，脖子上系着一条围巾，白如白雪、蓝如天空一般的围巾。我怎么认得出父亲？他坐在金色的窗户旁，在用刀削着斧头把。——"也就是说，你找得到回家的路，你认得出你的家，你认得出你的母亲和父亲。可是你的父亲现在哪里呢？他还记得我们吗？"——他当然还记得了，即使他不记得了你，我也永远不会忘记你，无论是在我的一生中，还是在我濒临死亡的时候，你是我灵魂中的晨曦和晚霞，我的快乐与忧愁。那么为什么你又是我的忧愁呢？唉，这个世界是如此险恶，雷电交加，许多航行者都在那里沉入了海底永恒的深渊。你告诉我，我的孩子，我的美好的夏日，你说，当你孩童时期的白色旗幡还在纯洁地飘扬时，你难道不想从这里驶向那永恒的和平港湾吗？在朦胧平静的湖岸上，杜奥奈拉[①]的深色庄园坐落在昏暗的森林边缘，在沾满露水的小树林深处有为孩子准备好的摇篮和白色的被单和毯子。因此，要听我唱这首歌，它会引导你抵达杜奥奈拉王子的国度。啊，听我唱这道发自我内心的歌！

> 杜奥奈拉的小树林，夜间的小树林！
> 那里有沙子堆砌的金色摇篮，
> 我要送我的孩子去那里。
>
> 我的孩子在那里找到乐趣，
> 在杜奥奈拉主人的公寓里，
> 守护着杜奥奈拉的城堡。
>
> 我的孩子在那里找到乐趣，
> 当夜幕徐徐降临时
> 杜奥奈拉的女仆轻轻哄着我的孩子入睡。
>
> 我的孩子沐浴在欢声笑语中，
> 荡漾在他的金色摇篮中，
> 夜莺为他唱着一首催眠的歌。
>
> 杜奥奈拉的小树林，和平的小树林！
> 远离仇恨，远离争斗，

[①] 芬兰传说中指极乐世界的冥国。

远离人间的丑恶。

她就这样对着自己的孩子唱着歌，坎泰莱的琴声从没有像她的声音那样在礼拜日平静的屋子里如此温馨地奏起过。当她唱完这首歌后，她默默地将目光转向窗户外面的高处，望着天上令人昏眩的神圣高度。天空是那样的晶莹剔透，天穹之下看不到一丝云彩，只有一只夏燕在肉眼不及的高处四处飞翔，轻快灵活得就像幸福之子的思绪一样。她就这样坐在那里，她被阳光晒得通红的脸颊紧贴着熟睡中孩子的太阳穴，她的蓝色眼睛向上望着苍穹，眉头上释放出安详的光芒。

她的丈夫从森林中回来了，在院子里听到了自己老婆的歌声。她的歌声在他的耳中还从来没有这么动听过。他走进房子里，一直走到了屋子最里面，坐在老婆的身边，这是他以前很少表现出的亲热。他的老婆迅速向他转过身去，把孩子送到他的怀里，将额头靠在丈夫的胸前，放声大哭起来。她的丈夫用手臂环绕着她的脖子，将一缕出来的亚麻色头发顺到了她的耳朵后面。他们就这样静静地坐在白色桌子旁的白色长凳上，沐浴在礼拜日的余晖中。

七兄弟中最小的埃罗就这样在自己的佃户农场中生活着和工作着，而我也在这一章中从老大到老小分别介绍了七个兄弟各自的生活。下面我还想说一说他们在尤哈尼的尤科拉农场共同度过的一次圣诞节的情形。七个兄弟决定回到他们从前的家里再一起过个圣诞节。

他们所有的人都带着自己的老婆和孩子一起前来相聚，一大群孩子在铺着麦秸沙沙作响的地板上跑来跑去，嬉笑玩闹，尤科拉宽畅的堂屋里一时热闹非凡。媳妇们围坐在灶台周围高兴地相互说着话，凯库里丰满的女主人、迪莫的严厉老婆在温顺地搅动着宛拉做的麦片粥，麦片粥冒着漫到锅沿的白沫正在火上咕嘟着。在炉灶下面，可以看到西蒙尼手里捧着一本赞美诗集正准备领着大家一起唱圣诞赞美诗。在后面的桌子上，其他的兄弟们围坐在一起聊着他们从前共同的时光，他们在阴暗的森林中和印比瓦拉沟壑纵横、风声鹤唳的崇山峻岭下长满树根的牧草地上度过的日子。对于以往所经历的危险、打群架和一起劳作的回忆在他们的脑海中融合为森林、山谷、群山和远方朦胧映现的高地荒原。所有这一切都化作深沉而美好的梦境，他们胸中充满了脉脉的柔情。

他们就这样回顾着往日时光，就像是在一个秋日的傍晚，当大自然开始休息、温柔的小树林泛着金色的光芒时，一个牧牛人回头望着不远处可爱的牧草地，那里是夏日里他曾经操劳、受苦和流汗的地方。他想起在一个炎热的日子里，远方的天空电闪雷鸣，牛牤和苍蝇像云雾一样成群地飞来，牛群陷入一片恐慌。在夜幕降临之前，他将牛群又赶拢到一起，在叮当的牛铃声中迈着愉快的步伐踏上了归途。想到那一天的情形，他的脸上不禁露出了笑容。在陆地上的一位头发灰白的海员也想起了很久以前在海上遇到暴风雨的情形。乌云在将船裹在黑暗中，翻腾的海浪发出致命的威胁，但是在夜晚到来之前，狂风缓和了，海浪也平息了，沉睡的太阳从渐晴的西边又绽放出光芒，指引着通向港湾的航道。海员怀着兴奋的心情静静地回想起那场风暴。在这个金色的圣诞节傍晚，七个兄弟围坐在尤科拉农场的桌子旁相互聊着天，也在回忆着往日的时光。

人们将锅从炉灶上取了下来，在灶台上用带皮的桦木搭起了明亮的篝火，在篝火的光亮下，他们唱起了节日的赞美诗。当西蒙尼开始领唱起一首美妙的赞美诗，女士们手中捧着赞美诗书同声合唱时，孩子们的喧闹声停了下来，兄弟们在桌边的谈话也停了下来。歌声伴着熊熊燃烧的篝火在房子里盘旋萦绕，在所有人中间最纯真、最柔美的声音总是来自羞涩的安娜。——当歌声最终结束时，他们坐到了晚餐的餐桌旁。用完餐后，他们睡在地板上的麦秸上，坠入了梦乡。——第二天早晨，他们很早就醒了，因为他们要去上辉煌的教堂，在那里数千只点燃的蜡烛把教堂打扮得就像是星空一般。当天色大亮以后，他们又从那里相互赛跑着回家，在从前的尤科拉农场家中度过了一个愉快的圣诞节下午。

我的故事讲到这里就要结束了。我讲述了一个发生在芬兰荒野森林中七个兄弟的故事，那么关于他们在这个世界上的生活和业绩还有什么更多要讲述的呢？他们的一生平静地度过，在人生的正午时分达到高点，然后随着金色太阳几千次的升起落下，又平静地下降到傍晚的休憩之中。

库鲁索奥沼泽地
KOURUSUO

Viertolan härkähaka 维埃托拉牧牛场

维埃托拉庄园
Viertola

Jukolan maata 尤科拉农场地界

Hiidenkivi 希登基维大石头

Metsola 美卓拉

往海曼林纳 Hämeenlinnaan

伊尔维斯湖
Ilves järvi

IMPIVAARA 印比瓦拉山

Viertolan kartanon maata 维埃托拉庄园地界

RAJAMÄKI 拉雅麦基

Pappila 牧师府邸
Kirkko 教堂
Lukkari 执事府邸
HÄRKÄMÄKI 海勒盖麦基

Viertolan tie 维埃托拉路

TEERIMÄKI 桀里麦基山

Talvitie 冬季路

松尼麦基 SONNIMÄKI

Tammisto 塔米斯托庄园

图科拉村 Toukola

■ Jukola 尤科拉农场
○ Männistö 松林老妈家

"北欧文学译丛"已出版书目

（按出版顺序依次列出）

［挪威］《神秘》（克努特·汉姆生 著 石琴娥 译）

［丹麦］《慢性天真》（克劳斯·里夫比耶 著 王宇辰 于琦 译）

［瑞典］《屋顶上星光闪烁》（乔安娜·瑟戴尔 著 王梦达 译）

［丹麦］《关于同一个男人简单生活的想象》（海勒·海勒 著 郆旌辰 译）

［冰岛］《夜逝之时》（弗丽达·奥·西古尔达多蒂尔 著 张欣彧 译）

［丹麦］《短工》（汉斯·基尔克 著 周永铭 译）

［挪威］《在我焚毁之前》（高乌特·海伊沃尔 著 邹雯燕 译）

［丹麦］《童年的街道》（图凡·狄特莱夫森 著 周一云 译）

［挪威］《冰宫》（塔尔耶·韦索斯 著 张莹冰 译）

［丹麦］《国王之败》（约翰纳斯·威尔海姆·延森 著 京不特 译）

［瑞典］《把孩子抱回家》（希拉·瑠曼 著 徐昕 译）

[瑞典]《独自绽放》(奥萨·林德堡 著 王梦达 译)

[芬兰]《最后的旅程：芬兰短篇小说选集》(阿历克西斯·基维 明娜·康特 等著 余志远 译)

[丹麦]《第七带》(斯文·欧·麦森 著 郗旋辰 译)

[挪威]《神之子》(拉斯·彼得·斯维恩 著 邹雯燕 译)

[芬兰]《牧师的女儿》(尤哈尼·阿霍 著 倪晓京 译)

[瑞典]《幸运派尔的旅行》(奥古斯特·斯特林堡 著 张可 译)

[芬兰]《四道口》(汤米·基诺宁 著 李颖 王紫轩 覃芝榕 译)

[瑞典]《荨麻开花》(哈里·马丁松 著 斯文 石琴娥 译)

[丹麦]《露卡》(耶斯·克里斯汀·格鲁达尔 著 任智群 译)

[瑞典]《在遥远的礁岛链上》(奥古斯特·斯特林堡 著 王晔 译)

[挪威]《珍妮的春天》(西格里德·温塞特 著 张莹冰 译)

[瑞典]《萤火虫的爱情》(伊瓦尔·洛-约翰松 著 石琴娥 译)

[瑞典]《严肃的游戏》(雅尔玛尔·瑟德尔贝里 著 王晔 译)

[芬兰]《狼新娘》(艾诺·卡拉斯 著 倪晓京 冷聿涵 译)

[挪威]《天堂》(拉格纳·霍夫兰德 著 罗定蓉 译)

［芬兰］《他们不知道做什么》（尤西·瓦尔托宁 著 倪晓京 译）

［丹麦］《无人之境》（谢诗婷·索鲁普 著 思麦 译）

［挪威］《柳迪娅·厄内曼的孤独生活》（鲁南·克里斯蒂安森 著 李菁菁 译）

［瑞典］《大移民》（维尔海姆·莫贝格 著 王康 译）

［挪威］《我曾拥有那么多》（特露德·马斯坦 著 邹雯燕 译）

［芬兰］《七兄弟》（阿历克西斯·基维 著 倪晓京 译）

图书在版编目（CIP）数据

七兄弟 /（芬）阿历克西斯·基维著；倪晓京译.
北京：中国国际广播出版社，2024.12. --（北欧文学译丛）. --ISBN 978-7-5078-5704-7

Ⅰ. I531.45

中国国家版本馆CIP数据核字第2024RB2691号

Simplified Chinese Translation Copyright©2024 by China International Radio Press Co., Ltd.
All rights reserved
This work has been published with the financial assistance of FILI–Finnish Literature Exchange.

F I
L I

七兄弟

总 策 划	张宇清　田利平
策　　划	张娟平　凭林
著　　者	［芬兰］阿历克西斯·基维
译　　者	倪晓京
责任编辑	笑学婧
校　　对	张　娜
封面插画	隋雪琴
封面设计	赵冰波

出版发行	中国国际广播出版社有限公司［010-89508207（传真）］
社　　址	北京市丰台区榴乡路88号石榴中心2号楼1701 邮编：100079
印　　刷	北京启航东方印刷有限公司

开　　本	880×1230　1/32
字　　数	310千字
印　　张	13.75
版　　次	2024年12月 北京第一版
印　　次	2024年12月 第一次印刷
定　　价	68.00元

版权所有　盗版必究